Double Trouble

Double Trouble

LAETITIA BENNETT

ISBN-13: 9781514705438

1. Kapitel

Schon oft hatte ich mich gefragt, wie sich Scheidungskinder fühlen mussten. Waren sie mit der Entscheidung ihrer Eltern glücklich? Konnten sie selber entscheiden, welchen Elternteil sie mehr bevorzugten?

Die Antwort auf diese Frage hatte ich nie bekommen.

Womit ich allerdings nicht gerechnet hätte, war, dass ich selber einmal so ein Kind werden würde. Na ja, was hieß Kind? Inzwischen war ich siebzehn Jahre alt und verstand den Unterschied zwischen glücklich sein und nicht glücklich sein.

War ich glücklich?

Meine Eltern waren es jedenfalls nicht, weshalb ich auch angefangen hatte, mich mehr mit dem Thema Scheidung und Ehe zu beschäftigen. Konnte es so etwas wie eine einwandfreie Ehe geben? Ohne Streit, ohne Lügen und vor allem ohne Betrug?

Was das anging, so waren sie nicht wirklich das perfekte Beispiel, ansonsten hätten sie sich auch nicht vor einem Monat scheiden lassen.

Dass meine Mama mit ‚Überstunden' nicht eine verlängerte Arbeitszeit meinte, wusste ich schon lange vor meinem Papa, da es nicht wirklich schwer rauszubekommen war.

Was mich allerdings noch mehr schockiert hatte, als die Affäre, die meine Mama neben ihrer Ehe führte, war, dass Papa ihr sogar noch eine Chance gegeben hatte, nur um eine Woche später zu merken, dass sie diese nicht wirklich nutzte.

Irgendwann gab er es schließlich auf und reichte die Scheidung ein.

Und ich? Ich beschloss bei meinem Papa zu bleiben, um weitere Enttäuschungen, was Mütter und Erziehung anging, zu vermeiden.

Die Beziehung zwischen mir und meiner Mama war schon immer schwierig gewesen und das, obwohl ich ihr einziges Kind war. Vielleicht lag es daran, dass sie schon immer ihre ganze Zeit in ihre Arbeit investiert hatte. Manchmal hatte ich sogar das Gefühl gehabt, dass ich ihr egal war.

Ein gutes Beispiel dafür war ein Ereignis vor zehn Jahren. Es war mein siebter Geburtstag und ich wollte unbedingt ins Schwimmbad gehen. Auf dem Weg dahin hielt sie allerdings noch vor ihrem Büro, da sie noch schnell etwas abgeben musste. Während ich also im Auto auf sie wartete, verschwand sie in dem großen Gebäude und kam erst vier Stunden später wieder, nur um mir zu sagen, dass ein Meeting stattgefunden hatte und sie dringend dabei sein musste.

Das Schwimmbad hatte in der Zwischenzeit geschlossen und ich verbrachte den restlichen Abend meines Geburtstages damit, mir eine ganze „Tom und Jerry“-DVD anzusehen, während meine Eltern im Nebenzimmer stritten.

Oder als ich dreizehn war und wir zusammen einkaufen waren. Wahrscheinlich hatte sie an dem Tag ein Blackout, jedenfalls schien sie vergessen zu haben, dass sie eine Tochter besaß und war ohne mich nach Hause gefahren.

Ich konnte mich nur noch zu gut daran erinnern, wie ich eine Woche lang nicht mehr mit ihr gesprochen hatte und sie nichts tat, um sich anständig zu entschuldigen.

Waren alle Mütter so?

Je älter ich wurde, desto leichter fiel es mir mit ihrer Art klarzukommen. Dass ich mich damit abgefunden hatte, hieß aber nicht, dass sie mich weniger enttäuschte.

Als meine Eltern sich schließlich hatten scheiden lassen, waren mein Papa und ich vorübergehend zu meiner Tante gezogen. Wahrscheinlich wusste er, dass eine Beförderung auf ihn zukommen würde und er behielt Recht. Denn in irgendeiner kleinen Stadt in England wurde nach einem guten Architekten gesucht und der sollte mein Vater sein.

Diese ‚kleine Stadt' stellte sich später als Elverton heraus und war mit über 50.000 Einwohnern gar nicht so klein wie erwartet. Was mich jedoch noch mehr schockierte, war, dass sie dreieinhalb Stunden von London entfernt lag.

Seit ich geboren wurde, lebten wir in London. Ich kannte nichts anderes und hatte auch nie vorgehabt wegzuziehen. Ich ging zur Schule, hatte Freunde und sollte von einem Tag auf den anderen alles hinter mir lassen, nur um wegen einer Beförderung woanders hinzuziehen?

Die Vorstellung allein war schon ein Albtraum. Doch als der Tag zur Abreise immer näher rückte, wurde mir erst wirklich bewusst, was sich in der Zukunft in meinem bereits komplizierten Leben alles verändern würde.

Ich musste von nun an eine neue Schule besuchen. Ich würde in einem Haus leben, nur mit meinem Papa. Natürlich müsste ich mir auch neue Freunde suchen. Allein der Gedanke mir neue Freunde suchen zu müssen, bereitete mir Kopfschmerzen.

Ich wollte nicht umziehen, ich wollte nicht weg.

Doch ich konnte nichts dagegen tun, weshalb ich mich damit abfinden musste.

Ich faltete den grünen Pullover, bevor ich ihn als Letztes in den Koffer legte und anschließend den Deckel schloss. Dies war der dritte Koffer, gefüllt mit meinem Leben und meinen Erinnerungen.

Ich sah mich in dem nun wieder leeren Zimmer um, welches eigentlich ein Gästezimmer war, von meiner Tante Louise aber so eingerichtet wurde, dass es mir nicht zu fremd vorgekommen war.

Einen Monat lang war dies nun mein Zimmer gewesen und wenn ich ehrlich war, würde ich das Fenster mit Aussicht auf eine graue Wand nicht wirklich vermissen. Viel mehr lag mir mein altes Zimmer am Herzen, in dem ich aufgewachsen war. Schon immer hatten mir die weißen Wände und die hohe Decke gut gefallen. Außerdem blickte man geradewegs auf die Themse und ich hatte mir kein schöneres Zimmer erträumen können.

Noch etwas, was ich hinter mir lassen würde.

Ich seufzte und sah mich noch ein letztes Mal um, bevor ich auch den letzten Koffer aus dem Zimmer trug, hinter mir die Tür schloss und ihn dann durch den schmalen Flur zog.

„Bereit für den großen Aufbruch?“, fragte Louise, die lächelnd an der Haustür stand. Ich lächelte nur halbherzig zurück und sah nach draußen, wo mein Papa gerade dabei war, die anderen zwei Koffer im Auto zu verstauen.

„Ist schon irgendwie komisch wegzuziehen, oder?“

Irgendwie komisch?

Es war eine komplette Lebensumstellung, die ich vor mir hatte.

„Aber glaub mir, Elverton wird dir gefallen, ich war selber schon einmal da.“

Ich wendete den Blick wieder vom Auto ab und sah stattdessen auf den braunen Fußboden.

„Du musstest aber nicht umziehen“, murmelte ich kleinlaut. Sie seufzte und verstärkte den Griff um die Teetasse in ihrer Hand. Ein kleiner, fetter Frosch war dort abgebildet und starrte mich an. Seinen Kopf zierte eine hohe, goldene Krone, die nun allerdings von den roten Nägeln meiner Tante verdeckt wurde.

„Wenn es wegen deiner Mama ist-“, begann sie, doch ich unterbrach sie schnell, schon ahnend, worauf sie hinauswollte.

„Mama hat damit nichts zu tun, sie kann tun und lassen was sie will, es ist mir egal.“

Überrascht hob Louise die Augenbrauen und sah mich nun noch intensiver aus ihren grünen Augen an.

„Es ist nur wichtig, dass du weißt, wie sehr sie dich liebt.“

Gerade als ich eine patzige Antwort vorbereitete, kam mein Papa in den Flur und lächelte schief.

„Zeit sich zu verabschieden.“

Louise nickte und kurz darauf wurde ich in eine feste und ziemlich lange Umarmung gezogen. So gut wie möglich versuchte ich den meiner Meinung nach ekelhaften Geruch von Dior nicht einzuatmen, was wenig brachte, da ich in wenigen Augenblicken selber danach riechen würde.

„Schreib mir mal eine Mail, Nora.“

Ich nickte und trat einen Schritt zurück, damit sie sich auch bei ihrem Bruder verabschieden konnte.

Zwei Minuten später waren auch die letzten zwei Koffer im Auto verstaut und durch den Mangel an Platz war ich gezwungen, während der Fahrt auf dem Beifahrersitz zu sitzen, zu meinem Bedauern, da ich auf langen Fahrten oft dazu neigte mich breit zu machen.

Nachdem ich mich angeschnallt hatte, winkte ich ein letztes Mal, bevor sich das Auto in Gang setzte und wir losfuhren.

Angespannt atmete ich aus und starrte aus dem Fenster.

Der Himmel war mit grauen Wolken übersät und kleine Wassertropfen bedeckten das Fenster, was wohl hieß, dass es gerade angefangen haben musste zu regnen.

Es war, als würde das Wetter sich meiner Laune anpassen. Es war traurig und ich war mir sicher, dass es die große Abschiedsszene noch dramatischer wirken lassen wollte.

Ich musste mich zusammenreißen um nicht anzufangen zu weinen, was mir angesichts der Tatsache, dass ich lange nicht mehr hier sein würde, wirklich schwer fiel.

Ablenkung war, was ich brauchte, weshalb ich auch die Kopfhörer aus meiner Tasche holte und sie mir in die Ohren steckte. In dem Moment war ich froh, dass ich die Playlist mit den alten Liedern, die ich nicht mehr hörte, nicht gelöscht hatte.

Mein Kopf lehnte sich wie von selbst gegen die Fensterscheibe und ich beobachtete, wie die großen Gebäude und Sehenswürdigkeiten Londons an mir vorbeizogen, nur um irgendwann durch pure Landschaft ersetzt zu werden.

Würde ich nur einen einzigen positiven Gedanken finden, könnte mir das vielleicht dabei helfen der Zukunft leichter ins Auge zu sehen, doch anstatt nachzudenken schloss ich die Augen, nur um irgendwann in meiner eigenen Traumwelt zu versinken.

2. Kapitel

Dreieinhalb Stunden später endete die Fahrt in einer kleinen Straße mit nur wenigen Häusern an jeder Seite.

Die letzten fünfzehn Minuten hatte ich damit verbracht, mit großen Augen die mir noch unbekannte Stadt namens ‚Elverton' anzusehen. Klein, nass und ruhig waren wohl die passenden Adjektive, um meinen ersten Eindruck zu beschreiben.

Wenn ich Pech hatte, lebten hier nur Rentner, auch wenn es anscheinend gar nicht soweit entfernt von hier eine Schule gab, auf die fast 1000 Schüler gingen, die von allen möglichen Orten antrudelten.

Google war mir in der letzten Stunde wirklich eine große Hilfe gewesen. Dadurch hatte ich nämlich erfahren, dass wir in einem der alten Viertel leben würden, die nur aus Häusern, einem Park, einer Kirche und ein paar Lädchen bestanden. Zur Schule würde ich wohl den Bus nehmen müssen, da diese wieder in einem anderen Viertel lag, welches auch gern als ‚moderner Teil Elvertons' bezeichnet wurde. Menschen in meinem Alter, modernere Häuser und sogar eine Shopping Mall.

In den vielen Jahren, die ich in London gelebt hatte, hatte ich wirklich schon von den versteckten Städten in England gehört, doch Elverton war mir neu.

Doch wie sagte man immer? Habe keine Vorurteile.

Dies dachte ich mir auch, als ich aus dem Auto stieg und zum ersten Mal unser neues Haus sah.

Es war eindeutig kleiner als unser altes und in einem schönem, hellen Weißton gestrichen, doch was wirklich meine Aufmerksamkeit auf sich zog, war der kleine Balkon, nur knapp vier Meter über mir.

„Keine Sorge, du bekommst es."

Verwirrt fuhr ich herum. Papa war gerade dabei den Kofferraum zu öffnen und den ersten Koffer rauszuholen, blickte jedoch in meine Richtung.

„Was?"

Ich runzelte die Stirn, nicht wirklich verstehend, was er meinte.

„Das Zimmer mit dem Balkon, du kannst es haben."

Ich lächelte und schlenderte zurück zum Auto.

„Gib's zu, du wusstest das."

Er zwinkerte mir zu und zeigte dann auf das Haus direkt gegenüber, welches mir bis dahin noch gar nicht wirklich aufgefallen war.

„Siehst du, das Haus hat auch einen und ja, ich wusste es, da ich mich vorher genauestens informiert habe."

Trotzig verschränkte ich die Arme vor der Brust. „Du wolltest mich tatsächlich mit einem Balkon bestechen? Damit ich keinen Aufstand wegen des Umzugs mache?"

Er schüttelte den Kopf, stellte den letzten Koffer neben die anderen und schloss den Kofferraum dann.

„Wir wären so oder so umgezogen, aber ich wollte, dass es wenigstens etwas gibt, das dich freut und da ich genau weiß, dass du schon immer einen an deinem Zimmer haben wolltest, bin ich so freundlich und verzichte darauf, es sei denn, du willst es nicht, dann würde ich nicht nein sagen."

Schnell schüttelte ich den Kopf und griff nach dem ersten Koffer.

„Natürlich will ich es." Damit lief ich auf die Haustür zu und wartete darauf, dass mein Papa sie aufschloss.

„Du kannst dir das Haus ja schon einmal ansehen, ich bring den Rest rein."

Kaum ging die Haustür auf, betrat ich den ersten Raum und sah mich um.

Es war das Wohnzimmer, bestehend aus zwei Sofas, einem Fernseher, drei Regalen mit Büchern, einem breiten, weißen Teppich, zwei Lampen, einer Deckenlampe und unserem Esstisch. So gesehen war es das Wohn- und Esszimmer.

Gleich daneben lag die Küche, schön möbliert, doch nicht wirklich groß.

Zurück im Wohnzimmer fiel mir noch eine Tür auf, welche in ein Arbeitszimmer führte, von dem ich mir ziemlich sicher war, dass mein Papa es belegen würde.

Was mich allerdings mehr interessierte als das Erdgeschoss, war die obere Etage mit den Schlafzimmern, weshalb ich auch keine Zeit damit verschwendete die paar Stufen, welche vom Wohnzimmer nach oben führten, heraufzusprinten.

Oben befand sich ein Flur von dem verschiedene Türen abgingen.

Das erste Zimmer war ein Gästezimmer mit einem Doppelbett, aber nur wenigen Möbeln. Daneben befand sich ein normales Schlafzimmer mit Blick auf den kleinen Garten hinter dem Haus.

Das dritte Zimmer war ein Badezimmer und das vierte würde meins sein.

Ich drückte die Klinke hinunter und betrat es.

Augenblicklich begann der Boden unter meinen Füßen zu knacksen, weswegen ich auf den Teppich trat und mich von dort aus umsah.

Es war groß, jedenfalls größer als mein Zimmer in London.

Mein Bett befand sich gleich neben dem Fenster, daneben stand mein Nachttisch und die weiße Lampe von IKEA.

Auf der anderen Seite befanden sich mein Schrank, drei Regale, ein Sessel und noch nicht ausgepackte Umzugskisten.

Am Fußende des Bettes befand sich die Balkontür, daneben mein Schreibtisch direkt vor dem anderen Fenster.

Staunend sah ich mich um und quietschte bei der Vorstellung doch tatsächlich einen eigenen Balkon zu haben.

Ich öffnete die schmale Glastür. Kaum war diese offen, wehte eine kühle Brise ins Zimmer und ließ die Vorhänge aufwehen.

Meine Hände stützten sich auf das Geländer und ich beugte mich etwas vor, um die Umgebung besser wahrnehmen zu können.

Es war zwar nicht sehr hoch, doch trotzdem hatte man einen guten Überblick über die Bäume am Wegrand, den kleinen, dunklen Wald, in den ein schmaler Weg hineinführte und natürlich das Haus gegenüber, welches unserem zum Verwechseln ähnlich sah.

Direkt gegenüber von mir lag ebenfalls ein Balkon, nur dass die Tür geschlossen und die Vorhänge zugezogen waren.

War das Haus überhaupt bewohnt?

Auf diese Frage bekam ich relativ schnell eine Antwort, denn kurz darauf hörte ich Stimmen unter mir und beugte mich neugierig ein weiteres Stück vor, doch da die Personen, von denen ich mir sicher war, dass die eine mein Papa war, direkt unter mir standen, war es hoffnungslos sie zu erkennen.

Von der Neugier getrieben lief ich wieder rein, schloss die Tür und machte mich dann auf den Weg nach unten.

„Nora“, rief Papa, sobald er mich erblickte und ich trat einen weiteren Schritt vor, bis ich direkt neben ihm stand.

„Das ist Mrs Thompson, unsere Nachbarin, sie wohnt im Haus gegenüber.“

Die Frau, welche ihm gegenüber stand, lächelte und schüttelte mir die Hand.

„Bitte nennt mich Francis. Und du bist Nora, schön dich kennenzulernen.“

Schüchtern lächelte ich zurück und sah zu Papa, doch der strahlte immer noch von einem Ohr zum anderen und sah Francis an, als wäre sie eine Wachsfigur aus Madame Tussauds.

Wenn ich ehrlich war, sah sie gar nicht mal so schlecht aus. Klein, schlank, mit großen, grünen Augen und roten, lockigen Haaren, war sie nicht gerade unauffällig. Zudem wirkte sie, als wäre sie in ihren Vierzigern, doch ihr Lächeln glich dem eines kleinen Mädchens.

„Francis hat auch Kinder", sagte Papa schließlich und sah mich auffordernd an, doch wie immer verstand ich nichts.

„Das stimmt. Zwar studiert Poppy gerade in Bristol, doch ich denke mal, Henry kann dir weiterhelfen, wenn du mal was sehen möchtest oder vielleicht in der Schule ein wenig Starthilfe brauchst."

Starthilfe?

„Poppy und Henry sind also deine Kinder?"

Francis nickte.

„Poppy ist gerade 23 Jahre alt geworden, aber Henry ist siebzehn, wie du. Du bist doch siebzehn, oder?"

Ich nickte, fand den Gedanken jemanden aufgedrängt zu bekommen jedoch nicht allzu verlockend, schließlich wollte ich mir selber meine Freunde aussuchen, wenn ich überhaupt welche wollte.

Zwar bezweifelte ich es, doch es konnte ja sein, dass sich dieser Henry als totaler Freak herausstellen würde.

„Na dann", sagte sie und trat einen kleinen Schritt zurück. „Ich denke mal, ich gehe jetzt besser wieder rüber, sicher müsst ihr noch ganz viel auspacken und euch erst einmal richtig einleben, aber wenn ihr etwas braucht, dann klingelt einfach."

„Das ist wirklich sehr freundlich, danke", antwortete Papa. Ich nickte zustimmend und lief dann mit ihm wieder ins Haus zurück.

Abends lag ich in meinem Bett und konnte nicht einschlafen, wie eigentlich immer in den letzten Nächten.

Stumm sah ich an die Decke und versuchte mir vorzustellen, wie es sein würde, hier zu leben. Wenigstens schienen unsere Nachbarn nett zu sein und vielleicht würde es ja doch ganz sinnvoll sein, jemanden zu haben, der einem ein wenig unter die Arme griff.

Doch selbst wenn es mir hier gefallen würde, so würde ich trotzdem meine Freunde in London vermissen, Olivia wahrscheinlich am meisten.

Morgen würde mein erster Schultag an einer neuen Schule, in einer neuen Gegend beginnen. Ich würde niemanden kennen und müsste mir neue Freunde suchen. Im Großen und Ganzen musste ich noch mal bei null anfangen, worauf ich nicht wirklich Lust hatte.

Und das alles nur, weil meine Eltern sich hatten scheiden lassen.

Als ich nach einer halben Stunde immer noch nicht einschlafen konnte, nahm ich meine Decke und setzte mich auf den Balkon.

Es war ungewöhnlich ruhig hier draußen. Im Himmel erkannte man ein paar Sterne, die die Atmosphäre noch viel schöner wirken ließen.

Ein leichter Wind fuhr mir durch die Haare und ich zog die Decke noch fester um mich. Der Sommer schien mittlerweile tatsächlich vorbei zu sein und die ersten Anzeichen des Herbstes waren deutlich spürbar.

Gerade als ich die Augen schloss und die kühle Luft einsog, hörte ich von der Straße aus ein paar Stimmen und spitzte neugierig die Ohren.

„Nein, ich muss jetzt gehen, meine Mama wird mich umbringen!“ „Deine Mama bringt dich so oder so um!“

„Man sieht sich morgen!“

„Komm schon, sei kein Spielverderber!"

„Vergiss es!"

„Okay, dann gehen wir eben ohne dich!"

„Stört mich nicht!"

Die Stimmen waren eindeutig männlich und schienen sich mit jedem Satz weiter zu entfernen.

Schließlich verschwanden sie ganz und das Nächste, was ich hörte, war wie eine Haustür aufgeschlossen wurde.

Auf einmal ging das Licht im Haus gegenüber an und ich presste mich automatisch weiter nach hinten, um bloß nicht entdeckt zu werden.

War dies etwa Francis' Sohn? Jedenfalls schien es ihn nicht besonders zu stören, dass morgen ein Schultag war und es mittlerweile schon weit nach elf war.

Das Nächste was geschah, war, dass das Licht unten erlosch und in dem Zimmer mit dem Balkon plötzlich anging.

Reflexartig griff ich nach der Decke und verschwand so schnell wie möglich wieder in meinem Zimmer.

Sicherheitshalber schloss ich noch die Vorhänge, bevor ich mich wieder ins Bett legte und mein Handy hervorzog, um Olivia eine Nachricht zu schreiben.

„Bin erst seit ein paar Stunden hier und vermisse dich schon jetzt! Melde dich mal!"

Ich legte das Handy zurück auf den Nachttisch, legte mich seitlich hin und hoffte inständig, dass es jeden Moment aufleuchten würde.

Doch das tat es nicht und so sehr ich mich auch anstrengte meine Augen offen zu behalten, so überkam mich schließlich doch die Müdigkeit und sorgte dafür, dass ich wenig später endlich einschlief.

3. Kapitel

NORAS SICHT

Ich schlug die Augen auf und wusste im ersten Moment nicht, wo ich war, bis mir einfiel, dass dies nicht mein Zimmer in London war und ich drehte mich murrend um, allerdings nicht ohne vorher einen Blick auf meinen Wecker zu werfen.

9.35 Uhr

Ich schloss die Augen wieder, nur um diese wenige Augenblicke später wieder zu öffnen und mich laut fluchend aus meinem Bett zu schwingen.

9.35 Uhr? Wann bitte hatte ich zum letzten Mal verschlafen?

Und warum hatte dieser blöde Wecker nicht geklingelt?!

In Rekordgeschwindigkeit rannte ich zu meinem aufgeklappten Koffer und zog mich so schnell wie möglich an.

Mein Papa war schon arbeiten, wir sahen uns erst am Nachmittag, deshalb musste ich auf meinen Wecker vertrauen. Doch wie es aussah, vertraute er mir nicht.

Unten in der Küche angekommen, war ich froh, dass ich mir selber eine Packung Cornflakes mitgebracht hatte, denn wir waren nicht mehr zum Einkaufen gekommen, was heute dringend nachgeholt werden musste.

Kaum war ich mit Frühstücken fertig, griff ich bereits nach meiner Tasche und stürmte durch die Haustür, um so schnell wie möglich zur Busstation zu gelangen, auch wenn ich mir ziemlich sicher war, dass ich die ersten beiden Stunden bereits verpasst hatte.

Wäre ich nicht so schlau gewesen, mich so gut wie möglich zu informieren, hätte ich die Schule, welche ich zehn Minuten später völlig außer Atem erreichte, wahrscheinlich nie gefunden.

Ich lief durch das große Tor, über dem ein Schild mit dem Namen der Schule stand und rannte dann über den leeren Hof, bis ich das große, braune Gebäude erreicht hatte und die Tür aufstieß, nur um mich in einem langen Flur wiederzufinden, an dessen Wänden mehrere Spinde aneinandergereiht standen.

Der Flur war leer und ich irrte keuchend umher, bis ich mir von einem herumlaufenden Schüler erklären ließ, wo das Büro der Direktorin war.

Dort angekommen klopfte ich kurz und betrat das Büro, nachdem mich eine Stimme hineingerufen hatte.

Staunend sah ich mich in dem relativ großen Raum mit hoher Decke und lauter Bücherregalen um.

„Ja, bitte?"

Die Stimme einer älteren Frau mit graubraunen Haaren und einer ziemlich großen Brille ließ mich zusammenzucken und ich trat schüchtern einen kleinen Schritt vor.

„Ich heiße Nora Robinson und heute ist mein erster Schultag hier. Ich und mein Papa sind aus London hierhergezogen und-„

„Das ist mir sehr wohl bewusst, Miss Robinson, bitte setzen Sie sich", unterbrach mich die Frau, welche höchstwahrscheinlich die Direktorin war und ich setzte mich etwas verwirrt auf einen der zwei Stühle vor ihrem Schreibtisch.

Aufmerksam beobachtete ich, wie sie eine Seite ihres Ordners aufschlug und ihn mit hochgezogenen Augenbrauen durchstudierte.

„Natürlich, hier steht ja alles! Also hier gäbe es eine Mappe mit Ihrem Stundenplan und anderen Sachen, die Sie benötigen, wie zum Beispiel die Nummer und den Code Ihres Schrankes. Außerdem muss Ihr Vater noch ein paar Dokumente unterzeichnen, welche sich ebenfalls in der Mappe befinden."

Ich nickte und sie verschränkte ihre Hände vor sich „Warum sind Sie heute so spat, Miss Robinson? Der Unterricht beginnt immer pünktlich um 8.00 Uhr, das sollten Sie eigentlich jetzt schon wissen."

Ich schluckte ängstlich und setzte ein entschuldigendes Lächeln auf. „Ja, das weiß ich, es wird nicht wieder vorkommen."

„Nun gut, ich mache heute mal eine Ausnahme, geben Sie das ihrem Lehrer."

Sie schrieb etwas auf ein Blatt und reichte es mir.

„Dankeschön."

Ich stand auf und griff nach der Mappe, dann verließ ich das Büro und kramte meinen Stundenplan heraus.

Geschichte bei einer Mrs Arrington in Raum B13.

Nachdem ich den Raum gefunden hatte, blieb ich vor der weißen Tür stehen und atmete ein weiteres Mal tief durch, um meine Nervosität verschwinden zu lassen, denn wenn ich eines war, dann nervös.

Schließlich klopfte ich kurz und betrat das Klassenzimmer.

Kaum stand ich in dem hellen Raum wurde es augenblicklich ruhig und ich spürte die unzähligen neugierigen Blicke lauter Schüler auf mir, doch ich sah zur Lehrerin, um nicht rot zu werden.

"Ich bin Nora und neu hier", bemerkte ich kaum hörbar und gab der Lehrerin den Zettel. Sie las ihn und nickte. Dann wendete sie sich an die Klasse.

„Schüler, das ist Nora Robinson, sie kommt aus London und geht jetzt auf diese Schule."

Ein Murmeln ging durch die Klasse und ich biss mir auf die Unterlippe.

„Dort hinten ist noch ein leerer Platz“, sagte die Lehrerin und zeigte auf einen Tisch in der letzten Reihe.

Ich bahnte mir meinen Weg bis zu dem Tisch und versuchte währenddessen, so wenige Schüler wie möglich anzuschauen.

Dann setzte ich mich auf den freien Platz neben einem Mädchen, welches ich in dem Moment nicht wirklich wahrnahm und ließ meine Tasche neben mich auf den Boden fallen. Wenigstens hatte ich es noch einigermaßen pünktlich zur dritten Stunde geschafft.

„Bevor wir weitermachen würde ich gerne noch fragen, ob einer von ihnen weiß, wo Mr Davies ist oder was er hat?“

Alle schüttelten den Kopf und ich legte meinen Kopf auf die Tischplatte.

Ich wollte keine neue Schule und fremde Menschen um mich! Ich wollte einfach nur zurück nach London.

„Ehm...hallo? Hallo?“ Ich schreckte hoch und sah auf.

Vor mir stand ein Mädchen und es dauerte etwas, bis ich realisierte, dass es das Mädchen war, welches neben mir gesessen hatte. Doch warum stand sie auf einmal direkt vor mir?

Sie lächelte mich freundlich an und da erst fiel mir auf, dass kaum noch Leute im Raum waren.

„Du bist im Unterricht eingeschlafen, aber keine Sorge, es ist niemandem aufgefallen.“

Ich rieb mir etwas peinlich berührt die Augen, stand auf und hob meine Tasche vom Boden auf.

„Oh....zum Glück.“

„Hast du Lust mit mir essen zu gehen?“, fragte sie und ich nickte zögernd. Um ehrlich zu sein, sah sie ziemlich nett aus und hübsch war sie auch. Ihre großen, braunen Augen strahlten und die leicht gewellten, ebenfalls braunen Haare gingen ihr bis knapp unter die Schultern.

Zusammen liefen wir in den Flur und begannen uns durch die Menschenmenge zu kämpfen.

In der Mensa angekommen sah ich mich mit großen Augen um, während das Mädchen, dessen Namen ich immer noch nicht kannte, sich schon einmal in die Essensschlange einreihte.

„Wie heißt du eigentlich?“, fragte ich und sie lächelte mich wieder an.

„Jolene Bale und du bist Nora, oder?“ Ich nickte.

„Und machst du auch bei dem Theaterprojekt dieses Jahr mit?“

„Was für ein Projekt?“ Sie nahm ein Tablett mit Essen an, welches ihr gereicht wurde und ich tat es ihr gleich, bevor wir uns einen freien Tisch zum Sitzen suchten, welchen wir wenig später auch fanden.

„Das Übliche eben. Jedes Jahr müssen die Schüler aus der Oberstufe ein Theaterstück aufführen und dieses Jahr hat es unsere Stufe getroffen. Es wird immer kurz vor den Herbstferien aufgeführt. Machst du mit?“

„Klingt, als wäre man gezwungen mitzumachen. “Na ja, wir waren es schon, aber da du neu bist, bin ich mir da noch nicht so sicher. Wie alt bist du?“ „Siebzehn und du?“ „Achtzehn, ich wurde ein bisschen später eingeschult.“

Wir redeten ein bisschen und sie erklärte mir, wo was war und wie man in der Schule am besten überlebte. Jolene war sehr nett und ich war froh, dass ich gleich am ersten Schultag jemanden gefunden hatte, der für mich da war.

„Und gehst du zu Jacks Party?“ Ich sah sie fragend an „Wer ist Jack?“

Jolene wurde rot. „Tut mir leid, dass ich dich gleich am ersten Schultag mit unnötigen Themen zuquatsche, wenn ich erst einmal anfange zu reden, dann höre ich auch nicht mehr auf.“

„Nein, das muss dir nicht leid tun. Also, wer ist dieser Jack?“, fragte ich interessiert.

Sie wurde erneut rot und starrte auf ihre Wasserflasche. „Nur so ein Junge aus unserem Jahrgang, der ziemlich gute

Partys schmeißt. Na ja, die Eltern erlauben ihm ziemlich viel und sind auch nicht gerade arm."

„Woher weißt du das?", fragte ich erstaunt. Sie presste die Lippen aufeinander und zuckte kurz mit den Schultern. „Wir waren mal befreundet."

„Waren?", bohrte ich nach und sie nickte. „In letzter Zeit hat er sich ziemlich verändert, deshalb hatte ich irgendwann nicht mehr so viel mit ihm zu tun. Der eigentliche Grund dafür ist sein bester Freund."

„Sein bester Freund?"

„Sagen wir mal so, ich hab einfach nicht in deren Gruppe reingepasst." Ich nickte verständnisvoll, auch wenn ich nicht wirklich viel begriffen hatte, doch ich wollte nicht die ganze Zeit nachbohren.

„Also ist diese Schule so eine Art ‚Cliquen'-Schule?"

Jolene sah wieder auf und schüttelte den Kopf. „Nicht wirklich, nur die Jungs. Henry und Jack sind ziemlich gut befreundet, schon seit Ewigkeiten und als dann Noah, Caleb und Dylan dazukamen wurden sie so eine Art ‚Gruppe', die an dieser Schule ziemlich weit oben steht."

Nur schwer konnte ich mir ein Grinsen verkneifen. Man könnte meinen, dies wäre eine Art amerikanischer Teeniefilm, in dem es immer diese eine Clique gab, vor der sich alle fürchteten, auch wenn es sich hier um Jungs handelte.

Ich bemerkte Jolenes Blick, der an mir vorbeiglitt. Sie schien auf etwas hinter mir konzentriert zu sein.

„Was ist?", fragte ich interessiert und drehte mich um.

Direkt hinter mir stand ein Junge, mit dem Rücken zu uns gedreht. Er war groß, hatte braune Haare und seine beiden Arme waren um zwei Blondinen geschlungen, die rechts und links von ihm standen. Vor ihm musste jemand anderes stehen mit dem er sich angeregt zu unterhalten schien.

„Ist das-?“, fragte ich, als ich mich wieder umgedreht hatte und Jolene nickte „Ja, das ist Henry, aber glaub nicht, dass die alle so sind. Henry ist einfach so eine Art Arschloch!“

„Mmh...du magst ihn also nicht?“ Sie dachte kurz nach und wollte gerade den Kopf schütteln, als sie sich doch noch umentschied und die Schultern zuckte.

„Keine Ahnung, er ist nicht wirklich mein Typ, geht mit dem halben Cheerleaderverein an dieser Schule, die beiden Mädchen da inklusive.“

„Und wie sind die anderen so?“, fragte ich jetzt und sie schien zu überlegen.

„Es geht. Dylan spricht so gut wie nie und hat eine Freundin, die drei Jahre älter ist. Caleb ist ebenfalls zurückhaltend, meistens schlecht gelaunt und schwänzt bei jeder Gelegenheit die Schule. Noah ist meiner Meinung nach ganz in Ordnung, auch wenn er oft ziemlich hyperaktiv wirkt. Henry ist Henry und Jack ist...normal.“

Normal?

Ich wollte gerade etwas erwidern, als es auf einmal klingelte und sich alle erhoben. Die Pause war viel schneller vergangen als ich gedacht hatte.

„Darf ich mal deinen Stundenplan sehen?“, fragte Jolene und ich reichte ihn ihr.

„Wir haben fast alle Fächer zusammen, sitzen wir in Mathe nebeneinander?“ Ich nickte, froh, sie weiterhin zu sehen. Vielleicht war es ja wirklich besser anzufangen Freunde zu finden, schließlich gab es sowieso kein Zurück mehr, ob ich wollte oder nicht.

Der Raum, in dem wir Mathe hatten, war noch relativ leer und da wir beide, wie es sich herausstellte, nicht gerade große Mathefans waren, beschlossen wir uns an einen unbesetzten Tisch in der letzten Reihe zu setzen.

Wir ließen uns auf die zwei Stühle fallen und schlugen schon einmal die Bücher auf.

„Und was-“, fing Jolene an, doch sie wurde unterbrochen, da jetzt zwei Jungs vor uns standen und auf uns heruntersahen. Der eine hatte schwarze, verstrubbelte Haare und braune Augen, der andere braune, hochgegelte Haare und blaue Augen. Beide sahen nicht gerade freundlich aus und schienen auch nicht umsonst so vor uns zu stehen.

„Sorry Mädels, aber ihr sitzt auf unserem Platz“, sagte der Junge mit den braunen Haaren und ich tauschte einen verwirrten Blick mit Jolene. Diese stöhnte nun, kaum hörbar, genervt auf und setzte sich aufrecht hin.

„Neue Sitzordnung, deshalb dürfen wir uns hinsetzen, wo wir wollen, Dylan!“

Das war also Dylan. Dann war der andere entweder Noah, Caleb, oder Jack.

„Komm schon, Jolene, du willst doch nicht, dass wir Jack erzählen, dass du uns keinen Platz gemacht hast!“, sagte der Junge mit den schwarzen Haaren, von dem ich annahm, dass es Caleb war, da er nicht gerade freundlich wirkte und wie es aussah zu diesem Dylan gehörte.

Jolene sah stumm auf den Tisch, dann griff sie auf einmal nach ihrem Buch um alles einzupacken, doch ich hielt ihre Hand fest.

Erstaunt sah sie mich an und auch die Blicke der beiden Jungs lagen nun auf mir.

„Wir waren zuerst hier, sucht euch einen anderen Platz!“, zischte ich, lehnte mich in meinem Stuhl zurück und verschränkte die Arme vor der Brust.

Caleb schmunzelte und sah mich mit hochgezogenen Augenbrauen an „Wer ist deine neue Freundin, Jo?“

„Ich heiße Nora“, sagte ich, bevor sie überhaupt den Mund aufmachen konnte. „Und wie es aussieht müsst ihr euch einen anderen Platz suchen.“

Während ich sprach unterbrach ich nicht den Blickkontakt, konnte jedoch aus den Augenwinkeln erkennen, wie Jolene mich erstaunt ansah.

Dylan war es, der sich schließlich umdrehte und an den Tisch vor uns setzte, während Caleb mich noch ein paar Sekunden länger mit seinen Augen fixierte und sich dann ebenfalls umdrehte, um sich neben ihn zu setzen.

Wenige Sekunden später kam der Lehrer rein und der Unterricht begann.

Als es klingelte, stand ich auf und griff nach meiner Tasche.

„Welches Fach hast du als nächstes?", fragte ich Jolene, die ebenfalls gerade dabei war, ihre Bücher einzupacken.

„Kunst und du?" „Erdkunde. Sehen wir uns denn heute noch?"

Sie schien kurz zu überlegen, schüttelte dann jedoch den Kopf. „Ich habe heute noch einen wichtigen Termin, deshalb kann ich nicht, aber wir sehen uns ja morgen."

Ich nickte, wir verabschiedeten uns und ich trottete alleine durch den langen Gang zu meinem Spind.

Ich öffnete die Tür, schmiss all meine Bücher rein und holte mein Erdkundebuch heraus. Als ich fertig war, schloss ich die Tür und drehte mich um.

Dabei hatte ich nicht auf die Person geachtet, die genau in dem Moment vorbeilaufen musste, weshalb ich gegen sie stieß und somit auf dem Boden landete.

„Au!", stöhnte ich und rieb mir meinen Kopf. Erst da merkte ich, dass ich genau auf der Person drauf lag.

Doch als ich erkannte, wer es war, blieb mir fast das Herz stehen. Es war der Junge mit den braunen Haaren und den zwei Blondinen, nur dass ich ihn dieses Mal von vorne sah.

Mit anderen Worten, es war Henry.

„Geh sofort von mir runter!", rief er und versuchte sich zu bewegen. Ich sprang schnell auf und wurde augenblicklich rot wie eine Tomate.

Gott sei Dank liefen gerade nicht sehr viele Schüler herum, sonst wäre es echt peinlich geworden.

Henry stand auf, strich sein T-Shirt glatt und baute sich dann vor mir auf. Ich war schon etwas überwältigt, er war einen ganzen Kopf größer als ich und seine dunkelgrünen Augen durchbohrten mich.

Er stand einfach so da, ohne etwas zu sagen und starrte mich an. Und ich starrte zurück.

Was starrte der denn so?

„Was starrst du denn so?", rutschte es mir heraus und ich bereute es im nächsten Moment.

Nun sah er ziemlich genervt aus.

„Ich warte darauf, dass du dich bei mir entschuldigst!", fuhr er mich an und vergrub seine Hände in den Hosentaschen.

„Wie bitte?!"

Bei jedem normalen Mensch hätte ich mich bestimmt sofort entschuldigt, doch so frech und fordernd wie er fragte, konnte er noch lange auf eine Entschuldigung warten.

„Du sollst dich bei mir entschuldigen!", setzte er ein weiteres Mal an und sah dabei auf seine Uhr.

Oh, Mr Busy muss los. Doch den Gefallen mich bei ihm zu entschuldigen würde ich ihm sicherlich nicht tun, auch wenn es vielleicht richtig gewesen wäre.

Deshalb bückte ich mich nach meinen Büchern und der Tasche, die ebenfalls runtergefallen war, und lief einfach an ihm vorbei in Richtung Erdkunderaum.

Ich spürte seinen verwunderten und sicherlich auch wütenden Blick in meinem Rücken, doch das war mir egal, auch wenn ich vermutlich aufhören sollte, Leute zu reizen.

HENRYS SICHT

Was sollte das denn? Sie rempelte mich an und wollte sich noch nicht einmal bei mir entschuldigen. Bei mir! Eigentlich war sie ja ganz hübsch...

Was sollte das denn jetzt? Mädchen waren nicht hübsch. Entweder waren sie heiß oder langweilig. Doch sie gehörte weder zu der einen Sorte, noch zu der anderen. Niemand ließ mich, Henry Thompson, einfach so im Flur stehen. Für gewöhnlich jedenfalls...

Wer war sie überhaupt? Gesehen hatte ich sie jedenfalls noch nie, was wohl hieß, dass sie neu sein musste. Und wo blieb der Respekt?

Sie erinnerte mich an das Mädchen, über das Caleb uns anderen in der letzten Stunde eine Nachricht geschickt hatte. Da war auch eine so unverschämt gewesen, sich ihm und Dylan in den Weg zu stellen. Eine Nora irgendwas.

Caleb war im Grunde wie ich. Mädchen waren uns ziemlich egal, was aber nicht hieß, dass wir keine ausnutzten, um uns dann später über sie lustig zu machen und sie zu vergleichen. Dylan hatte eine Freundin, die jedoch älter war und nicht mehr zur Schule ging. Sie hieß Mary und arbeitete, wenn ich es richtig verstanden hatte, übergangsweise als Kassiererin bei Tesco. Noah zeigte seit der Trennung von seiner letzten Freundin kein großes Interesse an Mädchen, verbrachte aber umso mehr Zeit mit seinem besten Freund, dessen Namen ich nicht einmal erwähnen wollte.

Jack und ich waren beste Freunde und das schon seit einer kleinen Ewigkeit. Die anderen hatten wir erst in der High School kennengelernt und als wir uns alle eines Nachmittags beim Nachsitzen zufälligerweise getroffen hatten, entstand eine Freundschaft zwischen uns, welche bald schon die gesamte Schule mitbekam und durch welche wir auch irgendwie auf der Beliebtheitsskala stiegen, was nicht gerade negativ war.

Früher war Jack mit Jolene zusammen, die zwei kannten sich ebenfalls seit Jahren schon, was auch irgendwie meine Schuld gewesen war.

Da wir unseren guten Ruf an der Schule nicht verlieren wollten, beschlossen wir kurzerhand alle mit unseren Freundinnen Schluss zu machen, was eigentlich nur Noah, Jack und Dylan betraf, doch letzterer weigerte sich, was uns nicht groß störte, da Mary sowieso nicht mehr auf unsere Schule ging und es somit auch niemand mitbekam.

Jack hatte mit seiner Entscheidung länger gebraucht als Noah und ich wusste genau, wie sehr ihn der Gedanke von Jolene getrennt zu sein fertig machte, doch da er nicht von den anderen drei verhöhnt werden wollte, tat er es letztendlich und sprach heute so gut wie kein Wort mehr mit ihr.

Wenn ich ehrlich war, konnte ich überhaupt nicht verstehen, warum die drei so an ihren Freundinnen hingen, es waren doch nur Mädchen und irgendwann beenden doch alle mal ihre Beziehung oder lag ich da falsch? Freunde dagegen blieben länger und letztendlich war Schluss machen sowieso die richtige Entscheidung.

Ich war noch nie verliebt gewesen und würde es auf der High School wahrscheinlich auch nicht mehr werden. Mädchen waren gut zum Zeit verschwenden, doch ich wollte mir auch keine Beziehung antun, mit der ich dann alle Hände voll zu tun haben und meine gesamte Zeit verschwenden würde.

Einige Augenblicke sah ich noch in die Richtung, in die das Mädchen verschwunden war, drehte mich dann aber um und machte mich auf den Weg zum Chemieraum.

Wer auch immer sie war, so leicht würde sie mir nicht davonkommen.

4. Kapitel

NORAS SICHT

Erdkunde wurde sogar noch ganz unterhaltsam, was daran lag, dass ich neben einem Jungen saß, der einem Nerd vor uns kleine Papierkügelchen in den Nacken schnipste. Der Junge sah auch meiner Meinung nach ziemlich nett aus. Er hatte braune Haare und dunkelblaue Augen und zeigte zudem nicht wirklich großes Interesse am nebenbei laufenden Unterricht. Zwar wusste ich noch nicht den Namen, aber vielleicht würde er mir den noch sagen, dann kannte ich zumindest schon zwei Personen an dieser Schule.

„Jack Hawkins, hören sie sofort auf damit!“, unterbrach der Erdkundelehrer Mr Bridge seinen Unterricht und sah den Jungen neben mir streng an. Jack Hawkins...

„Jetzt schlagen sie bitte Seite 154 in ihrem Buch auf.“, befahl der Lehrer in einem strengem Ton und alle gehorchten. Ich sah mich um und meldete mich dann zögernd.

„Sie müssen Nora Robinson sein, die neue Schülerin, nicht wahr?“, fragte der Lehrer und sah mich nachdenklich an. Ich nickte und bemerkte aus den Augenwinkeln, wie Jack Hawkins mit seinem Spiel aufhörte und mich nun mit großen Augen von der Seite fixierte.

„Ja. Ich wollte sagen, dass ich kein Buch habe.“ „Dann schauen sie bitte bei Mr Hawkins mit rein.“

Ich sah zu dem Jungen, der jetzt sein Buch schnell in seine Tasche warf. „Ich habe mein Buch aber vergessen."

Der Lehrer seufzte und zog einen Schlüssel heraus. „Dann gehen sie beide bitte jetzt zu Raum E13 und holen sich zwei Bücher, anstatt meinen Unterricht aufzuhalten."

Wir nickten und Mr Bridge gab ihm den Schlüssel.

Da ich nicht wusste, wo Raum E13 war, trottete ich einfach hinter dem Jungen her und fragte mich, ob es sich hier um den Jack handelte, von dem Jolene mir erzählt hatte.

Ich sah beim Gehen auf meine Füße und hatte nicht bemerkt, dass er stehen geblieben war, weshalb ich fast gegen ihn gelaufen wäre.

Er sah mich an und musterte mich nachdenklich, bevor er anfing zu sprechen.

„Du bist also Nora. Ich bin Jack Hawkins, willkommen in der Hölle!" Er reichte mir die Hand, doch bevor ich sie schütteln konnte, hatte er sich auch schon wieder weggezogen.

„Wir können unmöglich weiterhin nebeneinander sitzen, weshalb du dich nächste Stunde wohl woanders hinsetzen musst."

Ich verschränkte die Arme vor der Brust. Waren hier etwa alle Jungs so drauf? Erst die zwei Freaks, die meinten mir sagen zu müssen, wo ich mich hinsetzen sollte, dann dieser Henry, in den ich gelaufen war und jetzt ein Typ, der mich anscheinend auch nicht in Ruhe lassen konnte.

„Und wieso bitte kann ich da nicht sitzen bleiben?", fragte ich leicht genervt, was er sofort bemerkte.

„Weil das Noahs Platz ist, du Superhirn!", entgegnete er trotzig. Und ich dachte, er wäre witzig.

Nun zweifelte ich auch nicht mehr daran, dass es der Jack war, mit dem Jolene einmal befreundet war. Wieso war sie mit solchen Leuten befreundet gewesen? Und warum musste es sich bei den ersten Leuten, die ich heute kennenlernte, ausgerechnet um diese vier Idioten handeln? So etwas nannte man dann wohl Schicksal!

„Das konnte ich doch nicht wissen", murmelte ich und sah ihn abwartend an. Er zuckte mit den Schultern und versteckte dann seine Hände in den Hosentaschen.

„Tu dir einfach selber einen Gefallen und halte dich von Jolene fern."

Was hatte Jolene denn bitte damit zu tun?

„Woher willst du wissen-" begann ich, wurde jedoch von ihm unterbrochen. „Glaub mir, ich weiß alles. Genau wie ich weiß, dass du dich uns lieber nicht in den Weg stellen solltest und lass Jolene in Ruhe, sie braucht keine Freunde."

Ich würde nicht lügen, wenn ich sagen würde, dass er mich ziemlich wütend machte.

„Was glaubst du eigentlich, wer du bist, dass du mir sagen kannst mit wem ich befreundet sein darf? Außerdem wieso stört es dich, wenn Jolene Freunde hat? Ich dachte, ihr zwei wärt mal befreundet gewesen. Vielleicht ist das ja auch der Grund, warum du nicht willst, dass sie andere Freunde hat, weil du damit nämlich nicht klarkommen würdest."

Er lachte „Ah, da scheint sie dich ja gleich am ersten Tag bestens aufgeklärt zu haben. Wirklich erstaunlich, wie viel sie an mich denken muss, dass sie es gleich dem erstbesten Mädchen erzählt, die einigermaßen nett zu ihr ist."

„Glaub mir, sie steht nicht auf dich." „Ach ja und das weißt du ganz genau, weil..."

Eigentlich wollte ich es nicht sagen, aber die Worte rutschten mir einfach so raus.

„Weil sie einen Freund hat, du Vollidiot und wenn es dir nichts ausmacht, hole ich mir jetzt ein Buch, du brauchst ja keins!" Nach den Worten schnappte ich mir den Schlüssel und lief in irgendeine Richtung.

Hätte ich gewusst, was ich mit dem Satz „Weil sie einen Freund hat" auslösen würde, hätte ich ihn wahrscheinlich niemals ausgesprochen, doch das wusste ich zu dem Zeitpunkt unglücklicherweise noch nicht.

HENRYS SICHT

Es klingelte und ich erhob mich schnell, um als Erster durch die Tür zu kommen. Länger hätte ich es hier sowieso nicht ausgehalten. In diesem Kurs waren nur Nerds und Hässlichkeiten. Ich vermisste die Stunden, in denen ich neben Jack saß, obwohl diese Stunde, die einzige war, in der wir keinen Kurs zusammen hatten. Während ich also in Chemie vergammelte, hatte Jack Erdkunde und langweilte sich bestimmt nicht weniger, da Noah heute nicht in der Schule war - aus welchem Grund auch immer.

Ich lief auf meinen Spind zu, um meine Bücher reinzuwerfen. Dann wartete ich auf Jack, der eine Minute später kam, allerdings nicht wirklich so aussah wie immer.

„Was ziehst du so ein Gesicht?“, fragte ich, als wir endlich aus der Hölle namens Schule geflohen waren und uns auf den Weg zum Park machten.

„Keine Ahnung. Aber Caleb hatte Recht, als er uns geschrieben hat, dass diese Nora etwas zu unverschämt ist!“

Ich lachte. „Wart‘s ab, die wird sich schnell wieder einkriegen, wenn sie uns erst mal richtig kennenlernt. Aber ich kann mich jetzt nicht um sie kümmern, da ich selbst heute einer begegnet bin und ich sag dir, wenn ich erst mit der fertig bin, wird sie sich wünschen nie geboren zu sein!“

Jack sah mich unsicher an „Wie darf man das verstehen?“ Ich zuckte mit den Schultern und grinste vor mich hin.

„Wirst du schon noch sehen.“

Schließlich kamen wir an und sahen schon aus der Ferne Dylan und Caleb, die beide an einem Baum lehnten und rauchten.

Als sie uns sahen, nickten sie uns zu und schnipsten gleichzeitig das, was von ihrer Zigarette noch übrig war, auf den Boden, bevor sie auf uns zuliefen.

Ich wollte gerade etwas sagen, als mein Handy klingelte und als ich sah, dass es meine Mama war, entfernte ich mich ein paar Meter von den anderen, ehe ich abnahm.

„Mama?“

„Henry, komm bitte nach Hause, ich muss dir jemanden vorstellen.“

„Nicht jetzt Mama! Ich bin im Park mit den anderen!“

„Henry, jetzt! Oder ich streich dir dein Taschengeld für nächsten Monat.“

„Tust du eh nicht!“

„Wetten?“

Ich seufzte. Ich war 17 Jahre alt und hatte es langsam satt, immer irgendwo hinbestellt zu werden, selbst wenn es meine Mama war.

Ich sah zu den anderen, die mich ungeduldig ansahen.

„Na gut, ich komme!“

Ohne auf ihre Antwort zu warten, legte ich auf und griff nach meiner Tasche.

„Ich muss gehen!“ Ich war schon dabei mich umzudrehen, als Caleb mich aufhielt.

„Was?!“

„Meine Mama sagt, ich muss dringend nach Hause.“

„Aber-“

„Man Caleb, ich werde dir sicherlich nicht dabei zusehen, wie du wieder irgendwelche Scheiße anstellst!“

Anstatt auf seine Antwort zu warten, drehte ich mich um und rannte los, um den Bus nicht zu verpassen.

Ich fragte mich nur, wen meine Mama mir gerade jetzt so unbedingt vorstellen musste.

5. Kapitel

HENRYS SICHT

Ich schloss die Haustür auf, kickte meine Schuhe in die Ecke und lief ins Wohnzimmer, da ich dort Stimmen hörte.

„Mama, ich bin wieder da!“, rief ich und lief rein. Auf dem Sofa saß meine Mutter, mit einer Tasse Tee und auf dem Sessel saß ein Mann, den ich jedoch noch nie gesehen hatte.

Beide lachten, bis sie mich sahen.

Was zum Teufel?!

„Ehm...Mama?“, fragte ich und sah von ihr zu ihm.

„Mein Baby ist aus der Schule gekommen!“, rief meine Mama, stand auf und umarmte mich, woraufhin ich sofort rot wurde. Wenn je jemand mitbekam, dass meine Mama mich noch Baby nannte, dann...

„Henry, das ist Tom Robinson. Tom, das ist mein Sohn Henry.“

Der Mann, der mich nun freundlich anlächelte, schüttelte mir die Hand und fuhr dann fort: „Wir sind gerade gegenüber eingezogen, freut mich, dich kennenzulernen.“

Ich runzelte die Stirn. „Wir?“

Er nickte. „Ich mit meiner Tochter. Sie ist so alt wie du.“

Ich schmunzelte. Eine gleichaltrige Tochter direkt gegenüber. Ich dachte an meinen Balkon und den direkt gegenüber.

Was würde ich nicht alles dafür geben, jeden Tag einem Mädchen beim Umziehen zuzuschauen.

Schnell schüttelte ich den Kopf, um diesen Gedanken wieder zu vertreiben.

„Henry?! Hast du zugehört?“ Meine Mutter holte mich aus meinen kranken Gedanken und sah mich an, als ob ich verletzt wäre.

„Nein, was?“

„Vielleicht könntest du sie ein bisschen rumführen und ihr das Viertel zeigen.“

Ich nickte „Klar, mach ich, wenn ich Zeit habe.“ Ganz bestimmt nicht! Oder doch?

Sie nickten und redeten dann weiter. Ich lief nach oben in mein Zimmer, wo ich meine Tasche auf das Bett warf und mich daneben fallen ließ, bis ich Stimmen von draußen hörte und aufstand, um auf den Balkon zu laufen. Von hier aus hatte ich den perfekten Ausblick, gerade abends, wenn die Sonne unterging.

Eine Truppe Mädchen liefen kichernd die Straße entlang. Ich beugte mich vor und stützte mich mit den Armen aufs Geländer, um besser sehen zu können.

Als die Mädchen mich sahen, fingen sie an zu flüstern und kicherten noch lauter.

„Lächerlich“, murmelte ich so leise wie möglich, grinste sie alle an und pfiff einmal, was sie alle zum Lachen brachte. Alle vier waren von meiner Schule, weshalb sie mich auch höchstwahrscheinlich erkannten.

„Hey, Henry!“, rief eine Blondine nach oben und schüttelte kurz ihre Haare.

„Na Mädels? Was macht ihr denn noch hier? Es ist gefährlich, abends alleine rumzulaufen!“, rief ich lässig zurück und zwinkerte ihnen zu, wobei ich aufpassen musste, nicht selber aufgrund meines Verhaltens in Gelächter auszubrechen.

Natürlich war fünf Uhr am Nachmittag nicht gerade als abends zu bezeichnen, doch ich war mir ziemlich sicher, dass den vieren dies so oder so nicht aufgefallen wäre.

„Kannst ja runterkommen und uns beschützen, Thompson!", kam es jetzt von einer Rothaarigen. Sie sah am ältesten aus und hatte auch die größten Brüste, wie mir gerade auffiel.

„Tut mir leid, aber heute nicht. Ich brauche auch mal meine Ruhe!"

Ich wollte definitiv nichts mit denen machen. Außerdem würde in wenigen Minuten die Sonne untergehen und das war zu hundert Prozent ein schönerer Anblick als die vier Barbiepuppen da unten.

„Wir können auch raufkommen", sagte die Brünette und wieder kicherten alle.

Die würden wahrscheinlich nicht mal in zehn Jahren kapieren, wie sehr sie nervten.

„Nein, könnt ihr nicht und jetzt zieht Leine!", rief ich deshalb genervt und wartete auf ihre Reaktion.

Die Mädchen hatten alle ihr Lächeln verloren und sahen nun erst enttäuscht und dann beleidigt aus. Schließlich hakten sie sich ineinander ein und verschwanden dann, nicht ohne immer wieder zurückzusehen, in der Hoffnung, ich würde hinterher sehen.

Ich setzte mich auf den Stuhl hinter mir und schaute über das Haus gegenüber, da die Sonne genau über dem Haus war. Dabei fiel mein Blick auch auf den Balkon. Noch nie hatte ich jemanden dort sitzen sehen. Früher gehörte das Haus zwei alten Leuten, die uns jedes Mal, wenn sie mich oder meine Schwester auf der Straße spielen gesehen hatten, Süßigkeiten schenkten und dort saßen, bis sie eines Tages gar nicht mehr auftauchten. Jedenfalls hatte ich schrecklich angefangen zu weinen, als meine Mama mir erzählt hatte, was passiert war. Nur zur Information, ich war sieben Jahre alt gewesen.

Doch hinter den Vorhängen ging plötzlich ein Licht an und ich sah den Schatten von jemandem. War sie das?

Ich wartete einen Moment, nur um zu sehen, ob noch etwas geschah, doch das tat es nicht und nachdem die Sonne untergegangen war, beschloss ich wieder reinzugehen und Jack anzurufen.

„Du musst mir einen Gefallen tun", sprach ich in den Hörer, nachdem er endlich abgenommen hatte.

„Okay, und was?"

„Nächsten Samstag machst du doch diese Poolparty, ich will, dass du Jolene und ihre neue Freundin einlädst, diese Nora."

„Aber ich dachte...ich meine, wieso?"

„Wirst du schon noch sehen. Also?"

„Wenn dir so viel daran liegt."

„Glaub mir, das tut es."

NORAS SICHT

Ich hörte, wie unten die Tür aufgeschlossen wurde und mein Papa hereinkam. Endlich! Er war knappe drei Stunden bei unseren neuen Nachbarn gewesen.

Ich saß auf dem Sofa, nur in Jogginghose und Strümpfen, die mir viel zu groß waren und sah mir irgendeine Sendung an. Da die Küche genau hinter mir lag, legte ich den Kopf in den Nacken, um meinen Papa verkehrt herum anzuschauen.

Als er mich sah, zuckte er zusammen.

„Nora! Ich dachte, du schläfst schon", sagte er und setzte sich neben mich, nachdem er sich seine Jacke abgestreift hatte.

„Offensichtlich nicht. Was hast du denn so lange bei denen gemacht?" Er blickte auf den Fernseher und winkte ab, fing jedoch nach fünf Minuten an von Francis zu sprechen, die unglaublich nett, höflich, freundlich, lustig und sonst noch alles war.

Irgendwann beschloss ich ins Bett zu gehen und meinen Vater Selbstgespräche führen zu lassen.

Im Bett dachte ich dann einen Moment über den heutigen Tag nach. Gab es denn keinen in dieser komischen Schule, der freundlich war? Na ja, mal abgesehen von Jolene?!

Die Jungs schienen es jedenfalls nicht zu sein. Caleb und Dylan schienen vor Höflichkeit nur so zu platzen und Jack, von dem ich am Anfang noch dachte, dass er nett wäre, hatte sich als Schneewittchens Stiefmutter entpuppt. Warum war Jolene mit so jemandem bloß befreundet gewesen? Doch wenn ich ehrlich war, vermutete ich, dass da noch mehr war. War er mal in sie verliebt gewesen? Oder andersherum? Was ich gesagt hatte, schien ihn jedenfalls nicht gerade glücklich zu machen. Trotzdem hätte ich es nicht tun dürfen, denn nun musste ich es Jolene erzählen, die sonst noch was von mir denken würde.

Und dann war da ja noch Henry, dem ich auf ganz charmante Art und Weise im Schulflur begegnet war.

Kein Wunder, dass die vier beste Freunde waren, sie passten perfekt zusammen. Alle sahen gut aus und alle waren Arschlöcher.

Aber gab es da nicht noch jemanden? Hatte Jolene nicht noch von einem Noah erzählt? Wahrscheinlich war der genau so schlimm!

Ich hoffte nur für die Zukunft, dass sie uns in Ruhe lassen würden.

Ich lief durch einen langen weißen Gang. Man konnte kein Ende erkennen und man fühlte sich, als ob man durch ein Krankenhaus laufen würde. Doch das war kein Krankenhaus, da es weder Menschen noch Türen gab. Ich lief immer weiter, was blieb mir anderes übrig. Doch was war das?? War da eine Stimme? Als ob ich auf einem Kreisel stehen würde, drehte ich mich um und sah dort meinen schlimmsten Albtraum. Lauter kleine Henrys kamen auf mich zugerannt. Alle waren um die 80 cm groß und alle sahen gleich aus!!! Sie riefen mir etwas zu, doch ich verstand nichts. Ich wollte weglaufen, doch es ging nicht. Meine Füße wollten anders als mein Körper. Ich wollte schreien, doch mein Mund öffnete sich nicht. Plötzlich fingen die Henrys an, sich im Kreis zu drehen und an den Wänden hinaufzulaufen.

Jawohl, an den Wänden! Und der DECKE! Und ich stand einfach nur in der Mitte und konnte nichts tun. Gab es denn keinen, der mich retten wollte? Doch auf einmal spürte ich eine Hand, die meine umschloss und mich aus dem Gang in einen großen, dunklen Raum führte. Ich wollte mich bei der Gestalt bedanken, doch meinem Mund entwich noch immer kein Wort. Und dann war die Gestalt wieder weg. Bevor ich es merken konnte, stand ich auf einem Schiff. Es war ein Piratenschiff, wie man es aus den Filmen kannte. Und da waren sie wieder, die kleinen Henrys, die mich alle auslachten, während eine vermummte Gestalt mich auf einmal ins Wasser schubste. Ich wurde immer weiter nach unten gezogen, auf den nicht vorhandenen Meeresgrund. Ich konnte nicht mehr nach oben schwimmen, da es mir vorkam, als ob mich Gewichte herunterziehen würden. Ich bekam keine Luft mehr und war mir sicher, dass dies das Ende sein würde.

Schweißgebadet wachte ich auf und brauchte erst einmal ein paar Minuten um mich zu sammeln. Wie ich diese Träume hasste! Wie ich es überhaupt hasste, mitten in der Nacht aufzuwachen.

Aber ein Albtraum mit Henry? Schon irgendwie komisch.

Erst jetzt bemerkte ich, dass ich auf dem Fußboden lag. Ich hatte meine Decke mitgerissen und mein Handy, welches nun unter dem Nachttisch lag.

Ich rappelte mich auf, legte mich wieder zurück auf mein Bett und zog die Decke vom Boden, während ich über diesen eigenartigen Traum nachdachte. Ich hoffte nur, dass er nichts bedeutete, denn gut war er garantiert nicht...

JOLENES SICHT

Ich lachte und lief weiter, Nora neben mir.

„Ich sag ja immer, Träume bedeuten etwas!“ Sie verdrehte die Augen „Und was? Dass es tausend Doppelgänger von Henry Thompson gibt?“

„Zumindest wollen es viele sein“, murmelte ich und lief weiter Richtung Spind. Als wir da waren, öffnete Nora ihn und warf wütend ihre Bücher hinein.

„Ich darf nicht zu lange über ein Thema nachdenken, sonst träume ich davon.“ Ich nickte, „Das kenne ich.“

Sie wollte gerade etwas erwidern, als eine der Sekretärinnen, Mrs Welsh, wie aus dem Nichts auftauchte und Nora auf die Schulter tippte.

„Entschuldigen sie bitte. Miss Robinson?“ Sie nickte und Mrs Welsh lächelte. „Die Direktorin möchte sie kurz sprechen, es geht um die Mensakarte.“ Nora zuckte mit den Schultern und lächelte mir kurz zu, bevor sie mit Mrs Welsh verschwand.

Ich machte mich schließlich alleine auf den Weg zu meinem Spind. Es hatte bereits zur nächsten Stunde geklingelt und ich musste mich ziemlich beeilen, da keine Menschenseele mehr zu sehen war und ich auf keinen Fall zu spät zum Unterricht erscheinen wollte.

Schnell schloss ich den schmalen Schrank auf und holte meine Bücher heraus, um sie mit denen aus meiner Tasche auszutauschen.

Gerade als ich ihn wieder schließen wollte, knallte er auf einmal von selbst zu und versetzte mich somit eine Sekunde unter Schock, bis ich die Person bemerkte, die sich nun vor mir aufbaute.

„Gott, Jack! Hast du nichts Besseres zu tun?!“, rief ich empört und fing an meine Bücher aufzusammeln, die ich aus Versehen fallengelassen hatte. Mein Mathebuch hob er jedoch auf und behielt es auch erst einmal in der Hand.

Nun sah ich ihm das erste Mal in die blauen Augen und wurde wieder schüchtern, wie immer, wenn ich ihn sah. Warum bedeutete er mir nur immer noch so viel?

„Es ist auch schön, dich zu sehen, Jo“, bemerkte er grinsend und musterte mich. Ich hasste es, wenn er das tat, weil ich mich dann immer unwohl fühlte, was er auch ganz genau wusste, da ich es damals, als wir noch so etwas wie ‚ein Paar' waren, erwähnt hatte.

„Ich habe nicht gesagt, dass es schön ist, dich zu sehen", flüsterte ich und versuchte seinem Blick auszuweichen.

„Was hast du gesagt?", fragte er lauter und sah mich erwartungsvoll an.

„Nichts", erwiderte ich schnell und sah auf den Boden. Verdammt Jolene, jetzt sei doch mal ein bisschen stark! Es ist doch nur Jack...

Ich sah ihn abwartend an, doch er schien nicht mehr wirklich bei der Sache zu sein und starrte mich stattdessen mit großen Augen an.

Was wollte er von mir? Es musste wichtig sein, denn ich konnte mich nicht daran erinnern, dass er mich einfach mal so ansprach.

Und wenn er nichts von mir wollte, dann sollte er mir wenigstens mein Buch wiedergeben.

„Jack?"

„Was?!", rief er genervt und ich zuckte etwas zusammen.

„Ka-kannst du mir jetzt bitte mein Buch wieder geben?", fragte ich schüchtern und wartete auf seine Reaktion.

Er sah auf das Mathebuch, welches er immer noch in der Hand hielt. Ohne ein weiteres Wort warf er es mir vor die Füße.

Aus einer Mischung aus Erschrockenheit und Ungläubigkeit sah ich ihn an, bevor ich es schließlich aufhob und mich abrupt umdrehte.

„Moment! Ich wollte nur sagen, dass du und deine neue Freundin zu meiner Poolparty am Samstag eingeladen seid!"

Überrascht drehte ich mich wieder um und sah ihn mit erhobenen Augenbrauen an.

„Nora?“, fragte ich ungläubig. Er vergrub seine Hände in den Hosentaschen und verdrehte genervt die Augen.

„Nora, Sora, was auch immer! Ihr sollt nur kommen.“

Er drückte mir eine der Einladungskarten in die Hand und sah mit knirschenden Zähnen auf den Boden.

Ich warf einen kurzen Blick auf die Karte, schüttelte dann jedoch den Kopf und wollte sie ihm zurückgeben.

„Danke, aber nein danke!“ Ich drehte mich zum zweiten Mal zum Gehen um, doch er hielt mich am Arm fest, woraufhin ich erschrocken aufquiekte.

„Das ist ehrlich gesagt keine Einladung, sondern eine MUSS-Veranstaltung. Komm und du gehörst zu den Coolen, komm nicht und du bleibst die einsame, kleine Jolene, mit der niemand etwas zu tun haben will. Ich denke, wir verstehen uns!“, sagte er scharf und forderte mich auf, die Karte in meine Tasche zu stecken.

Wütend sah ich ihn an, steckte die Karte zurück in die Tasche und lief so schnell wie möglich weg, in der Hoffnung, dass er mich nicht wieder aufhalten würde.

„Und zieh dir bitte was Schöneres an!“, hörte ich ihn rufen und beschleunigte meinen Gang.

JACKS SICHT

Ich sah ihr hinterher, bis sie außer Sicht war und schluckte einmal schwer, bevor ich mein Handy aus der Hosentasche holte.

‚Alles klar, habe dafür gesorgt, dass sie kommen!‘, tippte ich und ließ es danach wieder verschwinden, bevor ich mich an einen der vielen Schränke lehnte und auf den Boden glitt, nur um mir kurz darauf frustriert durch die Haare zu fahren.

Warum musste es immer so kompliziert sein?

6. Kapitel

JOLENES SICHT

Ich rannte, wobei mir Tränen in die Augen stiegen. Ich wollte nicht weinen, erst recht nicht wegen so einem Vollidioten!

Wütend wischte ich mir übers Gesicht und anstatt zu Kunst zu laufen, machte ich einen Zwischenstopp beim Mädchenklo, wo ich mich verärgert im Spiegel betrachtete.

Meine Wimperntusche war etwas verlaufen und meine Augen waren so rot, dass es sofort auffallen würde, dass ich geweint hatte.

Nachdem ich das Schlimmste beseitigt hatte, holte ich mein Handy heraus um zu gucken, wie viel Uhr es war. Zu spät.

Dann würde ich halt mal schwänzen, was war schon dabei? Vielleicht stimmte es ja, was die anderen sagten. Jolene, der Streber. Jolene, die Schüchterne. Jolene, ohne Freunde.

Seit Jack und ich nicht mehr zusammen waren, hatte sich viel verändert. Ich hatte mich verändert und er sich offensichtlich auch.

Während ich wirklich schüchterner wurde, mich mehr auf die Schule konzentriert hatte und andere mied, wurde Jack zu einem arroganten, eingebildeten Jungen.

Was war nur passiert? Früher war er so lustig und immer gut gelaunt. Man kannte ihn gar nicht anders. Selbst Henry war ganz anders, aber das war ja alles vor der High School. Hier kämpfte man mit allen notwendigen Mitteln ums Überleben.

Ich steckte das Handy zurück in die Tasche, wobei ich an die Karte stieß.

Ich konnte mir unmöglich vorstellen, dass sie uns wirklich einladen wollten. Henry hatte bestimmt irgendetwas geplant. Man musste wirklich nicht schlau sein, um dies zu bemerken, außerdem kannte ich ihn dafür zu gut.

Doch nicht hingehen, wäre wahrscheinlich auch nicht klug.

NORAS SICHT

Dieses Gespräch hatte doch tatsächlich eine Stunde gedauert. Ich lief im schnellen Schritt Richtung Mensa, da ich mich in den Pausen jetzt immer mit Jolene traf.

Ich kam am Mädchenklo vorbei, aus dem plötzlich eine Person trat, die sich zufälligerweise als sie entpuppte.

„Was für ein Zufall, ich wollte dich gerade suchen", sagte ich und wir liefen zusammen Richtung Mensa.

„Warst du die ganze Stunde lang da drin?", fragte ich und sie nickte. „Lange Geschichte, ich erzähle es dir beim Essen."

Ich nickte und wir stellten uns, wie auch gestern, in die Schlange.

Als wir schließlich unser Essen hatten, setzten wir uns an den Tisch, an dem wir auch beim letzten Mal gesessen hatten.

Jolene fing an zu erzählen und ich hörte aufmerksam zu, während ich eine Kiwi köpfte.

Als sie fertig war, sah sie erleichtert und schüchtern zugleich aus, während ich langsam wirklich wütend wurde.

„Du darfst doch nicht zulassen, dass Jack dich weiterhin so behandelt. Wer glaubt er denn, wer er ist?" Sie stützte ihren Kopf auf die Hände.

„Was soll ich denn machen? Sagen, dass er aufhören soll? Mir ist es ehrlich gesagt egal, was er macht oder wie er mich behandelt, solange er mich nicht vor anderen bloßstellt."

„Wetten, dir ist es nicht egal?"

Wir kamen nicht dazu weiterzureden, weil vor uns plötzlich ein Junge stand. Er hatte blonde Haare, grüne Augen und ein sehr sympathisches Lächeln. In der Hand trug er sein Essen und sah erst Jolene und dann mich an.

Wir starrten zurück.

„Hey. Jolene, hast du-?", fing er an, doch wurde von jemandem hinter uns unterbrochen.

„Hier drüben, Noah!"

Ich drehte mich um und sah Henry, der an einem Tisch stand, an dem Dylan, Caleb und Jack mit drei Mädchen saßen und jetzt ebenfalls zu uns herübersahen.

Als Henry mich erkannte, sah er erst wütend aus, grinste dann jedoch. Doch es war kein nettes Grinsen, eher ein falsches, als ob er mich gleich aufspießen wolle.

Noah nickte uns kurz zu und lief dann zu den anderen.

Das war also Noah. Schade! Für einen Moment hatte ich gedacht, es gäbe hier auch freundliche Menschen.

HENRYS SICHT

Was redete Noah mit denen? Wie oft hatte ich ihm gesagt, dass er das lassen sollte?! Aber er war der Einzige, der nie wirklich zuzuhören schien.

Er grinste und ich drückte ihn neben mich und Jack auf den Stuhl.

„Warum redest du mit denen?", fragte ich wütend und nun lehnte sich Jack ebenfalls neugierig zu uns rüber.

„Was denn? Es ist doch nur Jolene. Ihr habt etwas gegen sie, ich nicht", antwortete er unbesorgt und biss in seinen Burger.

Noah ließ sich nicht so schnell einschüchtern, aber vielleicht lag es auch daran, dass er einfach zu sehr mit etwas anderem beschäftigt war. Zum Beispiel mit seinem Essen.

„Wir haben nichts gegen sie, wir reden einfach nicht mit ihr!“, zischte ich und starrte einen Moment auf die Brüste der blonden Cheerleaderin, die sich über mich lehnte, um an ihr Handy ranzukommen.

„Henry!“, fuhr mich Jack an und ich wendete genervt meinen Blick ab.

„Was?!“, fragte ich und merkte, dass nun auch Caleb und Dylan interessiert aussahen.

„Wie sieht das jetzt aus mit der Party?“, fragte Caleb und ich nickte, doch bevor ich weitersprechen konnte, meldete sich die Brünette.

„Oh mein Gott, ihr macht eine Party? Wann? Mädels, wir müssen shoppen gehen!“, rief sie aufgeregt und die anderen klatschten. Ich hämmerte auf den Tisch und sie sahen mich erschrocken an.

„Ihr müsst nicht shoppen gehen, weil ihr überhaupt nicht eingeladen seid!“ Ich verschränkte die Arme vor der Brust und genoss es, mir einen Augenblick die traurigen Gesichter der drei Barbies anzusehen.

„Aber-“, wollte jetzt Blondie widersprechen, doch ich schüttelte den Kopf. „Kein aber! Und jetzt zieht Leine, wir müssen was besprechen!“

Beleidigt standen sie auf und verschwanden arschwackelnd, was uns nicht wirklich störte.

„Also?“, fragte Caleb und legte sein Sandwich auf Noahs Tablett.

„Da die beiden ja jetzt kommen werden, ist alles ganz einfach. Jack kümmert sich um Jolene, damit sie von dieser Nora wegbleibt, verstanden?“

Jack wirkte nicht gerade begeistert von meinem Plan.

„Kann das Caleb nicht übernehmen?", fragte er gequält und da ich nicht gerade der Dümmste war, wusste ich sofort, warum er das nicht machen wollte.

„Vergiss es! Glaubst du, ich habe nichts besseres zu tun, als mit deiner Ex zu reden?"

„Dann halt Dylan?"

Dylan schüttelte den Kopf. „Mary wird da sein!"

„Okay. Noah?"

Noah nickte glücklich und stopfte sich Calebs Sandwich in den Mund.

„Wie auch immer. Jack, gib mal die Liste, bitte!"

Mit der Liste meinte ich die Gästeliste.

Die meisten Gäste waren über unserem Alter und nur selten wurden Leute aus unserer Stufe eingeladen.

„Hier." Jack überreichte mir die abgenutzte Liste, doch bevor ich sie vorlesen konnte, hatte Noah sie mir schon aus der Hand gerissen.

„Warum ladet ihr Jo und diese Nora ein?", fragte er mit vollem Mund und ich sah ihn angeekelt an. „Erstens, wasch dir die Hände, bevor du etwas anfasst und zweitens, ich weiß nicht, ob du auf einem anderen Planeten lebst oder so, aber darüber reden wir die ganze Zeit."

Noah wurde rot, lachte dann jedoch, warum auch immer.

„Gut."

Während die anderen nun begannen über etwas anderes zu diskutieren, dachte ich darüber nach, was eigentlich aus meinem Plan werden sollte.

Wenn ich ganz ehrlich war: Ich hatte mir noch gar nichts überlegt, aber das mussten die anderen ja nicht wissen.

Auch wenn sie mir eigentlich nichts getan hatte, störte mich dieses neue Mädchen irgendwie. Aber warum störte sie mich?

Das konnte ich mir noch nicht einmal selber beantworten.

7. Kapitel

NORAS SICHT

Ich überstand die nächsten Tage ohne besondere Zwischenfälle und schon bald war es Freitag. Ein Tag vor Jacks Party, zu der Jolene und ich erstaunlicherweise eingeladen waren.

Wir hatten uns um 16.00 Uhr zum Shoppen verabredet. Größtenteils, weil ich die Gegend noch nicht kannte und sie sich unbedingt ein neues Kleid kaufen wollte.

Ich nahm eins meiner Haargummis und band mir die Haare zu einem Dutt nach oben. Danach lief ich nach unten um zu sehen, wo Papa blieb. Er wollte mir eigentlich was zu essen machen, doch ich konnte ihn nicht finden, auch wenn ich eine starke Vermutung hatte, wo er war.

Die ganze Woche lang war er fast jeden Tag für mindestens eine Stunde gegenüber und ständig durfte ich mir Ausreden wie: „Wir haben keine Butter mehr“ oder „Ich frag Francis eben nach einem Hammer für das Regal im Wohnzimmer, irgendwie scheint er abhanden gekommen zu sein“, anhören und so langsam vermutete ich, dass er sie etwas mehr als nur ‚nett‘ fand.

Genervt nahm ich die Hausschlüssel und lief nach draußen.

Nach dem dritten Klingeln wurde die Haustür endlich geöffnet und vor mir stand eine lachende Francis. Als sie mich sah, verstummte sie und lächelte nur noch.

„Nora! Schön dich zu sehen, wie geht es dir?“, fragte sie freundlich und sah mich mit großen Augen an.

„Danke gut, wissen Sie, wo mein Papa ist? Er sollte schon längst zu Hause sein."

Sie lachte „Bitte, du kannst mich Francis nennen - " „Das klingt ja fast, als ob du mein Vater wärst", sagte Papa, der auf einmal hinter ihr aufgetaucht war.

Sie machte Platz und beide standen jetzt nebeneinander vor mir.

„Francis hat uns was zu essen gemacht, sie ist wirklich eine fabelhafte Köchin und ihr Sohn - "

Ich unterbrach ihn „Schön, Papa. Können wir jetzt bitte gehen, ich treffe mich gleich mit Jolene und wollte vorher noch was essen."

„Hast du mir nicht zugehört? Francis hat uns was zu essen gekocht."

Nun kochte sie schon für uns?!

Ich versuchte so gut wie möglich ein freundliches Lächeln aufzusetzen, welches mir jedoch nur halb gelang.

„Danke, Francis. Können wir dann?", fuhr ich drängend fort, was schon irgendwie unhöflich war, doch sie lachte nur.

Er nickte und beide sahen so aus, als ob sie darauf warten würden, dass ich endlich gehe, damit sie sich alleine verabschieden konnten, doch den Gefallen tat ich ihnen nicht. Stattdessen kreuzte ich nun die Arme vor der Brust und wartete.

„Schön. War schön dich zu sehen, Francis. Und was die Spüle angeht, ich komme morgen noch mal vorbei." Sie nickte, während ich die Augen verdrehte. Das war ja schon fast pervers.

„Steht mir das?", fragte Jolene und trat aus der Umkleidekabine. Sie trug ein kurzes dunkelblaues Faltenkleid mit vielen Ketten. Dazu einen schwarzen Blazer.

Sie war wirklich hübsch und das Outfit erst, doch für eine Poolparty war es nicht gerade geeignet.

„Ich weiß nicht. Probier das hier mal“, sagte ich und reichte ihr das gelbe Sommerkleid, welches ich mir vorher angeschaut hatte. Sie nahm es mir ab und verschwand wieder in der Umkleide.

Als sie schließlich wieder aus der Kabine kam, drehte sie sich im Kreis und ich lächelte.

„Das ist wunderschön und steht dir. Mir dagegen nicht.“ Sie lächelte mit funkelnden Augen und strich über den gelben Stoff. „Danke. Jetzt müssen wir nur noch was für dich finden.“

Schneller gesagt als getan!

Es hatte zwei Stunden gedauert, bis wir in einem Laden, dessen Namen ich noch nie gehört hatte, schließlich ein dunkelblaues Kleid gefunden hatten, welches mir passte und noch nicht einmal so schlecht aussah - wie Jolene fand.

„Geht doch!“, rief sie und zog mich mit schnellen Schritten zur Kasse, woraufhin ich stolperte und in eine Person, die gerade vorbeilief, knallte.

Zu meiner Erleichterung fiel sie nicht hin oder begann mich blöd anzumachen.

„Oh man, tut mir wirklich leid“, entschuldigte ich mich schnell und betrachtete jetzt das Mädchen, das vor mir stand.

Sie lächelte, woraufhin ihre Grübchen hervortraten.

„Ist schon okay, ich - Jolene?!“, rief sie auf einmal und sah neben mich, wo Jolene stand und sich nun zu uns umdrehte.

Ich sah zwischen den beiden hin und her, bis sie sich schließlich umarmten.

„Jolene Bale. Wann habe ich dich das letzte Mal gesehen?“, fragte sie und schüttelte fassungslos den Kopf.

„Ihr beiden kennt euch?“, fragte ich unsicher. Das Mädchen nickte und streckte die Hand aus.

„Ich bin Mary.“ Wir schüttelten uns kurz die Hände und sie begann wieder zu reden.

„Ich fasse es nicht!“

Die beiden wechselten ein paar Worte, während ich angestrengt über den Namen Mary nachdachte. Den hatte ich doch noch vor Kurzem gehört. War sie nicht -?

„Bist du nicht Dylans Freundin?“, unterbrach ich die zwei und hätte mir am liebsten ins Gesicht geklatscht.

Mary wirkte erstaunt, nickte dann jedoch. „Die bin ich. Hat Jolene dich wohl schon aufgeklärt, was?“. Jolene wurde rot und ich sah auf den Boden.

„Also, kommt ihr auch morgen?“, fragte sie und wir nickten.

„Ich hätte zwar nicht erwartet, dass Jack mich noch mal einladen würde, doch er hat es getan“, sagte Jolene und Mary lächelte „Glaub mir, er mag dich noch immer.“

Ich sah zum zweiten Mal verwirrt zwischen den beiden hin und her, was Jolene zu bemerken schien.

„Wir müssen jetzt weiter!“ „Kein Problem, wir sehen uns ja morgen.“

Wir verabschiedeten uns und bezahlten unsere Kleider, bevor wir nach draußen traten und weiter liefen.

„Sie ist nett“, bemerkte ich und Jolene nickte „Ich weiß.“ „Und warum ist sie mit jemandem wie Dylan zusammen?“ „Glaub mir, die sind nicht immer so, wie sie vorgeben zu sein. Die wollen sich nur etwas Respekt verschaffen, das ist eigentlich alles, auch wenn es ziemlich albern klingt.“

Ziemlich.

Ich schüttelte den Kopf. „Ich kann mir die nett gar nicht vorstellen und ich kann mir auch nicht wirklich vorstellen, dass du mit jemandem wie Jack zusammen warst!“

Überrascht blieb sie stehen und sah mich an.

„Woher weißt du das?“

Ich lachte und zuckte mit den Schultern.

„Als wäre das ein so großes Geheimnis gewesen!“

8. Kapitel

NORAS SICHT

Am nächsten Morgen wachte ich besonders früh auf. Mein Wecker klingelte eigentlich erst um neun, doch aus irgendeinem mir unbekannten Grunde stand ich schon um acht Uhr in der Küche.

Am Esstisch saß mein Papa bereits und las Zeitung. Ich nahm mir eine Schüssel mit Cornflakes und setzte mich ihm gegenüber.

„Schön, dass du so viel Zeit mit deiner Tochter verbringst", meckerte ich und steckte mir den ersten Löffel in den Mund. Papa klappte die Zeitung zusammen und sah mich fröhlich an. „Gut gelaunt?", fragte ich unsicher und er nickte „Wieso nicht? Es ist Samstag, man kann sich entspannen und sich die Meckereien seiner Tochter anhören!" Ich lächelte „Tut mir leid, aber während du hier glücklich jeden Tag genießt, muss ich in diese Hölle von Schule und alle diese blöden Kinder ertragen." Jetzt wirkte er interessiert. „Du hast mir noch gar nicht von der Schule erzählt, wie ist es denn so? Sind die anderen nett?" „Hast du mir nicht zugehört?", fragte ich, doch bevor ich weitersprechen konnte, klingelte sein Handy.

„Hallo? Francis! - Ja mir geht es gut. - Natürlich. - Nein, ich sitze hier gerade mit Nora und frühstücke."

Ach wirklich?! Schön, dass er wusste, dass ich existierte.

„Was, wirklich?!. - Ja. – Ja, auf jeden Fall komme ich herüber. - Klar, da kann ich helfen. - Okay. - Ja, bis dann!"

Er legte auf und kam zurück an den Tisch.

„Entschuldige, was hattest du gesagt?", fragte er und zog die Augenbrauen hoch.

Ich knallte die Schüssel auf den Tisch und stapfte wütend nach oben.

„Dass mein Leben richtig scheiße ist!"

Eigentlich rastete ich ja nicht so schnell aus, aber das Papa keine Zeit mehr für mich hatte, war mir neu.

Ich holte das Kleid, welches ich mir gestern mit Jolene gekauft hatte, aus dem Schrank und warf es auf mein Bett. Heute Abend würde wirklich interessant werden. Auch wenn ich wusste, wer für das Ganze verantwortlich gewesen war, so wollte ich doch hingehen, denn vielleicht wäre das eine gute Gelegenheit sich etwas besser einzugewöhnen und neue Leute kennenzulernen.

„Darf ich reinkommen?", fragte Papa, der plötzlich hinter mir stand.

„Bist du doch schon", erwiderte ich augenverdrehend und verschränkte die Arme.

„Tut mir leid, Nora. Ich verspreche, ich höre dir in Zukunft auch besser zu. Und natürlich können wir auch was unternehmen, hast du Lust heute Abend mit mir einen Film zu sehen?"

Ich musste lachen, da er mit mir sprach, als ob ich fünf Jahre alt wäre.

„Ich bin heute Abend auf dieser Party, schon vergessen? Aber morgen könnten wir uns einen Film ausleihen."

Er nickte, küsste mich auf die Stirn und verließ das Zimmer.

Was sollte ich jetzt machen? Fertig machen musste ich mich erst in gut sechs Stunden, aber bis dahin?

Ich beschloss, mich draußen ein wenig umzuschauen, zog meine Jacke und meine Schuhe an und machte mich auf den Weg.

Heute war es relativ warm, eigentlich hätte ich die Jacke gar nicht mitnehmen müssen. Vielleicht schien der Sommer doch noch etwas bleiben zu wollen, mir würde es jedenfalls nichts ausmachen.

Nach gut zehn Metern, die ich die Straße runtergelaufen war, klingelte auf einmal mein Handy.

„Hallo?“

„Hey, hier ist Jolene.“

„Hey! Was gibt‘s?“

„Na ja, ich wollte dich nur fragen, ob wir wirklich heute Abend da hingehen sollten.“

Ich runzelte die Stirn.

„Wieso nicht?“

„Keine Ahnung. Ich finde es nur komisch, dass die fünf uns eingeladen haben, mehr nicht.“

„Du meinst, da steckt was dahinter?“

„Ich denke schon.“

„Mach dir mal keine Sorgen, was soll schon passieren?“

„Ich mache mir keine Sorgen!“

„Dann treffen wir uns also um sechs bei Jack?“

„Na gut, bis später!“

Ich legte auf und steckte das Handy zurück in die Jackentasche. Wieso zweifelte Jolene auf einmal daran heute wegzugehen?

Vielleicht war es wegen Jack -

– oder sie hatte Recht und es steckte tatsächlich noch mehr dahinter.

9. Kapitel

NORAS SICHT

Da mein Papa ja noch ‚unbedingt' etwas ‚Wichtiges' zu tun hatte, hatte er mir ein Taxi bestellt, welches mich zu Jack brachte.

Ich staunte nicht schlecht, als ich vor dem großen Tor mit der Aufschrift ‚Hawkins' stand und sich dahinter ein vermutlich ziemlich großes Haus verbarg, das neben unserem wie ein Palast aussehen würde.

Neben mir liefen lauter Pärchen, alle aufgestylt, die dem großen Mann im schwarzen Anzug ihre Einladungen zeigten, bevor sie hereingelassen wurden. Was war das hier? Eine V.I.P. Party? Und woher kannte Jack diese ganzen Leute? Manche sahen aus wie 30.

Da ich mich mit Jolene vor dem Tor treffen wollte, blieb ich am Rand stehen und holte mein Handy heraus um sie zu fragen, wo sie steckte, als mir plötzlich jemand auf die Schulter tippte und mich dazu brachte mich umzudrehen.

Vor mir stand Jolene und sah mich unsicher an.

„Hey!", begrüßte sie mich, doch ihre Stimme klang nicht gerade überzeugend. War sie nervös?

Ich entschied mich dazu, sie etwas aufzumuntern.

„Mir ist es peinlich mit dir da reinzugehen", sagte ich und sah auf den Boden.

„Wieso?", fragte sie überrascht und schockiert zu gleich, weshalb ich lächeln musste. „Weil du so gut aussiehst und ich nicht einmal halbwegs so gut aussehe!"

Sie schüttelte energisch mit dem Kopf und zog mich am Handgelenk vorwärts.

„Du siehst wunderschön aus und jetzt komm."

Zusammen liefen wir zum Tor, wo der große Mann uns ernst ansah.

„Darf ich die Einladungen sehen?"

Mal ehrlich. Das war eine Party, eine private Party, noch nicht einmal ein Club, wozu brauchte man hier bitte Security? Oder was auch immer der Mann darstellen sollte.

Doch wir zeigten ihm unsere Einladung und er ließ uns durch.

Wir liefen einen schmalen Steinweg entlang, der bis in den Vorgarten hineinführte.

Ziemlich überwältigt blieb ich stehen.

Schon allein der Garten war riesig! Es gab ein großes Schwimmbad mit Teelichtern darin, einen Whirlpool, eine Tanzfläche, auf der ein paar Leute sich langsam bewegten und eine Bühne mit einer DJ-Anlage.

Das Haus dagegen war noch viel imposanter.

Es war eines dieser weißen, sehr modernen Klötze und die Vorderseite bestand fast nur aus Glas. Man konnte von hier aus das große Wohnzimmer erkennen und die Party ging vom Garten ins Haus über. Drinnen war das Essen und laute Musik und draußen eigentlich genau das Gleiche, nur mit Pool.

„Wow! Jacks Eltern müssen ja in Geld schwimmen!", staunte ich und sah mich zum fünften Mal um.

Jolene lächelte, doch sie wirkte, als wäre sie nicht gerade bei der Sache. Bestimmt war dies alles hier nichts Neues für sie.

„Früher sah das Ganze viel normaler aus, aber als Jacks Vater dann eine ziemlich überragende Beförderung bekam, haben sie beschlossen zu renovieren."

„Jedenfalls kann man hier echt gut feiern."

Sie nickte und da die Leute begannen uns von hinten anzurempeln, beschlossen wir weiterzulaufen.

„Wohin sollen wir?", fragte ich und hoffte, dass sie mich trotz der lauten Musik hörte.

„Erst einmal rein." Ich nickte und wir drängelten uns gemeinsam durch die Menge nach drinnen.

Hier war es genau so voll wie draußen. Wir beschlossen uns auf eines der Sofas zu setzen, das nicht gerade von knutschenden Pärchen besetzt war.

Jolene begann mir gerade von Jacks Familie zu erzählen, als wir von einem lauten „Hey!" unterbrochen wurden.

Wir sahen auf und da erst bemerkten wir Mary, die auf dem Sofa neben uns halb auf Dylans Schoß saß und uns strahlend ansah.

Dylan folgte ihrem Blick und als er uns erkannte staunte er erst, doch verdrehte dann genervt die Augen, während Mary nun aufstand und auf uns zutorkelte. Sie war eindeutig betrunken.

„Heeeey", lallte sie erneut und umarmte uns. Wir grüßten zurück und sie quetschte sich zwischen uns, während Dylan sich jetzt, nicht gerade glücklich aussehend, vor uns aufbaute.

„Was, du kennst die?!", fragte er und zeigte auf mich. Ich hätte ihm am liebsten eine geklatscht.

„Man Dylan, sie hat einen Namen. Nora, glaub ich und ja, ich kenne sie, wir haben uns gestern beim Shoppen kennengelernt."

Ich dankte Mary in Gedanken dafür, dass sie mich in Schutz nahm und musterte sie aus den Augenwinkeln.

Sie trug ein violettes, kurzes Kleid, aus einem sehr dünnen Stoff und ihre Haare waren nach oben gesteckt, während ihre

Füße in silbernen High Heels steckten. Da hatte sich aber jemand Mühe gegeben.

Dylan verdrehte zum zweiten Mal genervt die Augen. „Wie auch immer. Babe, ich hole mir etwas zu trinken, okay?" Sie nickte abweisend und sah uns an.

„Er ist sonst eigentlich besser drauf", entschuldigte sie sich. Ich nickte, doch langsam ging es mir ziemlich auf die Nerven, dass alle die fünf Jungs in Schutz nahmen.

Plötzlich wechselte das Lied zu ‚London Bridge' von Fergie und Mary sprang auf, wobei sie uns mitriss. „Wir müssen tanzen, kommt!", brüllte sie und zog uns in Richtung Tanzfläche.

Ich nickte etwas überfordert und versuchte nicht zu stolpern, als sie mich so durch die Menge zog, während Jolene sich aus ihrem Griff befreite und mich ansah.

„Ich habe gerade nicht so wirklich Lust aufs Tanzen", rief sie mir zu, ich konnte sie allerdings kaum verstehen.

Sie verschwand in der Menge, während Mary anfing mich herumzuschwingen, was mich aufgrund ihres Zustands so zum Lachen brachte, dass ich kaum noch Luft bekam.

Wir hüpften, sprangen und tanzten immer weiter. Mary beschloss mich nicht mehr loszulassen und während die Lieder ständig wechselten, bemerkte ich nicht, dass ich beobachtet wurde.

10. Kapitel

JOLENES SICHT

Eine Weile beobachtete ich die beiden beim Tanzen, bis ich beschloss, dass es armselig war, alleine rumzusitzen und aufstand.

Ich wollte irgendwohin, wo es ruhiger war. Zwar mochte ich Partys, aber das war damals gewesen, als ich noch mit Jack getanzt hatte, mit den anderen befreundet gewesen und generell noch nicht so zurückhaltend war. Mein Leben hatte sich von heute auf morgen geändert und ich hatte keine Ahnung, was Henry oder Jack den anderen erzählt hatten, doch seitdem schienen alle gegen mich zu sein.

Ich würde es Jack bestimmt nie verzeihen, dass er mich so behandelt hatte und es auch immer noch tat und erneut fragte ich mich, warum ich überhaupt hier war. Ach ja, ich wurde gezwungen.

Da ich das Haus mittlerweile in- und auswendig kannte, lief ich die breiten Stufen nach oben und stand schließlich in dem langem Flur, von dem verschiedene Türen abgingen. Ich wusste genau, welches Zimmer hinter welcher Tür lag, genauso wie ich wusste, dass ich nicht hier oben sein durfte, weshalb ich schnell in das erstbeste Zimmer lief und hinter mir die Tür schloss.

„Jolene?! Bist du es?“

Ich zuckte zusammen und drehte mich ruckartig um.

Jetzt fiel mir erst auf, in welchem Zimmer ich gelandet war. Es war Janes Zimmer. Die Wände waren, wie damals, immer noch rosa gestrichen und die Möbel weiß, während sich in der Mitte ein großes Doppelbett befand, auf dem sie saß und sich irgendein Video auf ihrem Laptop ansah.

Jane war Jacks kleine Schwester und 13 Jahre alt.

„Hey Jane!", erwiderte ich zögernd und wurde rot.

„Hi!", gab sie unsicher zurück und lächelte mit einer hochgezogenen Augenbraue.

„Ist schon etwas her, seit wir uns das letzte Mal gesehen haben", fügte ich noch hinzu und hätte am liebsten kehrtgemacht.

„Ich weiß, das ist Jacks Schuld. Er meinte, du hättest ihn betrogen und ich sollte nicht mehr mit dir reden."

Ich hätte mich fast an meiner eigenen Spucke verschluckt.

„Was?!", krächzte ich und Jane sah mich verwirrt an.

„A-aber ich habe ihn nie betrogen. Ich war nur nicht mehr interessant genug für ihn!"

Meine Unterlippe begann zu beben, doch ich versuchte mich nicht unnötig aufzuregen, während Jane mir nun einen mitleidigen Blick zuwarf.

„Das war mir sowieso klar. Mein Bruder ist ein Arsch. Aber was machst du dann auf dieser Party?"

„Ich wurde - eingeladen." „Eingeladen?", fragte sie nun verwirrt und stand von ihrem Bett auf.

„Komisch. Denn hier sind eigentlich nur Leute, die nicht auf eure Schule gehen."

Ich nickte „Ich weiß es auch nicht. Wahrscheinlich werde ich jetzt auch wieder gehen.", antwortete ich und drehte mich zur Tür um.

„Es war schön, dich wiederzusehen!", rief Jane mir hinterher und ich lächelte leicht, bevor ich auf den Flur zurückkehrte.

Zwar wollte ich wieder nach unten, doch meine Füße brachten mich woanders hin und ehe ich mich versah, stand ich schon in Jacks Zimmer und sah mich um.

Alles war noch genau so wie vorher. Er hatte sich zwar verändert, doch sein Zimmer hatte er anscheinend in Ruhe gelassen.

Ich öffnete seinen Schrank, genau wissend, was ich tat. Und als hätte ich es geahnt, lächelte ich traurig, als ich die Fotos in den Innenseiten des Schranks wiedererkannte.

Sie waren alle an meinem letzten Geburtstag gemacht worden, den ich mit seiner Familie in Venedig gefeiert hatte, da wir zu dem Zeitpunkt Ferien hatten und meine Eltern nicht da waren.

Warum klebten sie noch dort?

Ich dachte, er hasste mich...

„Ich komme gleich wieder runter, warte nicht auf mich!"

Mit einem Mal blieb mein Herz stehen und ich vergaß kurz zu atmen, als ich die Fußstapfen näher kommen hörte. Ich hatte gerade noch genug Zeit, um den Schrank zu schließen, dann wurde die schon Tür aufgerissen und vor mir stand:

Was für ein Wunder?

Jack.

11. Kapitel

JOLENES SICHT

Jack stand direkt vor mir und ich hatte keine Ahnung, was ich tun sollte. Wie angewurzelt stand ich da und starrte ihn an.

Und er starrte zurück.

„Was zur Hölle machst du hier?!“, brüllte er auf einmal und funkelte mich wütend an.

Ich zuckte zusammen, bekam jedoch kein Wort heraus.

„Ich hatte dich was gefragt!“, knurrte er immer noch wütend.

In seiner Hand hielt er eine Flasche Champagner, die er jetzt allerdings auf den Boden stellte und dann fiel es mir auf.

Aus seinem T-Shirt fiel die kleine silberne Kette mit den Buchstaben JJ - Jolene und Jack. Ich hatte sie ihm einmal geschenkt, aber warum zur Hölle trug er sie?

Diesem Jungen war doch eindeutig nicht mehr zu helfen!

Doch dann machte es klick. Erst die Bilder, dann die Kette. Bedeutete ich ihm etwa noch was? Oder hatte er sich lange nicht mehr seinen Schrank richtig angesehen? Doch warum trug er die Kette?

Ich bedeutete ihm noch etwas.

Einen Moment lang vergaß ich, dass er immer noch vor mir stand und begann vor mich hinzulächeln.

„Warum grinst du so blöd?!“, fuhr er mich an.

„Warum behandelst du mich so scheiße? Was habe ich dir getan?“, gab ich zurück und er schien einen Moment sichtlich überrascht zu sein.

„Tue ich doch überhaupt nicht! Und außerdem, was fällt dir ein in mein Zimmer zu gehen, dass ist zwar eine Party, aber das hier oben ist tabu und das weißt du auch!“

Ich schüttelte den Kopf. „Schau dich an, Jack. Was ist nur aus dir geworden? Wieso hast du dich so verändert? Das ist doch nicht mehr normal!“

„Jetzt hör auf dich wie eine Heilige aufzuspielen! Und die Frage ist noch immer: Was hast du in meinem Zimmer zu suchen?“

Ich sah auf den Boden und plötzlich fühlte es sich richtig an, ihm die Wahrheit zu sagen. Deshalb tat ich es.

„Ich habe dich vermisst“, flüsterte ich leise, aber laut genug, damit er es hören konnte.

Ich sah auf und das Gesicht, das ich erhofft hatte zu sehen, war nicht da. Stattdessen grinste er und musterte mich, als ob ich einen Müllsack tragen würde.

„Tja, das ist ja wirklich süß Jo, nur habe ich dich leider nicht vermisst. Ehrlich gesagt bin ich froh, dass wir nicht mehr zusammen sind, denn ohne dich bin ich deutlich besser dran. Und weißt du, was ich glaube? Ich glaube, ich habe mit dir nur meine Zeit verschwendet!“

Ich erstarrte und mir schossen sofort die Tränen in die Augen. Was hatte er gerade gesagt? Wie konnte er es wagen?!

Ich hätte alles Mögliche sagen können, ich hätte ihm eine Ohrfeige geben können oder ihn bloßstellen, was die Fotos anging. Ich hätte wirklich alles tun können, doch stattdessen lief ich tränenüberströmt nach unten.

Ich sah auf den Boden, damit mich niemand sah und rannte einfach in den Garten und weg.

Auch wenn ich Nora nicht Bescheid gesagt hatte, länger würde ich es hier nicht aushalten.

Jack hatte mir soeben endgültig das Herz gebrochen. Nein, er hatte es mir brutal herausgerissen und es zerschlagen und ich wusste, dass es der größte Fehler gewesen war, dort hinzugehen.

JACKS SICHT

Ich, Jack Hawkins, hatte gerade mein eigenes Leben zerstört und das, obwohl alles, was ich gesagt hatte, eine große Lüge war.

Wieso war ich so bescheuert? Wieso musste es immer so kompliziert sein? Bitte lass ein Auto kommen und mich überfahren.

Ich fand mich selber im Wohnzimmer wieder, wo Henry plötzlich neben mich trat.

„UND?!", brüllte er, damit ich ihn auf Grund der lauten Musik im Hintergrund verstand.

„Was und?!", fragte ich genervt, obwohl ich genau wusste, was los war.

„Hast du es geschafft, Jolene wegzuschicken?"

Ich nickte traurig. Eigentlich war es anders geplant gewesen, ich hätte ja nicht wissen können, dass sie in meinem Zimmer war.

Die ganze Zeit ging mir ihr Satz nicht mehr aus dem Kopf. Sie vermisste mich.

„JACK!" Ich fuhr zusammen und blickte Henry genervt mit dem Was-willst-du-jetzt-noch-von-mir-Blick an.

„Ich sagte, gut gemacht!"

Ich nickte abwesend und tauchte dann in der Menge unter.

NORAS SICHT

Irgendwann konnte selbst ich nicht mehr und schleppte mich an die Bar, welche zwar klein war, doch immer noch sehr beeindruckend, in der Hoffnung Jolene zu finden.

„Kann ich dir irgendetwas bringen?"

Einen Moment dachte ich, es wäre der Barmann, doch warum sollte es einen geben?

Es war Henry, der plötzlich neben mir saß und mich mit einem falschen Lächeln anlächelte.

„Hast du Jolene gesehen?“, fragte ich nicht wirklich überrascht und sah ihn dabei nicht an.

„Oh ja. Sie ist vorhin nach Hause gegangen. Sie hat mir gesagt, es war ihr zu viel und du sollst alleine gehen.“

Nun hatte er allerdings doch meine Aufmerksamkeit. „Wie bitte? Sie ist schon gegangen?“

„Ehm ja, habe ich doch gerade gesagt.“

Ich stützte mich auf die Theke und war etwas enttäuscht. Sie hätte es mir auch persönlich sagen können, warum gerade ihm?

„Hast du Lust zu tanzen?“

Ich sah ihn ungläubig an. „Ist das dein Ernst?“

„Ich scherze nie“, sagte er, stand auf und hielt mir seine Hand hin.

Da ich sowieso nicht wusste, was ich machen sollte, ergriff ich sie zögernd und wir liefen auf die Tanzfläche, auf der es immer noch wild zu sich ging.

Doch dann ließ er mich stehen und lief auf die kleine Bühne, wo Caleb den DJ spielte und nebenbei immer wieder eine Blondine abknutschte.

Ich beobachtete die zwei. Henry flüsterte ihm was ins Ohr. Caleb nickte und grinste mich dann an.

Hier stimmte doch irgendetwas nicht, doch was war es?

Er kam zurück und hielt mir wieder die Hand hin, als das Lied von einem wilden zu einem ganz langsamen wechselte.

Sofort bildeten sich Pärchen, die sich wie ein Sandwich zusammendrückten und anfingen eng umschlungen zu tanzen.

Ich sah mich um, doch dann spürte ich einen Finger auf meiner Schulter. Es war Henry, der mir immer noch die Hand hinhielt.

„Nur kurz", ermahnte ich ihn und schlang zögernd meine Arme um seinen Nacken, während er jetzt seine eine Hand auf meine Hüfte legte, die andere ebenfalls und kaum merkbar die Augen verdrehte.

Ich sah ihn nicht an, sondern schaute einfach über seine Schulter, damit ich nicht so wirkte, als ob es mir gefallen würde.

Doch ehrlich gesagt tat es das.

HENRYS SICHT

Ich spürte, wie sie sich langsam entspannte und musste grinsen.

Nur dieser eine Tanz.

Länger würde ich auch nicht brauchen.

12. Kapitel

NORAS SICHT

Das Lied dauerte sehr lange, aber aus irgendeinem Grund hatte ich nichts dagegen mit Henry zu tanzen, es fühlte sich sogar gut an, auch wenn ich das niemals laut eingestehen würde.

Ich würde doch nicht anfangen, Gefühle für jemanden wie ihn zu entwickeln, oder?

Nein, bitte nicht! Würde ich mich in ihn verlieben, dann würde mir nur mein Herz gebrochen werden und darauf hatte ich keine Lust!

Ich spürte, wie er sich enger an mich presste, doch ich merkte es kaum und versank immer weiter in meinen Gedanken, sodass es mir nicht auffiel, wie an meinem Kleid herumgezupft wurde.

Und dann passierte es. Das, mit dem ich wahrscheinlich am wenigsten gerechnet hätte.

Plötzlich fühlte ich mich nackt und zwar unten herum.

Ehe ich irgendetwas realisierte, ließ Henry mich los und rannte auf die Bühne zu. Bevor ich begreifen konnte, was los war, wurde die Musik gestoppt und er fing an durch das Mikrofon zu sprechen.

„Hey Leute! Also bevor es wirklich losgeht, solltet ihr euch vielleicht einmal Nora Robinson anschauen, sie ist gerade neu auf unsere Schule gekommen und heute hier als Ehrengast. Ach ja und sie wollte einen guten ersten Eindruck machen!“

Ein Scheinwerfer wurde auf mich gerichtet und ich kniff kurz die Augen zusammen. Plötzlich stand ich in der Mitte, alle Leute um mich versammelt und dann erst begriff ich, was los war.

Ich sah an mir herunter.

Die zweite Hälfte meines Kleides fehlte und was das bedeutete, könnt ihr euch bestimmt denken.

Ich schrie auf und versuchte verzweifelt mit meinen Händen und dem übrigen Stoff meinen unteren Bereich abzudecken.

Alle fingen an zu lachen und es setzte ein aufgeregtes Geflüster ein. Es kamen auch noch andere von draußen dazu, während ich von Panik erfasst nach draußen rannte, bevor jemand ein Foto machen oder Video drehen konnte.

„Sexy Unterwäsche!", hörte ich Henry noch durchs Mikrofon rufen.

Ich rannte noch schneller und versteckte mich hinter einem Busch neben dem Tor, damit mich der Typ vor dem Tor nicht sah.

Verzweifelt ließ ich mich auf die Erde sinken und fing leise an zu weinen.

Wie konnte er mir das nur antun? Was hatte ich ihm getan?

Ich hoffte innerlich, dass das Ganze gerade ein Traum war, doch ich wusste selber, dass es keiner war. Ich wurde gerade tatsächlich vor mindestens 100 Leuten bloßgestellt und gedemütigt. So schrecklich wie jetzt hatte ich mich noch nie gefühlt.

Ich hasste es! Ich hasste diesen Ort! Ich hasste die Schule, ich hasste die Leute, die darauf gingen und ich hasste diese eine Person, die mich gerade vor allen bloßgestellt hatte! Ich wollte einfach nur noch nach London zu meinen alten Freunden und mein altes Leben wieder haben, ich hielt es hier einfach nicht mehr aus.

„Hey, geht's dir gut?"

Ich gab ein leises Quieken von mir, sah aber nicht auf, weil ich in dem Moment zu sehr mit mir selber beschäftigt war.

„Sehe ich so aus, als ob es mir gut gehen würde?“, schluchzte ich und versteckte mein Gesicht in meinen Händen.

„Entschuldigung. Hier nimm die.“

Ich spürte, wie sich eine Person neben mich hockte und mir eine Jacke auf den Schoß legte.

„Geh weg! Ich brauche nicht noch jemanden, der sich über mich lustig macht!“

Die Person setzte sich neben mich und zog wie ich die Knie an.

Schnell griff ich nach der schwarzen Jacke und zog sie an, da sie lang genug war und mir bis zu den Oberschenkeln reichte.

„Warum sollte ich mich über dich lustig machen wollen?“

Langsam hob ich den Kopf, musste allerdings erst meine Tränen wegwischen um etwas sehen zu können, dazu kam, dass es bereits dunkel war.

Neben mir saß ein Junge, ungefähr ein Jahr älter als ich, mit braunen Haaren. Seine Augenfarbe konnte ich nicht erkennen, aber seine Augen funkelten beunruhigend.

„Ich bin Jimmy“, sagte er und streckte mir die Hand hin. Ich starrte sie einen Moment an, bis er sie wieder wegnahm.

„Willst du mir nicht sagen, wie du heißt?“, fragte er. Ich wischte mir die restlichen Tränen weg und schniefte kurz. Wie peinlich war das denn bitte?

„Ich heiße Nora.“

„Das ist ein schöner Name“, sagte er und ich lächelte. Doch ich wollte jetzt keine neuen Leute kennenlernen, ich wollte einfach nur noch nach Hause.

„Kannst du mich nach Hause bringen?“, fragte ich und er nickte.

Wir standen auf und liefen gemeinsam aus dem Busch und durch das Tor an dem Typen von vorhin vorbei, der uns nun verwirrt ansah. Ich wollte gar nicht wissen, was er gerade dachte.

Wir blieben vor einem schwarzen Auto stehen und er hielt mir die Tür auf. Zögernd stieg ich ein und schnallte mich an, während er jetzt von der anderen Seite einstieg.

Nachdem ich ihm gesagt hatte, wo ich wohnte, fuhr er los.

Die ersten fünf Minuten sagte keiner etwas, bis ich etwas neugierig wurde.

„Hast du – ehm - hast du das gerade mitbekommen?“

Er sah mich kurz an und nickte langsam. Scheiße! Ich wurde rot und zog die Jacke so weit es ging weiter über meine Oberschenkel.

„Ich finde es echt scheiße, was Henry da abgezogen hat!“, sagte er und konzentrierte sich auf die Straße.

„Woher kennst du ihn?“, wollte ich wissen.

„Na ja, ich würde nicht gerade sagen, dass wir uns gut kennen, aber ich kenne Noah, wir sind ziemlich gut befreundet. Noah ist übrigens-“ „Ich weiß, wer Noah ist“, unterbrach ich ihn schnell und sah aus dem Fenster.

Na super, da begegnete ich mal einem netten Typen, wenn auch unter peinlichen Umständen, und er entpuppte sich als einer von Noahs Freunden.

Das Schicksal war eindeutig gegen mich.

„Auch wenn Noah in Henrys Clique ist, er würde so etwas nicht machen und ich denke die anderen auch nicht. Henry dagegen hätte ich so etwas von Anfang an zugetraut.“

Ich antwortete nicht, da ich gar nicht wissen wollte, wer von ihnen was machen würde. Sie waren alle fünf einfach nur gestört.

Vor allem Henry, dieses Arschloch!

Ich schwor mir, dass ich es ihm zurückzahlen würde. Keine Ahnung wie, aber ich würde es definitiv tun.

Das Auto hielt und ich bemerkte, dass wir vor unserem Haus angekommen waren.

„Danke, dass du mich gefahren hast und wegen deiner Jacke, ich-„

Er lachte „Keine Sorge, behalte sie, oder gib sie Noah, was du wahrscheinlich nicht machen wirst!“

Ich schüttelte mit dem Kopf und er lächelte erneut. Dieses Lächeln würde bestimmt jedes Mädchen zum Schmelzen bringen. Doch mich irgendwie nicht.

„Hier. Ich gebe dir einfach meine Nummer und du kannst mir ja schreiben, wenn du sie mir zurückgeben willst.“

Ich lächelte. Wir tauschten Nummern und ich stieg aus dem Auto aus.

Er winkte mir noch kurz zu, bevor er weiter fuhr.

Ich wollte gerade reinlaufen, als mir das helle Licht vom Haus gegenüber auffiel.

Da man bis hierhin Gelächter hören konnte, beschloss ich einfach aus Neugier mal nachzuschauen.

Ich lief über die Straße und sah durch das Fenster.

Und wer saß dort auf dem Sofa?

Mein Papa mit Francis und im nächsten Moment geschah etwas, was mir noch zusätzlich die Nacht versaute.

Sie küssten sich.

Wieso? Wieso mussten all diese Dinge jetzt geschehen?

Ich drehte mich auf dem Absatz um und lief zurück zu unserem Haus.

Hinter mir schloss ich die Tür und lehnte mich heulend dagegen.

Warum musste mein Leben so eine Unordnung sein?

Es gab fünf Jungs - vor allem einen -, die mich aus keinem Grund hassten, meine Eltern hatten sich gerade erst scheiden lassen und schon war mein Vater neu verliebt. Ich wollte zwar, dass mein Papa glücklich wurde und Francis schien wirklich nett zu sein, aber es ging alles einfach zu schnell.

Ich lief nach oben in mein Zimmer, zog die Jacke aus und riss mir den Rest des Kleides vom Körper.

Dann duschte ich mich erst einmal, um den Kopf frei zu kriegen. Doch er wurde nur schwerer.

Nur im Handtuch bekleidet lief ich aus dem Bad und zog die Vorhänge zu, damit, wer auch immer gegenüber im Zimmer mit dem Balkon wohnte, mich nicht sehen konnte.

Wer wohnte eigentlich gegenüber? Natürlich Francis, doch sie hatte doch noch zwei Kinder. Wo war eigentlich ihr Sohn und warum sah ich ihn nie? Wenn ich Glück hatte, ging er nicht auf unsere Schule.

Auf einmal kam mir ein schrecklicher Gedanke und ich schreckte von meinem Bett hoch, auf welches ich mich gerade gelegt hatte.

Was wenn Francis' Sohn, wie auch immer er hieß, heute auf der Party gewesen war?

Mein Atem beschleunigte sich. Das wäre schrecklich, vor allem da mein Papa jetzt etwas mit seiner Mama am Laufen hatte.

Ich versuchte diesen Gedanken zu verdrängen und zog mein Handy hervor.

‚Wieso bist du so früh gegangen? Wir MÜSSEN reden, mir ist etwas Schreckliches passiert! xx‘

Die Nachricht war an Jolene, doch als nach 20 Minuten immer noch keine Antwort kam, zog ich mich um und ging ins Bett.

Ich wollte einfach nur noch vergessen, was heute passiert war und überhaupt, dass mein Leben gerade den Bach runterging.

13. Kapitel

NORAS SICHT

Der nächste Tag war ein Sonntag. Auch wenn es bei anderen Menschen vielleicht nicht so war, so wachte ich sonntags seltsamerweise immer besonders früh auf.

Doch als ich heute Morgen auf den Wecker sah, war es bereits 13.00 Uhr. Sofort fiel mir der gestrige Abend wieder ein und bei dem Gedanken tauchte ich gleich noch mal unter mein Kissen. Ich wollte einfach nur vergessen, dass es mich gab.

Doch eine bestimmte Person wollte mich anscheinend nicht in Ruhe lassen. Sie wollte mich quälen und dazu bringen endlich aufzustehen. Ich hätte dieser Person jetzt am liebsten in die Eier getreten. Die Person hieß Mr Sonne, auch wenn ich der festen Überzeugung war, dass die Sonne weiblich war. Immer diese scheiß Männer!

„Okay, du hast gewonnen!“, murmelte ich, stand auf und pfefferte mein Kissen gegen die Fensterscheibe. War das mein Ernst? Jetzt führte ich schon Selbstgespräche! Oder war es ein Dialog zwischen mir und der Sonne? Nein! Selbstgespräche hörten sich deutlich besser an.

Ich schüttelte über mich selber den Kopf und lief nach unten, wo ich mich schweigend an den Tisch setzte, während mein Papa auf dem Sofa Zeitung las. Ich beobachtete ihn. Schließlich legte er die Zeitung weg und setzte sich zu mir.

„Hübsch siehst du heute aus", grinste er und ich versuchte mein bestes Frankenstein-Gesicht aufzusetzen. „Mach dich nicht über mich lustig!", patzte ich wütend. Ich wusste genau, wie ich aussah. Meine Haare standen in alle Richtungen ab und ich wirkte vom Aussehen her wahrscheinlich wie ein Osterhase auf Drogen. „Ist wohl ziemlich spät geworden, die Party gestern. Ich habe dich gar nicht zurückkommen hören." Er nahm einen Schluck von seinem Kaffee. Woher hatte er denn jetzt bitte den Kaffee? Ich brauchte eine Weile um zu realisieren, dass es meiner war.

„Das liegt daran, dass ich vor dir zurückkam!" Wütend entriss ich ihm die Tasse und zog sie beschützend an mich, während Papa jetzt rot wurde. „Du wusstest, dass ich drüben war?" Ich verdrehte die Augen „War irgendwie vorhersehbar - " „Was hast du gesehen?" „Genug!" Es kam mir so vor, als ob ich die Mutter wäre und mein Papa der Sohn.

„Hör zu Schatz. Ich will nur, dass du weißt - ", fing er an, doch ich unterbrach ihn, indem ich die Hände hob. „Papa, ich will darüber nicht reden. Wenn du Francis magst, ist das okay. Nur bitte mach nicht vor mir einen auf frisch verliebt, das nervt nämlich gigantomanisch und erst recht jemanden, der Single ist!" Er nickte wie ein braves Kind. Ich musste vor meinem Papa nichts verstecken. Eigentlich konnte ich mit ihm über Sachen reden, über die man normalerweise mit Müttern redete, aber meine Mutter war zu so etwas unfähig. Was ich meinem Papa erzählte, konnte eigentlich jeder wissen. Ich nickte und atmete aus.

„Wie auch immer. Es freut mich, dass du endlich glücklich geworden bist. Auch, wenn das meiner Meinung nach ziemlich schnell ging und wenn du mich jetzt bitte entschuldigst, ich bin echt schlecht gelaunt. Die Party gestern war ziemlich - wild." Er nickte. „Francis Sohn ist auch erst heute morgen wiedergekommen. Er war wohl auf der gleichen Party wie du."

Ich drehte mich um und sah ihn geschockt an. „Was? Er war da?" Papa nickte langsam, während sich vor mir ein Albtraum auftat. Das bedeutete -

Ich wusste ganz genau, was das bedeutete und jetzt wurde mir erst richtig bewusst, was Henry eigentlich getan hatte. Er hatte mich vor allen Leuten, die irgendwie in Zukunft etwas mit mir zu tun haben könnten, gedemütigt. Tränen strömten mir über die Wangen, während ich nach oben in mein Zimmer rannte und die Tür zuknallte.

Im nächsten Moment griff ich nach dem nächstbesten Gegenstand und schleuderte ihn auf den Boden. Gott sei Dank war es nur ein alter Teddybär.

Ich musste mir etwas überlegen. Etwas, womit ich ihn genau so zerstören konnte, wie er mich gestern fast zerstört hatte. Ich hasste ihn! Ich hasste Henry! Allein dieser Name klang schon so arrogant, dass man ihn am liebsten gar nicht aussprechen wollte.

Ich zog mich um, band meine Haare zusammen und lief wieder nach unten. Ich wollte zu Jolene gehen um zu sehen, was mit ihr los war. Die Adresse hatte ich durch die Schulwebsite herausgefunden. Warum hatte ich eigentlich nicht Henrys gleich mit ausfindig gemacht? Dann wusste ich wenigstens, wo er wohnte, um ihm nachts auflauern und umbringen zu können.

„Wo gehst du hin?", fragte Papa und ich drehte mich zu ihm. „Ins Land der Einsamen! Aber wir machen heute Abend noch unseren Filmabend, oder?" Er nickte zögernd.

„Den Film holen wir uns bei Francis ab, in Ordnung?" Ich verdrehte die Augen, nickte jedoch. Dann lief ich nach draußen und machte mich auf den Weg.

JOLENES SICHT

„Jolene, Schatz?“

„Bitte Mama, lass mich in Ruhe!“, antwortete ich, ohne mich umzudrehen. „Aber hier ist Besuch für dich.“ Ich setzte mich auf und sah zur Tür, in der nun Nora stand. Schnell wischte ich mir die Tränen weg und versuchte ein Lächeln aufzusetzen, was mir nur halb gelang.

„Was ist los? Ich habe mir Sorgen gemacht. Bist du sauer auf mich? Warum bist du ohne mich weggegangen und hast nicht auf meine Nachricht geantwortet? Und warum weinst du?“ Sie setzte sich zu mir aufs Bett und sah mich besorgt an.

„Das sind ja ziemlich viele Fragen.“ Sie nickte. „Tut mir leid. Also was ist los?“ Ich holte tief Luft und erzählte ihr schließlich haargenau, was gestern Abend in ihrer Abwesenheit passiert war. Es dauerte Ewigkeiten alles zu erzählen, da ich immer von Schluchzen unterbrochen wurde.

Als ich fertig war, sah sie mich sprachlos an. „Und ich dachte meine Geschichte könnte nicht schlimmer sein“, murmelte sie und sah weg. Verständnislos zog ich die Augenbrauen hoch. „Wie meinst du das?“ Sie sah mich wieder an und diesmal glitzerten auch in ihren Augen Tränen.

„Als ich fertig mit Tanzen war, bin ich an die Bar gegangen, um zu gucken, ob ich dich finden würde. Dann saß Henry plötzlich neben mir und hat mir erzählt, du wärst schon gegangen, da du es nicht mehr aushalten würdest und ich sollte alleine nach Hause gehen. Irgend so einen Quatsch eben. Wie auch immer. Jedenfalls hat er mich gefragt, ob wir tanzen würden und ich habe aus irgendeinem Grund ja gesagt. Es wurde ein ruhiges Lied aufgelegt und wir begannen zu tanzen und -“

Sie wischte sich kurz über das Gesicht und ich streichelte ihren Arm. „Was ist passiert?“

„Auf einmal löste sich Henry von mir und rannte auf die Bühne. Da erst fiel mir auf, dass irgendetwas nicht stimmte und ich stellte fest, dass – mein Kleid fehlte. Zumindest die zweite Hälfte. Doch bevor ich überhaupt reagieren konnte, rief Henry schon ins Mikrofon, dass sich alle nach mir umdrehen sollten und den Rest kannst du dir ja denken."

Jetzt war ich sprachlos. Er hatte was gemacht? Ich traute Henry ja einiges zu, aber dies nun wirklich nicht. Wieso sollte er ihr das antun? „Ich kann das nicht glauben", murmelte ich und sie nickte.

NORAS SICHT

Auch wenn immer alle sagten, dass es befreiend war sich auszusprechen, mir ging es anders. Zwar vertraute ich Jolene voll und ganz, doch nun kam ich mir irgendwie noch dümmer vor.

„Was willst du jetzt machen?", fragte sie und ich wusste genau, was sie meinte. „Die Frage ist, was wollen wir jetzt machen. Du kannst dir Jacks Verhalten dir gegenüber nicht einfach so gefallen lassen. Na ja, jedenfalls wissen wir jetzt, dass es ein Fehler war, auf diese Party zu gehen." Sie schien zu überlegen.

„Morgen ist Montag. Ich habe mehrere Fächer mit ihnen", sagte sie schließlich. „Bei meinem Glück habe ich das Gleiche Problem." „Wir sollten sie ignorieren." „Nein! So etwas ignoriere ich nicht! Ich will Rache und zwar gewaltige!" Jolene zuckte etwas zusammen und ich musste plötzlich grinsen. „Die fünf werden sich am Ende wünschen nicht geboren zu sein! Vor allem Henry, dieser Bastard!" „Was hast du vor, Nora?" „Keine Ahnung, aber ich werde mir etwas überlegen."

14. Kapitel

NORAS SICHT

Als ich wieder zu Hause war, war es schon spät, weshalb wir den Filmabend verschoben. Ich hatte mich inzwischen in meinem Bett vergraben und versuchte einzuschlafen, als die Tür plötzlich aufging und mein Papa seinen Kopf ins Zimmer steckte. „Schläfst du schon?", flüsterte er und öffnete die Tür ein weiteres Stück.

„Nein, wieso?" Ich setzte mich auf und schaltete das Licht auf meinem Nachttisch an.

„Ich wollte nur fragen, ob es für dich in Ordnung ist, wenn ich mit Francis ausgehe." Ich seufzte leise „Papa. Ich bin siebzehn Jahre alt. Natürlich komme ich alleine klar."

Er schüttelte den Kopf. „So meinte ich das nicht. Mir ist sehr wohl bewusst, dass du alleine klarkommst. Ich meinte eigentlich, ob es generell für dich in Ordnung ist, wenn ich mit Francis zusammen bin."

Ich überlegte.

Wie genau meinte er das?

„Worauf willst du hinaus?" Schließlich trat er ganz ins Zimmer und setzte sich zu mir aufs Bett.

„Ich meine - Natürlich kennen wir uns noch nicht so lange, aber wir sind uns in letzter Zeit wirklich nahe gekommen. Wäre es sehr schlimm, wenn ich dich fragen würde, ob du – Na ja, ob du etwas dagegen hättest, wenn wir beide ein Paar wären." Ich sah ihn sprachlos an und strich mir die Haare hinters Ohr um besser sehen zu können.

„Ich -. Wie du schon gesagt hast, ihr kennt euch noch nicht so lange. Ist das denn wirklich, was du willst?“ Er nickte fest entschlossen. „Aber - ich meine -. Na gut, schön. Klar ich habe nichts dagegen. Es ist nur - “ „Was?“ Er runzelte die Stirn und ich wurde auf einmal unsicher.

„Na ja, ich kenne noch nicht einmal ihre Kinder. Ich bin weder der Tochter, noch dem Sohn je begegnet und was ist, wenn wir uns nicht verstehen?“

Er lachte. „Glaub mir, dass werdet ihr. Die Tochter habe ich selber noch nicht kennengelernt, aber Francis' Sohn ist wirklich sehr freundlich. Außerdem ist er ein sehr wohlerzogener Junge. Ich denke, ihr werdet euch bestens verstehen! Du solltest ihn mal kennenlernen.“

„Morgen.“ „Gut. Dann morgen. Das war alles, was ich wissen wollte. Ich geh dann mal.“ Er gab mir einen Kuss auf die Stirn und lief zur Tür. Bevor er ging, fragte er noch: „Und du bist dir sicher, dass du nichts dagegen hast?“ Ich nickte.

„Papa! Wenn du glücklich bist, bin ich es auch.“

Wenn's doch nur so wäre.

Am nächsten Tag wachte ich nicht von dem nervigen Geräusch meines Weckers auf, sondern von den Sonnenstrahlen, die mir auf den Kopf schienen. Denn ich schlaues Kind, hatte vergessen meinen Wecker zu stellen und hatte darum mal wieder verschlafen. Ich sprang aus dem Bett und hatte gerade noch Zeit mich anzuziehen und zu frühstücken.

Da mein Papa bereits bei der Arbeit war, musste ich laufen.

Verschwitzt und viel zu spät kam ich an der Schule an. Ich rannte durch die große Eingangstür und schlitterte den langen Flur entlang, bis ich vor der Tür des Musikzimmers ankam, denn nach Aussage meines Stundenplans hatte ich jetzt Musik.

Ich versuchte mich zu beruhigen und klopfte schließlich. Nachdem ich das typische „Herein!" gehört hatte, öffnete ich die Tür und trat ein. Sofort hörte ich das Tuscheln der Schüler, von dem ich mich hoffentlich nicht aus dem Konzept bringen lassen würde. Das hätte ich mir ja denken können. Ich versuchte es zu ignorieren und sah die Lehrerin Mrs Jackson an.

„Entschuldigen sie, mein Wecker - " „Jaja, die gute alte Weckergeschichte", seufzte sie und schlug ihr Buch auf, um mich einzutragen. Ich sah auf den Boden. Wo sollte ich mich hinsetzen?

„Sie müssen Miss Robinson sein, zumindest steht das hier. Ist das richtig?" Ich nickte und Mrs Jackson klappte ihr Buch wieder zu. „Na schön! Setzen sie sich bitte neben Mr Davies, das ist der einzige freie Platz momentan und wehe, es wird getuschelt!" Ich sah sie entsetzt an. „Was?", rief ich und alle fingen an zu lachen, doch eine Lache konnte ich gleich heraushören, es war Noah Davies' Lache.

„Hinsetzen!", befahl Mrs Jackson und ich bahnte mir wütend den Weg durch die Klasse, bevor ich vor dem Tisch stehen blieb, an dem Noah saß, der mich nun angrinste.

Ich beachtete ihn nicht, sondern ließ mich einfach auf den Stuhl plumpsen und sah auf den Tisch.

„So! Jetzt, wo endlich alle da sind, können wir ja auch anfangen. Es geht um das Musical, welches wir zusammen mit dem anderen Musikkurs einüben werden, an dem ihr alle - und ich betone alle - teilnehmen müsst. Selbstverständlich rede ich hier von dem Projektkurs." Neben mir hörte ich ein Lachen.

Die Lehrerin ignorierte das Lachen und fuhr fort. „Bitte kommt alle in die Aula mit. Dort treffen wir uns mit dem anderen Kurs." Die Schüler standen auf und liefen aus der Klasse, während ich mir langsam meine Tasche umhängte und folgte. Ein Musical? Ich konnte weder singen, noch tanzen, noch sonst etwas, was man damit in Verbindung bringen könnte.

Als wir da waren, lief ich durch die Doppeltür und trat in die große Aula ein, in der sich überall rote Sitze befanden. Außer vorne, wo die große Bühne stand. Auf dieser standen bereits um die 20 Schüler. Ich lief nach vorne und erkannte Jolene etwas abseits. Sofort lief ich auf sie zu und stellte mich neben sie.

„Ach was, du auch hier?“, flüsterte ich und sie verdrehte die Augen „Nicht alleine“, murmelte sie und nickte auf die andere Seite der Bühne.

Ich sah, wie Noah sich neben vier weitere Jungs stellte. Das durfte doch nicht war sein! Am anderen Ende standen Dylan, Jack und Caleb, sowie auch der Kotzbrocken Henry Thompson.

„Oh nein!“, murmelte ich und sah enttäuscht zu Jolene, die nicht glücklicher wirkte.

„Ruhe!“, rief Mrs Jackson und klatschte in die Hände, woraufhin alle Schüler verstummten. „Also! Willkommen erst einmal. Für die anderen, ich bin Mrs Jackson und bin für das Stück zuständig. Mr Dempsey hier wird sich um das Singen kümmern und Mrs Walker um den Tanz. Aber erst einmal sollten wir bekannt geben, welches Stück dieses Jahr auf dem Plan steht und zwar Schneewittchen!“ Ein Stöhnen ging durch den Saal und ich wechselte einen Blick mit Jolene.

Seit wann war das denn bitte ein Musical?

„Entschuldigen Sie, Mrs Jackson?“ Ich drehte mich um. „Ja, Mr Corey?“

Dylan.

„Ich dachte, wir führen ein Musical auf. Schneewittchen ist doch ein Theaterstück!“

Du sprichst mir aus der Seele, Junge.

„Sie haben Recht, aber wir haben eigene Lieder, die wir in das Stück einbauen werden. Somit wird es sich also mehr um eine überarbeitete Version handeln.“ Wieder ging ein Stöhnen herum und diesmal war es Mrs Walker, die für Ruhe bat.

„Nun gut! Wir haben uns dazu entschlossen, dieses Jahr kein Casting zu veranstalten. Wir teilen die Rollen selber zu.“

„Was?“ Das kam von einem blonden Mädchen, die zusammen mit ihren Freundinnen neben den fünf Jungs stand. Sie kam mir bekannt vor. Ach ja, sie war eine von denen, die beim Essen neben Henry saß. Es musste die Cheerleaderin sein.

„Gibt es ein Problem, Miss Huntington?“, fragte Mr Dempsey und zog fragend die Augenbrauen hoch. Ich sah kurz zu den Jungs, doch sie schienen alle abwesend zu sein. Jolene und mich hatten sie wahrscheinlich noch gar nicht bemerkt und so war es auch besser.

„Ja und zwar ein gewaltiges! Ich wollte für die Hauptrolle vorsprechen und jetzt werden sie die wahrscheinlich an irgendein anderes Mädchen weitergeben!“ Die Lehrer wechselten einen Blick und Mrs Jackson fuhr fort: „In diesem Stück bestimmen wir, wer welche Rolle bekommt und wenn ihnen das nicht passt, dann dürfen sie gerne gehen, was jedoch unter Unterrichtsverweigerung fällt!“

Die Blondine stellte sich beleidigt zurück zu ihren Freundinnen.

„Also! Wir haben uns vorgenommen die größeren Rollen dieses Jahr an die Schweigsamen unter euch zu verteilen, damit sie genau so aktiv teilnehmen, wie die anderen auch. Na schön! Die, die ich nenne, treten bitte nach vorne!“

Jolene sah mich ängstlich an und ich drückte kurz ihre Hand. Warum sollten gerade wir aufgerufen werden? Plötzlich wurde es ganz still und sogar die Jungs hörten zu. „Miss Burton!“, fing Mrs Jackson an und ein relativ kleines Mädchen mit großer Brille und ziemlich hervorstechender Zahnspange trat nach vorne. Sie wurde augenblicklich rot und tat mir ein wenig leid, wie sie so alleine dort stand.

„Unsere Streberin!“, flüsterte jemand am anderen Ende und ich konnte mir denken, wer es war. „Ruhe! Gut, ich lese jetzt die Restlichen vor und sie kommen bitte ebenfalls nach vorne! Mr Wilson, Mr Davies, Mr Corey, Mr Hawkins, Mr Thompson, Mr Farell, Miss Bale , Miss York und Miss Robinson!“ Jolene und ich sahen uns schockiert an, traten jedoch nach vorne. Moment mal - Die Jungs?

„Ihr fünf wurdet auch aufgerufen!“, rief Mr Dempsey und sah sie streng an. Die fünf trotteten neben das kleine Mädchen und verschränkten die Arme vor der Brust, während wir neben den beiden anderen Aufgerufenen standen, die beide sehr schüchtern aussahen und bis jetzt auch noch nichts gesagt hatten.

„Sehr schön! Ja, ich bin erst einmal zufrieden. Die Restlichen dürfen sich nun hinsetzen und zusehen, während wir die Rollen verteilen!“ Die anderen setzten sich und ich begann leicht zu schwitzen.

Mein Blick schwebte wie von selbst ans andere Ende, wo meine Augen plötzlich Henrys fanden und er mich triumphierend angrinste. Schnell sah ich wieder weg. Auf das, was dann kam, war ich nicht vorbereitet.

15. Kapitel

NORAS SICHT

„Also gut. Die Rollen!“, begann Mrs Jackson erneut. Steif wie ein Brett stand ich immer noch neben Jolene und wartete darauf, dass die Lehrerin endlich mal anfangen würde, doch stattdessen zog sie plötzlich eine kleine Tafel auf die Bühne und Mrs Walker stellte sich mit einem Stift davor.

„Die sechs Zwerge und der Anführer der Zwerge“, diktierte Mrs Jackson und Mrs Walker fing an zu schreiben, während die Jungs jetzt gelangweilt gähnten.

„Die gute Königin, die böse Königin, der Prinz, der Jäger und zu guter Letzt Schneewittchen. Das sind bereits 12 Rollen und zwar die wichtigsten! Die kleineren Rollen verteilen wir danach. Mr Dempsey, die Verteilung bitte!“ Mrs Jackson streckte die Hand nach dem Klemmbrett aus, welches Mr Dempsey ihr jetzt überreichte. Wieder wurde es leise, während ich nun immer zappeliger wurde.

„Den Anführer der Zwerge spielt Mr Wilson.“ Die vier anderen Jungs fingen an wie verrückt zu lachen, während Caleb einfach nur entsetzt da stand. „Ich spiel keinen Zwerg!“, rief er und sah wütend zu seinen Freunden. „Caleb als Anführer der Zwerge, besser geht's nicht!“, grölte Noah und lachte noch lauter. Mrs Jackson verschränkte die Arme vor der Brust, während Mrs Walker den ersten Zwerg weg strich.

„Sie müssen sich gar nicht so lustig machen, Mr Davies, sie spielen nämlich ebenfalls einen Zwerg und sie auch Mr Corey!“ Die zwei wurden blass und sahen nun genau so aus wie Caleb zuvor, während Jack und Henry von einem Ohr zum anderen grinsten. Jolene sah mich an und man merkte, dass sie auch lachen musste, aber es zurückzuhalten versuchte.

„Die restlichen vier Zwerge spielen Mr Farell, Miss Burton und noch zwei andere, die heute jedoch erkrankt sind.“ „Mrs Jackson?“ Das Mädchen mit der Zahnspange meldete sich schüchtern. „Ja, Miss Burton?“ „Aber die Zwerge sind doch männlich und ich bin ein Mädchen!“

Henry verschränkte die Arme vor der Brust und murmelte „Bist du dir da sicher?“ so laut, dass es alle hören konnten. Man sah wie das Mädchen rot wurde und am liebsten weggelaufen wäre. Ich hätte Henry am liebsten geschlagen. Wieso war er so gemein? Und vor allem: Hatte er denn nichts Besseres zu tun? Musste er sich vor irgendjemandem behaupten, oder warum machte es ihm Spaß andere fertig zu machen?

„Mr Thompson, seien Sie still! Und ja, Miss Burton, Sie haben Recht. Ich finde jedoch, dass es nicht so tragisch ist, die Rolle eines Jungen mit einem Mädchen zu besetzen.“ Das Mädchen nickte schüchtern, doch bevor die Lehrerin weitersprechen konnte, meldete sich Jack zu Wort: „Wenn sie eine männliche Rolle besetzen wollen, dann nehmen sie lieber Miss Bale, die kann sich da immer sehr gut hineinversetzen und passt bestimmt gut zur Rolle eines schwachen Zwergs!“

Ich sah zu Jolene, die auf einmal auf Jack zustürmte und ihm mit der flachen Hand ins Gesicht klatschte. Bevor jemand reagieren konnte, war sie auch schon von der Bühne gesprungen und rannte in Richtung Ausgang. Ich wollte ihr hinterherrennen, doch Mrs Jackson gab mir ein Zeichen stehen zu bleiben, weshalb ich dies auch tat.

Wow! Damit hätte ich tatsächlich nicht gerechnet.

JACKS SICHT

Ich hielt mir die Hand an die Wange und versuchte unauffällig, den Schmerz zu unterdrücken.

Ich hätte Jolene ja einiges zugetraut, doch dies nun wirklich nicht.

„Geht's dir gut?", fragte Henry und jetzt kamen auch die anderen drei dazu. „Ja!", murmelte ich genervt und schlug Henrys Hand weg. „Mr Hawkins, gehen Sie bitte. Ein solch unangebrachtes Verhalten dulde ich nicht. Morgen dürfen sie gerne wiederkommen und bis dahin können sie ja Eis auf ihre Wange legen. Und jetzt auf Wiedersehen!"

Mrs Jackson zeigte in Richtung Ausgang. Ungläubig sah ich sie an, gehorchte jedoch schließlich. Die konnten mich alle mal.

„Ach und bevor ich es vergesse! Sie dürfen den Jäger spielen und Miss Bale die böse Königin. Bei Ihren temperamentvollen Gesten dürfte dies ja nicht so schwer zu spielen sein!", rief sie hinterher und ich lief noch wütender aus dem Saal.

NORAS SICHT

Nun waren Jolene und Jack weg und somit blieben nur noch Henry, diese Miss York und ich übrig. Nachdem ich begriffen hatte, welche Rollen noch übrig blieben, betete ich zu Gott, dass ich die gute Königin und nicht Schneewittchen spielen durfte.

„Mr Thompson, Sie spielen selbstverständlich den Prinzen!", fuhr Mrs Jackson fort und Henry machte einen Satz nach hinten. „Was?! Ich meine, wie bitte?! Sie können doch nicht ernsthaft von mir verlangen, dass ich diese schwule Rolle übernehme!", rief er und sah hilfesuchend zu seinen Freunden. Ich war nur froh, dass Henry endlich gedemütigt wurde, auch wenn das noch keine Rache war. Einen Triumph konnte ich allemal gebrauchen.

Mrs Jackson sah auf ihr Brett. „Oh tut mir leid, Mr Thompson, würden Sie lieber Schneewittchen oder die gute Königin spielen?", fragte sie und lächelte. Das gab mir den Rest und ich prustete los. Da ich die einzige war, die lachen musste, drehten sich alle zu mir um.

Henry sah augenblicklich in meine Richtung und funkelte mich so wütend an, dass ich beinahe Angst bekam. „Na warte!", formte er stumm mit den Lippen und ich wurde wieder ernst, jedoch ließ ich mich ganz bestimmt nicht ein weiteres Mal von ihm einschüchtern, wer glaubte er denn, wer er war?

„Also ich denke mal, es bleibt bei dem Prinzen. Dann wird Miss York die gute Königin und sie Miss Robinson Schneewittchen spielen, herzlichen Glückwunsch!"

Ich verschluckte mich beinahe an meiner eigenen Spucke. „Was? Nein! Bitte, das können Sie mir nicht antun! Ich kann doch nicht Schneewittchen spielen! Tut mir leid, ich kann das nicht", rief ich verzweifelt. Mrs Walker sah mich erstaunt an und auch Mrs Jackson zog die Augenbrauen hoch.

„Also wirklich, Sie sollten froh sein, die Hauptrolle spielen zu dürfen und stattdessen machen Sie jetzt einen Aufstand?" „Vergessen Sie's! Wenn die Schneewittchen spielt, werde ich keinen Fuß mehr auf diese Bühne setzen!", rief Henry und sah mich an, als ob ich das letzte Mal vor 80 Tagen geduscht hätte.

„Wenn Sie meinen, dass ich mit dieser Klobürste zusammenspiele, dann haben Sie sich geirrt!", rief ich und würdigte Henry keines Blickes. „Nimm das zurück, du Miststück!", brüllte Henry und kam auf mich zu. Ich stampfte ebenfalls auf ihn zu und brüllte so laut wie möglich: „Zuerst entschuldigst du dich bei mir, du großkotziges Arschloch!" „Verschwinde doch einfach wieder, hier will dich sowieso keiner!"

„Es reicht!", rief Mrs Jackson und alle fuhren zusammen, während mir jetzt Tränen in die Augen stiegen. Nicht weinen, nicht weinen, oh bitte bitte nicht!

„Es reicht und zwar endgültig! Sie. Beide. Nachsitzen!“, schrie sie und zeigte zum ungefähr hundertsten Mal heute in Richtung Ausgang. Ich nahm meine Sachen und stürmte von der Bühne, wobei ich fest auf meine Zähne biss, um mich zusammenzureißen.

Das war ja mal der perfekte Ausklang eines perfekten Tages! Nur leider hatte der Tag gerade erst angefangen.

16. Kapitel

NORAS SICHT

Ich lief schnell ins Mädchenklo, um mir die, dann doch noch gekommenen, Tränen wegzuwischen. Danach holte ich mein Handy heraus und schrieb Jolene eine Nachricht.

'Wo bist du? Und geht's dir gut? N. xx'

Ein paar Sekunden später kam die Antwort.

'Ich bin nach Hause gegangen, habe einfach gesagt mir geht's nicht gut. Keine Sorge, komme morgen wieder zur Schule.'

Ich seufzte, steckte mein Handy zurück in die Tasche und lief dann zurück in den Flur.

Um ein Haar wäre ich mit jemandem zusammengestoßen. Vor mir stand ein Mädchen. Sie sah aus, als ginge sie in die neunte oder vielleicht achte Klasse. Na ja, wenn sie schon einmal hier war, konnte ich sie auch gleich fragen, wo ich hin musste.

„Entschuldigung, aber weißt du, wo der Raum zum Nachsitzen ist?"

Sie sah mich belustigt an, nickte dann jedoch. „Klar! Das ist Raum B24!"

Ich bedankte mich und ging weiter. In ein paar Minuten hatten die anderen Pause, während ich Nachsitzen durfte.

Als ich den Raum gefunden hatte, klopfte ich kurz und trat ein.

Kaum hatte ich einen Blick durch den Raum gewagt, konnte ich mir schon genau vorstellen, wo ich hier gelandet war.

An den Einzeltischen saßen tätowierte Jungs, einige mit kaum Haaren und wenn, dann waren sie gefärbt.

Es gab auch ein paar Mädchen. Ein Mädchen, das so fett war, dass man schon die Wölbung in ihrem Stuhl erkennen konnte, Eines, das aussah wie eine der man besser nicht zu nahe kam und noch eine, die - nun ja - irgendwie nicht normal war.

„Wie schön, dass sie uns einen Besuch abstatten!", begrüßte mich die alte Lehrerin am Pult vorne ironisch.

Ich sah mich noch einmal um, konnte jedoch keinen Henry erkennen.

Auf einmal ging die Tür auf und zu meinem Erstaunen war es Mrs Jackson, die nun herein trat.

„Ah, Miss Robinson. Ich habe mir etwas Besseres ausgedacht, kommen Sie mit!", wendete sie sich in einem fröhlichen Ton an mich und ging wieder.

Verwirrt folgte ich ihr durch den Flur zurück in Richtung Aula.

Kurz bevor wir ankamen, klingelte es und alle Schüler rannten auf den Flur. Klassen wurden aufgerissen und die meisten liefen Richtung Mensa.

„Ich habe mir etwas überlegt", begann sie wieder und hielt mir die Tür zur Aula auf. Ich trat ein und verschränkte sofort die Arme, als ich Henry sah, der in der ersten Reihe auf einem der Stühle hockte und mit seinem Handy spielte, welches Mrs Jackson ihm nun wegnahm.

„Wenn sie Glück haben, kriegen sie ihr mobiles Telefon morgen zurück."

Henry grinste: „Mobiles Telefon?" Dann sah er mich an und sein Grinsen verschwand wieder. Genervt stand er auf und stellte sich ungefähr fünf Meter von mir entfernt hin.

„Also! Ab jetzt werden sie jeden Montag, Mittwoch und Freitag nach der Schule hier zur Aula kommen, wo wir ihre Einzeldialoge üben wollen. Schließlich sind Sie Schneewittchen und Sie der Prinz!“

Mein Mund klappte auf. „Was?“, rief ich erschrocken.

„Jeden Montag, Mittwoch und Freitag?“, rief Henry und Mrs Jackson hob die Hände.

„Wenn Sie mir widersprechen oder nicht kommen, dürfen Sie mit der Schulleitung persönlich sprechen. Haben wir uns verstanden?“, fragte sie streng und sah uns an.

Nach ungefähr fünf Sekunden nickten wir. Das konnte doch nicht wahr sein! Dreimal die Woche? Mit ihm?!

„Lasst uns also beginnen. Hier sind ihre Textbücher!“, sagte sie und reichte uns jeweils ein schmales Buch.

Ich klappte es auf und las geschockt die einzelnen Sätze durch.

„Moment mal! Das muss ich alles auswendig lernen?“, fragte Henry und tippte auf eine Seite. Mrs Jackson nickte und befahl uns, uns auf die Bühne zu stellen, während sie sich hinsetzte.

„Heute werden wir noch nichts üben, aber ihr lernt bitte bis Mittwoch einen eurer Dialoge auswendig. Am besten ihr trefft euch mal, dann könnt ihr ihn gleich zusammen lernen!“

Ich sah sie schockiert an, während Henry losprustete.

„Vergessen Sie‘s!“, rief er und klappte sein Buch wieder zu.

„Na schön! Wenn Ihnen das Nachsitzen lieber ist und Sie lieber mit den anderen gemeinsam lernen, mir soll‘s recht sein!“ Mit den Worten stand Mrs Jackon auf und lief aus der Aula.

Jetzt war ich alleine. Mit ihm. Mit Henry.

Und irgendwie wusste ich nicht, was ich machen sollte. Ihn schlagen? Anschreien? Oder vielleicht doch einfach ignorieren? Doch ich konnte mich gerade noch beherrschen.

Ich dachte, er würde gehen, doch er blieb stehen und versuchte mich nicht anzusehen, was mir mehr als recht war.

„Also! Wenn du denkst, dass ich mit dir den Text lerne, dann-“

„Denk ich nicht“, schnitt ich ihm das Wort ab, nahm meine Tasche und lief ebenfalls aus der Aula, während ich seinen erstaunten Blick auf mir spüren konnte.

Ich lief zu meinem Spind und öffnete ihn, als ich nur wenig später auf einmal mir ziemlich bekannt vorkommende Stimmen hörte, die gar nicht mal so weit entfernt von mir waren.

„Nein! Henry, ich kann das nicht mehr. Du weißt genau, was sie mir bedeutet!“

Ich verharrte in der Bewegung und lauschte. Ich brauchte ein wenig um zu realisieren, dass die Stimmen von genau gegenüber kamen, hinter meinem Schrank, wo die anderen standen.

„Ja ich weiß. Aber du musst mir den Gefallen tun. Du kannst danach ruhig wieder - “

„Wieder was? Man Henry, sie hat mir eine Ohrfeige verpasst! Als ob sie jetzt noch mit mir zusammen sein will. Wir hätten das mit der Party lassen sollen, wir haben übertrieben! Was ich gesagt habe, war einfach unverzeihlich!“

„Komm schon, sei nicht traurig. Du kannst doch - “

„Mir jemand anderen suchen? Meinst du wirklich, ich könnte mich mal eben umentscheiden? Ich bin nicht wie du! Ich kenne sie, seit ich klein bin und du ebenfalls. Wir waren damals beste Freunde und du wusstest schon immer ganz genau, dass da mehr war! Und jetzt soll ich sie wie Dreck behandeln und das nur, weil du beliebt sein willst?“

„Hey, schieb hier nicht die Schuld auf mich!“

„Aber du bist schuld!“

Mit leicht geöffnetem Mund hörte ich mir das Gespräch zu Ende an, bis die Stimmen sich immer weiter entfernten und schließlich außer Hörweite waren. Es hatte noch nicht einmal Klick gemacht, da wusste ich schon genau was Sache war. Jack liebte Jolene und das sollte sie am besten auch gleich erfahren.

Ich nahm meine Tasche und rannte aus dem Schulgebäude, obwohl der Unterricht noch nicht zu Ende war, doch das war mir in dem Moment ziemlich egal.

„Das hat er gesagt?", fragte Jolene und sah mich unsicher an. Ich nickte. „Jack liebt dich und wahrscheinlich ist das auch der Grund, warum er zu dir ist, wie er ist."

„Wenn das wahr ist-", begann sie und ich nickte. „Das habe ich jedenfalls gehört!"

„Und du bist dir auch ganz sicher, dass es nicht irgendein Plan war und sie extra wollten, dass du zuhörst?"

Ich überlegte: „Nein, es hat sich so echt angehört. Aber würdest du Jack denn einfach so verzeihen?"

„Sehe ich so schwach aus? Natürlich werde ich ihm nicht verzeihen! Ich hasse ihn!"

Ich überlegte und grinste dann.

„Ich glaube, ich hab da eine Idee."

17. Kapitel

JOLENES SICHT

Im Schneidersitz saß Nora auf meinem Bett und grinste von einem Ohr zum anderen, während ich sie entgeistert ansah.

„Ist das dein Plan? Dein Racheplan?“, fragte ich und sie nickte.

„Ich soll Jack mit jemand anderem eifersüchtig machen?“ „Hast du einen besseren Vorschlag?“, fragte sie und ich schüttelte den Kopf. Warum war ich darauf nicht selber gekommen?

„Und du meinst, das wird funktionieren?“

„Wenn Jack sieht, wie du mit jemand anderem zusammen bist, total glücklich wirkst und ihn ignorierst, dann ist das wie ein Schlag in den Magen für ihn, glaub mir. Natürlich funktioniert es! Wir müssen nur jemanden finden, der so etwas machen würde.“

das Gleiche fragte ich mich ebenfalls.

NORAS SICHT

Natürlich kam mir sofort Jimmy in den Sinn, aber er würde es sowieso nicht machen, schließlich war er Noahs bester Freund und es würde wahrscheinlich schnell auffliegen. Doch wer kam sonst noch in Frage?

„Kennst du jemanden?“, fragte ich und sie überlegte kurz.

„Nur Leute, die nicht auf die Schule gehen!“

Ich schüttelte den Kopf „Nein, es muss jemand sein, der auch auf die Schule geht, sonst nützt uns das alles nichts. Na gut. Ich werde -"

Ich wurde von meinem Handy unterbrochen, welches mir eine Nachricht von meinem Papa anzeigte.

‚Wo bist du, Schatz? Du warst jetzt schon den ganzen Tag bei deiner Freundin und über das Schwänzen reden wir noch! Komm jetzt bitte zurück, wir wollten uns doch noch den Film ansehen. Ich hoffe, du bist mir nicht böse, aber Francis hat uns zu sich eingeladen, dann lernst du auch endlich mal ihren Sohn kennen! Bis gleich, Papa."

Ich sah auf. „Und von wem war sie?", fragte Jolene und beugte sich etwas nach vorne. „Von meinem Papa", seufzte ich und sah sie entschuldigend an.

„Tut mir leid. Ich muss gehen, mein Papa hat da jemanden kennengelernt und wir sind gleich zum Filmegucken eingeladen. Da muss ich mitkommen!"

„Wow, dein Papa scheint sich aber schnell hier einzuleben", sie lachte und ich nickte.

„Zu schnell. Ich meine, wie schnell kann man sich bitte verlieben?" Ich verdrehte die Augen und stand auf.

„Du denkst darüber nach, wer in Frage kommen könnte, schließlich kennst du mehr Leute als ich."

Sie nickte „Was willst du eigentlich machen, wegen Henry meine ich?"

„Keine Sorge, er bekommt auch noch was er verdient!"

Ich nahm den längeren Weg nach Hause, um selber noch etwas nachdenken zu können. Zudem genoss ich die warme Sommerbrise, die mir durch die Haare wehte. Schon wieder hatte ich das Gefühl, dass der Herbst noch auf sich warten ließ.

Während ich einen Stein vor mir her kickte, kam mir auf einmal eine Idee. Vielleicht konnten wir Jack mit Francis Sohn eifersüchtig machen. Papa meinte, er sei auf unserer Schule und -

- und auf der Party war er auch gewesen, so ein Mist!

Ich schwor mir, dass ich Henry noch so kräftig eins reinwürgen würde, dass er sich nicht mehr in die Schule trauen würde. Allein die Vorstellung brachte mich wie einen Idiot zum Grinsen.

„Hey!"

Ich fuhr zusammen, weil mir jemand einen Arm um die Schulter legte. Meine Wut verwandelte sich in Angst und ich war kurz vorm Weglaufen, bis ich Jimmy neben mir erkannte.

Was für eine Erleichterung.

„Jimmy?"

„Namenloses Mädchen? Tut mir leid, aber ich konnte dich nur mit ‚Hey' begrüßen!", sagte er und grinste entschuldigend.

„Aber ich habe dir den doch bei unserem ersten Treffen gesagt", erwiderte ich erstaunt und er wurde etwas rot.

„Upps. Den muss ich dann wohl wieder vergessen haben, aber glaube mir, wenn du ihn mir jetzt noch einmal sagst, werde ich ihn definitiv im Kopf behalten."

„Nora." Ich lächelte und er tat es mir gleich.

„Noraaaa!", rülpste auf einmal jemand hinter mir und ich drehte mich ruckartig um. Hinter mir standen zwei weitere Typen, die ich allerdings noch nie gesehen hatte.

Jimmy lachte laut auf. „Das sind meine Freunde Ethan und Cookie, die nicht mehr wirklich nüchtern zu sein scheinen, wofür ich auch etwas Verantwortung trage - zugegebenermaßen."

Mein Blick fiel wieder auf die beiden Jungs. Der eine umklammerte eine Flasche und gab nun merkwürdige Laute von sich. Er war auch derjenige, der meinen Namen gerufen hatte. Der andere stand aufrecht, die Hände in den Hosentaschen vergraben und machte auf mich einen relativ normalen Eindruck.

„Was ist Cookie für ein Name?", rutschte es mir heraus und der Junge mit der Flasche blieb stehen und sah mich düster an.

„Sag nichts gegen meinen Namen“, lallte er und der andere, der dann wohl Ethan war, winkte ab.

„Achte nicht auf ihn, der ist immer so. Cookie heißt er übrigens wirklich“, sagte er und warf seinem Kumpel, der nun aussah als müsse er sich übergeben, einen Blick zu.

Jimmy griff nach seinem Arm und zog ihn etwas abseits.

„Geht’s ihm gut?“, fragte ich prüfend und Ethan nickte. „Seit er die Schule geschmissen hat, ist das sein alltäglicher Zustand.“

„Und du? Hast du auch die Schule geschmissen?“, fragte ich neugierig und er grinste frech.

„So halb. Manchmal gehe ich noch hin, aber da ich sowieso sitzen bleiben werde, macht das ganze keinen Sinn mehr für mich.“

Irgendwie verfielen wir in ein relativ langes Gespräch, in dem ich auch erfuhr, dass er die gleiche Schule besuchte, wie ich auch. Das war nicht wirklich besonders, da ich befürchtete, dass dies die einzige Schule in diesem Viertel war.

Natürlich wechselten meine Gedanken wieder zu dem Jolene-Jack-Thema und ehe ich mich versah, rutschten mir die Wörter schon aus dem Mund.

Es dauerte ungewöhnlich lange ihm genau zu erklären, worum es dabei genau ging, doch am Ende schien er es verstanden zu haben.

„Ihr alle mit euren Eifersuchtsplänen!“ Ich biss mir auf die Unterlippe.

„Also machst du es?“

Er sah mich an und lächelte. „Was bekomme ich dafür?“

„Keine Ahnung, schlag was vor.“

Er überlegte gespielt und lachte dann wieder.

„Wie wär‘s mit einem Date?“, fragte er verschmitzt und ich war nur froh, dass Jimmy gerade versuchte Cookie davon abzuhalten, auf einen Baum zu klettern.

Noch nie hatte mich ein Junge nach einem Date gefragt. Aber das passte doch gar nicht.

„Das geht nicht!“

„Na gut, dann mach ich es nicht“, er tat so, als ob er gehen wolle, doch ich hielt ihn auf und stellte mich vor ihn.

„Na schön. Aber ohne dass es jemand erfährt, sonst macht das mit Jolene keinen Sinn. Also ein Geheimdate sozusagen.“

„In Ordnung. Du sagtest, deine Freundin sei brünett? Ich steh nicht auf Brünette!“

„Und ich nicht auf blonde Jungs!“ Ich stemmte die Hände in die Hüften und musterte seine Haare, die natürlich blond waren.

„Na gut, na gut, ich mach es. Aber nur inklusive Geheimdate!“

„Hab ich doch schon gesagt“, zischte ich. Mir kam der Typ etwas komisch vor, als müsse man mit ihm reden, wie mit einem Dreijährigen, damit er etwas verstand.

„Allerdings verstehe ich das nicht ganz. Ich hätte erwartet, dass du so etwas wie Geld oder so fordern würdest!“

Er lachte erneut, was dieses Mal die Aufmerksamkeit der anderen Jungs auf uns lenkte und sie kamen zurückgetrottet .

„Mädchen, wir beide wissen doch, was einem mehr bringt.“ Er zwinkerte mir zu und ich verzog verwirrt das Gesicht, erwiderte jedoch nichts, da Jimmy nun schon wieder neben uns stand.

„Ich muss dann jetzt wieder gehen“, murmelte ich und lächelte Jimmy kurz zu, der zurücklächelte. Ethan dagegen schenkte ich keine Beachtung mehr.

Ob das wohl so eine gute Idee gewesen war?

Zu Hause angekommen, empfing mich bereits ein ziemlich aufgebrachter Vater, in frisch gebügeltem Hemd.

„Wo warst du? Wir müssen los. Geh dich umziehen, ich warte!“, rief er und schob mich Richtung Treppe. „Wozu umziehen? Papa, wir sehen uns einen Film an und gehen nicht ins Theater!“

Er antwortete nur mit einer Handgeste, weshalb ich Kopf schüttelnd nach oben lief.

Anstatt mir etwas vollkommen anderes anzuziehen, wechselte ich nur das Oberteil und zog mir eine andere Jacke an.

„Nora!“, rief Papa und ich lief wieder nach unten, allerdings nicht ohne vorher eine Nachricht an Jolene zu schreiben.

‚Hey, hab da jemanden für dich gefunden ;) bis morgen'

„Man Papa, du übertreibst!“, rief ich, als wir vor Francis Haustür standen, zu der er mich halb gezerrt, halb geschoben hatte.

Wenn das so weiterging, würde ich eines Tages noch stolpern und mir seinetwegen das Bein brechen.

Schließlich klingelte er und wenig später ging die Tür auf.

18. Kapitel

NORAS SICHT

Wahrscheinlich würde ich mich noch lange an diesen Abend erinnern. Oder sollte ich lieber sagen, an diesen Augenblick? Dieser Moment, in dem sich mein ganzes Leben und seine Wahrheiten wieder ein Stückchen verschoben und veränderten. Andererseits konnte man in meinem Fall auch von Zufall oder Schicksal sprechen, doch für mich war in dem Moment klar, dass das Leben es einfach nicht gut mit mir meinte.

Es war Francis, die uns die Tür öffnete. Sie sah wunderschön aus, ihre Wangen glühten, die roten Haare waren hochgesteckt und wie immer hatte sie dieses strahlende Lächeln aufgesetzt, welches in keinem Fall gefälscht wirkte.

„Wie schön, dass ihr gekommen seid!“, sagte sie und umarmte erst mich und dann Papa. Ich lächelte und musterte sie unauffällig. Auch sie hatte sich zurecht gemacht, wenn man das so nennen konnte. Zumindest schien sie dieses schwarze Kleid nicht jeden Tag zu tragen.

„Warum so schick?“, fragte ich neugierig „Ich dachte, wir gucken nur einen Film.“

„Tun wir auch. Zumindest gucken wir den Anfang mit euch, aber danach wollten wir essen gehen, wenn euch das nichts ausmacht. Wir dachten ihr könntet dann ein wenig Zeit zusammen verbringen, um euch ein bisschen besser kennenzulernen.“, erklärte Papa und ich sah verwirrt zwischen den beiden hin und her.

„Ihr? Euch? Wir?“

Warum sprachen Erwachsene immer in Rätseln? Oder vielleicht lag es einfach nur daran, dass ich auch nicht immer gleich alles kapierte.

„Francis’ Sohn. Habe ich dir doch gesagt“, antwortete Papa knapp. Nein, das hatte er mir nicht gesagt, doch das schien ja auch ein belangloses Thema zu sein. Ich meine, ich sollte mir ja nur einen Film mit einem Typen in meinem Alter, der mir völlig fremd war, angucken und ihn besser kennenlernen.

„Jetzt kommt erst einmal rein“, sagte Francis und hielt uns die Tür auf. Wir traten ein und ich sah mich um, wobei mir gleich auffiel, dass ihr Haus genau war wie unseres, nur anders möbliert.

Während Papa nun ins Wohnzimmer lief, folgte ich Francis in die Küche.

„Also, was möchtest du trinken?“, fragte sie freundlich und hielt den Kühlschrank auf.

„Nur Wasser, bitte“, antwortete ich und setzte mich auf einen der Küchenstühle.

Sie nickte, füllte ein Glas mit Wasser und stellte es mir hin. Danach setzte sie sich neben mich.

„Wenn wir gleich weg sind, könnt ihr euch auch ruhig Popcorn machen oder was auch immer!“ Sie zwinkerte mir zu und ich lächelte.

Francis war bestimmt eine dieser Traummütter, die sich ständig Zeit für ihre Kinder nahm, oder ihnen beim Lernen half, oder einfach nur für einen da war, was an sich schon viel ausmachte.

In meiner Mutter erkannte ich nichts Mütterliches. Vielleicht als ich kleiner war, doch in den letzten Jahren war sie mehr eine

Person für sich gewesen. Sie war wie eine große Schwester, die zwar da war, jedoch tat, was sie wollte und dabei wenig Rücksicht auf andere nahm.

„Und was willst du für einen Film sehen?", holte Francis mich aus meinen Gedanken.

„Ehrlich gesagt habe ich keine Ahnung."

„Also wir hätten da so einige im Angebot. Mein Favorit ist zum Beispiel Notting Hill." Ich nickte zustimmend „Der ist tatsächlich sehr schön, allerdings habe ich ihn bisher nur einmal gesehen."

„Komm, ich kann dir ja mal die Auswahl zeigen", sagte sie und wir liefen ins Wohnzimmer, wo Papa uns entgegenkam.

„Ich bin kurz draußen, das scheint ein wichtiger Anruf zu sein", sagte er und Francis nickte.

Ich sah mich in der Zwischenzeit um. Zu sehen waren ein Flachbildschirm und zwei weiße Sofas. Außerdem mehrere Regale mit Büchern, Filmen, CDs und noch anderem Zeug.

Francis stellte sich nun vor das Regal mit den Filmen und suchte ein paar heraus, während ich neben ihr stand und mir ebenfalls ein paar ansah.

„Also ich denke mal, die guten Filme kennst du alle -"

Ich nahm kaum wahr, wie jemand die Treppe heruntergepoltert kam, da ich zu sehr damit beschäftigt war, mir die Rückseite einer DVD durchzulesen, von der ich gehört, sie jedoch noch nie gesehen hatte.

„Da bist du ja, Henry", sagte Francis und ich sah auf.

Und dann ging mein schlimmster Albtraum in Erfüllung.

Anders konnte ich es nicht beschreiben, als ich mich umdrehte und der Person gegenüberstand, mit der ich wohl am wenigstens gerechnet hätte.

Und ich hätte mich für meine Dummheit ohrfeigen können. Warum um alles in der Welt war mir das nicht früher aufgefallen?

Die Stimmen die ich am ersten Abend draußen gehört hatte. Dass Francis mit Nachnamen ‚Thompson' hieß. Warum war es mir nicht aufgefallen? Es hatte so offensichtliche Hinweise gegeben, doch ich hatte sie nicht wahrgenommen.

Und in dem Moment, als Francis den Namen „Henry" aussprach und ich mich umgedreht hatte, wusste ich, dass mein Schicksal besiegelt war.

Henry Thompson war Francis' Sohn.

Das konnte nicht möglich sein. Das durfte nicht möglich sein!

„Bitte" , flehte eine leise Stimme in meinem Kopf. *„Bitte, lass es ein schlechter Traum sein. Ein Albtraum, aus dem ich jeden Moment aufwachen werde."*

Doch so war es nicht, denn der Beweis dafür war, dass Henry keine andere Reaktion zeigte als ich. Sein gerade noch aufgesetztes Lächeln verschwand augenblicklich, als er mich erkannte und seine Augen wurden groß, während es mir nicht anders ging. Im nächsten Moment rutschte mir die DVD aus der Hand und fiel auf den Boden. Das Geräusch brachte mich mit einem Mal zurück in die Realität und ich atmete tief aus, da ich, ohne es gemerkt zu haben, die Luft angehalten hatte.

Henry Thompson war Francis' Sohn.

Die Person, die es momentan am meisten auf mich abgesehen hatte, war Francis' Sohn. Er.

Mir wurde schwindelig und schlecht zugleich und am liebsten hätte ich mich hingesetzt. Doch ich kam aus meiner Starre nicht mehr heraus, weshalb es nicht ging. Mein Herz klopfte mir bis zum Hals und noch immer konnte ich den Blick von ihm nicht abwenden. Es war alles so unrealistisch.

„Henry das ist Nora, Toms Tochter“, sagte Francis und durchbrach somit die eisige Stille, welche entstanden war.

Langsam öffnete er den Mund und ich fragte mich, was nun kommen würde, doch stattdessen entwich ihm nur ein einfaches „Hi.“

Und ich tat nichts anderes als das simple „Hi.“ zu erwidern.

19. Kapitel

NORAS SICHT

Das konnte alles nur ein schlechter Scherz sein und wäre Francis nicht im selben Raum, hätte ich jetzt wahrscheinlich nach den versteckten Kameras gesucht, oder auf dem Absatz kehrtgemacht.

Doch da sie es war und ich bezweifelte, dass Henry seiner Mama alles erzählte, was er so trieb, war die Situation etwas anders.

„Habt ihr euch vielleicht schon einmal gesehen? In der Schule, meine ich?“, fragte Francis in einem gut gelaunten Ton und ich sah emotionslos zu Henry, der meinen Blick jedoch nicht erwiderte und stattdessen den Kopf schüttelte.

Nein, natürlich haben wir uns noch nie gesehen, ich bin bisher bloß in ihn gelaufen, wir haben uns angebrüllt und er hat mich vor über 100 Leuten blamiert und gedemütigt, aber ansonsten -

„Obwohl“, rutschte es mir heraus und ich wurde augenblicklich rot.

„Ja?“, hörte ich Francis sagen.

„Nichts“, erwiderte ich schnell. „Ich hab nur gerade an etwas gedacht.“

Noch immer stand ich mitten im Raum, während hinter mir auf einmal die Tür aufging und Papa eintrat.

„Tut mir leid“, sagte er und steckte sein Handy weg. „Und, kennt ihr euch schon?“

Er lächelte Henry zu, während ich nur wütend wegsah.

Wenn du wüsstest -

„Henry, tu doch schon einmal eine DVD rein. Ich denke, du weißt besser, was ihr anschauen wollt als wir, ich mach euch eben Popcorn wenn ihr wollt."

„Das ist nicht nötig, Mama", murmelte er und vergrub die Hände in den Hosentaschen.

Erstaunt sah sie von ihm zu mir, doch ich richtete meinen Blick nun auf den Boden und fragte mich, ob ich es irgendwie schaffen könnte, dem Ganzen hier zu entfliehen.

„Na gut. Wir sollten dann jetzt vielleicht gehen."

Erschrocken sah ich auf und beobachtete, wie sie sich ihren Mantel anzog.

„Aber, ich dachte, ihr guckt mit", stotterte ich, von Panik gefasst. Sie konnten jetzt nicht gehen! Sie konnten mich unmöglich mit dieser Person alleine lassen.

„Dafür reicht die Zeit leider nicht mehr, wir haben einen Tisch reserviert." Papa lächelte und griff ebenfalls nach seiner Jacke. „Macht ihr euch ruhig einen schönen Abend."

Ja klar, wir werden uns bestimmt einen schönen Abend machen. Was dachten die sich eigentlich?

„Bis später", riefen beide und im nächsten Moment hörte ich das Geräusch der zuschlagenden Haustür, die mich zusammenzucken ließ.

„Das kann nicht wahr sein", murmelte ich und vergaß dabei ganz, dass ich nicht alleine im Raum war.

„Das kannst du laut sagen."

Ruckartig drehte ich mich um, wo Henry mit verschränkten Armen im Türrahmen lehnte und mich mit einem nicht zu deutendem Gesichtsausdruck fixierte.

„Du!", zischte ich und sah ihn hasserfüllt an.

„Und du", antwortete er gelassen und hob die Augenbrauen.

Seine Gelassenheit brachte die Wut in mir zum Kochen und am liebsten würde ich ihn zerquetschen wie eine Mücke. Doch dafür war er mir etwas zu groß und zudem reichte meine Kraft auch nicht aus.

„Du bist Francis' Sohn, ich fasse es nicht!", rief ich stattdessen frustriert und er schnaubte unbeeindruckt. „Glaub mir, ich mag dich auch nicht mehr als du mich!"

„Erwarte nicht, dass ich in irgendeiner Weise nett zu dir sein werde, nicht nach all dem, was passiert ist!"

„Da bin ich aber traurig."

Sich zusammenzureißen fiel mir in dem Augenblick ziemlich schwer und ich war mir sicher, dass er genau wusste, wie leicht er mich aufregte.

„Entschuldige dich und ich gehe."

Er grinste. „Und was, wenn nicht?"

„Dann kannst du dir sicher sein, dass ich deiner Mama erzählen werde, was du getan hast!" brüllte ich so laut wie möglich und spürte, dass ich den Tränen wieder nahe war.

Er beäugte mich kritisch. „Fängst du etwa gleich an zu heulen?" „Sicher nicht!"

„Das glaube ich nicht!", antwortete er und begann ein paar Schritte auf mich zuzulaufen, bis er schließlich zwei Meter von mir entfernt stehen blieb und seinen Blick senkte.

„Ich mache dir einen Vorschlag."

Verwirrt blickte ich ihn an. Warum sah er auf einmal so angsteinflößend aus?

„Was meinst du?", fragte ich unsicher.

„Wie wäre es, wenn ich dich ab jetzt in Ruhe lasse, du dafür aber kein Wort an irgendwen über die Party verlierst und wir von nun an einfach aneinander vorbei leben."

Sprachlos sah ich ihn an, begann dann jedoch zu lachen.

„Ist das dein Ernst? Ich werde nichts für dich tun, solange du dich nicht bei mir entschuldigst! Und bis dahin hätte ich sowieso an dir vorbei gelebt."

Mit den Worten wollte ich an ihm vorbeilaufen, doch er hielt mich am Arm fest, weshalb ich stehen blieb und ihn erschrocken ansah.

„Werd ja nicht frech mir gegenüber!", zischte er und sah mich von oben herab aus seinen dunkelgrünen Augen an, die nun hasserfüllt in meine starrten.

Kurz überlegte ich mir, ob ich ihm irgendeine schlagfertige Antwort geben sollte, entschied mich jedoch dagegen und riss mich los.

„Ich meine es ernst. Wir wollen doch nicht, dass ich dein Leben zur Hölle mache."

„Du machst mir keine Angst", antwortete ich und verließ das Haus, ehe er mit weiteren Drohungen ankam.

„Dieser Penner!", murmelte ich und setzte mich auf mein Bett. Noch immer konnte ich nicht glauben, was ich herausgefunden hatte.

Warum gerade er? Von allen Menschen dieser Welt, warum gerade er?

Nun war er auf meiner Schule, in meiner Stufe, mein Nachbar und der Sohn von der Frau, in die mein Vater sich gerade verliebt hatte und mir somit keinen großen Gefallen tat. Doch das Letzte was ich tun würde, war ihm zu sagen, dass ich Henry nicht ausstehen konnte. Es würde mir sowieso nichts bringen.

Was ich außerdem vergessen hatte, war, dass er die Hauptrolle in dem Stück spielen würde.

Bei dem Gedanken an das Stück wurde mir gleich wieder schlecht, denn jeder kannte Schneewittchen. Und jeder wusste, dass es einen Prinzen nur gab, damit er am Ende die Schönheit, egal ob Rapunzel, Dornröschen oder eben Schneewittchen heiraten konnte, nachdem er gerade mal drei Sätze mit ihr gewechselt hatte.

Dass es eine Stelle gab, in der der Prinz Schneewittchen einen Kuss gab, war mir ebenfalls bewusst und ich war nur froh, dass bis zur Aufführung noch ein wenig Zeit blieb.

20. Kapitel

NORAS SICHT

Ich hasste die Schule.

Dieser Satz hatte sich bereits in der dritten Klasse, in der man anfing Arbeiten zu schreiben, in mein Gehirn eingeprägt und ich war mir sicher, dass es vielen nicht anders ging.

Zum Glück hatte ich es an diesem Morgen geschafft pünktlich zu sein, auch wenn das hieß, dass ich mein Frühstück hatte ausfallen lassen müssen.

Ungeduldig und mit meinen Kopfhörern im Ohr stand ich auf dem Bürgersteig und wartete auf den Bus, als ich auf einmal die Anwesenheit einer Person neben mir spürte.

Nicht zu auffällig drehte ich mich um und sah schnell wieder weg.

Henry.

Das hätte ich mir ja gleich denken können.

Er stand ungefähr drei Meter von mir entfernt, schien mich jedoch noch nicht bemerkt zu haben, da er in sein Handy vertieft war.

Ich hoffte, dass er mich auch nicht von hinten erkennen würde, allerdings war dies ziemlich unwahrscheinlich.

Nervös kaute ich auf meiner Unterlippe rum, bis der Bus um die Ecke bog und wenig später vor mir hielt, was die Nervosität in meinem Bauch etwas lockerte.

Sobald sich die Türen öffneten, sprang ich hinein und quetschte mich durch den Gang in der Hoffnung irgendwo Jolene zu finden, doch ich sah sie nirgends, weshalb ich annahm, dass sie einen anderen Bus nahm, schließlich wohnte sie auch in einem anderen Viertel.

Es war ziemlich überfüllt und somit schwer einen Sitzplatz zu bekommen, doch zum Glück fand ich gerade noch einen freien Platz am Fenster, welchen ich auch sofort einnahm und nach draußen sah. Dabei merkte ich nicht, dass sich jemand neben mich setzte.

Schließlich drehte ich mich um und sah in Henrys Gesicht, der im selben Moment zum ersten Mal von seinem Handy aufschaute und genau so erstaunt wie ich aussah.

Haargenau im gleichen Moment verdrehten wir beide die Augen und starrten wieder weg.

Ich würde einfach versuchen, ihn während der Fahrt irgendwie zu ignorieren und schaltete die Musik etwas lauter.

Meinen Kopf lehnte ich gegen die Fensterscheibe und sah die vielen Bäume, Häuser und Leute vorbeirauschen, bis wir irgendwann vor der Schule hielten.

Ich packte den iPod zurück in die Tasche und erhob mich, als ich auf einmal zurückgeschubst wurde und mir um ein Haar den Kopf an der Fensterscheibe geschlagen hätte.

Fassungslos sah ich zu Henry, doch der grinste nur und quetschte sich an den anderen Leuten vorbei nach draußen.

Mit rotem Gesicht stand ich ebenfalls auf und lief nach draußen, wo immer mehr Schüler auf das Schulgebäude zuliefen. Ich verfestigte den Griff um meine Tasche und folgte ihnen, als das plötzliche Vibrieren meines Handys mich zum Stehen brachte.

Es war eine Nachricht, doch die Nummer war mir unbekannt.

‚Treffen wir uns in der Pause? Ich bin heute sogar mal da :) Ethan‘

Ich sah auf. Den hatte ich ja ganz vergessen. Doch woher um alles in der Welt hatte er meine Nummer?

Schnell schrieb ich zurück.

‚In Ordnung, aber woher hast du meine Nummer?'

Kurz später kam eine Antwort.

‚Wer weiß ;)'

‚Wer weiß'? Ich wollte wissen, woher er meine Nummer hatte, schließlich kannte die hier niemand außer Jolene und die kannte Ethan nicht.

Ich steckte das Handy wieder weg und machte mich auf den Weg zum Matheunterricht.

Auf dem Weg dorthin fiel mir auf, dass dies das erste Mal war, dass ich Mathe hatte, da ich die letzten Stunden geschwänzt hatte.

Zum Glück war ich pünktlich, weshalb die Tür noch offen stand und mehrere Schüler gleichzeitig hineinliefen. Ich folgte ihnen und betrat den Raum.

Fast erleichtert stellte ich fest, dass es nur Einzeltische gab.

Ich schlängelte mich an den anderen vorbei und setzte mich an einen Tisch ganz hinten am Fenster in der Hoffnung, dass er noch unbesetzt war.

Der Raum füllte sich und es waren schließlich nur noch fünf Plätze frei, die zufälligerweise alle nebeneinander standen.

Ich hörte das Zuknallen der Tür und sah zur Lehrerin, die so eben den Raum betrat. Sie war relativ alt, trug einen Rock, der aussah, als ob ein Blinder ihn genäht hätte, eine violette Strumpfhose, Ballerinas mit einem kleinen Absatz, eine zu enge Strickjacke und eine Bluse, die bis oben zugeknöpft war. Ihre Haare waren kurz, lockig und bestimmt seit fünf Monaten nicht mehr gewaschen worden. Der rote Lippenstift war verschmiert und ich war mir sicher, dass er ihr auch auf den Zähnen klebte. Außerdem trug sie eine relativ schmale Brille auf der Nase.

Man könnte meinen, sie besäße keinen Spiegel.

„Guten Morgen, Schüler“, quietschte sie und sah über ihre Brillengläser hinweg forschend durch die Klasse.

Sie wollte gerade einen Satz beginnen, als die Tür aufgerissen wurde und fünf lachende Jungs reinstürmten. Fünf, mir sehr bekannte, Jungs.

„Also wirklich! Ich dulde keine Verspätung in meinem Unterricht, wie oft denn noch?“, fragte sie und sah die fünf wütend an, die entschuldigend die Köpfe senkten, jedoch aussahen, als ob sie gleich wieder losprusten müssten.

Genervt sah ich auf die Tischplatte. Warum mussten die fünf auch noch in Mathe im gleichen Raum wie ich sein? Und warum war Jolene eigentlich noch nicht da?

Die nächsten zehn Minuten widmete ich meine ganze Aufmerksamkeit der Lehrerin, bis ich spürte, wie auf einmal etwas Leichtes gegen mein Buch prallte. Es war eine kleine Papierkugel, die irgendjemand zu mir geschnipst haben musste.

Verwirrt faltete ich sie auseinander.

‚Wenn ich dein Gesicht so sehe, gefällt mir mein Arsch wieder!‘

Sprachlos sah ich auf. Was um alles in der Welt -?

Von wem war der? Und warum-

- Henry. Er musste es sein! Oder einer von den anderen.

Ich blickte mit leicht geöffnetem Mund in ihre Richtung und beobachtete jeden von ihnen, doch keiner wirkte so, als hätte er es gerade auf mich abgesehen.

Noah war gerade dabei mit einem Kugelschreiber auf seinem Tisch herumzukritzeln. Dylan hatte sein Handy hinter seinem Buch versteckt und schien mit irgendjemandem zu schreiben. Calebs Kopf lag auf der Tischplatte, seine Augen waren geschlossen und Jack aß einen Apfel und schien am nebenbei laufenden Unterricht nicht gerade interessiert zu sein.

Und Henry?

Der hatte nur Augen für das Mädchen neben ihm, zwinkerte ihr zu und unterhielt sich trotz Ermahnungen der Lehrerin mit ihr, während sie und ihre Freundinnen immer wieder ein komisch klingendes Kichern von sich gaben.

Aber wenn keiner von den fünfen mir den Zettel hingeworfen hatte, wer denn dann?

21. Kapitel

NORAS SICHT

Als es klingelte wartete ich bis alle aus dem Klassenraum waren und griff dann nach meinen Büchern und der Tasche.

„Sie müssen Miss Robinson sein.“ Ich drehte mich um und schaute die Lehrerin überrascht an, die mir nun ihre faltige Hand ausstreckte „Ich bin Mrs Henderson.“

„Hallo“, antwortete ich und schüttelte kurz ihre Hand. „Und gefällt es Ihnen hier?“ Wollte sie etwa ein Gespräch anfangen?

„Ja, ich lebe mich langsam ein!“

Wenn sie wüssten!

Zehn Minuten später ließ sie mich endlich gehen, nachdem ich ihr jede einzelne Frage beantwortet hatte und ich sprintete schon förmlich aus dem Raum, was dazu führte, dass ich in jemanden stieß.

Warum passierte so etwas Unglückliches immer nur mir?

Bevor ich aufstehen konnte, hielt mir dieser jemand seine Hand hin. Überrascht ergriff ich sie und stand auf, um zu sehen, wer es war.

Vor mir stand ein Junge, ungefähr 18 oder 19 Jahre alt, ein Kopf größer als ich, mit schwarzen, wild verwuschelten Haaren, durch die seine Augen gerade noch sichtbar waren. Die Augen waren eine Mischung aus Grün und Blau, sahen jedoch sehr kalt aus, schon fast ungewöhnlich. Die Hände hatte er in seinen Hosentaschen vergraben und die Kapuze seines Sweatshirts über den Kopf gezogen.

Ging er auf diese Schule? Jedenfalls sah er aus, als könnte er die Schule schon hinter sich haben.

„Hi“, sagte er, lächelte und legte den Kopf schief. Ich fuhr etwas zurück, seine Stimme war tiefer als gedacht und seine Augen waren so klar, dass ich mich selbst darin wieder erkannte. Ganz schön angsteinflößend. Ich warf meine Tasche über die Schulter und lächelte unsicher zurück. „Hey“ Und dann kam eine Frage, mit der ich nicht gerade gerechnet hatte. „Hast du ein Feuerzeug für mich?“ Während er dies gesagt hatte, war er noch näher gekommen, streckte seine Hand aus und zog abwartend die Augenbrauen hoch.

„Was? Ich - Nein, ich rauche nicht“, versuchte ich so ruhig wie möglich zu sagen und heftete meinen Blick auf seine ausgestreckte Hand, die er immer noch nicht weggezogen hatte.

„Interessant.“, sagte er und vergrub seine Hand schließlich wieder in den Hosentaschen. „Ich bin übrigens Blake.“ Sprachlos sah ich ihn an.

„Hast du auch einen Namen?“, fragte er etwas angenervt und ich fuhr zusammen.

„Nora“, stieß ich schließlich hervor und drehte mich zum Gehen um, doch nach zwei Schritten, packte er mich an den Schultern und drehte mich um. Erschrocken starrte ich ihn an.

Waren auf dieser Schule denn nur Freaks?

„Was willst du?“, fragte ich, wobei die Angst in meiner Stimme nicht zu überhören war und er lächelte.

„Kennst du einen Caleb Wilson?“, fragte er, während er mich immer noch festhielt. Caleb? Was wollte er von Caleb? Und was hatte ich damit zu tun?

Schnell schüttelte ich den Kopf. „Nein, tut mir leid und ich muss jetzt auch gehen.“

Er ließ mich los. „Na dann. Dich werde ich mir merken und das nächste Mal lügst du besser nicht." Nach den Worten drehte er sich um und lief weg. Völlig neben der Spur stand ich da, gegen irgendeinen Spind gelehnt und presste meine Hand auf die Stirn. Was war hier gerade passiert? Und wer war er?

Ich beschloss, dass ich nichts damit zu tun haben wollte und lief schnell zum Mädchenklo, das mittlerweile zum Gewohnheitsort wurde, wo ich mich in eine Kabine einschloss und mein Handy zückte. Bevor ich überhaupt irgendetwas machen konnte, klingelte es auf einmal.

„Ja?" „Nora!" „Jolene, warum bist du nicht hier?" „Ich wurde von so einem scheiß Auto aufgehalten." „Wie meinst du das?" „Ich erkläre es dir gleich, wo bist du?" „In einer Klokabine." Ich hörte ihr Kichern und musste selber lächeln. „Alles klar, ich komme jetzt. Warte auf mich!" Bevor ich etwas erwidern konnte, hatte sie aufgelegt. Ich lehnte mich gegen die schmale Wand und begann meine Fotos durchzusehen, wie immer wenn mir langweilig war. Hauptsächlich waren sie in London aufgenommen worden.

Wenig später öffnete sich die Tür und ich öffnete die der Kabine.

Vor mir stand Jolene und lächelte. „Hey", begrüßte ich sie und folgte ihr nach draußen.

„Also, wieso kommst du erst jetzt?", fragte ich neugierig.

„So ein Typ hat mich mit seinem Auto so nass gemacht, dass ich noch mal nach Hause musste, um mich umzuziehen." Ich grinste. Ein Auto? Und ich dachte schon, sie wäre fast angefahren worden oder so.

„Okay. Wir treffen Ethan in der Pause." Jolene nickte, sah jedoch nicht gerade begeistert aus. „Was ist?", fragte ich sie und hielt sie am Arm fest. Sie schüttelte nur leicht den Kopf und presste die Lippen aufeinander.

„Es ist nur wegen Jack. Ich hätte nie gedacht, dass es mal zu so etwas kommen würde."

„Ich weiß, wie du dich fühlst. Aber glaub mir, das wird er alles noch zurückbekommen. Wenn du das hier durchziehst, wird er mit Sicherheit genau so verletzt werden, wie du es warst."

„Woher willst du das wissen?", fragte sie und sah mich hoffnungsvoll an.

„Glaub mir, ich weiß es und jetzt komm, sonst verpassen wir die Pause." Sie nickte und wir betraten die bereits volle Mensa.

22. Kapitel

JACKS SICHT

Ich lief neben Henry her. Caleb, Dylan und Noah waren hinter uns, als wir uns auf den Weg zur Mensa machten.

„Leute, ich brauche dringend was zu essen", quengelte Noah und wir sahen ihn alle an, bevor wir uns an den üblichen Tisch setzten, da keiner von uns die Lust hatte sich anzustellen.

Sofort kamen drei Cheerleader aufgeregt angerannt und begannen im nächsten Moment auch schon loszuplappern.

„Hey, Henry!", sagte die erste und versuchte verführerisch zu wirken, doch sie sah mit ihren neuen, kurzen Haaren aus wie ein Igel.

„Ich habe jetzt ein Bauchnabelpiercing, willst du es sehen?" Henry stützte seinen Kopf auf die Hände und sah das Mädchen nicht an. „Das einzige, was ich jetzt gerade will, ist meine Ruhe, deshalb verzieh dich mit deinem was auch immer!"

Ich sah dem Mädchen ins Gesicht, die jetzt erschrocken und dumm zugleich aussah und schließlich mit erhobener Stimme rief: „Mädels! Gehen wir." Die drei zischten wieder ab und da Noah sich gerade etwas zu essen holte und Caleb und Dylan wie immer in ihren Handys vertieft waren, beugte ich mich etwas zu Henry.

Wir waren nun schon ziemlich lange Freunde und an seinem Ton und dem Gesichtsausdruck fiel mir gleich auf, dass etwas nicht stimmte.

„Ist alles klar bei dir?“, fragte ich und sah zu, wie er sich kurz durch die Haare fuhr und mich schließlich müde anblickte.

„Ja, es ist nur-“ Er unterbrach sich selbst, da sein Blick auf etwas hinter mir fiel. Ich drehte mich um um zu sehen, was ihn abgelenkt hatte und fast wären mir die Augen aus dem Kopf gefallen.

Direkt am Nachbartisch standen Nora, Jolene und ein Typ, den ich noch nie gesehen hatte. Doch das war noch gar nicht das Schlimmste. Der Typ hatte seinen Arm um Jolenes Hüfte geschlungen und zog sie an sich heran, während sie ihn glücklich anstrahlte. Dieses Strahlen, das kannte ich -

Was zum Teufel -? Was sollte das? Wieso, warum, seit wann?

„Jack?“ Ich wurde von Henry zurück in die Realität geholt „Geht's dir gut?“ Diesmal war er es, der fragte. Doch mir ging es ganz und gar nicht gut. Plötzlich begann sich mein Herz zu verkrampfen und in mir drinnen begann sich etwas auszubreiten, was ich selber für Wut halten würde, sich jedoch anders anfühlte.

War das - Eifersucht?

Schnell drehte ich mich zurück und biss so heftig auf meine Unterlippe, dass ich kurz darauf mein eigenes Blut schmecken konnte. War das ekelhaft!

„Sieht so aus, als ob -“, begann Henry, doch ich unterbrach ihn. „Mir fällt gerade ein, dass ich im Klassenraum mein Buch vergessen habe.“ Caleb und Dylan mussten meinen Satz wohl gehört haben, denn sie schauten nun von ihren Handys auf.

„Na und? Hol's dir ein anderes Mal“, murmelte Caleb gelangweilt, doch ich schüttelte den Kopf und stand auf. „Wartet nicht auf mich.“ Bevor jemand etwas erwidern oder tun konnte, lief ich schon an den anderen mit zügigen Schritten vorbei.

Jolene hatte mich erwischt. Sie hatte voll ins Schwarze getroffen und das war mein gottverdammtes Herz!

JOLENES SICHT

Ethan war sehr nett, wenn er auch ab und zu komische Sätze von sich gab. Trotzdem war er nicht mein Typ, was nicht hieß, dass er nicht gut aussah.

Was mich etwas wunderte, war, dass er seine Augen die ganze Zeit auf Nora gerichtet hatte, was mich immer wieder zum Lachen brachte. Natürlich wusste ich, dass am Nachbartisch die Jungs saßen und ich wusste auch, dass Jack und Henrys Augen die ganze Zeit auf uns lagen, weshalb Nora meinte, wir sollten uns ein wenig enger umarmen, was wir auch taten.

Es war schon komisch so etwas mit einem fremden Jungen zu spielen, aber es machte auch Spaß und das Wichtigste war, es funktionierte.

„Ihr seht gut zusammen aus", sagte Nora und grinste uns an. „Also wie lange müssen wir das jetzt machen?", fragte Ethan und sah ziemlich entspannt aus. „Solange wie möglich!" „Okay." Ich drehte mich schnell um und sah, dass Jack auf einmal nicht mehr da war. War er wegen mir gegangen? Wenn das nicht mal gut anfing.

„Ihr solltet euch vielleicht während des Unterrichts, zumindest während einer von den Jungs anwesend ist, Nachrichten schreiben und Jolene, du darfst nicht aufhören zu lächeln. Außerdem treffen wir uns jetzt am besten immer zwischen dem Unterricht und in den Pausen und wenn Jack hinguckt, solltet ihr euch am besten küssen", sagte sie, als ob es das Normalste der Welt wäre.

„Alles klar!" Ethan lächelte und ich nickte nur verwirrt. Dann klingelte es und als Henry und die anderen drei uns wieder anstarrten, drückte mir Ethan einen Kuss auf den Mund. Erst war ich ziemlich überwältigt, spielte dann jedoch mit. Was war schon dabei?

NORAS SICHT

Ich hätte jubeln können bei den Blicken von Henry, Caleb, Dylan und Noah.

„Also, soll ich dich noch zum Unterricht bringen?“, fragte Ethan so laut wie möglich und Jolene nickte. Zusammen gingen sie, eng umschlungen. Ich nahm meine Tasche und ging ebenfalls, allerdings lief mir jemand hinterher und kurz darauf wurde ich am Arm gepackt und in einen Raum gezerrt, der sich als Computerraum herausstellte.

Es war Henry, der sich nun vor die Tür stellte und mich wütend anstarrte, als hätte ich ihn kurz vorher irgendwie beleidigt.

„Was hast du denn jetzt für ein Problem?“, fuhr ich ihn an und rieb meinen Arm, den er immer noch festhielt.

„Was soll das mit Jolene?“, zischte er mich an und durchbohrte mich mit seinen grünen Augen. Ich versuchte seinen Arm wegzuschlagen, doch er war mal wieder zu stark.

„Lass mich los oder ich sag deiner Mama, dass du mich bedrohst!“ Henry sah mich einen Moment lang an und brach dann in schallendes Gelächter aus.

„Oh. Du willst meiner Mama sagen, dass ich dich bedrohe? Und dann? Was passiert dann?“ Ich sah ihn wütend an. „Geh mir einfach aus dem Weg!“ Doch er verstärkte nur seinen Griff um meine Schultern. „Erst, wenn du meine Frage beantwortest. Wer ist der Typ, der bei euch war?“ Ich blickte ihn mit einer hochgezogenen Augenbraue an.

„Was interessiert es dich?“

„Eine ganze Menge. Jack ist mein bester Freund und Jolene hat noch nie etwas mit anderen Jungs angefangen, da steckst eindeutig du dahinter!“, knurrte er und ich begann wieder wütend zu werden.

Mit all meiner Kraft schob ich ihn von mir weg und boxte ihm gegen die Brust. „Was soll das? Wer bist du, dass du bestimmen kannst, mit wem Jolene sich trifft? Wer bist du, dass du generell über andere Leute entscheiden kannst? Das ist nicht dein Leben, sondern unseres und du kannst mir so viel Angst machen und mich so viel bedrohen wie du willst, das wird nichts an meiner Meinung ändern! Sind wir doch mal ehrlich, hier geht es nicht um Jolene und Jack sondern um dich und mich, stimmt's?!", brüllte ich und holte Luft.

Auf Henrys Reaktion war ich nicht vorbereitet, denn plötzlich trat er näher, legte den Kopf etwas schief und kniff die Augen zusammen. Lange Zeit sah er mich so, mit leicht geöffneten Lippen, an und ich wusste nicht, was als nächstes kommen würde, bis er fragte:

„Sag mal kann es sein, dass du auf mich stehst?"

23. Kapitel

NORAS SICHT

Sprachlos sah ich ihn an. Was hatte er da gerade gesagt? Hatte er noch alle Tassen im Schrank? Ich auf ihn stehen? Und wenn Henry der letzte Junge auf dieser Welt wäre, ich würde mich niemals in so jemanden verlieben.

Ich griff nach meiner Tasche und hängte sie mir wieder um. Langsam strich ich mir eine Haarsträhne hinters Ohr und versuchte, Henry so kalt wie möglich anzuschauen.

„Bis irgendwann Henry, obwohl ich hoffe, dass es kein irgendwann geben wird."

Ich lief Richtung Tür, doch Henrys Lachen unterbrach mich, weshalb ich mich umdrehte.

„Was ist so lustig?", zischte ich und kniff meine Augen zu kleinen Schlitzen zusammen. Henry schüttelte seinen Kopf, vergrub seine Hände in den Hosentaschen und sah mich dann mit gesenktem Blick an.

„Dir ist schon klar, dass du mir noch keine Antwort gegeben hast, oder?", fragte er mit einer rauen Stimme, was ehrlich gesagt ziemlich sexy klang.

„Tut mir Leid, aber wann hast du mir eine Frage gestellt?"

Ich öffnete schnell die Tür und lief hinaus, wobei ich noch hörte, wie er mir hinterher rief:

„Ich weiß es, du kannst mir nicht widerstehen. Das kann keine und am Ende gewinn ich immer. Du wirst schon sehen!"

Mit schnellen Schritten steuerte ich Richtung Kunstraum. Ohne zu klopfen öffnete ich die Tür und lief einfach herein. Es saßen lauter Schüler mit weißen Kitteln an Tischen und malten irgendetwas. Ich schaute die Lehrerin entschuldigend an.

„Schön, dass Sie auch gleich Mr Thompson mitgebracht haben. Wäre ja nicht das erste Mal, dass Sie zu spät kommen!", sagte sie und sah hinter mich. Schockiert fuhr ich herum. Direkt hinter mir stand Henry, ungefähr einen halben Meter Platz zwischen uns. Er sah mir direkt in die Augen, ein leichtes Lächeln lag auf seinen Lippen. Mit seinen Lippen formte er ein ‚Was-für-ein-Zufall" und ich konnte in diesem Moment einfach nur ausrasten.

„Na gut, da jetzt alle da sind - Mr Hawkins setzen Sie sich nach vorne, ich will nicht mehr, dass sie neben Mr Thompson sitzen, Sie sind mir zu laut. Miss - Robinson?!" „Ja?" „Sie setzen sich auf Mr Hawkins' Platz!"

Jack und ich sahen geschockt zur Lehrerin, während ich Henrys Reaktion nicht sehen konnte und ehrlich gesagt auch nicht wollte.

„Aber Mrs Chelton, Henry und ich sind Freunde!", beschwerte sich Jack und sah verzweifelt zu Henry. Doch Mrs Chelton zeigte kein Erbarmen und schüttelte den Kopf. „Ich will keine weitere Minute meines Unterrichts verschwenden! Sie holen sich jetzt einen Kittel und setzen sich dann so hin, wie ich gesagt habe!" Sie wirkte wütend, weshalb wir ihr gehorchten.

Ich ließ mich auf Jacks Platz sinken und rutschte so weit wie möglich weg, als Henry sich daneben setzte. Auf einmal hielt er mir einen weißen Kittel hin. Er lächelte.

„Hier."

Erstaunt sah ich ihn an, wendete jedoch dann meinen Blick ab und zog ihn mir schnell über. Als ich fertig war, blickte ich auf die Leinwand vor mir. Alle anderen malten bereits eifrig, während ich mich meldete. Die Lehrerin sah von ihrem Klemmbrett auf.

„Ja, Miss Robinson?“ Ich merkte, wie Henry mich von der Seite anstarrte. „Entschuldigen Sie, aber was müssen wir malen?“

„Eine Sehenswürdigkeit in einer sehr abstrakt gehaltenen Art und Weise. Was ich am liebsten hätte, ist, wenn sie eine verschwommene Sehenswürdigkeit im Hintergrund malen und im Vordergrund etwas Scharfes wie zum Beispiel Blumen. Am Ende soll es einer Fotografie ähneln.“

Ich nickte etwas verwirrt und starrte auf die noch immer leere Leinwand. Was sollte ich malen? Den Eiffelturm? Das Brandenburger Tor? Doch schließlich entschied ich mich für London, da es mich an alte und bessere Zeiten erinnerte.

Während ich also anfing den Big Ben zu malen, driftete ich in die Vergangenheit ab und bekam somit nichts von dem mit, was in meinem Umfeld geschah, bis plötzlich, wie aus dem Nichts, rote Farbe auf mein Bild klatschte. Erschrocken sprang ich zurück und starrte entgeistert neben mich, wo ein grinsender Henry saß und zufrieden auf mein jetzt auf jeden Fall zerstörtes Kunstwerk blickte.

„Was zum -?!“, fuhr ich ihn an, doch er unterbrach mich. „Ich dachte, etwas rote Farbe würde deinem Bild bestimmt nicht schaden, außerdem verleiht es deinem ‚Kunstwerk‘ das gewisse Etwas, findest du nicht auch?“ Er lächelte, doch es war kein liebes Lächeln. Ganz im Gegenteil. Henry war nicht gestört, nein, er wusste ganz genau was er tat. Und er schien ziemliches Gefallen daran gefunden zu haben, mich zu ärgern.

Wenn ich jetzt losschreien würde, würde das nur dazu führen, dass mich alle anstarren würden und Henry hätte sowieso kein Problem damit.

„Warum tust du das?", fragte ich leise und sah ihn an. Er grinste immer noch und zuckte mit den Schultern. „Weil es mir Spaß macht, Babe!", antwortete er und malte an seinem eigenem Bild weiter. Ich knallte den Pinsel hin. „Erstens nenn mich nie wieder Babe und zweitens, es macht dir Spaß? Es macht dir Spaß, mich zu ärgern? Du tust mir echt leid, Thompson!" Er antwortete nicht, sondern lächelte weiterhin.

„Und hör auf zu lächeln!", brüllte ich und alle drehten sich zu mir um. Auch die Lehrerin hob den Kopf und sah mich stirnrunzelnd an. „Alles in Ordnung, Miss Robinson?"

Ich holte tief Luft und sah, wie Jack zu uns rüber grinste. Wieso machten die fünf mich so wütend? Wieso? Das war eine echt überflüssige Frage.

„Und ist alles gut gelaufen?", fragte ich und lächelte erst Jolene und dann Ethan an. Sie nickten und wir wollten gerade losgehen, als ich von Ethan aufgehalten wurde. Er lächelte immer noch und ich sah ihn fragend an.

„Wie steht's jetzt eigentlich mit unserem Date?", fragte er mit leuchtenden Augen. Ich wollte gerade etwas erwidern, als ich hinter Ethan Jack und Henry erkannte, die als letztes aus dem Kunstraum kamen. „Jolene!", rief ich und sie schien gemerkt zu haben, was ich meinte, denn sie lief schnell zu Ethan und warf sich um seinen Hals. Er schien etwas überrascht, spielte jedoch zum Glück mit.

JACKS SICHT

Henry und ich traten aus dem Kunstraum und liefen gerade mal drei Schritte, da fielen sie mir schon auf. Jolene, Nora und wieder dieser Typ, den ich noch nie gesehen hatte.

Diesmal hatte Jolene ihre Arme um seinen Nacken geschlungen und er hatte seine Hände auf ihrer Hüfte liegen. Ich erinnerte mich noch genau an den ersten Tag, an dem Nora mir gesagt hatte, dass Jolene einen Freund hatte, doch ich hätte nie gedacht, dass sie die Wahrheit gesagt hätte.

Auf einmal küssten die beiden sich und zum zweiten Mal an diesem Tag hatte ich das Gefühl, dass ein innerer Teil von mir zerbrechen würde. Wie konnte dieser Typ es wagen, meine Freundin anzufassen? Wie konnte sie es wagen, einen anderen Typen zu küssen? Und wieso war ich nur so blöd gewesen zu glauben, dass Jolene noch immer meine Freundin war, nachdem ich mit ihr Schluss gemacht hatte?

Wut stieg in mir hoch und ich ballte die Hände zu Fäusten. Henry musste es wohl gemerkt haben, denn er hielt mich an der Schulter fest. „Beruhige dich, Jack!“ Ich schüttelte seine Hand weg und starrte weiterhin Jo und diesen Typen an. Wieso tat sie so etwas? Sie wusste ganz genau, was sie mir damit antat.

Ohne nachzudenken lief ich langsam auf die beiden zu, bis ich direkt neben ihnen stand und mich räusperte. Die beiden lösten sich und sahen mich verwirrt an. Ich vergrub die Hände in den Hosentaschen und sah den Jungen so kalt wie möglich an.

„Kann ich dich mal kurz sprechen?“, fragte ich und sah nun zu Jolene, die mich jedoch nicht mehr direkt ansah. Sie nickte und lief mit mir um die Spinde herum, in den zweiten Gang. Sofort stellte ich mich vor sie und sah sie wütend und traurig zugleich an, obwohl ich mir weder das eine noch das andere anmerken lassen wollte, was wahrscheinlich nicht sehr gut gelang.

„Was willst du?“, fragte sie schnell und sah mich immer noch nicht an.

„Du hast jetzt also einen Freund?“, fragte ich so locker wie möglich und vergrub die Hände in den Hosentaschen. Sie nickte. „Ja, und? Stört es dich?“

JOLENES SICHT

„Ehrlich gesagt schon!", sagte er und nahm auf einmal ganz unerwartet meine Hände. Ich schreckte nicht zurück, zog meine Hände jedoch weg. Jack wirkte auf einmal ganz schüchtern.

„Können wir vielleicht mal reden? Nicht hier meine ich, sondern vielleicht später. Ich-"

„Tschüss Jack!", sagte ich und bog um die Ecke, lief an den anderen vorbei und flüchtete aus dem langen Gang.

24. Kapitel

NORAS SICHT

Den ganzen Nachmittag schon hatte ich versucht, Jolene zu erreichen. Erfolglos. Hoffentlich würde sie morgen in die Schule kommen. Gelangweilt warf ich mein Handy auf das Bett und lief nach unten, wo Papa gerade dabei war, die Haustür aufzumachen.

„Wohin gehst du?", fragte ich und sah ihn stirnrunzelnd an. „Einkaufen, ich habe Francis und Henry für heute Abend eingeladen und ich möchte kochen." Bei der Erwähnung des Namen Henry verdunkelte sich meine Laune nochmals um hundert Prozent.

„Aha." Das war alles, was ich sagte. „Kommst du mit, Bärchen?", fragte er gut gelaunt und ich verdrehte die Augen. „Bitte Papa, du musst dir abgewöhnen mich Bärchen zu nennen. Du bist der einzige Vater auf der ganzen Welt, der seine Tochter so nennt, ist dir das eigentlich bewusst?"

Er ignorierte, was ich gesagt hatte, da sein Blick auf die Post fiel.

„Deine Mutter hat dir wieder geschrieben, weißt du das?", fragte er und hob einen blauen Umschlag hoch. Ich verschränkte die Arme vor der Brust. „Ja und ich will die Briefe immer noch nicht aufmachen." Ich hatte in meinem Zimmer noch drei weitere liegen, jedoch hatte ich noch keinen von ihnen aufgemacht. Ich brauchte momentan einfach Abstand zu meiner Mutter und das war wahrscheinlich auch besser so.

„Also, kommst du jetzt mit?“ Ich nickte, zog mir schnell meine Jeansjacke über und lief nach draußen, wo es gerade angefangen hatte zu regnen. Schnell liefen wir zum Auto und Papa startete den Motor.

„Nora, der Ofen funktioniert nicht!“, rief Papa aus der Küche, während ich gerade dabei war, den Tisch für vier zu decken. Ich verdrehte die Augen und rief zurück: „Hast du ihn überhaupt schon angeschaltet?“ Einen Moment war es still, bis ich ein „Oh.“ hörte und lachen musste. Wenn mein Papa kochte, dann musste es schon für jemand ganz besonderen sein. Dass Henry auch zu diesen besonderen Personen gehörte, machte mich traurig und wütend zugleich.

Als ich fertig war, ließ ich mich aufs Sofa fallen und begann in einem von Papas Büchern zu lesen, das so langweilig war, dass ich die Türklingel genau hörte und aufstand um aufzumachen.

„Nora! Schön dich wiederzusehen!“, wurde ich sofort von Francis begrüßt, nachdem ich die Tür geöffnet hatte. Sie kam auf mich zu und umarmte mich, während ich höflich lächelte.

Sie ließ mich los, was dazu führte, dass ich Henry entdeckte, der nun neben meinem Papa stand und sich anfing, mit ihm zu unterhalten. Ich würdigte ihn keines Blickes und starrte stattdessen auf meine Hände.

„Henry, wollt ihr euch nicht mal begrüßen?“, fragte Francis immer noch lächelnd und legte einen Arm um meine Schulter. Ich wurde rot und starrte auf den Boden, als ich plötzlich seinen Blick auf mir spürte.

„Hey“, murmelte er und nickte kurz. Ich versuchte mir nichts anmerken zu lassen und setzte nur kurz ein gespieltes Lächeln auf.

Eine peinliche Stille entstand, bis Papa in die Hände klatschte und mich damit erschrocken zusammenzucken ließ. „Dann lasst uns mal essen, bevor es kalt wird.“

Er zog für Francis den Stuhl zurück und sie setzte sich. Da Papa gegenüber von ihr saß, blieb mir nichts anderes übrig, als mich gegenüber von Henry zu setzen.

HENRYS SICHT

Ich setzte mich und biss mir auf die Unterlippe. Das Ganze war schon etwas komisch und ich hoffte nur, dass unsere Eltern keinen Verdacht schöpften. Noch immer konnte ich mich nicht wirklich mit dem Gedanken beschäftigen, dass Noras Papa und meine Mama sich immer näher kamen. Was, wenn unsere Eltern tatsächlich irgendwann eine richtige Beziehung führen würden? Oder wenn meine Mama herausfinden würde, was ich bereits alles getan hatte. Sie wäre bestimmt mehr als nur wütend auf mich.

Ich wusste, dass es keine so gute Idee war, weiterhin gemein zu Nora zu sein. War ich es denn wirklich nur, weil ich Spaß daran hatte?

Die drei fingen an zu essen und da Nora gerade zu ihrem Papa sah, der irgendetwas erzählte, wagte ich einen Blick auf sie.

Sie wirkte nicht so gekünstelt wie so viele Mädchen, sondern sie sah normal aus mit ihren leicht gewellten Haaren, den dunkelblauen Augen und den glühenden Wangen. Würde ich es nicht besser wissen, würde ich sogar sagen, dass sie hübsch war.

Außerdem konnte sie ja nichts dafür, dass meine Mama etwas an ihrem Papa fand. Aber genau so wenig konnte ich etwas dafür.

Meine Güte Henry, was sollte das Ganze eigentlich?

Ich war derjenige, der sich eine heile Familie wünschte, aber der Gedanke eine Halbschwester oder so etwas zu bekommen war für mich auf einmal unvorstellbar.

Ich war derjenige, der mir immer vorgenommen hatte, mit Mädchen gut umzugehen und nicht so wie mein Papa es mit meiner Mama getan hatte, doch ganz plötzlich hatte ich es auf ein unschuldiges Mädchen abgesehen, die mir im Grunde gar nichts getan hatte.

Ich war derjenige, der zusammen mit Jack in der Grundschule einen Jungen verprügelt hatte, weil er Jolene geärgert hatte und jetzt taten wir es selber!

Warum hatte ich mich so verändert? Ging es mir nur darum beliebt zu sein, im Mittelpunkt zu stehen oder einfach das Leben zu genießen, während man das von anderen komplett versaute?

Und mit einem Mal, bekam ich ein schlechtes Gewissen. Etwas, vor dem ich mich schon immer gefürchtet hatte.

25. Kapitel

NORAS SICHT

Das Essen verlief erstaunlich gut. Das lag daran, dass weder Henry noch ich ein Wort miteinander wechselten. Obwohl die ganze Zeit die Erwachsenen redeten, so spürte ich trotzdem immer wieder Henrys Blick auf mir, was den Umständen entsprechend ziemlich unangenehm war.

Wahrscheinlich hatte er schon wieder einen neuen Plan im Kopf, mein Leben so gut wie möglich zu ruinieren.

„Nora, würdest du bitte abdecken?“, unterbrach Papa auf einmal meine Gedanken und ich sah auf. Francis sah zu Henry. „Henry, hilfst du ihr bitte?“

„Nein, ihr seid Gäste. Bleib ruhig sitzen. Aber wir können uns einen Film anschauen“, schlug Papa nun vor und stand auf. Francis und Henry taten es ihm gleich und verschwanden im Wohnzimmer, während ich anfing, alle Teller in die Küche zu bringen. Als ich fertig war, lief ich nach oben in mein Zimmer. Ich hatte keine Lust einen Film anzuschauen, erst recht nicht mit zwei Erwachsenen, die verliebt waren und einem Jungen, der mich ohne Grund hasste.

Fest entschlossen den Tag so schnell wie möglich hinter mich zu bringen, verschwand ich im Bad um zu duschen. Das warme Wasser tat gut und ließ mich nachdenklich werden.

Als ich fertig war, stieg ich aus der Dusche und schlang ein Handtuch um mich herum. Meine nassen Haare föhnte ich bis sie trocken waren und kämmte sie anschließend durch. Danach schminkte ich mich noch ordentlich ab und lief dann wieder zurück in mein Zimmer um mich anzuziehen.

Die Vorhänge musste ich nicht zumachen, ich wusste ja inzwischen wer gegenüber wohnte.

HENRYS SICHT

Wie peinlich war das denn? Mit meiner Mama und Noras Papa einen Liebesfilm anzuschauen. Wäre ich Nora, hätte ich mich auch schon längst in mein Zimmer verzogen. Doch leider war dies nicht unser Haus.

Ich versuchte mich auf den Film zu konzentrieren, doch es ging nicht. Wenn ich so etwas je machen würde, dann mit meiner Freundin, aber bestimmt nicht mit meiner Mama und ihrem neuen Freund. Überhaupt einen Film mit zwei Erwachsenen anzusehen, war schon schlimm genug.

Den ganzen Abend lang hatte ich Nora beobachtet. Wäre ich nicht der, der ich war und sie wer sie war, dann hätte ich sie vielleicht sogar schon nach einem Date gefragt. Oder vielleicht nicht?

Auf jeden Fall würde ich mir vornehmen mich zu ändern. Zumindest Jack, Jolene und Nora gegenüber. Woher dieser plötzliche Entschluss kam, war mir auch nicht bewusst, doch ich wusste, dass es das Richtige war.

Wie von selbst erhob ich mich und lief die Treppe nach oben, meine Hände in den Hosentaschen vergraben, den Kopf gesenkt. Die anderen schienen es ja nicht bemerkt zu haben und das war eigentlich auch ganz gut so.

Ich lief den kleinen Flur entlang von dem ein paar Türen abgingen. Eine sah aus wie die eines Bades, dann waren da noch zwei weiß gestrichene.

Ich hörte Fußtapsen aus der Richtung der linken Tür, weshalb ich sie ohne vorher anzuklopfen runterdrückte und eintrat.

Fehler.

Denn da stand sie. Direkt vor mir und zwar nur in Unterwäsche. Ihre Augen waren weit aufgerissen, der Mund offen, bereit um zu schreien. Langsam begannen meine Augen sie von oben bis unten zu mustern.

NORAS SICHT.

Da stand er, mitten in meinem Zimmer, mit leicht geöffnetem Mund, funkelnden Augen und der Türklinke noch immer in der Hand. Seine Augen wanderten meinen Körper rauf und runter und ich hatte das Gefühl gleich vor Scham im Boden zu versinken.

„Was um alles in der Welt tust du hier?!", rief ich erschrocken und versuchte mit meinen Händen so viel wie möglich von meinem Körper abzudecken. Was ich als nächstes erwartet hatte, wusste ich nicht, doch nach ein paar weiteren Sekunden hielt Henry sich schnell seine Hand vor die Augen und versuchte wegzuschauen.

„Das tut mir echt leid", murmelte er und drehte sich um, wobei er laut gegen die Tür knallte und aufschrie.

Ich griff schnell nach dem Bademantel auf meinem Bett und wickelte ihn mir um. Dann lief ich zu Henry, der sein Gesicht schmerzvoll verzog und tippte ihm auf die Schulter.

„Zeig mal!", forderte ich und löste seine Hände von seinem Gesicht. Er öffnete die Augen und seine dunkelgrünen Augen begegneten meinen dunkelblauen. Immer noch hielt ich seine Hände fest, doch ich war von seinen Augen abgelenkt und plötzlich breitete sich eine Wärme und ein Kribbeln in meinem Körper aus, ein Gefühl, welches ich noch nie zuvor gefühlt hatte. Was war denn jetzt los?

Schnell ließ ich seine Hände los und wendete meinen Blick auf seine Stirn, während seine Augen immer noch meine fixierten.

Ich drückte unsanft auf die Stelle an seiner Stirn, was ihn zusammenzucken ließ.

„Au!", rief er und rückte von mir weg. Er kam mir vor wie ein kleines Kind, doch irgendwie war es süß.

Aufhören! Das hier war Henry. Henry Thompson! In meinem Zimmer.

Ich stand auf, lief ins Bad, holte einen Waschlappen, den ich kurz unter das Wasser hielt und lief dann zurück in mein Zimmer, wo ich die Tür schloss und ihm den Lappen gegen den Kopf warf. Er fing ihn in letzter Sekunde auf, doch ich blieb stehen.

Abwartend sah ich ihn an. Er starrte mich einen Moment an und runzelte dann die Stirn.

„Gehst du mit allen Jungs so grob um?", fragte er und hob leicht die Augenbrauen. Ich räusperte mich kurz. „Nur mit denen, die ich nicht mag!"

Sein kleines Lächeln - falls man es denn ein Lächeln nennen konnte - verschwand und er sah wieder normal aus.

„Nora, ich -", begann er, doch ich unterbrach ihn. „Henry, was tust du in meinem Zimmer?", fragte ich so ruhig wie möglich und sah auf meine Bettdecke.

„Ich wollte mit dir reden."

Er wollte also mit mir reden. „Worüber?", fragte ich und versuchte immer noch kalt zu wirken.

„Darüber, dass ich so gemein zu dir war.", murmelte er und lief zurück, um sich an die Wand zu lehnen. „War?", fragte ich skeptisch und trat in die Mitte meines Zimmers, um etwas Abstand zu halten. Er seufzte und richtete seinen Blick an die Decke.

„Bin, war, was auch immer. Ich will es dir erklären. Ich will mich bei dir entschuldigen."

Erstaunt sah ich auf. Was hatte er gerade gesagt? Er wollte sich entschuldigen? Bei mir? Henry Thompson wollte sich bei mir entschuldigen?

Doch eine Frage blieb da offen. Wer weiß, vielleicht war es ja auch nur wieder eines seiner kranken Spielchen.

„Wieso?", fragte ich und sah ihm mitten in die Augen. Er starrte ängstlich zurück.

„Das verstehst du nicht." Ich sah ihn scharf an „Ach was?! Das verstehe ich nicht?" „Nein!", rief er etwas wütend und schlug mit der Faust gegen die relativ dünne Wand. Schockiert sah ich ihn an.

„Entschuldigung", flüsterte er, stieß sich von der Wand ab und lief an mir vorbei aus meinem Zimmer.

„Aber! -", rief ich ihm hinterher, doch da war er schon verschwunden.

Was. War. Das?

26. Kapitel

JOLENES SICHT

Seit zwei Stunden lag ich schon im Bett, die Decke weggeschlagen, da es zu heiß war und starrte an die Decke. Der Grund, warum ich nicht einschlafen konnte, war - wie so oft in letzter Zeit - Jack und was er heute gesagt hatte.

Er wollte mit mir sprechen. Aber worüber?

Ob das mit Ethan so eine gute Idee war? Wozu führte das Ganze denn überhaupt?

Ich fing an zu zappeln, wie immer wenn ich nicht einschlafen konnte. Unruhig drehte ich mich von einer Seite zur anderen und schloss immer wieder für ein paar Sekunden die Augen.

Plötzlich wurde ich von dem Vibrieren meines Handys gestört und ich hob den Kopf um besser sehen zu können. Ich entsperrte das Handy und sah auf die neue Nachricht.

Unbekannt

Unbekannt? Wer würde mir um diese Uhrzeit eine Nachricht schicken?

‚Bitte komm vor das Haus! Es ist wichtig.'

Was um alles in der Welt?

Verwirrt stand ich auf und sah aus dem Fenster. Nichts. Oder doch! Da war eine Gestalt, die Hände in der Jackentasche vergraben und sie sah geradewegs in meine Richtung. Wie gruselig!

Doch als ich erkannte, wer die Person war, stockte mir der Atem.

Jack.

Erschrocken öffnete ich das Fenster und beugte mich ein wenig heraus. Er musste mich wohl erkannt haben, denn er trat nun näher, sodass ich seine ganze Gestalt wahrnehmen konnte.

„Was tust du hier?“, flüsterte ich laut genug, damit er es hören konnte.

„Jolene, kannst du bitte runterkommen? Ich muss dringend mit dir reden!“

„Um diese Zeit willst du mit mir reden?“, zischte ich und trat etwas zurück.

„Bitte!“, hörte ich seine Stimme flehen.

Ich überlegte einen Moment. Dann lief ich zurück in mein Zimmer, schloss die Tür und zog mir meine Stiefel und eine Jacke über.

JACKS SICHT

Wenige Sekunden später stand sie vor mir, wenn auch mit ein paar Metern Abstand. Ich sah sie an und jedes Mal wenn ich das tat, merkte ich erneut, wie sehr ich sie noch vermisste. Und es tat mir im Herzen weh, wenn ich an heute Morgen denken musste, wie sie diesen Typen umarmt und geküsst hatte.

Ich wollte sie zurückhaben. Es war kein Gedanke, sondern etwas, was ich schon von Anfang an wollte. Jolene zurückhaben. Und ich wusste, dass es meine eigene Schuld war und dass ich vielleicht nie wieder die Chance bekommen würde.

„Jack?“

Vorsichtig hob ich den Kopf und blickte in ihre Augen.

JOLENES SICHT

„Darf ich es dir erklären?“, flüsterte er und sah mich dabei nur halb an. Ich wusste, was er mit ‚erklären‘ meinte und noch vor ein paar Tagen hätte ich alles dafür gegeben, dass er mir mal erklären würde, was in ihn gefahren sei, aber nun? Warum sollte ich ihm noch eine Chance geben? Womit hatte er diese verdient?

Doch andererseits wusste ich genau, dass ich hören wollte, was er zu sagen hatte, weshalb ich schließlich nickte.

„In Ordnung."

Er senkte den Kopf und fing an zu sprechen:

„Vor ein paar Jahren traf ich dieses Mädchen. Sie spielte mit meinem besten Freund im Sandkasten und als ich sie zum ersten Mal sah, fielen mir fast die Augen aus dem Kopf, weil ich sie so wunderschön fand. Ich war damals fünf Jahre alt und trotzdem kommt es mir vor, als ob es gestern gewesen wäre."

FLASHBACK

Es war ein heißer Junitag und ich liebte solche Tage, da meine Mama dann immer mit mir und meiner kleinen Schwester Jane, die gerade erst ein paar Tage alt war, einen Spaziergang im Park machte, wo sie mir meistens ein Eis kaufte oder wir auf den Spielplatz gingen.

Ich hielt ihre Hand und sprang aufgeregt auf und ab, da ich aus irgendeinem Grunde heute ziemlich aufgedreht war. Wahrscheinlich lag es an der neuen Jacke, die ich aus einem kleinen Geschäft bekommen hatte und heute zum ersten Mal trug.

Ein paar Menschen kamen vorbei und ich grinste sie alle an, in der Hoffnung, dass sie die Jacke genau so cool fanden wie ich.

„Jack, hast du Lust auf den Spielplatz zu gehen?", fragte Mama schließlich und lächelte, als sie mein breites Strahlen sah. Schon bevor sie einen Schritt gehen konnte, war ich losgerannt, um als Erster dort anzukommen.

Gerade als ich auf die Wippe klettern wollte, hörte ich zwei Kinder kichern und drehte mich um.

Im Sandkasten saßen mein bester Freund Henry und - ein Mädchen?!

Ich wurde rot, vergrub meine Hände in den Hosentaschen und lief langsam auf sie zu.

„Jack!", begrüßte mich Henry, sprang auf, rieb sich den Sand von der Hose und rannte auf mich zu, wobei er hinfiel und das Mädchen noch mehr lachen musste.

Aber es war gar nicht Henry, den ich beachtete, sondern das Mädchen mit den langen Haaren und den großen, leuchtenden Augen, die mich jetzt neugierig anstarrten. Ihre Lippen waren zu einem schüchternen Lächeln verzogen und ich lächelte nicht weniger schüchtern zurück.

Als Henry wieder aufstand, sah ich ihn an.

„Wer ist das, Henry?" Er grinste „Das ist Jolene, die Freundin von meiner Mama hat sie vorbeigebracht. Sie ist so hübsch und sie hat erzählt, dass sie mit ihrem Vater einmal an einem Strand eine riesengroße Burg gebaut hat!", schwärmte Henry und ich sah ihn traurig an. Wollte er jetzt mehr mit ihr spielen, als ich es wollte? Hoffentlich nicht.

„Ich finde sie auch hübsch, Henry", flüsterte ich und kickte einen Stein weg.

„Dann rede doch mit ihr", sagte Henry und lächelte mich an. Da musste ich auch wieder lächeln. Er war echt ein guter Freund.

Zusammen stiegen wir in den Sandkasten und ich setzte mich neben das Mädchen.

„Hallo. Ich bin Jack."

„Ich bin Jolene", sprach sie freudig und durch einen Windstoß wirbelten ihre Haare auf. Ihre Augen glänzten und mit einem Mal wurde mir klar, dass ich mich in sie verliebt hatte. Noch nie hatte ich so ein schönes Mädchen gesehen.

„Möchtest du mit mir einen Kuchen backen?", fragte ich noch immer schüchtern und sie nickte aufgeregt. „Ja, so gerne!" Ich strahlte. „Okay!"

Nebenbei hörte ich, wie Henry lachte, versuchte ihn jedoch zu ignorieren.

Nach einer halben Stunde waren wir fertig.

„Aber es fehlt noch was!“, bemerkte Jolene und zeigte auf den Sandkuchen.

„Ja, ich weiß“, rief ich und stand auf. Schnell lief ich zu Mama, die auf einer Bank saß und Jane hin und her wiegte.

„Mummy, Mummy!“, rief ich und legte meine Hände auf ihren Schoß.

„Was ist Jack?“

„Ich brauch meine Bonbons“, sagte ich und streckte fordernd die Hände aus.

Nachdem sie mir vier gegeben hatte, rannte ich zurück in den Sandkasten.

„Ist das deine Mama?“, fragte Jolene und zeigte auf sie. Ich nickte „Mit meiner Schwester Jane.“

Jolenes Augen fingen an zu strahlen. „Oh, du hast eine Schwester? Ich will auch eine haben.“

Ich lächelte verlegen. „Willst du einen Bonbon?“ Bevor sie etwas sagen konnte, sprang Henry auf und umarmte mich. „Jack, ich muss gehen, sonst wird meine Mama böse. Kommst du, Jolene?“

Traurig sah ich ihn an. „Aber ich-“

Henry lief los und Jolene stand auf. Verlegen fegte sie den Sand von ihrem weißen Sommerkleid.

Ich drehte mich um und fing leise an zu weinen.

„Jack?“ Als ich ihre Stimme hörte, drehte ich mich sofort wieder um. Doch bevor ich etwas sagen konnte, hatte sie mich schon umarmt. Erstaunt schlang ich meine Arme um sie.

„Du bist ein sehr, sehr netter und lustiger Junge“, flüsterte sie und ich fing an zu strahlen. „Bin ich?“. Sie nickte, dann öffnete sie meine Hand und legte ein Gänseblümchen in meine Handfläche.

„Für dich!", sagte sie schnell, dann beugte sie sich nach vorne, gab mir einen Kuss auf die Wange, nahm einen Bonbon aus meiner anderen Hand und lief Henry hinterher.

Und ab dem Tag wusste ich, dass ich sie heiraten wollte.

FLASHBACK ENDE

Ich bemerkte die Tränen, die sich in meinen Augen gebildet hatten, zunächst nicht, als Jack die Geschichte zu Ende erzählt hatte.

„Ich war nie jemand, der andere schlecht behandelte. Ich habe dich immer respektiert und die Jahre, in denen wir befreundet waren, waren für mich die schönsten in meinem ganzen Leben. Unsere Freundschaft, auch mit Henry, das war das Beste, was mir passieren konnte, Jolene und, und -"

Er machte eine kurze Pause, bevor er weitersprach.

"- und du weißt alles von mir. Du warst immer dabei. Du hast jeden Geburtstag mit mir verbracht, ob deinen oder meinen. Wir haben immer zusammen den Valentinstag verbracht, du warst immer für Jane da. Du hast mir sogar das Schwimmen beigebracht, was schon irgendwie komisch war. Du hast mir in der Schule geholfen und hast zusammen mit mir und Henry die anderen Kinder ausgelacht, die wir nicht in unser Baumhaus gelassen haben. Du hast mich jeden Tag im Krankenhaus besucht, als ich meinen Arm gebrochen hatte. Wir haben alles zusammen gemacht und es war nie nur Freundschaft. Dass wir nicht jeden Tag glücklich waren, war mir bewusst, aber nie, dass ich dich so verletzen würde. Ich wollte dich nie, wirklich nie verletzen. Die High School hat alles versaut. Vielleicht lag es auch daran, dass wir älter geworden sind. Henry und ich blieben Freunde, dann kamen Dylan, Noah und Caleb dazu, was alles verändert hat. Irgendwie sind wir an der Schule immer beliebter geworden, was vor allem Henry sofort bemerkt hatte. Dinge änderten sich für uns. Andere

Jungs wollten unbedingt zu uns gehören, die heißesten Mädchen fingen an, Schlange zu stehen. Davon wurden wir süchtig. Wir brauchten noch mehr Aufmerksamkeit, wir wollten immer mehr. Ich habe dich vernachlässigt. Das war auch Henrys Schuld, er wollte, dass ich mit dir Schluss mache. Aber ich bin auch selber Schuld. Aus Angst davor Henrys und meine schon immer existierende Freundschaft zu verlieren, willigte ich schließlich ein und ließ dich fallen. Das bereue ich mehr als alles andere. Nicht nur, dass ich dich verlassen habe, sondern auch, dass ich dich so verletzt habe. So oft habe ich mich dafür schon gehasst. Ich kam mir dumm vor. Doch trotzdem hatte ich mich verändert. Ich habe meine Familie vernachlässigt und mich den anderen angepasst. Der Einzige, der wusste, wie es mir ging, war Henry. Und er hat mir schließlich auch gesagt, dass es ihm leid tue und er nur mein Bestes wolle, aber ich bin darauf nicht eingegangen. Es war nicht so, dass ich von einem Tag auf den anderen gemerkt habe, dass ich dich brauche, sondern von Anfang an, 24 Stunden am Tag, habe ich dich vermisst und tue es immer noch. Dann kam Nora und sie war die Erste, die sich für dich interessiert hat. Sie wurde zu deiner Freundin und ich war ihr im Inneren so dankbar, doch aus irgendeinem Grund passte Henry das gar nicht und er fing an auf ihr rumzuhacken. Sie fertig zu machen. Ich hatte kein gutes Gefühl dabei, da mitzumachen. Doch schon bald hatte Nora mir gesagt, dass du einen Freund hast und dass hat mich ziemlich fertig und wütend gemacht, weshalb wir das mit der Party planten. Wir wollten euch eins auswischen. Was nicht geplant war, war dich in meinem Zimmer zu finden. Mir war klar, dass du gesehen hast, dass sich nicht wirklich was verändert hat und es war mir peinlich und machte mich wieder wütend, deshalb habe ich dich so angeschrien. Ich bereue es. Ich bereue es zutiefst und will alles rückgängig machen. Ich will nicht, dass du einem anderen gehörst. Jemand anderem, der dich umarmen, küssen und sonst was darf. Dieser jemand sollte ich sein. Ich will das Ganze nicht mehr, Jolene. Ich will nur noch dich und wenn ich dafür auf den höchsten Berg der Welt klettern muss, ich würde es für dich tun. Ich würde alles tun um dich wiederzubekommen. Bitte verzeih mir. Ich möchte nur das Mädchen in dem weißen Kleid, im Sandkasten, zurückhaben. Wenn ich dieses Mädchen habe, dann bin ich der glücklichste Junge auf der ganzen Welt. Bitte!"

Wie ein verzweifelter und am Boden zerstörter kleiner Junge stand er dort und sah mich mit gequältem Gesichtsausdruck an. In der Hoffnung, dass ich irgendetwas tun würde.

Langsam rollte mir eine Träne die Wange herunter und ich war so in meinen eigenen Gedanken versunken, dass ich ihn erst vergaß.

Er meinte es ernst. Er wollte sich wirklich entschuldigen, wollte, dass alles wieder so werden würde wie früher.

Lange Zeit standen wir nur da und sagten nichts.

Irgendwann dann, lief ich auf ihn zu und griff nach seinen Händen. Er sah erst auf unsere Hände und mir dann wieder in die Augen.

„Jack", begann ich langsam und schluckte schwer. Wie konnte ich, nach dem was er mir erzählt hatte, mit ihm sprechen, ohne dass ich in Tränen ausbrechen würde?

„Du willst, dass ich dir vergebe? Alles, was du mir in den letzten Wochen angetan hast?"

Er sah mich mit traurigen Augen an und nickte kaum merkbar. Eine Träne stahl sich aus seinem Auge und floss an seiner Wange herunter. Ich trat näher, streckte die Hand aus und wischte sie weg. Meine Hand ließ ich auf seiner Wange und strich vorsichtig darüber.

Durch die unerwartete Geste hielt er auf einmal inne und sah mich erstaunt an.

„Du musst keine Angst haben, dass ich einem anderen Jungen gehöre, denn ich gehöre nur dir, Jack. Nur dir, hörst du?“ Mit meinem Zeigefinger hob ich sein Kinn an und sah ihm tief in die Augen.

Er nickte heftig und stürzte sich dann in meine Arme. Es schüttelte ihn richtig. Fest drückte er mich an sich und hob mich leicht hoch. Langsam bekam ich keine Luft mehr.

„Jack, du drückst zu fest“, brachte ich gerade noch heraus und er ließ schnell locker, hielt mich jedoch weiterhin fest.

„Du bist auch das Beste, was mir je passiert ist“, sagte ich und strich eine verirrte Haarsträhne hinter sein Ohr.

„Du bist das Beste, was es gibt“, sprach er zurück.

Seine Hand wanderte meinen Arm hoch, in mein Gesicht, wo er mir leicht über die Wange strich. Sein Finger wanderte zu meiner Unterlippe und er strich langsam darüber. Dann nahm er die Hand aus meinem Gesicht und verschränkte sie mit meiner.

„Ich liebe dich, Jolene“, sprach er und ich riss überrascht die Augen auf. „Wirklich?“

Er nickte und entlockte mir somit ein Lächeln.

„Hast du Lust, noch reinzukommen?“

Er nickte und ich nahm ihn an die Hand, bevor ich ihn ins Haus zog und hinter mir die Tür schloss.

27. Kapitel

NORAS SICHT

Henry verwirrte mich und zwar sehr. Was glaubte er denn? Dass er zu mir kommen könnte, sagen, dass er mit mir reden müsste und dann einfach gehen?

Langsam stand ich auf. Ich war bereits seit zwei Stunden wach und das obwohl es ein Schultag war und ich jede Minute, die ich im Bett verbrachte, genießen sollte.

Nachdem ich mich fertig gemacht hatte, lief ich nach unten. Papa war mal wieder bereits bei der Arbeit.

Ich nahm mir einen Apfel, trank etwas und lief dann nach draußen zur Busstation. Ob Henry heute auch mit dem Bus fahren würde?

Doch es schien nicht so, denn als der Bus nach fünf Minuten um die Ecke bog, war er noch nicht aufgetaucht.

Schulterzuckend stieg ich ein und setzte mich in die erste Reihe. Ich sollte lieber froh darüber sein, dass er heute anscheinend einen anderen Bus nahm, denn die Aktion vom letzten Mal würde ich mir sicherlich nicht noch einmal gefallen lassen.

Gelangweilt lief ich durch den Flur, als ich plötzlich am Arm weggezogen wurde und im Musikraum landete.

Es war Jolene, die heute komischerweise auf irgendeine Art anders aussah als sonst. Generell hatte ich sie heute noch nicht gesehen.

„Warum-“, fing ich an, wurde jedoch von ihr unterbrochen. „Du hast Jack erzählt, dass ich einen Freund habe?“, fragte sie und sah mich durchdringend an. Ich runzelte die Stirn. „Jolene, Jack hat gesehen, wie du Ethan geküsst hast, da muss ich ihm doch nicht zusätzlich erzählen, dass du jetzt einen ‚Freund‘ hast.“ Sie schüttelte den Kopf. „Nein, das meine ich nicht. Ich rede von ganz am Anfang. Jack meinte, du hättest gesagt, dass ich einen Freund habe, damit er eifersüchtig wird.“

Ich überlegte und tatsächlich, es fiel mir wieder ein. Es war am Tag gewesen, an dem ich das erste Mal Erdkunde hatte und aus Versehen neben ihm gelandet war.

„Ja, kann sein. Aber woher weißt du das? Hast du gestern noch mit Jack gesprochen?“ Sie sah auf ihre rotlackierten Fingernägel. Dann sah sie wieder auf und sah mich an. Eigentlich dachte ich, sie würde jetzt noch etwas sagen, doch stattdessen verließ sie den Raum. Ich folgte ihr in den Flur, in dem weiterhin Schüler herumliefen und sich lautstark unterhielten.

„Was ist denn los?“, fragte ich, während ich Mühe hatte, ihr zu folgen ohne zu stolpern. Sie drehte sich abrupt um, was mich stolpern ließ.

„Warum hast du ihm gesagt, dass ich einen Freund hätte?“ Ich verstand gar nichts mehr. „Aber ich habe doch nur -“

„Weißt du, was du damit angerichtet hast?“, rief sie und ein paar Schüler drehten sich zu uns um. Ich wurde rot und trat näher an sie heran. „Was? Ich wollte dir doch nur helfen, da Jack -“

Wieder unterbrach sie mich. „Ist dir eigentlich klar, dass wenn du nicht da gewesen wärst, Jack mich auch nicht die ganze Zeit so behandelt hätte?! Nein, dir ist das nicht klar, weil du überhaupt nichts von mir oder ihm weißt. Und auch nicht von Henry! Du bist gerade mal ein paar Wochen oder wohl eher Tage hier und ohne dich -“ Diesmal unterbrach ich sie. „Wenn ich nicht da gewesen wäre, dann würdest du jetzt weiterhin schüchtern durch die Flure laufen ohne Freunde und dich von anderen Leuten mobben lassen. Und tu nicht so, als ob Jack dich nur meinetwegen so behandelt hat. Du hast selber gesagt, er hat das schon vorher gemacht!"

„Hat! Er hat mich so behandelt. Er wollte das alles gar nicht! Ist mir auch eigentlich egal, ich muss jetzt gehen." Nach den Worten drehte sie sich um und verschwand in der Menge, während ich sprachlos zurückblieb.

Ich drehte mich um und wäre vor Schreck fast in Ohnmacht gefallen, da direkt hinter mir eine Person stand. Ich sah auf und wurde augenblicklich blass.

Vor mir stand Blake in seiner ganzen Pracht und er sah mit hochgezogenen Augenbrauen auf mich herunter.

„So sieht man sich wieder!", hauchte er mit einem bedrohlichen Unterton. Ängstlich verfestigte ich den Griff um meine Tasche. Ich war ja nur froh, dass ich kein Fach mit ihm hatte. Mein Mund klappte auf, um etwas zu sagen, doch ich bekam kein Wort heraus, auch nicht, als er anfing zu grinsen. Aber es war kein nettes Grinsen, sondern eher ein ‚genieß deine letzten drei Sekunden' Grinsen.

„Miss Robinson!" Zum ersten Mal wendete ich meinen Blick ab und sah direkt in das Gesicht von Mrs Jackson, die etwas aufgebracht neben mir stand und nun kurz einen Blick auf Blake warf.

Sie wollte wohl etwas sagen, doch bevor sie dies tun konnte, drehte sich Blake um und ging, jedoch nicht ohne mir vorher ein „Bis bald Schätzchen" zuzuwerfen. Ich wurde rot und drehte mich nun ebenfalls zu Mrs Jackson.

„Sie haben sämtliche Proben geschwänzt, sind nicht zur Kostümanprobe erschienen und wissen gar nicht, wie aufgebracht ich deswegen bin!" Den letzten Teil brüllte sie und ich trat erschrocken etwas zurück. Es stimmte, ich war nicht zu einer einzigen Probe erschienen, wie es mir befohlen worden war und an dem Gesichtsausdruck von ihr erkannte ich, dass sie sehr, sehr wütend war.

„Es tut mir leid?“, fragte ich etwas zögerlich und sie verfestigte ihren Griff um das braune Klemmbrett und sah mich durch ihre großen Brillengläser an.

„War das eine Frage?“. Schnell schüttelte ich den Kopf. „Nein, natürlich nicht.“

Sie holte kurz gestresst Luft und fuhr dann fort: „Wie auch immer. Ich hatte es Ihnen ausdrücklich gesagt und jeder - Nun ja, nicht jeder, aber fast jeder hat sich daran gehalten, nur Sie nicht! Es ist bereits ein Brief zu Ihnen nach Hause geschickt worden. Mir blieb jedoch nichts anderes übrig als Ihre Rolle an Niki abzugeben.“

„Zum Glück“, murmelte ich und Mrs Jackson zog die Augenbrauen hoch. „Bitte wie war das?“

„Nichts“, entgegnete ich knapp und presste die Lippen zusammen.

„Da Sie also nicht am Stück teilnehmen, mache ich Sie stattdessen zu meiner Assistentin. Das wird heißen, dass Sie in Zukunft da sein werden, verstanden?“, rief sie und kniff die Augen zu kleinen Schlitzen zusammen.

„Ja, Mrs Jackson!“, erwiderte ich schnell und sie nickte. „Also gut. Die Treffen sind jetzt zusätzlich auf den Kunstunterricht verschoben worden.“

Ich nickte und musste mit einem Grinsen im Gesicht daran denken, dass ich jetzt wenigstens nicht mehr neben Henry sitzen musste.

Mrs Jackson drehte sich um und ging, woraufhin ich alleine im Flur stand. Ich warf meine Tasche über die Schulter und beschloss, das Schulgelände zu verlassen, da ich nun erst einmal Luft und Ruhe zugleich benötigte.

Draußen entfernte ich mich etwas von dem Schulgebäude, setzte mich auf eine Bank unter einem Baum und schlug die Beine übereinander. Einen Moment lang sah ich Richtung Himmel und versuchte, mein Gesicht der Sonne entgegenzustrecken.

Schwer atmete ich aus und schloss die Augen. Es war gerade mal neun Uhr morgens und schon war mein Tag gelaufen.

Erst das komische Auftreten von Jolene, dann Blake, von dem ich immer noch nicht wusste, wer er war und was er von mir wollte und schließlich das Gemotze von Mrs Jackson und die zusätzliche Strafe, die für mich auch gleichzeitig irgendwie eine Erleichterung war.

Es konnte definitiv nicht besser für mich laufen.

Ich versuchte mich zu entspannen und die Ruhe zu genießen, doch etwas störte mich.

Es war ein Geräusch, das von irgendwo hinter mir kam. Da hinter mir der Park lag, welcher eigentlich noch Teil der Schule war, musste das Gerede wohl daher kommen.

Ich versuchte, das Gerede zu ignorieren und schloss wieder die Augen.

Doch die Stimmen wurden lauter. Viel lauter und irgendwie beunruhigend, was mich neugierig machte. Deshalb stand ich langsam auf und lief den schmalen Weg entlang, der sich durch den Park zog.

Die Geräusche verstummten einen Moment, weshalb ich stehen blieb. Ich schwenkte meinen Blick hin und her, bis er an einer alten Eiche hängen blieb und es mir kalt über den Rücken lief.

Vor mir sah ich zwei Jungs. Zwei mir sehr wohl bekannte Jungs und was die da taten, war eindeutig nicht legal.

Ich trat erschrocken einen Schritt zurück, woraufhin ich auf einen Stock trat, der zerbrach und somit ein lautes Knacksen von sich gab.

Erschrocken sah ich auf und blickte geradewegs in die wütend und ängstlich starrenden Gesichter von Blake und Caleb.

28. Kapitel

NORAS SICHT

Augenblicklich wurde ich rot und fing leicht an zu zittern, mein Blick blieb an dem kleinen, durchsichtigen Tütchen hängen, welches Blake gerade in einer Hand hielt, während Caleb mehrere Scheine in der rechten Hand hielt. Sie starrten mich weiterhin sprachlos an und ich wünschte mir in dem Moment wirklich unsichtbar zu sein, was zu meinem Bedauern nicht möglich war.

Als sie sich dann jedoch ganz zu mir drehten und langsam begannen auf mich zuzulaufen, während sie das Geld und das Tütchen in ihren Hosentaschen versteckten, bekam ich Angst und rannte einfach los.

Natürlich war mir klar, dass sie mir folgen würden, was sie auch taten.

Das Problem? Das Problem war, dass es zwei Jungs waren, die eindeutig schneller als ich waren.

Ich rannte um das ganze große Schulgebäude, bis ich am geschlossenen Tor ankam und somit in der Falle saß.

Scheiße! Das war es, was ich dachte, als sich die Schritte von Blake und Caleb verlangsamten und sie auf mich zu kamen.

Ich biss mir auf die Unterlippe und sah zu Caleb, da ich vor Blake mehr Angst hatte.

Verzweifelt griff ich nach der letzten Ausrede, die mir gerade einfiel, obwohl ich selber wusste, dass sie mir wahrscheinlich rein gar nichts bringen würde.

Ich räusperte mich.

„Warum folgt ihr mir?“, fragte ich und versuchte dabei so ruhig wie möglich zu bleiben. Ein heiseres Lachen ertönte und ich sah zu Blake, dessen Haut jetzt noch heller schien und dessen Augen dunkler wurden. Was war er, ein Vampir?

„Warum wir dir folgen?“, fragte Blake langsam und kam auf mich zu. Mir schoss das Blut in den Kopf und ich blieb wie angewurzelt stehen. Blake war nun nur wenige Zentimeter von mir entfernt, während Caleb an seinem Platz stehen blieb und abwechselnd von ihm zu mir sah.

„Auf diese Schule gehen mehr als tausend Schüler, wie kommt es, dass wir uns schon zum dritten Mal über den Weg laufen?“, fragte er drohend und brachte plötzlich, wie aus dem Nichts, eine Zigarette zum Vorschein. Ich würde ihm ja gerne erklären, dass dies hier immer noch Schulgelände war, aber das schien mir im Moment nicht passend, weshalb ich einfach weiterhin schwieg und abwartete, was er als Nächstes tun würde.

Er baute sich direkt vor mir auf und sah auf mich herunter.

„Wie viel hast du gesehen?“, fragte er leise, doch drohend. Ich versuchte immer noch die Fassung zu behalten. „Ich weiß nicht, wovon ihr redet“, flüsterte ich und starrte zurück. Ein kleines, hinterhältiges Lächeln erschien auf seinen Lippen.

„Weißt du, ich finde dich sehr amüsant. Kann es sein, dass Lügen ein Hobby von dir ist? Denn du scheinst es ziemlich oft zu tun.“ Ich schüttelte den Kopf und er hob eine Augenbraue. „Verstehe.“ Das war seine einzige Antwort, dann drehte er sich wieder zurück zu Caleb.

Sie redeten kurz und Calebs Augen waren auf mich gerichtet. Eigentlich hätte ich jetzt versuchen sollen, mich aus dem Staub zu machen, doch ich wusste, dass dies wahrscheinlich nichts bringen würde.

Schließlich drehte sich Blake wieder zu mir um. „Also. Was sollen wir jetzt mit dir machen? Ich meine, es ist offensichtlich, dass du alles gesehen hast." Mit mir machen? Was um alles in der -?

Meine Gedanken wurden unterbrochen, da er mich plötzlich am Arm packte und an sich heran zog. Mit großen Augen sah ich in sein bleiches Gesicht und versuchte, nicht ängstlich zu wirken.

„Wenn du irgendjemandem erzählst, was du gerade gesehen hast, dann schwöre ich dir, werde ich dich an einen Stuhl anbinden, dir deine Haare abrasieren, dir die Zähne allesamt ziehen und dir Schmerzen zufügen, wie du sie noch nie erlebt hast!"

Mein Mund klappte auf und ich sah ihn entgeistert an. Ich hatte nicht vor ihn noch wütender zu machen, aber die Vorstellung von mir mit einer Glatze brachte mich zum Lachen. Erschrocken hielt ich mir die Hand vor den Mund, doch Blake hatte es natürlich mitbekommen.

„Was ist so lustig?", knurrte er, ohne mich loszulassen. Ich biss mir auf die Unterlippe. „Nichts, ich finde nur, dass du eine ziemlich kranke Fantasie hast", rutschte es mir heraus und ich bereute jedes gesprochene Wort.

„Ach, jetzt auch noch frech werden?", fragte er und hob drohend die Hand. Ich kniff schnell die Augen zusammen und hoffte, dass er es nicht tun würde, doch im nächsten Moment spürte ich, wie sich der Griff von meinem Arm löste.

Ich öffnete die Augen und sah Caleb, der Blake zurückgezogen hatte.

„Komm schon man, sie ist ein Mädchen. Sie weiß sowieso nichts!" Ich versuchte mir meine Dankbarkeit nicht anmerken zu lassen und blieb einfach stumm.

„Verpiss dich, Caleb!", zischte er und drehte sich wieder zu mir um.

„Du hast gehört, was ich dir gesagt habe. Halt die Klappe oder du wirst es bereuen!“ Ich nickte schnell und Blake drehte sich um. Dann lief er wieder zurück, Caleb im Schlepptau.

Erst jetzt merkte ich, wie sehr meine Beine zitterten. Schnell lief ich zu der nächsten Bank und setzte mich.

Was war nur los heute?

„Alles okay?“

Ich sah auf und starrte in Ethans lächelndes Gesicht. „Es geht, mir geht's heute nicht so gut.“

Er setzte sich neben mich und sah mich weiterhin an. „Warum nicht?“ Ich zuckte mit den Schultern. „Heute ist einfach nicht mein Tag.“ Er lächelte. „Ich wüsste, wie man deinen Tag verschönern könnte.“ „Und wie?“ Seine Haare waren verstrubbelt und sein intensiver Blick bohrte sich in meinem fest. Auf seinen Lippen lag immer noch ein kleines Lächeln. „Würdest du heute mit mir ausgehen?“

Auch wenn ich schon seit längerem wusste, dass er mit mir ausgehen wollte, so traf mich seine Frage doch unerwartet.

„Ich - ehm. Du bist doch noch mit Jolene ‚zusammen‘.“ Er schüttelte langsam den Kopf. „Sie hat mich vorhin im Flur angesprochen und gesagt, dass wir damit aufhören würden, da zwischen ihr und diesem Jack wieder alles geklärt wäre.“

„Aber“, stotterte ich. Bitte was?! Zwischen ihr und Jack war wieder alles geklärt? Aber -? Was hieß geklärt? Wann hatten sie irgendetwas geklärt und vor allem: Was hieß das? Dass sie wieder zusammen waren?

„Also?“, unterbrach Ethan meine Gedanken und sah mich an. Ich öffnete langsam den Mund, doch mal wieder kam erst nichts raus.

Ich mochte Ethan schon irgendwie, aber ich fühlte nichts für ihn. Andererseits hatte ich es ihm versprochen.

„Okay“, rutschte es mir heraus und ich sah ihn an. Sein Lächeln wurde nun breiter. „Schön. Also heute Abend?“. Ich nickte, immer noch etwas abwesend.

„Ich hol dich um acht ab, zieh dir was Schönes an.“

Nach den Worten stand er auf, verabschiedete sich knapp und verschwand, während ich nur die Augen verdrehte.

Ich hob meine Tasche langsam vom Boden auf, wobei ein Teil des Inhalts herausfiel.

Genervt stöhnend kniete ich mich hin und sammelte die Bücher und die paar Stifte auf.

Als ich fertig war, schlenderte ich wieder Richtung Schuleingang und machte mich auf den Weg zur nächsten Stunde.

29. Kapitel

NORAS SICHT

Nachdem ich diesen grauenhaften Schultag noch irgendwie überstanden hatte, ohne Henry, Jolene und sonst wem in die Augen zu schauen, fuhr ich nach Hause, wo ich erst meine Hausaufgaben machte, dann mein Zimmer aufräumte und mich mit der Frage herumquälte, was ich heute Abend anziehen sollte.

Was verstand Ethan denn unter ‚schön'? Ein Kleid?

Mein Blick fiel auf das zerschnittene Kleid, welches ganz neu gewesen war und ich bei der Poolparty getragen hatte. Wut und Trauer stiegen in mir hoch bei dem Gedanken an jenen Abend. Schon wieder hatte ich das Verlangen Henry umzubringen. Was er getan hatte, war unverzeihlich und ich würde bestimmt nicht so schnell darüber hinwegsehen, er hatte sich ja noch nicht einmal bei mir entschuldigt!

Ich packte das Kleid und warf es auf die andere Seite meines Zimmers. Ich versuchte mich zu beruhigen und zog mir dann eine Jogginghose und ein Top an. Danach lief ich die Treppen nach unten, wo Papa mit Francis am Küchentisch saß. Ich versuchte meine Gefühle runterzuschlucken und zwang mir ein Lächeln auf die Lippen.

„Hast du nicht ein Date?", fragte Papa und ich wurde rot. Francis lächelte und sah mich fragend an. „Wirklich? Und was ziehst du an?"

„Ich weiß es nicht. Ich besitze nicht so viele Kleider."

Auf einmal stand sie auf und nickte mir zu. „Na dann, komm mal mit. Ich denke, ich habe da was für dich."

Erstaunt sah ich sie an und auch mein Papa zog erwartungsvoll die Augenbrauen hoch. „Wie meinst du das?", fragte ich, als sie zur Haustür lief.

„Poppy hat noch ein paar Kleider in ihrem alten Zimmer, da ist bestimmt etwas für dich dabei."

Ich lächelte. Sie wollte mir von ihrer Tochter ein Kleid leihen?

Zusammen liefen wir zu ihr nach Hause und sie führte mich durch das Wohnzimmer, die Treppen nach oben, wo es mehrere Türen gab, genau wie bei uns. Eine davon öffnete sie nun und wir traten in einen hell beleuchteten Raum.

Ich war bisher damit beschäftigt gewesen, mich zu fragen, wo Henry steckte.

Als ob sie meine Gedanken gelesen hätte, antwortete Francis, die gerade den braunen Kleiderschrank öffnete: „Henry ist mit zwei Freunden unterwegs."

Ich wurde wieder etwas rot und warf nun auch einen Blick in den Schrank.

Schließlich griff sie nach drei Kleidern und warf sie auf das Bett. Ich betrachtete sie.

Das erste war ziemlich kurz, hatte schmale Ärmel und war rot. Eigentlich ziemlich langweilig und außerdem etwas zu kurz. Am Ende würde er mit mir ins Kino gehen und ich würde da sitzen wie ein Volldepp.

Das zweite Kleid war ein gelbes, relativ fröhlich und luftig, allerdings war auf dem Rücken des Kleides, ein großer brauner Fleck abgebildet, den Francis zu spät entdeckt hatte.

Schließlich entschied ich mich für das dritte Kleid. Es war schwarz und ging bis zu den Knien, außerdem hatte es keine

Ärmel und dadurch, dass es so schlicht war, wirkte es elegant und normal zu gleich.

„Ich denke, ich nehme das hier“, sagte ich und hielt mir das Kleid vor den Körper. Francis nickte und lächelte. „Poppy trug es auch damals bei ihrem ersten Date. Es wird dir bestimmt gut stehen.“

„Wirklich? Und was ist aus dem Date geworden?“, bohrte ich weiter nach. Sie zuckte mit den Schultern. „Ich weiß nicht. Was ich weiß, ist, dass am Ende die Freundin des Typen auftauchte und ihn fast zusammenschlug. Gott sei Dank hat Poppy nichts abbekommen.“

„Oh.“ Mehr fiel mir dazu nicht ein.

„Wie auch immer. Du kannst dich gerne hier umziehen, wenn du willst. Vielleicht findest du in den Schränken ja noch eine Jacke und ein wenig Schmuck, du kannst ihn dir gerne ausleihen.“

„Danke. Das weiß ich wirklich zu schätzen“, sagte ich und sie nickte. „Ich bin unten, falls du was brauchst. Ach ja, dein Vater wollte heute Abend mit mir ins Theater gehen. Wäre das für dich in Ordnung?“ Ich lächelte „Natürlich.“

Sie verschwand und ich begann mich umzuziehen, wobei ich im Endeffekt immer noch ziemlich unsicher wirkte. Ob das Kleid wirklich die richtige Wahl gewesen war?

Ich betrachtete mich vor dem großen Spiegel von Kopf bis Fuß und rümpfte kurz die Nase.

Ein Blick auf mein Handy verriet mir, dass ich noch eine halbe Stunde hatte. Ich lief aus dem Zimmer und wollte eigentlich wieder nach Hause gehen, doch ich wurde neugierig und lief stattdessen ins gegenüberliegende Zimmer.

Henry‘s Zimmer.

Das war mir schon alleine wegen des Balkons bewusst gewesen.

Ich trat ein und schloss die Tür hinter mir. Mit großen Augen sah ich mich um. Dafür, dass das Zimmer einem Jungen gehörte, war es ziemlich aufgeräumt. An der einen Wand befand sich ein Bett. Über dem Bett hingen vier Fotos, die ich mir genauer ansah.

Auf dem ersten war ein kleiner Junge abgebildet. Schon auf den ersten Blick erkannte ich, dass es Henry sein musste.

Das nächste Bild zeigte vier Personen an einem Tisch. Am Tischende saß wieder Klein-Henry am Lächeln, während er die Kerzen auf einem Kuchen ausblies. Neben ihm saß ein Mädchen, das etwas älter als er aussah und stützte sich auf dem Tisch ab, während sie ihm zusah. Auf der anderen Seite saß Francis, die etwas jünger als heute aussah und daneben ein Mann, der höchstwahrscheinlich Henrys Vater war. Beide lächelten in die Kamera und aus irgendeinem Grund musste ich auch anfangen, zu lächeln.

Mein Blick wanderte auf das dritte Bild. Diesmal war Henry älter. Wahrscheinlich 15 oder 16. Er stand in der Mitte, die Arme um zwei Frauen gelegt. Seine Mama und das andere Mädchen musste dann wohl Poppy sein. Sie war hübsch und sah ihrer Mutter sehr ähnlich, doch Henry nicht wirklich. Er musste wohl nach seinem Vater kommen.

Auf dem vierten Bild waren Henry und der Mann vom zweiten Bild zu sehen. War das sein Papa? Sie standen nebeneinander, es war ein klassisches Vater-Sohn Bild. Doch irgendetwas stimmte nicht. Zwar lächelten beide etwas, doch es war ein trauriges und zugleich aufgesetztes Lächeln, das auf Henrys Lippen lag. Als ob es nur für das Foto sei. Ich fragte mich, was mit seinem Papa war. Wo war er? Und hatte Henry ein gutes Verhältnis zu seinem Vater?

Ich warf einen weiteren flüchtigen Blick auf alle Bilder und sah mich dann weiter um. Ein Schreibtisch mit einem Computer, ein Schrank, Lautsprecherboxen, ein CD-Regal und noch andere Gegenstände befanden sich in seinem Zimmer. Dann war da noch der Balkon.

Ich öffnete die Glastür und trat auf den Balkon. Jetzt sah ich mal, wie es war, wenn man auf mein Zimmer schaute. Meine Vorhänge waren nicht zugezogen und ich hatte die Tür offen gelassen. Die würde ich gleich noch zumachen müssen.

Ich stützte mich auf das Geländer und starrte in den Himmel. Von hier aus konnte man den Sonnenuntergang bestimmt perfekt beobachten.

Ich schloss die Augen und fühlte, wie der Wind durch meine Haare fuhr und sie aufwirbeln ließ.

„Schöne Aussicht, oder?“

Erschrocken drehte ich mich ruckartig um und starrte in zwei dunkelgrüne Augen.

30. Kapitel

NORAS SICHT

Erschrocken sah ich Henry an. Mit geneigtem Kopf starrte er mich an. Ich brauchte ein paar Sekunden um wieder zu realisieren, dass ich mich hier in seinem Zimmer, auf seinem Balkon befand.

„Und gefällt dir mein Zimmer?", fragte er kühl und musterte mich von oben bis unten. Ich nickte langsam, unfähig etwas zu sagen. Mir stieg das Blut in den Kopf und ich presste die Lippen aufeinander.

Doch nachdem einige Sekunden des Schweigens vergangen waren, entschied ich mich dazu doch etwas zu sagen. „Tut mir Leid, dass ich in deinem Zimmer bin, aber -" „Aber?", fragte er und stützte sich, wie ich eben noch, auf dem Geländer ab.

„Na ja. Ich war - neugierig"

Henrys Blick war nun wieder auf mich gerichtet. Seine Augen schienen sich zu verdunkeln und er wurde etwas blass.

„Geh nie wieder einfach so in mein Zimmer, klar?", zischte er und sah mich wütend an. Ich schluckte schwer.

„Nora? Musst du nicht langsam gehen?"

Wir drehten uns beide um und sahen Francis an, die in der Zimmertür stand und uns anlächelte. Schnell lief ich wieder ins Zimmer. Henry folgte mir.

„Ja." Ich wurde rot und wollte eigentlich gehen, doch sie fügte noch hinzu: „Stell dir vor Henry, sie hat ein Date. Vielleicht solltest du dir mal ein Beispiel nehmen und die Mädchen auch mal ausführen, anstatt immer nur in deinem Zimmer zu hocken."

Super! Das war die peinlichste Situation, in der ich mich je befand. Obwohl - die von der Party konnte man nicht toppen.

Aus den Augenwinkeln spürte ich Henrys Blick auf mir und wünschte mir in diesem Moment nichts sehnlicher, als mich in Luft aufzulösen.

Francis sah uns nachdenklich an. „Ich sehe, du zeigst ihr gerade dein Zimmer. Ich will euch nicht stören!", nach den Worten verschwand sie wieder und ich blickte auf den Boden.

„Du hast ein Date?"

Ich drehte mich zu ihm und setzte einen eisernen Blick auf, der wahrscheinlich nicht so gut rüberkam, wie er sollte.

„Ja, hast du ein Problem damit?", zischte ich zurück, während Henry sich nun auf sein Bett warf und die Arme unter den Kopf stützte, damit er mich weiterhin anschauen konnte.

„Nein, ich wunder mich nur, dass es einen Jungen gibt, der dich daten will."

Dieser Satz war wie ein Schlag in die Magengrube. Was fiel ihm eigentlich ein?

„Was ist dein Problem?", rief ich und funkelte ihn wütend an.

Er verzog keine Miene, sondern ließ weiterhin den arroganten Jungen raushängen.

„Ich habe kein Problem, darf man denn erfahren, wer der arme Kerl ist?"

„Du weißt gar nicht, wie gerne ich dich jetzt schlagen würde!", murmelte ich und Henry grinste. „Mach doch! Ich mag temperamentvolle Frauen."

„Ach verpiss dich doch!", rief ich und rannte Richtung Tür, doch bevor ich sie aufmachen konnte, war Henry auch schon aufgesprungen und hatte sich davor gestellt. Wütend und mit zusammengekniffenen Augen starrte er auf mich herunter.

„Was hast du gerade gesagt?“, flüsterte er mit einem gefährlichen Unterton.

„Lass mich durch, Henry!“

„Das war nicht die Antwort, die ich hören wollte.“

„Lass. Mich. Durch!“

„Wenn du ganz lieb ‚Bitte‘ sagst und dich entschuldigst, überlege ich es mir.“

Mir klappte der Mund auf.

„Ich soll mich bei dir entschuldigen? Du musst dich entschuldigen!“

„Wie bitte?! Ich war nicht derjenige, der im Flur in mich gelaufen ist.“

„Na und, das war doch nicht extra!“

„Und trotzdem hättest du dich entschuldigen können!“

„Wer hat denn bei dieser scheiß Party mein Kleid zerstört und mich vor allen gedemütigt, huh?!“

„Aber nur, weil du dich so scheiße verhalten hast, außerdem wollten wir, dass du Jolene in Ruhe lässt, sie braucht Freundinnen wie dich nicht!“

„Jetzt fang nicht wieder damit an, du bist ja nur eifersüchtig, dass Jolene schon immer mit Jack zusammen war und nicht mit dir. Du kommst mit der Tatsache nicht klar, dass nicht alle was von dir wollen und das hat dich so wütend gemacht, dass du Jack dazu überredet hast, mit ihr Schluss zu machen!“

Das Gekreische wurde immer lauter und ich wusste, dass wenn wir so weiter machen würden, Francis noch das ein oder andere mitbekommen würde.

„Was redest du da? Du hast doch gar keine Ahnung! Ich wollte nie etwas von Jolene! Und nur zu deiner Information, ich kann jede haben, die ich will!“

„Mich nicht!“, rief ich und verschränkte die Arme vor der Brust.

„Sogar dich kann ich haben, auch wenn du die letzte Person der Welt bist, mit der ich auch nur mehr als eine Stunde verbringen möchte."

Autsch.

Mir lief es kalt den Rücken herunter und ich hätte nie gedacht, dass mich so etwas jemals treffen würde.

„Wenn du mich so hasst", sagte ich nun wieder im normalen Ton, „warum bist du dann vor ein paar Tagen einfach so in mein Zimmer gekommen?"

HENRYS SICHT

Was sollte ich denn jetzt sagen?

Weil ich Schuldgefühle bekommen habe, mich wie ein Vollidiot verhalten habe, dich eigentlich mag und mich entschuldigen wollte?

Moment was?

Seit wann mochte ich sie denn?

„Ich -"

Weiter kam ich nicht. Nein, das durfte doch nicht wahr sein, ich konnte jetzt nicht derjenige sein, der rumstotterte. Das einzige, was mich gerade interessierte, war, dass sie ein Date hatte. Mit wem zum Teufel hatte sie ein Date?

„Meine Mutter hatte mich hochgeschickt, ich sollte nach dir gucken!"

‚Perfekte Ausrede!', rief eine leise Stimme in meinem Kopf, in einem ziemlich sarkastischen Unterton.

„Ich muss gehen, würdest du mich jetzt bitte durchlassen?", fragte sie auf einmal ruhig und sah mich nicht an. Hatte sie gerade bitte gesagt?

„Hast du bitte gesagt?", fragte ich und lächelte leicht.

Doch sie antwortete nicht, sondern verließ mein Zimmer.

31. Kapitel

NORAS SICHT

Ich verabschiedete mich nur knapp von Francis und musste mich zusammenreißen, um nicht die Haustür fest zuzuknallen. Ich hatte schon wieder so eine Wut auf Henry, ich konnte es gar nicht beschreiben. Was fiel ihm eigentlich ein? Wer dachte er denn, wer er wäre?

Erst Jolene, dann das mit dem Theaterstück, dann Caleb und Blake und jetzt auch noch Henry. Was würde denn heute sonst noch alles schief gehen?

Ich hoffte nur, dass ich ein gutes Date haben würde, auch wenn ich zugegebenermaßen wirklich nichts für Ethan empfand. Aber das hieß ja nicht, dass wir uns nicht gut verstehen konnten.

Außerdem gab es kaum Jungs, die mich je nach einem Date gefragt hatten und ich brauchte heute wirklich eine Ablenkung.

Draußen war es inzwischen kühler geworden und mein Handy verriet mir, dass es bereits kurz vor acht war. Ethan musste also jeden Augenblick auftauchen.

Ich setzte mich auf die niedrige Mauer direkt vor unserem Haus und beschloss, eine Nachricht an Jolene zu schicken.

‚Was ist los? Was habe ich dir getan? Können wir bitte reden? N.‘

Ich tippte auf ‚schicken‘ und ließ mein Handy dann wieder in die kleine Tasche gleiten.

Kurz darauf hörte ich ein Auto die Straße herunterfahren und es hielt direkt vor unserem Haus. Ich grinste schief. Ethan fuhr einen Range Rover? Oder gehörte der vielleicht seinen Eltern?

Er öffnete die Tür und stieg aus. Er trug eine schwarze Lederjacke, darunter ein weißes T-Shirt und eine normale Jeans. Na super, hatte ich mich jetzt ganz umsonst schick gemacht?

„Nein, hast du nicht!"

Und hatte ich das gerade tatsächlich laut gesagt?

„Hallo, Schönheit", begrüßte er mich und gab mir einen Kuss auf die Wange. Dabei schweifte mein Blick kurz auf Henrys Balkon und ich hätte schwören können, sein Gesicht durch das Fenster zu erkennen, doch im nächsten Moment war es nicht mehr da, weshalb ich es mir wahrscheinlich eingebildet hatte.

„Hat es dir die Sprache verschlagen?", fragte Ethan und ich sah ihn schnell wieder an. „Was? - Nein, entschuldige, ich bin nur etwas müde."

Müde? Was er jetzt wohl denken musste.

In seinem Gesicht erkannte ich, dass er wohl etwas enttäuscht war, lächelte aber und machte einen Schritt nach vorne. „Wir können auch hier bleiben", flüsterte er, was mich irgendwie beängstigte.

Man konnte der gruselig sein.

Schnell nahm ich seine Hand.

„Lass uns gehen", entgegnete ich und stieg auf der anderen Seite ein, bevor uns noch Henry, Francis oder mein Papa sehen würden.

Nach einer Fahrt von etwa 10 Minuten hielt das Auto vor einem Club. Würden wir tatsächlich feiern gehen? Ich dachte, das sei ein Date und er würde mich jetzt zum Essen einladen oder so etwas in der Art. Da konnte man mal wieder sehen, wie wenig ich wusste.

„Steig aus“, sagte er und ich gehorchte. Er tat es mir gleich und schloss dann den Wagen ab. Im nächsten Moment spürte ich seinen Arm um meine Hüfte.

„Komm.“ Mit den Worten betraten wir den Club aus dem man schon laute Musik hören konnte. Ein großer Mann, ganz in Schwarz gekleidet, ließ uns durch und wir fingen an, uns durch die Menschenmenge zu schlängeln. Ich versuchte, alle Blicke zu ignorieren und meine Laune von negativ auf positiv zu stellen. Ich würde mich ganz bestimmt nicht betrinken, nur damit ich meine Sorgen vergaß.

„Das sind meine Freunde!“, hörte ich Ethans Stimme. Er musste richtig schreien, damit man ihn trotz der lauten Musik verstehen konnte.

Ich wusste nicht, was er mit Freunden meinte, bis wir eine Ecke mit einem runden Sofa und einem Tisch in der Mitte erreichten. Die Ecke war etwas abgetrennt von der Tanzfläche, damit man sich wenigstens hier verstehen konnte.

„Hey Leute!“, rief Ethan und ließ mich zum ersten Mal los. Die anderen verstummten und sahen Ethan an. Dann standen sie auf und begrüßten sich.

Ich sah mir alle genau an. Es waren nur zwei Mädchen. Eine von ihnen schien schon so viel getrunken zu haben, dass sie kaum mehr etwas wahrnahm. Ihr Kopf ruhte auf dem Schoß eines Jungen mit dunkelblonden Haaren. Auch er sah ziemlich betrunken aus und hatte seine Hände auf dem Po des Mädchens. Neben ihm saß ein Junge mit schwarzen Haaren. Er erinnerte mich auf den ersten Blick etwas an Blake, doch bei ihm waren die Haare so lang, dass man die Augen gar nicht erst erkennen konnte. Neben ihm saß ursprünglich der Junge, der nun aufgestanden war. Er hatte blauschwarze zerzottelte Haare und eine Narbe quer über der Wange. Warum sahen die alle so gruselig aus? Sogar das Mädchen, das nun desinteressiert an mir vorbei auf die Tanzfläche lief.

„Wen haben wir denn hier?"

Ich fuhr herum und sah in die Augen von dem gruseligen Typen mit den bunten Haaren. Ethan begrüßte gerade seine anderen ‚Freunde'.

„Ich bin Nora", stotterte ich und zwang mir ein Lächeln auf die Lippen. Der Typ sah mich einen Moment interessiert an, nickte dann jedoch nur.

„Jacob."

Ich war froh, als Ethan wieder herumfuhr und mich zu ihm zog.

„Nora, das sind Tom, Luke, Daisy und die, die schon wieder weg ist, war Rose. So, jetzt kennst du sie ja alle."

Er setzte sich neben Tom mit den schwarzen Haaren und zog mich grob neben sich. „Jacob, hol uns was zu trinken, aber was richtiges", forderte er nun und grinste. Ich fühlte mich gar nicht gut. So kannte ich Ethan überhaupt nicht. Ich dachte, er wäre der romantische Typ, der, der mich nett behandelte und mit mir essen ging. Aber nein, mal wieder lag ich vollkommen daneben. Ich wollte nicht mit seinen komischen Freunden abhängen und mich zudröhnen. Jetzt wollte ich eigentlich nur noch nach Hause, doch ich beschloss diesen Gedanken für mich zu behalten.

„Hier!" Jacob stellte vor uns verschiedene Gläser ab und zwinkerte Ethan kurz zu, der wiederum zu grinsen anfing.

Ich wusste, dass ich ihnen nicht trauen konnte.

Kurz darauf wurde mir eines der Gläser unter die Nase gehalten. „Hier, trink!", sagte Ethan ohne mich anzugucken und als ich das Glas langsam in die Hand nahm, wandte er sich auch schon wieder von mir ab. Statt mit mir zu reden, fing er ein lautes Gespräch mit Tom an und zu meinem Entsetzen setzte sich dieser Jacob neben mich. Er legte einen Arm um meine Schulter und sein Atem stank bereits gewaltig nach Alkohol.

Ich verzog das Gesicht und versuchte meine Übelkeit, die sich gerade ankündigte, runterzuschlucken.

Eine Minute nach der anderen verging und ich beobachtete aus den Augenwinkeln wie viel Ethan trank. Zu viel.

„Also“, lallte Jacob und sah mich an. Ich drehte angeekelt mein Gesicht weg. „Du und Ethan. Seid ihr zusammen?“ Was sollte ich antworten? Ja, nein, lass mich in Ruhe? Doch Ethan schien die Frage mitbekommen zu haben und beschloss, für mich zu antworten.

„'türlich sind wir zusammen, stimmt's Babe?!“ Ich spürte Ethan Hand auf meinem Oberschenkel und in dem Moment wusste ich, wie dumm ich gewesen war. Ich kannte ihn gar nicht richtig. Ich hatte keine Ahnung, was er tat und wer er war! Und jetzt saß ich hier und bereute alles.

Ich antwortete nicht und richtete meinen Blick auf den Tisch mit den inzwischen leeren Gläsern. „Trinkst du nichts?“, fragte Jacob wieder und lehnte sich noch weiter zu mir herüber. Ich rückte ein Stück von ihm weg und schüttelte den Kopf. „Ich habe Kopfschmerzen“, murmelte ich und sah zu Ethan, der sich wieder mit Tom beschäftigte.

Ich tippte ihm kurz auf die Schulter und er fuhr schnell herum.

„Was?“, rief er und ich fuhr etwas erschrocken zurück.

„Ich würde gern nach Hause.“

Augenblicklich hörten sie auf zu reden und sahen mich alle an. Rose war inzwischen auch zurückgekehrt und saß am anderen Ende. Sie sah mich an und lachte laut los.

„Man Mädel, du weißt ja gar nicht, wie man richtig feiert!“ Sie nahm eines der kleinen Shotgläser und kippte den Inhalt schnell herunter.

„Hör mal, ich will aber nicht gehen!“, lallte nun auch Ethan und sah mich böse an. „Es ist gerade mal neun oder zehn!“

Ich wusste, dass ich mich jetzt besser nicht mit ihm streiten sollte, weshalb ich aufstand und mein Kleid glatt strich. Ich war froh, endlich von Jacob entfernt zu sein. Jetzt schauten Ethan und er mich an.

„Ich bin gleich wieder da."

Das war alles, was ich sagte, bevor ich mich umdrehte und Richtung Bad lief. Dafür musste ich mich erst durch die tanzenden Menschen quetschen und lief dann den nur schwach beleuchteten Flur entlang.

Ein Mädchen kam aus einem Raum, weshalb das wahrscheinlich die Toiletten sein mussten. Ich stieß die Tür auf und schloss sie wieder hinter mir.

Dann stützte ich mich aufs Waschbecken und betrachtete mich im Spiegel. Meine Haaren waren unordentlich und die Wimperntusche leicht verlaufen. Ich versuchte, das Schlimmste zu beseitigen und zog dann mein, oder besser gesagt Poppys, Kleid weiter nach unten. Warum hatte ich es angezogen? Dieses Date hatte überhaupt keine Bedeutung für mich.

Als ich Gelächter hörte, nahm ich schnell meine Tasche und schloss mich in einer der Kabinen ein.

Die Tür ging auf und ich hörte, wie zwei Mädchen anfingen sich zu unterhalten. Ich setzte mich auf den Klodeckel und holte mein Handy heraus. Jolene hatte nicht zurückgeschrieben. Na toll, sie war also immer noch wütend auf mich.

Was sollte ich denn jetzt bitte machen? Mich den restlichen Abend hier einschließen? Nicht so gut, denn wie sollte ich nach Hause kommen. Geld hatte ich keines mit, aber Ethan war jetzt schon betrunken, wie wollte er mich nach Hause fahren?

Ich seufzte und überprüfte kurz die Uhrzeit

22.14 Uhr.

Am besten ging ich zurück, sonst würde mich Ethan am Ende nur anbrüllen. Deshalb öffnete ich langsam die Kabinentür und trat nach draußen. Die Mädchen waren weg und es sah so aus, als ob ich alleine wäre.

Im Flur beschleunigte ich dann schnell meine Schritte und gelangte schließlich wieder auf die Tanzfläche. Doch nach Tanzen war mir heute nicht. Bevor ich zur Ecke zurückkehrte, fiel mir auf einmal Ethan auf. Er tanzte mit dieser Rose eng umschlungen und er hatte seine Hände auf ihrem Po.

Genervt verdrehte ich die Augen. Hätte ich mir ja von Anfang an denken können. Ethan war ein Arschloch. Es sei denn, er verhielt sich nur vor seinen ‚Freunden' so, doch auch dann war er eines.

Schnell kehrte ich zur Sitzecke zurück, wo mich Jacob grinsend ansah.

„Hey Sexy", lallte er und streckte seine Hand nach mir aus, doch ich schlug sie weg und beugte mich über ihn, um schnell an meinen Blazer zu kommen. Ich zog ihn über und drehte mich um, woraufhin ich plötzlich erschrak, da Ethan direkt vor mir stand und auf mich herunter sah.

Mal wieder versuchte ich mir meine Ängstlichkeit nicht anmerken zu lassen und sah ihn genervt an. „Ich gehe jetzt", zischte ich und wollte an ihm vorbei, doch er hielt mich am Arm fest.

„Ich fahr dich", murmelte er und ich starrte ihm ins Gesicht. Seine Augen sahen müde aus, das Gesicht war rot und ich war mir sicher, dass er eindeutig zu viel getrunken hatte.

Draußen angekommen riss ich mich von ihm los.

„Nein, du fährst nicht, dafür hast du viel zu viel getrunken, Ethan!". Er antwortete nicht, sondern stützte sich mit einer Hand an der Autotür ab und suchte mit der anderen nach seinem Schlüssel.

„Ich kann fahren!", versuchte er möglichst nüchtern zu sagen und schloss schließlich die Tür auf. Ich verschränkte die Arme vor der Brust und sah mich um. Ich konnte unmöglich nach Hause laufen und Francis und mein Papa waren nicht da um mich abzuholen. Und Henry war die letzte Person, die ich anrufen würde.

Also würde ich es riskieren müssen.

„Na gut, aber wehe du fährst zu schnell!", sagte ich böse und stieg ein, was er nutzte, um mir auf den Po zu schlagen.

Wütend schnallte ich mich an und sah geradeaus, während er nun von der anderen Seite einstieg.

Die Fahrt nach Hause verlief leise und ich konzentrierte mich so sehr auf die Straße, dass es mir vorkam, als ob ich selber fahren würde.

Als wir dann endlich ankamen, schnallte ich mich schnell ab und stieg aus. Ethan stieg ebenfalls aus und lief hinter mir zur Haustür. Ich schloss die Tür auf und drehte mich dann ruckartig zu ihm um.

„Danke. Fürs – na ja, ‚Date' meine ich!", sagte ich mit einer Mischung von Ironie und Wut.

Er sah mich verständnislos an. „Hat es dir nich ‚fallen?" Ich sah weg und versuchte mich zu beherrschen. „Ethan, es war echt nett, dass du versucht hast mich mit dieser Sache heute Abend aufzuheitern, aber wenn du mir sagst, dass du mit mir ausgehen willst, also ein ‚Date haben', dann erwarte ich nicht einen lauten, überfüllten Club mit deinen ganzen Freunden."

Ethan trat näher und sah auf mich herunter. Sein Gesicht war emotionslos und ich roch den starken Alkohol.

„Also hat es dir nicht gefallen?!", fragte er und in seiner Stimme hörte ich etwas Drohendes heraus. Ich schüttelte den Kopf. „Das habe ich nicht gesagt. Ich habe nur etwas anderes erwartet." Ich wollte ihn nicht aufregen, erst recht nicht in seinem Zustand.

„Aber du hattest keinen Spaß!", entgegnete er beleidigt.

„Ethan, du hast kaum mit mir geredet und ich musste mir die ganze Zeit diesen komischen Jacob vom Leib halten! Der Typ stank nach Alkohol und hat mich begrapscht. Das sehe ich nicht gerade als Spaß an!"

Ethan zeigte keine schockierte Reaktion. „Und?", fragte er weiter und ich sah ihn verständnislos an. „Und was?"

„Was ist so schlimm dran, wenn Jacob mit dir redet?"

Hörte mir der Typ eigentlich gar nicht zu?

Ich seufzte erneut. „Wie auch immer, ich will jetzt nicht mit dir darüber diskutieren, du hast zu viel getrunken, Ethan. Wir sehen uns ja bald in der Schule, das heißt, wenn du mal wieder hingehst und -"

Ich wurde unterbrochen, denn plötzlich ergriff er gewaltsam meinen Arm und schubste mich gegen den Türrahmen.

„Nein, du antwortest mir jetzt!"

Ich sah ihn schockiert an. Hatte der sie noch alle?!

„Lass mich los!", rief ich und versuchte mit der anderen Hand auf ihn einzuboxen, doch es brachte nichts, denn schon bald ergriff er auch diese und drehte meinen Arm gewaltvoll nach hinten.

„Hör auf, du tust mir weh!", flehte ich und mir stiegen Tränen in die Augen.

Doch er dachte gar nicht daran und schubste mich stattdessen ins Haus. Warum, warum, warum hatte ich die scheiß Tür schon aufgeschlossen?

Ich schrie und versuchte mich loszureißen, doch es war sinnlos. Auch wenn Ethan eindeutig betrunken war, er war größer als ich und stärker natürlich auch. Mein Papa war nicht da und es gab niemanden, der mir helfen konnte.

Er krallte seine Nägel in meine Haut als wäre sie ein T-Shirt und knallte mich gegen die Wand. Wieder schrie ich auf und eine Träne nach der anderen rollte mir die Wange herunter.

„Hör auf zu heulen, Schlampe!", schrie er und verpasste mir auf einmal eine schallende Ohrfeige. Mein Kopf flog nach rechts und knallte gegen die Wand, meine Knie gaben nach und ich spürte nur noch eines: Schmerz.

Doch bevor ich auf den Boden sacken konnte, hatte er mich auch schon wieder hochgezogen und drückte mich erneut gegen die Wand. Seine Hände fassten grob an meinen Oberschenkel und er presste seinen Körper an meinen. Ein Grinsen bildete sich auf seinen Lippen, wahrscheinlich war er froh, mich so leiden zu sehen.

„Was hast du vor?", fragte ich leise und ängstlich.

„Unser Date ist noch nicht zu Ende, Süße!"

32. Kapitel

HENRYS SICHT

Ich lag in meinem Bett, die Arme hinter dem Kopf verschränkt und sah an meine Zimmerdecke. Die Tür zum Balkon hatte ich einen Spalt offen gelassen, damit ein wenig frische Luft ins Zimmer kam.

Eigentlich ging ich nicht schon um 11.00 Uhr ins Bett, aber die ganze Sache heute mit Nora hatte mich ziemlich aus der Bahn geworfen. Außerdem war Jack heute nicht in der Schule gewesen und reagierte auch auf keine meiner Nachrichten.

Was war das für ein beschissener Tag?

Was hatte Nora, das mich so anzog, sie zu ärgern? Es stimmte, sie zog mich an. Es hatte nichts damit zu tun, dass ihr Dad und meine Mama inzwischen so etwas wie ein Paar waren, sondern einfach sie selber. Ihre Augen, die sich zu kleinen Schlitzen zogen, wenn sie sich über mich ärgerte oder fragte, was mein Problem sei. Ihre Haare, die sie immer aus ihrem Gesicht strich, bevor sie mich anschrie. All das turnte mich an. Und ich konnte nichts dafür.

Einmal sogar, das wollte ich nicht abstreiten, hatte ich fast das Bedürfnis gehabt, sie zu küssen.

Hatte ich Gefühle für sie? Nein, ich konnte gar keine Gefühle für Mädchen entwickeln, nicht, wo sie doch alle gleich waren.

Kindisch, billig und nervend, wie Dylan es gerne beschrieb. Das war auch der Grund, warum er mit Mary zusammen war. Sie war älter und dementsprechend auch reifer.

Jolene war auch relativ reif für ihr Alter. Sie war nie kindisch gewesen, billig erst recht nicht und nervig auch nicht. Da war Jack schlimmer. Die zwei passten zusammen und nur wegen mir waren sie es nicht.

Ich seufzte und starrte an die Decke. Was war ich nur für ein schlechter Freund?

Ich entwickelte vor allem abends Schuldgefühle, wenn ich gar keine andere Wahl hatte, als über den Sinn meines Lebens nachzudenken.

Vielleicht sollte ich wirklich mal anfangen Nora in Ruhe zu lassen, gerade wegen unseren Eltern.

Nein. Nein, ich konnte sie einfach nicht in Ruhe lassen. Außerdem hatte sie mich heute Abend verletzt. Und zwar mit ihrem Date. Moment was?!

War ich jetzt etwa auch noch eifersüchtig?

Hör auf!

Ich rieb mir mit den Handflächen übers Gesicht und drehte mich auf die andere Seite. Morgen war Samstag, weshalb ich zum Glück ausschlafen konnte.

Ich schloss die Augen, doch öffnete sie sofort wieder, als ich auf einmal einen schrillen Schrei hörte. Was um alles in der Welt war das?

Ich überlegte kurz, doch entschied mich dann wieder die Augen zu schließen, bis ein paar Sekunden später der gleiche Schrei ertönte. Was war denn da los?

Und war das -?

Nein, das konnte nicht sein! Oder doch?

War das Noras Stimme?

Ich stand auf, griff nach dem weißen T-Shirt, das auf dem Boden lag und zog es mir über. Dann zog ich mir meine Jeans an, die ich heute getragen hatte und meine Chucks.

Tatsächlich!

Ich brauchte gar nicht vorher auf den Balkon zu gehen.

Sofort stürmte ich die Treppen nach unten und aus der Haustür.

NORAS SICHT

Ich hatte gar keine Luft mehr um zu schreien.

Meine Hoffnung auf irgendeine Art von Rettung verfiel von Sekunde zu Sekunde mehr. Es war sinnlos zu schreien, ich war die Einzige, die mich hier wehren konnte, nur konnte ich das nicht.

„Ethan, bitte. Du weißt nicht, was du tust, lass mich bitte einfach gehen!", flüsterte ich und versuchte dabei beruhigend zu wirken, doch er ignorierte mich und sah sich um.

„Wo ischn dein Zimmer?"

„Bitte lass mich einfach los!", rief ich und versuchte mich ein zweites Mal zu wehren, doch ich erntete nur eine weitere Ohrfeige, die so heftig war, dass ich zur Seite flog, hinfiel und dabei gegen etwas stieß. Ein lautes Klopfen und Schmerzen machten sich in meinem Kopf breit. Ich wimmerte und weinte, doch war zu schlapp, um mich noch irgendwie zu wehren, weshalb ich auch nur halb mitbekam, wie er mich ins Wohnzimmer und aufs Sofa zog.

Mit letzter Kraft versuchte ich ihn von mir runterzudrücken und ihn zu beißen, doch alles brachte nichts außer einer Ohrfeige nach der anderen, die nicht nur Schmerzen verursachte, sondern auch, dass mir immer schwindeliger wurde.

Irgendwie schaffte ich es mich einen Moment lang aufzurappeln, wurde jedoch sofort wieder von einer Faust getroffen, fiel hin und knallte mir dabei den Kopf an irgendetwas. Und das war es auch, was mir die Lichter ausknipste.

HENRYS SICHT

Kaum war ich draußen, da fiel mir auch sofort die weit geöffnete Tür des Nachbarhauses auf. Kamen die Schreie daraus? Oder wurde irgendein Mädchen zwei Ecken weiter misshandelt? Das konnte ich mir hier gar nicht vorstellen.

Ich beschloss erst einmal ins Haus zu gehen, weshalb ich über die Straße lief und dann die zwei Stufen rauf zur Haustür hochrannte.

„Hallo?“, fragte ich leise, als ich das Haus betrat. Ich zuckte zusammen, als ich hörte, wie ein Klirren aus dem Wohnzimmer kam. Was war denn hier los?

Dann bog ich um die Ecke und betrat das Wohnzimmer.

Mein Herz fing an laut zu pochen und ich konnte mich nicht mehr bewegen. Mein Mund war trocken, während meine Augen weit aufgerissen waren, denn vor mir spielte sich etwas ab, mit dem ich wohl am allerwenigsten gerechnet hätte.

Immer wieder hob er seine Faust und schlug dann wenige Sekunden später damit auf sie ein. Dieser Anblick war etwas, woran ich mich wahrscheinlich noch 30 Jahre später erinnern würde. So grauenhaft sah das aus.

Mein Blick wanderte auf das Sofa. Etwas Blut rann an dem Stoff herunter und ganz plötzlich kam wieder Leben in mich.

Auch wenn ich noch kurze Zeit vorher wie eine Statue erstarrt war, ich musste dringend etwas tun.

Deshalb schrie ich erst wie am Spieß und rannte dann auf den Typen zu. Ich holte einmal aus und gerade als er den Kopf hob, schlug ich ihm ins Gesicht. Vor Schreck fiel er etwas zurück, was ich ausnutzte, um ihn von Nora runter zu schubsen, die bewusstlos zu sein schien.

Nachdem ich merkte, dass der Typ sich nicht wirklich unter Kontrolle hatte, lief ich schnell in die Küche und suchte panisch das Telefon. Als ich es schließlich auf dem Esstisch gefunden hatte, wählte ich die Nummer der Polizei und bestellte gleich einen Krankenwagen.

Der Mann am Telefon sagte, dass sie in wenigen Minuten da wären.

Ich lief schnell zurück ins Wohnzimmer und setzte mich aufs Sofa zu Nora. Ich hob ihren Kopf leicht an und legte ihn auf ein Kissen. Als ich meine Hand wieder hervorzog, klebte Blut daran. Schockiert lief ich wieder in die Küche, holte ein Tuch und presste es ihr an den Kopf. Sie stöhnte kurz, ließ die Augen jedoch zu. War sie ohnmächtig?

Wie um Himmels willen war das passiert? Wer war er und warum hatte er das getan?

Vom Boden hörte ich ein Stöhnen und sofort sah ich auf den Typen nieder.

Gerade als ich ihn anbrüllen wollte, hörte ich die Sirenen von draußen und im nächsten Moment wurde die sowieso bereits geöffnete Tür aufgestoßen.

Ein Polizist trat als erstes herein und sah von mir, zu dem Jungen und dann zu Nora. Er sah mich fragend und erschrocken an und ich lief schnell zu ihm, um ihm alles zu erklären, während Nora von den Sanitätern, die gerade hineingestürmt kamen, auf eine Trage gehoben und der Junge vom Boden gehoben wurde. Er war eindeutig betrunken.

Es kamen mehr Leute herein und schienen alle irgendwie zu helfen, während ich einfach nur sprachlos da stand und nichts mehr mitbekam, bis mich jemand an der Schulter schüttelte.

„Oh mein Gott, was ist denn hier los?", rief meine Mama und sah durch das ganze Zimmer. Dann fiel ihr Blick auf Nora, die gerade nach draußen getragen wurde. Ich sah zu Noras Vater, der mit blassem Gesicht im Türrahmen stand und sprachlos auf seine Tochter nieder sah. Ein Polizist kam auf ihn zu.

„Kommen sie bitte mit?“, fragte er und sie verschwanden sofort draußen, während ich nun das entsetzte Gesicht meiner Mutter sah.

„Henry?“, fragte sie und ihre Augen wurden rot.

„Mama“, flüsterte ich und umarmte sie, während sich eine Träne aus meinem Augenwinkel löste.

33. Kapitel

NORAS SICHT

Langsam öffnete ich die Augen. Das Erste, was ich sah, war ein weißer Raum. Wo war ich? Was war passiert?

Ich rieb mir mit dem Handrücken vorsichtig über die Augen und hob schließlich den Kopf.

Ein Tisch, zwei Stühle, ein leeres Nachbarbett, lauter Kabel, eine Maschine und - war ich etwa im Krankenhaus?!

Verwirrt sah ich an mir herunter und stellte fest, dass ich in einem Bett lag, zugedeckt bis zum Bauch und eines dieser Kabel an meinem Arm klebte. Der Anblick ließ mich schwach werden und ich sah schnell weg.

Die Tür wurde plötzlich geöffnet und eine Krankenschwester trat herein.

Als sie mich sah, lächelte sie, während ich einfach nur verwirrt zurück starrte.

„Ah, Sie sind wach, das ist ja schon einmal gut. Ich wollte Ihnen gerade Ihr Essen bringen." Sie drückte einen Knopf irgendwo am Bett, der dafür sorgte, dass ich mich aufrecht hinsetzen konnte.

„Was ist passiert?", fragte ich leise und ängstlich zugleich. Die Krankenschwester muss mein verwirrtes Gesicht bemerkt haben, denn nun setzte sie sich auf den Rand des Bettes.

„Wissen Sie, ich denke, es wäre das Beste, wenn Ihnen das jemand anderes erzählt. Draußen warten drei Leute, die mit Ihnen sprechen wollen, soll ich sie hereinlassen?"

Sie stand auf, doch ich machte eine Handbewegung, die bedeuten sollte, dass sie hierbleiben sollte, weshalb sie mich fragend ansah.

„Wer - wer wartet denn da draußen?"

Die Krankenschwester, deren Name Christine war, wie das Schild an ihrer Bluse zeigte, zog ihr Klemmbrett hervor und warf einen Blick drauf.

„Ihr Vater, eine Mrs Thompson und eine Miss Bale."

Ich nickte dankend und sie lief aus dem Zimmer. Nervös begann ich meine Hände zu kneten. Natürlich wusste ich wieder, was passiert war.

Ethan.

Das letzte, woran ich mich hatte erinnern können war, dass ich ohnmächtig wurde. Wer hatte mich gerettet? Oder lag ich dort bis die anderen nach Hause kamen?

Auf einmal schreckte ich nach oben. Was, wenn er mich vergewaltigt hatte? Was, wenn ich jetzt vielleicht schwanger werden würde?

Der Gedanke war so schlimm, dass mir davon richtig übel wurde.

Die Tür ging wieder auf und ich hörte Fußschritte. Und dann kamen sie ins Zimmer.

Es waren Francis, mein Papa und Jolene?! Warum war sie hier?

„Oh Gott, wir hatten solche Angst um dich", rief Francis und lief auf mich zu. Bevor ich noch etwas sagen oder tun konnte, hatte sie mich schon umarmt und als ich ihre besorgte Stimme hörte, musste ich selber anfangen zu weinen.

Nun trat mein Papa zu mir ans Bett und nahm meine Hand. Er gab mir einen Kuss auf die Stirn und sah mich dann an.

„Wie geht es dir, Honey? Tut dir irgendwas weh? Können wir etwas für dich tun?"

Ich versuchte zu lächeln und drückte kurz seine Hand. „Mir geht es gut, Papa. Könnte ich kurz mit Jolene alleine sein?"

Beide sahen kurz zu Jolene, nickten dann und verließen den Raum.

Ich war nun alleine mit ihr und sah sie an. Ihre Haare fielen ihr offen ins Gesicht, was daran lag, dass sie auf den Boden sah und man merkte, dass uns beiden die Situation sehr unangenehm war.

Schließlich sah sie auf und ich erkannte augenblicklich Tränen in ihren Augen. Im nächsten Moment stürzte sie auf mich zu und fiel mir um den Hals.

„Es tut mir so, so leid, Nora!", schluchzte sie und vergrub ihr Gesicht in meinem T-Shirt.

Nachdem sie mich circa fünf Minuten so umarmt hatte, wischte sie sich die Tränen weg und musste lachen. Ich grinste.

„Darf ich mich hinsetzen?", fragte sie schüchtern und ich nickte, weshalb sie sich einen der Stühle heranzog und sich neben mich setze.

„Wie geht es dir?", fragte sie leise und ich hob einen Mundwinkel. „Mir geht's gut, mal abgesehen von leichten Kopfschmerzen. Aber jetzt mal eine Frage meinerseits, wie bin ich hierhin gekommen, was ist passiert und wie hast du davon erfahren?"

Jolene sah mich mit offenem Mund an. „Du hast gar nichts mitbekommen?"

Ich schüttelte den Kopf und Panik breitete sich wieder in meinem Körper aus.

„Oh mein Gott, hat er etwa -"

Jolene legte beruhigend eine Hand auf meinen Arm. „Nein, nein, mach dir keine Sorgen, ich erzähle es dir, okay?"

Ich nickte und sie begann zu erzählen.

34. Kapitel

NORAS SICHT

Jolene hatte eine halbe Stunde gebraucht, um mir alles zu erzählen. Nicht nur, dass Henry mich vor Ethan gerettet hatte und danach schon die anderen kamen, sondern auch von der Nacht, in der Jack zu ihr gekommen war und ihr seine Liebe gestanden hatte.

All dies beeindruckte mich sehr und obwohl ich das zwischen ihr und Jack unvorstellbar fand, so fand ich das Ganze auch irgendwie süß.

Doch als ich sie fragte, ob die zwei wieder zusammen kommen würden, zuckte sie nur mit den Schultern und meinte, sie wisse noch nicht, wie es weiterginge, aber Jack melde sich jeden Tag bei ihr und hatte sie sogar letztens nach einem Date gefragt, welches hoffentlich besser verlaufen würde als meins.

3 WOCHEN SPÄTER

Es war inzwischen drei Wochen her, seitdem ich das Krankenhaus verlassen hatte und es blieben auch keine Verletzungen, allerdings hatte ich die ganze Zeit Angst davor, dass ich Ethan wieder über den Weg laufen würde.

Doch mein Papa hatte mir versichert, dass er erst einmal nicht mehr auftauchen würde. Was genau mit ihm passieren würde, wusste ich nicht.

In diesen drei Wochen geschahen mehrere Dinge auf einmal, die ich eben erzählen möchte.

Jack war mit Jolene ausgegangen und keine drei Tage später waren sie wieder unzertrennlich. In der Mittagspause setzte sich Jack nun öfters mal zu uns, da ich mich noch immer nicht ganz wohl bei seiner Clique fühlte. Schließlich hatte er sich auch bei mir wegen seines Benehmens entschuldigt und gefragt, ob wir Freunde sein könnten. Nun, wo ich ihn etwas besser kannte, stellte ich schnell fest, dass er tatsächlich völlig in Ordnung war.

Jolene und ich waren mittlerweile so etwas wie beste Freundinnen, wir erzählten uns alles und vertrauten uns gegenseitig Sachen an, die wir sonst keinem erzählten. An den Freitagabenden schlief sie manchmal bei mir und umgekehrt. Irgendwann lernte ich dann auch Dylan besser kennen, der sich ebenfalls als netter als gedacht herausstellte.

Noah hatte sich generell immer aus allem rausgehalten und verstand sich ebenfalls gut mit mir. Dass sein bester Freund Jimmy mit Ethan befreundet gewesen war, war mir nicht aus dem Kopf gegangen. Doch Jimmy war nett und nachdem wir uns ein paar Mal getroffen hatten, wusste ich, dass er nicht so wie Ethan war. Zwar waren wir nicht zusammen und gingen auch nicht richtig aus, aber trotzdem schien sich unser Verhältnis gestärkt zu haben.

Caleb hatte sich seit dem Vorfall mit Blake nur selten sehen lassen. Er schwänzte meistens die Schule, aber an anderen Tagen sah ich ihn auch mit einem blauen Auge in der Mensa bei Henry sitzen. Blake dagegen hatte ich nicht mehr gesehen. Ich hatte keine Ahnung, ob er auf diese Schule ging, oder sich überhaupt noch in dieser Stadt befand. Ich hoffte nur, er würde sich von Caleb fernhalten, damit das Ganze nicht eskalierte, was es wahrscheinlich bereits getan hatte.

Dann gab es natürlich noch meinen Papa und Francis. Auch zwischen den beiden hatte man eine Veränderung bemerkt. Schon lange nicht mehr hatte ich Papa so glücklich erlebt. Er schien sich Hals über Kopf in Francis verliebt zu haben, was in letzter Zeit wohl alle taten - bis auf mich. Vor drei Tagen dann verkündeten die beiden auf einmal, dass sie zusammenziehen wollten. Einfach so. Natürlich war es schon irgendwie komisch für mich. Jedoch mochte ich Francis sehr gerne und war froh eine Mutter zu bekommen, die sich auch um mich sorgte. Deshalb sagte ich beiden, wie sehr ich mich für sie freute, was auch teilweise stimmte. Nach langem Hin und Her und langen Diskussionen, ob wir alle in unser Haus oder in das von Francis ziehen sollten, wurde entschieden, dass wir in ein ganz anderes Haus ziehen sollten, da nicht genug Platz war. Während ich also die Nachmittage auf meinem Balkon verbrachte, um die letzte Zeit in unserem alten, zugleich aber auch noch neuen Haus zu genießen, machten sich Francis und mein Papa auf Häusersuche. Sie blieben jedoch vorerst noch erfolglos.

Der Einzige, von dem man gar nichts mehr mitbekam, war Henry.

Keiner wusste, was mit ihm los war. Francis meinte, er ginge zur Schule, käme zurück und blieb dann den Rest des Tages in seinem Zimmer. Außerdem redete er mit keinem seiner Freunde mehr, außer Caleb, aber auch der bekam ihn nur selten zu Gesicht. Henry hatte sich verändert. Auch wenn er in meinen Augen schon immer arrogant und nicht wirklich liebenswürdig war, so meinte Jack als sein bester Freund, dass sich Henry ganz anders verhielt. Dass er nicht mehr mit ihm sprach und auch nicht auf seine Nachrichten antwortete. Zwar brachte er weiterhin Mädchen nach Hause und behandelte jede gleich, doch seine Laune war schlechter geworden und er sprach noch nicht mal mehr mit seiner eigenen Mutter, was Francis große Sorgen machte. Sie und mein

Papa meinten, dass es wahrscheinlich daran lag, dass er nicht wollte, dass wir alle zusammenzogen. Doch ich glaubte insgeheim, dass mehr dahinter steckte. Ich war so oft kurz davor mit ihm zu reden und zu fragen, was los sei, doch ich traute mich nicht, aus Angst angeschrien und weggeschickt zu werden. Seit ich aus dem Krankenhaus gekommen war, hatte ich kein einziges Wort mehr mit ihm gewechselt, obwohl ich mich so gerne bedankt hätte und ihn am liebsten fragen wollte, warum er das Ganze überhaupt getan hatte. Doch weil er nicht sprechbar blieb, gaben alle irgendwann auf und er wurde in Ruhe gelassen. Von den Lehrern, seinen Freunden, seinem besten Freund, meinem Papa und seiner Mama.

Zum ersten Mal erlebte ich meinen Alltag anders als sonst. Weder Jolene noch ich wurden auf irgendeine Art und Weise geärgert oder schlecht behandelt und hatten mittlerweile so etwas wie unseren eigenen Freundeskreis gefunden.

Auch wenn wir uns alle gut verstanden, sah man besonders Jack an, wie sehr er darunter litt, dass Henry so abwesend war. Was hatte er, dass er mit keinem von uns reden wollte?

Es wurde kälter und allmählich spürte man, dass der Sommer so gut wie vorbei war, denn die Blätter an den Bäumen fingen an sich zu färben und die Herbstferien rückten immer näher. Eigentlich sollte ich froh darüber sein, denn in den Herbstferien würden wir umziehen und ich würde meine ehemals beste Freundin Olivia wiedersehen, denn sie würde mich besuchen kommen. Ich skypte dreimal in der Woche mit ihr und hielt sie auf dem neusten Stand, wobei ich versuchte, nicht so viel von Henry zu erzählen.

Doch es gab noch sämtliche Veranstaltungen vor den Ferien, wie zum Beispiel das Theaterstück. Das war auch so eine Sache. Von den anderen erfuhr ich, dass Mrs Jackson mittlerweile kurz vorm Nervenzusammenbruch stand, da Henry der immer noch den Prinzen spielte, nie zu den Proben erschien. Ich war bei einer Probe dabei gewesen, um mit den Kostümen zu helfen und stellte fest, dass eigentlich alle ihren Text relativ gut beherrschten. Mrs Jackson war letztens zu mir gekommen und hatte gesagt, dass sie, wenn Henry beim nächsten Mal nicht auftauchen würde, mit der Direktorin sprechen würde. Ich hatte ihr versichert, dass er beim nächsten Mal kommen würde und sie sich keine Sorgen zu machen brauchte.

Ob er tatsächlich kommen würde, wusste ich allerdings nicht.

35. Kapitel

HENRYS SICHT

Ich ging allen aus dem Weg. Doch vielleicht versuchte ich auch einfach mir selbst aus dem Weg zu gehen.

Es war drei Wochen her seit Nora aus dem Krankenhaus gekommen war und ich hatte noch nicht mit ihr geredet, auch wenn ich sie fast jeden Tag sah.

Dass Jack und Jolene wieder zusammen waren hatte ich längst mitbekommen, ich war mehr als froh, doch das würde mir natürlich keiner glauben. Was ich ebenfalls gemerkt hatte, war, dass sich meine Freunde von mir abwendeten.

Natürlich war ich selber Schuld. Ich sprach nicht mehr mit Jack und auch nicht mit jemand anderem, noch nicht einmal mit meiner Mutter und als Caleb sich mit einem blauen Auge neben mich gesetzt hatte, hatte ich noch nicht einmal gefragt, was passiert war.

War ich egoistisch? Mir war es relativ egal, was die anderen dachten. Womit ich allerdings nicht klarkam, war das, was ich neuerdings fühlte.

Ich konnte es mir noch nicht einmal selber eingestehen, doch ich hatte Liebeskummer.

Liebeskummer auf die schrecklichste Art.

Nachdem ich Nora vor diesem Typen, der jetzt wahrscheinlich im Jugendknast steckte, gerettet hatte und sie ins Krankenhaus musste, wurde mir langsam bewusst, dass ich doch etwas für sie fühlte und dass sie mir mehr bedeutete als mir lieb war.

Das Problem bei der ganzen Sache? Sie wusste es nicht. Sie hatte keine Ahnung und auch niemand anderes ahnte etwas davon. Meine Mama dachte, ich würde nicht damit klarkommen, dass sie jetzt einen Mann gefunden hatte und wir zusammenziehen würden. Sie hatte noch nicht einmal Unrecht, denn wenn wir zusammenzögen, würde ich Nora nicht nur in der Schule sehen – nein, sie war den ganzen Tag um mich herum.

Über so etwas konnte ich nicht mit Jack reden. Obwohl er mein bester Freund war und er mir damals alles über seine Gefühle in Bezug auf Jolene erzählt hatte, so fand ich, dass das etwas war, was nur mich anging und niemand anderen.

Denn jeder kannte Henry Thompson.

Doch niemand kannte Henry-ist-verliebt Thompson. Lustig machen würden sich sowieso alle. Und was hatte ich am Ende davon?

Aus diesem Grund hatte ich mich auch zurückgezogen. Es machte mich mehr als wütend, dass ich mich in eine Person verliebt hatte, die mich nicht nur hasste, sondern nun auch noch so etwas wie meine Stiefschwester sein würde.

Um mich abzulenken, brachte ich die doppelte Menge an Mädchen mit nach Hause wie sonst. Ich merkte, wie meine Mama darunter litt und es machte mich selber traurig, aber für mich war dies die einzige Lösung. Einfach weitermachen und so tun, als wäre alles in Ordnung.

NORAS SICHT

„Mrs Jackson, ich werde bestimmt keine Leggings anziehen! Ihnen ist schon klar, dass ich ein Junge bin, oder?“

Ich beugte mich in meinem Sitz nach vorne, da ich so lachen musste. Jack stand auf der Bühne und trug sein Kostüm, das relativ altmodisch war.

Auch Jolene musste lachen. Doch als Mrs Jackson uns streng ansah, verstummten wir. Jack grinste nun auch, doch Mrs Jackson war so gestresst, dass ihr alles egal war.

„Es reicht!", brüllte sie und alle drehten sich erschrocken um, als sie ihr Textbuch auf die Bühne warf.

„Das Stück ist in weniger als zwei Wochen, die Kostüme sitzen noch nicht richtig und Mr Thompson erscheint zu keiner Probe mehr", begann sie, doch wurde unterbrochen.

„Ich bin da!"

Ich drehte mich um und sah, wie Henry durch den langen Gang lief und die Bühne betrat. Alle waren still und sahen ihn an, doch er sah nur zu Mrs Jackson, die auch ziemlich überrascht aussah.

„Mr Thompson! Was für eine Ehre, dass sie uns besuchen! Womit haben wir das verdient?" Sie hob die Augenbrauen und Henry vergrub die Hände in seiner schwarzen Jeans.

„Mir ging es in letzter Zeit nicht so gut, aber ich kann den Text fast auswendig."

Die anderen waren wieder etwas lauter geworden, doch Jack, Jolene und ich beobachteten ihn weiterhin.

Mrs Jackson und er unterhielten sich noch kurz, doch ich verstand nichts, da ich nicht auf der Bühne stand. Ich war inzwischen so etwas wie Mrs Jacksons erste Assistentin geworden, was gar nicht mal so schlecht war.

Schließlich klatschte sie in die Hände und alle verteilten sich auf ihre Plätze. Meine Rolle als ehemaliges ‚Schneewittchen' hatte übrigens tatsächlich Niki Huntington bekommen, die sie auch unbedingt gewollt hatte, doch ihre künstlerischen Darbietungen ließen zu wünschen übrig.

Als sie nun vor Henry stand, machte sich ein großes Grinsen auf ihrem Gesicht breit. Es sah so aus, als ob sie ihn alleine mit ihren Blicken ausziehen würde und ich verdrehte genervt die Augen. Die Mädchen an dieser Schule waren doch alle gleich.

Als Henry merkte, wie sie ihn ansah, lächelte er mit einem hochgezogenen Mundwinkel und sah dann wieder weg.

Eigenartig.

Ich wippte mit meinem Fuß hin und her, biss mir auf die Unterlippe und tat so, als ob ich die Textstelle ganz genau mitverfolgen würde, was ich natürlich nicht tat.

Meine Gedanken waren bei dem Jungen, der nur ein paar Meter von mir entfernt stand und seinem Verhalten und ich musste zugeben, dass ich immer wütender wurde.

„Miss Robinson?!"

Ich schreckte hoch und wurde augenblicklich rot, als ich merkte, dass mich alle ansahen.

„Was ist?", fragte ich ängstlich und Mrs Jackson, die von der Bühne aus auf mich heruntersah, atmete laut aus.

„Ich habe sie gefragt, ob man alles verstanden hat und ob Mr Thompson und Miss Huntington ein gutes Paar abgeben?"

Ich sah zu den beiden. Henry war gerade mit seinem Textbuch beschäftigt, während Niki die Arme vor der Brust verschränkt hatte und mich abschätzend musterte.

„Sie haben sehr gut gespielt und ja, man konnte alles verstehen!", piepste ich und Niki drehte sich zufrieden zu Mrs Jackson. Sie nickte ebenfalls zufrieden und klatschte dann wieder in die Hände.

„In Ordnung, alle Schüler bitte auf die Bühne kommen!", rief sie und die anderen traten hinter den Kulissen hervor. Jolene lächelte mir kurz zu und ich lächelte nur halb zurück, da ich komischerweise etwas geknickt war.

Er war nicht der Grund, er durfte nicht der Grund sein!

„Also schön! Sie haben alle schön gespielt. Bis nächste Woche können bitte alle ihren Text, vor allem Sie als erster Zwerg Mr Wilson! Vielleicht laufen die Jungs zu Hause mal eine Zeit in Leggings herum, dann können sie sich schon einmal daran gewöhnen." Die Mädchen fingen an zu kichern und die Jungs sahen allesamt unglücklich aus.

„Morgen wird dann der Gesang hinzugefügt. Die Gesangsproben finden bei Mr Dempsey statt. Miss Robinson, sie müssen zu diesen Proben nicht erscheinen."

Ich nickte und alle verschwanden hinter der Bühne um sich umzuziehen. Ich selber stand auf und packte meine Sachen ein. Dann hängte ich mir meine Tasche um und lief zur Tür, wo ich auf Jolene und die anderen wartete.

Doch leider waren es nicht die anderen, die zu erst kamen, sondern Henry, den Arm lässig um Niki gelegt und ihr etwas ins Ohr flüsternd, was sie zum Lachen brachte. Ich machte den beiden Platz, doch sie schenkten mir keine Beachtung und liefen einfach an mir vorbei. Wütend biss ich mir wieder auf die Lippe.

Dann kamen zum Glück die anderen und Jolene sah mich fragend an.

„Was ist los?"

Ich lief neben ihr her, während sich die anderen hinter uns lautstark unterhielten.

„Nichts. Nur Henry Thompson!"

36. Kapitel

NORAS SICHT

Zu Hause angekommen warf ich meine Schuhe einfach in irgendeine Ecke und schmiss meine Tasche auf einen Stuhl. Ich wollte gerade in die Küche gehen, um mir etwas zu essen zu machen, als ich ein Geräusch aus dem Wohnzimmer hörte.

Angst machte sich in mir breit, ich hasste es, wenn ich alleine war und dann ein Geräusch aus einem anderen Zimmer hörte, vor allem seit der Sache mit Ethan.

Deshalb griff ich auch vorsichtshalber nach einem Küchenmesser und presste die Lippen aufeinander, als ich mich leise aus der Küche schlich.

Mit einem letzten Satz sprang ich ins Wohnzimmer um zu sehen, was los war.

Wer um alles in der Welt war das?

POPPYS SICHT

Auch wenn ich relativ viele Freunde hatte, konnte die Uni manchmal echt nerven. Doch jetzt hatte ich erst einmal Wochenende und ich würde endlich meine Mama und Henry wiedersehen. Ich vermisste die zwei mehr als alles andere und versuchte, sie so oft wie möglich zu besuchen. Die letzten Wochen hatte ich aber so viel zu tun, dass es nie dazu gekommen war.

Telefonieren tat ich fast jeden Abend mit Mama und sie erzählte mir immer stundenlang, was in letzter Zeit alles passiert war.

Als sie mir dann erzählt hatte, dass sie jemanden kennengelernt hatte, war ich fast vom Bett gefallen. Mein Papa hatte uns schon lange verlassen und was er getan hatte, würde ich ihm wahrscheinlich niemals verzeihen! Ich hatte so gut wie keinen Kontakt zu ihm. Ich wusste nur, dass er in Bristol lebte und mehr auch nicht. Er rief ungefähr einmal im Jahr an und zwar nur an unseren Geburtstagen. Henry hatte, so weit ich wusste, gar keinen Kontakt mehr zu Papa. Er hatte ihn immer geliebt und war immer so froh gewesen, wenn er sich mal Zeit genommen hatte, mit ihm Fußball zu spielen oder einfach nur mit ihm gesprochen hatte.

Doch als er dann getan hatte, was er getan hatte, war Henry am Boden zerstört gewesen und hatte so gut wie kein Wort mehr mit ihm gesprochen. Er war damals vierzehn gewesen.

Ich wusste, dass es für Henry am schlimmsten gewesen sein musste. Er litt immer noch unter der Tatsache, dass sein eigener Vater seine Mutter geschlagen hatte, nachdem sie herausgefunden hatte, dass er eine Affäre hatte. Schließlich wurde er von meiner Mama rausgeworfen und war nach Bristol gezogen. Er hatte uns nur einmal geschrieben und in dem Brief stand, dass er als Bauarbeiter arbeitete und mit seiner neuen Frau Sarah lebte.

So viel dazu.

Jedenfalls war der Kontakt zu ihm nur sehr gering und wir redeten nicht über ihn.

Deshalb war ich auch so glücklich, als Mama mir von Tom erzählte. So wie sie ihn beschrieb, klang er sehr nett. Sie hatte auch gemeint, dass er eine Tochter hatte, Nora, die in Henrys Alter war. Das Erste, was ich gehofft hatte war, dass die zwei sich verstehen würden und dass die Kleine klug genug war, um nicht auf Henrys Spielchen reinzufallen.

Denn das mein Bruder ein kleiner Womanizer war, war mir schon immer bewusst gewesen. Wer mir leid tat, waren die ganzen Mädchen, deren Herzen er brach.

Ich musste grinsen, als ich an den Tag zurückdachte, an dem die Direktorin von der Grundschule auf die Henry ging, Mama anrief. Sie wollte ihr mitteilen, dass ihr unverschämter Sohn Henry Thompson der Französischlehrerin einen Liebesbrief geschrieben hatte und ihr dann auch noch einen Heiratsantrag gemacht hatte. Er meinte später, dass es nur eine Wette mit Jack war, doch das glaubte ich ihm nicht.

Seitdem hatte Henry Mama versprechen müssen, die Hände von Lehrerinnen zu lassen. Immerhin war Henry da erst 9 Jahre alt gewesen.

Zurück zu mir. Ich hatte Mama geschrieben, dass ich kommen würde und sie meinte, dass sie sich sehr freuen würde und ich dann außerdem Tom und Nora kennenlernen würde. Doch sie klang nicht ganz so glücklich, weshalb ich sie fragte, was denn los sei.

Sie meinte, dass Henry sich komisch verhielt, kaum redete und rund um die Uhr abwesend war. Ich, als seine große Schwester, hatte beschlossen mit ihm zu reden und gemeint, sie solle nichts von meinem Besuch verraten.

Hier saß ich also nun. In meinem kleinen, roten Mini nur noch fünf Minuten von zu Hause entfernt.

Ich ließ mit einer Hand das Lenkrad los und fuhr mir kurz durch die Haare. Vielleicht hätte ich sie mir mal zusammenbinden sollen.

Ich sah in den Rückspiegel um zu überprüfen, ob der rote Lippenstift und der Eyeliner nicht verschmiert waren, doch es war alles in Ordnung.

Ich lächelte, als ich das grüne Schild mit der Aufschrift ‚Elverton‘ erblickte. Ich bog rechts ab und fuhr dann die Hauptstraße entlang.

So oft hatte ich hier gespielt, als ich klein war.

Nach vier Minuten war ich dann endlich da und parkte den Mini direkt vor unserem Haus.

Ich stieg aus und hörte kurz darauf mein Handy klingeln. Es war eine Nachricht von meiner Mama, die ich nun öffnete.

‚Hallo Schätzchen, ich hoffe, du hattest eine gute Fahrt. Ich bin leider noch nicht zu Hause und Tom auch nicht, aber er meinte, du kannst bei ihm warten. Dann sind wir auch gleich alle zusammen, wie du weißt wohnen sie in dem Haus gegenüber, unter der Matte liegt ein Ersatzschlüssel. Bis später! xx Mummy'

Ich lächelte und steckte mein Handy wieder ein. Dann öffnete ich den Kofferraum und hob meine Tasche heraus, in der ich meine Sachen hatte. Ich schloss das Auto ab und lief zu dem Haus, das eigentlich genau so wie unseres aussah.

Was ich schon immer an den zwei Häusern mochte, war, dass es die einzigen in der Straße waren, dann ein paar Bäume kamen und dann erst wieder Häuserreihen anfingen. Es war eine kleine Straße, sehr schmal und kaum befahren. Deshalb war es auch so ruhig hier.

Ich lief auf das Haus zu, bis ich vor der Haustür stand und mich bückte um den Schlüssel zu holen. Ich schloss die Tür auf und trat ein.

Auf den ersten Anblick wirkte alles anders als bei uns, doch die Raumaufteilung war die gleiche. Ich lief ins Wohnzimmer und sah mich um. Das meiste war in weiß gehalten, was den Raum sehr hell und gemütlich wirken ließ.

Ich ließ mich aufs Sofa fallen und fing an mit meinem Handy zu spielen, bis ich hörte, wie die Tür aufging. Ich legte das Handy auf den Couchtisch und wartete ab, wer es war.

Was ich nicht erwartet hatte, war ein Mädchen, das mit einem erschrockenen Gesichtsausdruck ein Messer in der Hand hielt.

NORAS SICHT

Dort stand ich also, mit dem Messer in der Hand und sah das Mädchen an, das auf dem Sofa saß und mich mit leicht geöffnetem Mund total entgeistert ansah.

„Wer bist du?“, fragte ich ängstlich und sie stand lächelnd auf.

„Ich bin Poppy, Francis’ Tochter und Henrys Schwester!“

Ich wurde rot und legte das Messer schnell weg.

„Und du musst Nora sein“, sagte sie und breitete ihre Arme aus. Überrascht umarmte ich sie und lächelte dann ebenfalls.

„Tut mir Leid, aber ich bin es sonst gewohnt alleine zu sein“, murmelte ich und sie nickte.

„Tut mir Leid, dass ich dich erschreckt habe.“

37. Kapitel

NORAS SICHT

„Also Nora. Erzähl mir alles über dich!“, forderte Poppy begeistert und drückte mich mit einem großen Strahlen im Gesicht neben sich aufs Sofa. Sie sah wirklich hübsch aus mit ihren großen Augen, den vollen Lippen und den roten Haaren. Ich versuchte Henry in ihr wieder zu erkennen, doch in ihr steckte mehr von Francis.

„Und was genau möchtest du wissen?“, fragte ich und lächelte schüchtern. „Einfach alles! Was sind deine Hobbys, was liest du so, auf was für Filme stehst du, einfach nur Grundinformationen!“ Während sie dies sagte, streifte sie sich die Jacke ab und rückte näher zu mir.

Ihre aufgebrachte und positive Art gefiel mir sehr gut und plötzlich kam es mir vor, als ob ich sie schon ewig kennen würde und wir alte Freundinnen seien.

Also begann ich zu erzählen.

Ich sagte ihr, dass wir gerade hierhin gezogen waren, dass ich mich erst nicht so wohl gefühlt, dann aber Jolene getroffen hatte und wir gleich gute Freundinnen wurden.

Poppy schien Jolene zu kennen, was auch irgendwie verständlich war. Dass ihr Bruder und seine Freunde mich und Jolene fertig gemacht hatten, erzählte ich ihr lieber nicht.

Wir wechselten von Thema zu Thema und mussten manchmal sogar anfangen zu lachen. Sie war so nett und ich konnte mir nur schwer vorstellen, dass sie mit jemandem wie Henry Thompson verwandt war.

Nach einer halben Stunde kamen wir auf das Thema ‚Familie' zu sprechen und schon kam die Frage, vor der ich mich gefürchtet hatte.

„Wie kommst du mit meinem Bruder zurecht?", fragte sie und strahlte immer noch von einem Ohr zum anderen. Auch ihre Augen strahlten. Sie strahlte generell sehr viel, fast wie ein Atomkraftwerk.

„Nora?" Ich schreckte auf und sah sie an. Was sollte ich denn jetzt bitte sagen? Das Verhältnis zwischen mir und Henry hatte sich ja noch nicht einmal gebessert.

„Ihm geht es momentan nicht so gut - glaub ich." Ich sah auf meine Hände und presste die Lippen aufeinander. Ich wollte Poppy nicht anlügen und dies beantwortete auch nicht gerade ihre Frage, aber es war besser als nichts.

Langsam nickte sie. „Das hatte ich schon gehört. Ich werde versuchen, mit ihm zu reden. Ich frage mich -" Sie konnte ihren Satz nicht mehr beenden, da die Haustür aufgeschlossen wurde und Francis und mein Papa nun ins Wohnzimmer kamen.

Als sie Poppy und mich sahen, kamen sie sofort auf uns zu gestürmt. Francis fiel Poppy um den Hals und drückte sie ganz fest an sich.

Ich stand lächelnd daneben, doch im Inneren war ich auch traurig. Ich wollte auch eine Mama haben, die mich so lieben und vermissen würde. Na ja, Poppy und Henry hatten keinen richtigen Papa und den wiederum hatte ich.

Nachdem sich alle begrüßt, umarmt und vorgestellt hatten, liefen Poppy und Francis wieder zur Haustür und wir begleiteten sie.

„In Ordnung, also gehen wir um acht Uhr essen?", vergewisserte sich mein Papa und Francis nickte lächelnd. Dann küssten sie sich kurz und ich wurde etwas rot. Auch wenn ich es ja nicht war, so war es doch komisch seinen Vater mit einer anderen Frau zu sehen.

Poppy verdrehte die Augen und grinste mich dann an. Auch wenn sie nicht meine Schwester war und ich sie auch noch nicht so lange kannte, wusste ich, dass wir uns bestimmt gut verstehen würden. Ganz im Gegensatz zu Henry und mir.

POPPYS SICHT

„Mama, es ist so schön, endlich mal wieder hier zu sein!", sagte ich, als ich die Treppen wieder runter ins Wohnzimmer kam, nachdem ich meine Sachen in mein altes Zimmer geworfen hatte.

Mama breitete die Arme aus und ich drückte sie fest. „Und es ist so schön dich wieder hier zu haben, Poppy Pie!" Ich verdrehte die Augen und musste grinsen. Ich war damals ziemlich Pie-abhängig, weshalb sie den Namen zu meinem Spitznamen gemacht hatte.

„Warum ist mein Zimmer so unordentlich?", fragte ich, als ich mich aufs Sofa setzte.

Mama öffnete ihre Augen weit. „Oh Gott, das ist eine lange Geschichte. Ich erzähle sie dir beim Essen. Möchtest du ein Stück von dem Zitronenkuchen?" Ich nickte und sprang auf. Dann setzte ich mich zusammen mit ihr an den kleinen Küchentisch und probierte ein Stück.

„Der schmeckt noch genauso gut wie sonst!" Mama lächelte dankbar und als ich sie dann erneut auf die Sache mit meinem Zimmer ansprach, fing sie an zu erzählen.

Sprachlos sah ich sie an. Nora tat mir wirklich Leid und man konnte nur von Glück reden, dass Henry sie rechtzeitig gehört hatte, sonst wären vielleicht viel schlimmere Dinge geschehen.

Aber eine Sache fragte ich mich schon die ganze Zeit. Wo war mein bescheuerter und doch so liebenswürdiger Bruder überhaupt?

„Mama?“ Sie sah mich abwartend an. „Wo ist Henry?“ Sie lehnte sich in ihrem Stuhl zurück und betrachtete nachdenklich ihre Finger, dann nahm sie einen Schluck von ihrem Tee.

„Ich habe keine Ahnung“, sagte sie und seufzte. „In letzter Zeit kann ich ihn nie finden. Abends ist er dann jedoch meistens in seinem Zimmer, aber er redet kaum noch mit mir.“

Ich überlegte nachdenklich. „Mach dir keine Sorgen, ich werde mit ihm sprechen, in Ordnung?“ Sie zuckte mit den Schultern und stand dann auf.

„Wenn du ihn findest, dann sag ihm, dass wir heute um acht essen gehen. Mir wird das alles langsam zu viel.“

Ich nickte und stand ebenfalls auf. Dann umarmte ich sie kurz und lief nach oben in mein Zimmer.

Wenn Henry Zeit zum Nachdenken brauchte, dann lief er meistens zur Brücke.

Als Henry zehn war, hatte er mir von ihr erzählt und wir waren sofort dorthin gelaufen. Die Brücke lag versteckt in einem kleinen Wald, nur fünf Minuten von hier entfernt. Ein kleiner Bach floss unter ihr durch und es war der perfekte Ort zum Nachdenken oder Alleinsein.

Als die Sache mit unserem Vater damals war, war Henry fast jeden Tag dort und manchmal hatte ich mich zu ihm gesetzt. Keiner wusste von dem Ort, noch nicht einmal Jack.

Nur mir hatte er davon erzählt und auch nur, weil ich ihn immer gefragt hatte, warum er ständig in den Wald lief.

Ich zog mir meine Jacke an, da es inzwischen kälter geworden war und lief wieder nach unten. Mama hatte sich kurz hingelegt, weshalb ich leise nach draußen lief.

Der Wind peitschte mir ins Gesicht und ich atmete die kühle Herbstluft ein. Auf der Straße lagen rote und gelbe Blätter, die die Bäume verloren hatten und ich sah auf meine Füße, während ich ans Ende der Straße lief. Von dort aus kam man in den Wald.

Ich lief den schmalen Weg durch den Wald und achtete darauf, nicht zu stolpern. An einer kleinen Kreuzung bog ich links ab und hörte schon das Plätschern des Baches.

Und tatsächlich. Als ich die Brücke erreicht hatte, sah ich ihn.

Dort saß er, die Beine baumelten über den Rand, seine Hände hatte er in seinem Schoß, den Kopf etwas geneigt.

Ich lächelte und trat dann auf die knarrende Brücke. Sofort hob er den Kopf und sah mich schockiert an. Mein Grinsen wurde nun noch breiter.

„Überraschung!"

38. Kapitel

POPPYS SICHT

„Überraschung!“, rief ich so laut wie möglich und grinste. Henry machte einen Satz nach hinten und sah mich an als sei ich eine Verrückte.

„Poppy?!“, fragte er entgeistert und sah zu mir auf. Ich verdrehte die Augen. Typisch Henry, bloß nicht für seine Schwester aufstehen.

„Nein, ich bin Auntie Chrystal! Natürlich ich!“

Als er immer noch starrte, stemmte ich die Hände in die Hüften und sah ihn leicht wütend an. „Ist das die Art seine Schwester zu begrüßen, die man seit mehreren Wochen nicht gesehen hat?“

Im nächsten Moment war er aufgesprungen und fiel mir um den Hals. Ich fiel leicht nach vorne, als er mich fest an sich drückte. Ein kleines Lächeln bildete sich auf meinen Lippen.

Henry war um einen Kopf größer als ich und außerdem viel stärker, was ich hier gerade gut zu spüren bekam. Man konnte denken, er wäre mein großer Bruder.

Schließlich schlug ich ihm einmal auf den Rücken.

„Okay es reicht, ich kriege keine Luft mehr!“ Mit einem Stoß schubste ich ihn etwas von mir weg und er grinste mich an. Da war das Henry-Grinsen wieder.

Doch kurz darauf verschwand es und auf meiner Stirn bildeten sich Sorgenfalten.

„Was ist los? Freust du dich denn gar nicht?", fragte ich besorgt und legte den Kopf etwas schief. Henry vergrub die Hände in den Hosentaschen seiner Jeans und neigte den Kopf etwas.

„Doch." Es war eher ein Murmeln und ich nahm schnell seine Hand, um ihn zurück auf die Brücke führen zu können.

Wir setzten uns nebeneinander hin und ließen die Beine baumeln.

Mein Gesicht streckte ich der Sonne entgegen und schloss kurz die Augen. „Es ist echt kühl geworden, oder?"

Ich bekam nur ein „Hm" als Antwort und öffnete die Augen wieder.

„Mama meinte, dir geht es nicht so gut."

Ich versuchte ihn anzusehen, doch er spielte mit seinen Händen und seine Haare versteckten die dunkelgrünen Augen.

„Henry?", fragte ich leise nach und er hob kurz den Kopf.

„Doch mir geht es gut!", entgegnete er patzig und schnipste ein Blatt ins Wasser.

Ich nickte leicht. „Keine Ahnung, warum du mich anlügst, aber ich will dir nur das Gefühl vermitteln, dass ich immer für dich da bin und du mit mir über alles reden kannst. Doch wie ich sehe, scheint es ja kein Problem zu geben. Dann kann ich ja wieder gehen."

HENRYS SICHT

Sie stand auf und ich griff schnell nach ihrem Arm. Sie war meine Schwester. Poppy, der ich alles anvertraute und mit der ich wirklich über alles reden konnte. Sie war meine einzige Schwester und wahrscheinlich die einzige Person, der ich momentan traute.

Oder besser gesagt, ich brauchte sie jetzt. Sie war ein Mädchen und könnte mir vielleicht weiterhelfen.

Mir ging es in den letzten Tagen noch dreckiger als bisher schon. Zu sehen wie Nora, Jolene, Jack und Dylan die meiste Zeit miteinander verbrachten, tat mir weh.

Sonst wäre ich normalerweise immer dabei gewesen.

Wahrscheinlich hasste mich gerade jeder einzelne von ihnen.

Jack, weil ich ihm nichts erzählte und ihn ignorierte.

Jolene, weil ich nicht ganz unbeteiligt an der Trennung von ihr und Jack damals war und die anderen, weil ich sie nicht wirklich wie Freunde behandelte.

Und Nora hasste mich sowieso schon von vorne bis hinten, sie hatte sich ja nicht mal bei mir bedankt.

So konnte es nicht weitergehen und eigentlich konnte ich froh sein, dass Poppy gekommen war.

„Henry?"

Ich wurde aus meinen Gedanken gerissen und sah in ihre fragenden Augen. Sie deutete auf ihren Arm, den ich immer noch fest hielt.

„Nein, bleib!", sagte ich und zog sie zu mir herunter. Sie setzte sich widerwillig und winkelte die Beine an. Dann starrte sie mir in die Augen und ich sah zurück.

Schließlich entschied ich, es einfach zu sagen.

„Warst du schon einmal verliebt?" Es war eher ein Flüstern und ich wurde etwas rot. So was würde ich sonst nie-, nieniemals mit jemandem besprechen, aber es war in dem Moment einfach notwendig.

Poppy schien sprachlos zu sein. Meine Schwester, die sonst immer aufgedreht und laut war, war zum ersten Mal wirklich sprachlos. Doch dies machte mir Angst.

„Du bist verliebt?“, flüsterte sie und beugte sich etwas nach vorne, als wären hier noch unzählig viele andere Leute, die uns hätten hören können. Ich sah geradeaus und nickte schließlich langsam.

„Du, mein Bruder und größter Womanizer überhaupt, du bist verliebt?! Was -“, sie sprach nicht weiter und sah mich einfach nur mit großen Augen und weit geöffnetem Mund an.

POPPYS SICHT

Ich konnte es nicht fassen. Ich konnte es einfach nicht fassen, dass mein kleiner Bruder verliebt war. Und glauben konnte ich es erst recht nicht.

Ich wartete darauf, dass er mir sagte, dass dies alles nur ein Scherz war, doch es kam nichts.

„Du meinst das ernst, oder?“, fragte ich und beugte mich noch etwas weiter vor, damit ich auch keine Reaktion von ihm verpasste.

Er sah mich an. „Ja! Und wenn du dich noch weiter zu mir beugst, dann fall ich von der Brücke!“

Ich wich etwas zurück und betrachtete ihn forschend. „Du siehst gar nicht verliebt aus!“ Wütend sah mich Henry an. „Ach und wie sieht man aus, wenn man verliebt ist?“

Ich wusste, die Situation war ihm deutlich peinlich, weshalb ich lieber keine Scherze machen sollte. Ich verschränkte die Arme vor der Brust.

„Jedenfalls läuft man nicht mit so einer Miene rum. Mama meinte, du würdest aussehen, als hättest du etwas Schreckliches begangen oder etwas gegen den Umzug, sie hat sich richtige Sorgen gemacht, Henry! Richtige Sorgen um ihren Sohn und dabei ist dies alles nur, weil du verliebt bist?!“

Frustriert fuhr er sich durch die Haare und stand dann auf. Wütend sah er auf mich herunter.

„Ich wusste, es war eine schlechte Idee, dir das zu erzählen! Am Ende bekomme ich nur wieder Vorwürfe!“

Ich stand ebenfalls auf und seufzte. „Henry, ich mache dir keine Vorwürfe, sondern will dir helfen, verstanden?“

Er lachte, wobei er seinen Kopf in den Nacken legte und die Hände in den Hosentaschen vergrub.

„Tu nicht so, als ob ich ein kranker Psycho wäre. Mir muss man nicht helfen!“

Bevor er sich noch richtig aufregte, hob ich die Hände und riss die Augen auf. „Ist ja gut, dann eben nicht. Darf ich wenigstens wissen, wer die Dame ist, die das Herz von einem gewissem Henry Thompson erobert hat?“

Henrys Augen wurden schmal und er sah mich an. Man könnte meinen, er hätte Angst.

Ich sah ihn schockiert an.

„Nein!“ Er hob nun ganz den Kopf und ging einen Schritt zurück.

„Sag nicht, dass du dich wieder in irgendeine Lehrerin verliebt hast!“

Auf Henrys Lippen erschien nun ein kleines Grinsen und kleine Grübchen stachen hervor. „Nein, keine Lehrerin!“

Ich fasste mir ans Herz und atmete erleichtert aus. „Na, zum Glück!“

Er legte einen Arm um mich und wir liefen von der Brücke.

Bevor wir aus dem Wald kamen, meinte ich noch:

„Sag es mir später, wir gehen gleich alle zusammen essen, das sollte ich dir noch sagen.“

39. Kapitel

NORAS SICHT

Ich hatte den Rest des Nachmittags in meinem Zimmer verbracht und mit Olivia geschrieben. Sie würde mich in den Herbstferien für ein paar Tage besuchen kommen und ich freute mich jetzt schon wahnsinnig. Jolene würde die Ferien mit Jack und dem Rest seiner Familie in Brighton am Meer verbringen, weshalb ich sie Olivia leider nicht vorstellen konnte.

Jetzt lag ich allerdings auf meinem Bett, auf dem Bauch und las ein Buch, als es plötzlich an der Tür klopfte. Nicht mal drei Sekunden später wurde sie geöffnet und mein Papa steckte seinen Kopf herein.

„In einer Stunde wollen wir los, machst du dich fertig?", fragte er und lächelte. Ich nickte und stand vom Bett auf. Die Tür wurde wieder geschlossen und ich lief ins Bad.

Es konnte ja heute Abend nur interessant werden, ich fragte mich, ob Henry auch dort auftauchen würde. Ich sollte vielleicht auch mal mit ihm reden und ihm dafür danken, dass er mich vor diesem Vollidioten Ethan gerettet hatte. Doch andererseits war er die Tage davor so unverschämt gemein zu mir gewesen. Wenn hier also jemand ein schlechtes Gewissen haben sollte oder sich entschuldigen musste, dann war er es!

Ich wedelte mit der Hand und versuchte den Gedanken ‚Henry Thompson' zu unterdrücken.

Nachdem ich mich fertig gemacht hatte, wollte ich gerade nach meiner Tasche greifen, als mein Papa mich von unten rief.

Schnell lief ich die Stufen nach unten und grinste ihn an.

„Fahren wir zusammen?“, wollte ich wissen, doch er schüttelte den Kopf. „Francis hat den Tisch reserviert, weshalb die drei schon einmal vorgefahren sind.“ Die drei? Also doch Henry.

Würde er heute mal einen Ton von sich geben? Oder würde er wieder jeden komplett ignorieren?

„Also gehen wir?“, fragte Papa gut gelaunt und ich lief aus der Haustür.

Wenig später fuhren wir los.

Die Kellnerin, die relativ jung aussah, begrüßte uns mit einem Lächeln und führte uns einmal quer durch das ganze Restaurant, bis wir an eine gemütlich aussehende Ecke mit Tischen ankamen.

„So, das wäre dann ihr Tisch.“

Es waren drei kleine Tische aneinander geschoben worden, sodass man immer jemanden gegenüber sitzen hatte.

Als erstes fiel mir Poppy auf.

„Hey!“, begrüßte sie mich mit einem Strahlen auf dem Gesicht und umarmte mich, da mein Papa gerade mit Francis sprach.

„Du siehst schön aus!“, sagte sie und musterte mich. Ich lächelte. „Danke, du auch.“ Sie winkte ab und wendete sich dann meinem Papa zu. Ich sah zu Francis, die weit ihre Arme aufriss. Ich umarmte sie und musste zugeben, dass sie mir von Tag zu Tag vertrauter wurde. Ich mochte sie, sogar sehr.

Ihre Haare waren hochgesteckt und ihr rotes Kleid wurde jetzt von ihr glatt gestrichen. „Ich freue mich ja so, dass ihr da seid“, meinte sie und gab mir einen Kuss auf die Wange. Ich nahm es einfach hin, fand es jedoch trotzdem etwas ungewohnt.

Ich sah mich einmal kurz im Restaurant um.

Jetzt erst fiel mir auf, dass Henry nicht da war. War er etwa doch zu Hause geblieben? Als hätte sie meine Gedanken gelesen, erklärte Francis: „Henry ist noch draußen. Er meinte, er müsste dringend telefonieren, aber setzt euch doch bitte."

Francis und mein Papa setzten sich an den ersten Tisch gegenüber, Poppy saß neben meinem Papa und wir legten unsere Taschen auf den Stuhl gegenüber, weshalb ich mich neben sie setzte.

Die Kellnerin tauchte wieder auf, dieses Mal mit fünf Speisekarten in der Hand.

„Hier sind ihre Speisekarten, die Getränke finden sie auf der Rückseite", sagte sie und reichte jedem von uns eine. Die letzte legte sie auf den Platz mir gegenüber.

Ich wusste, was das hieß.

„Danke", bedankten wir uns und ich klappte die Karte vor mir auf, sodass ich mein Gesicht verdecken konnte. Neugierig sah ich mir die einzelnen Menüs durch und entschied mich schließlich für Spaghetti, wie immer wenn wir essen gingen.

„Ah Henry, da bist du ja, Schatz. Wir warten schon auf dich."

Ich zuckte etwas zusammen und sah schließlich über den Rand der Karte hinweg. „Geht es dir gut?", flüsterte Poppy auf einmal und ich wurde rot. Schnell legte ich die Karte auf den Tisch und hob dann den Kopf.

Henrys Blick traf meinen und obwohl es nur einige, unbemerkte Sekunden waren, so hatte ich doch das Gefühl, dass wir uns schon Jahre lang so ansahen. Ich wollte überhaupt nicht starren, aber ich konnte den Blick einfach nicht von ihm abwenden.

Schnell sah ich wieder auf die Karte, während sich Papa nun erhob und ihn begrüßte. Zum Glück forderte uns keiner auf uns gegenseitig zu begrüßen und Henry setzte sich mir gegenüber. Toll, jetzt musste ich während des Essens auf ihn starren, oder was noch schlimmer war, dass er mich nun beobachteten konnte, während ich aß.

„Sind sie schon so weit?", fragte die Kellnerin freundlich.

„Ich hätte gerne die Nummer 139", sagte Poppy und lächelte lieb. Sie zwinkerte Henry zu, doch der war mit der Tischplatte beschäftigt. Ich verdrehte die Augen und sagte ihr meine Bestellung. Die anderen taten es uns gleich und die Kellnerin sammelte die Karten ein und lief dann wieder weg.

„Also Kinder!", begann Francis und drehte sich zu uns. „Wir sind heute aus einem bestimmten Grund hier, was ihr euch natürlich denken könnt."

Sie und mein Papa sahen sich verliebt an und ich nahm einen Schluck aus meiner gerade erst gebrachten Cola. „Wir ziehen zusammen", sagte Papa und sie drückten sich kurz die Hände.

Ich runzelte die Stirn. „Das wissen wir doch schon längst", sagte Poppy, die genau so verwirrt aussah. „Wissen wir, aber wir wollten es jetzt noch einmal offiziell sagen." "Und dafür müssen wir uns alle schick machen und hier essen gehen?", murmelte Henry und ich musste zugeben, dass ich etwas erstaunt war. Henry Thompson konnte sprechen?!

„Jetzt hör auf die Stimmung mit deiner schlechten Laune zu belasten", rief Francis und sah ihn wütend an. „Außerdem ist Poppy doch gerade erst gekommen und wenn sie schon einmal da ist, dann müssen wir auch alle zusammen essen gehen."

Die Kellnerin kam erneut und brachte uns diesmal nacheinander unser Essen.

Den ganzen Abend lang versuchte ich Henry zu ignorieren, schließlich tat er das Gleiche. Als Papa und Francis anfingen ein Gespräch miteinander zu führen, drehte ich mich etwas zu Poppy.

„Also, du bleibst nur übers Wochenende?", fragte ich interessiert. Sie nickte. „Leider. Ich würde am liebsten länger bleiben, aber ich muss zurück zur Uni." Ich nickte und wendete mich wieder meinem Essen zu.

Der Rest des Abends verlief sehr schweigsam. Die Einzigen, die wirklich redeten, waren unsere Eltern. Dass Poppy sich entschuldigte, da sie sich noch mit ein paar alten Freunden treffen wollte, machte das Ganze nicht gerade besser.

Immer wieder spürte ich Henrys Blick auf mir, was irgendwie unangenehm war. Ich sah die ganze Zeit nur auf meinen Schoß und hoffte, dass wir irgendwann gehen würden.

Als hätten sie meine Gedanken gelesen, standen Francis und Papa auf und zogen sich ihre Jacken an. „Gehen wir?", fragten sie, nachdem sie bezahlt hatten.

Wie so oft in letzter Zeit lag ich hellwach in meinem Bett und konnte nicht einschlafen. Es waren zwar nicht sehr viele Gedanken, die in meinem Kopf herumkreisten, aber trotzdem war ich zu aufgebracht um einschlafen zu können.

Ich stand auf und zog mir meine Stiefel und ein Sweatshirt über den Schlafanzug. Dann lief ich auf den Balkon und setzte mich auf einen der zwei Stühle, die Arme vor der Brust verschränkt, den Kopf etwas gehoben, um in den Himmel sehen zu können. Es war kalt, aber erträglich. Bald würde das Theaterstück sein. Dann die Herbstferien. Aber die Hauptveränderung würde der Umzug sein. Bis es so weit war, wollte ich meinen Balkon noch voll auskosten, obwohl es ja in unserem neuen Haus auch einen geben würde. Doch vielleicht würde Henry den bekommen, man wusste ja nie.

Ich schloss kurz die Augen.

„Auch noch wach?"

Ruckartig öffnete ich sie wieder und sofort fiel mein Blick auf den Balkon gegenüber. Henrys Balkon. Und dort saß er, ebenfalls auf einem Stuhl und ebenfalls die Arme vor der Brust verschränkt. Obwohl es abgesehen von den Laternen ziemlich dunkel war, konnte ich seine dunkelgrünen Augen auf mir spüren.

„Wie lange sitzt du da schon?“, fragte ich, denn der Abstand zwischen den zwei Häusern war so gering, dass man sich relativ normal verstehen konnte.

„Länger als du“, kam es von ihm zurück und ich wurde rot, was man durch die Dunkelheit hoffentlich nicht sah. Ich schwieg und biss mir auf die Unterlippe.

Als es nach einer Zeit immer noch still war, stand ich auf und wollte wieder reingehen.

„Warte!“ Ich drehte mich zu ihm und sah, dass er aufgestanden war.

„Können wir reden?“

40. Kapitel

NORAS SICHT

Er wollte mit mir reden? Das war ja ganz was Neues.

„Jetzt?", fragte ich sichtlich überrascht und er gab nur ein Nicken als Antwort. Ich zuckte mit den Schultern. „Aber nur kurz." Ohne seine Reaktion abzuwarten, lief ich wieder rein und schloss die Balkontür hinter mir ab.

Dann zog ich mir eine Jeans und eine ordentliche Jacke an, da es draußen kalt geworden war und ich bestimmt nicht im Schlafanzug vor ihm auftauchen würde.

Ich lief aus meinem Zimmer und stellte fest, dass es bereits im ganzen Haus dunkel war. Mein Papa schlief also schon. Ich musste aufpassen, dass ich im Dunkeln nicht irgendwo gegen stieß, oder einem verschlafenen Vater begegnete.

Doch ich hatte Glück und gelangte ohne irgendwelche Zwischenfälle nach draußen, wo mich eine kühle Brise empfing.

Ich stellte einen Gummistiefel zwischen den Türrahmen und die Haustür, damit diese nicht zu knallte.

Dann drehte ich mich um und stolperte zurück. „Gott!", rief ich erschrocken und sah zu Henry, der wie aus dem Nichts plötzlich vor mir stand. „Sag mal, reicht es dir nicht langsam? Wie oft willst du mich noch ärgern und erschrecken?!"

Ich konnte nicht sein ganzes Gesicht sehen, da es dafür zu dunkel war, doch ich war mir sicher, dass er mich ansah.

„Wann bitte hab ich dich jemals erschreckt?“, fragte er, doch ich lenkte vom Thema ab. „Also, was willst du?“

„Mit dir reden.“ Seine Stimme war ruhig, was mir gegenüber ungewöhnlich war.

„Worüber willst du mit mir reden und warum ausgerechnet jetzt? Und wieso tauchst du so plötzlich -“, er unterbrach mich, indem er einen Finger auf seinen Mund legte.

„Tu mir einen Gefallen und sei etwas leiser!“

Ich verschränkte die Arme vor der Brust. „Von dir lasse ich mir gar nichts sagen!“, zischte ich und schloss meine Jacke.

Ich wartete etwas.

„Also ich sehe, du willst mir nichts sagen. Wenn es dir nichts ausmacht, dann gehe ich jetzt wieder ins Bett.“ Ich drehte mich zum Gehen um, wurde jedoch von seinem Arm zurückgedreht.

„Können wir woanders hingehen? Ich kann mich hier nicht konzentrieren.“

Wenn es eines gab, auf das ich keine Lust hatte, dann war es um diese Uhrzeit irgendwo hinzulaufen. Vielleicht wollte er ja auch gar nicht mit mir reden. Vielleicht wollte er mich in irgendeinen Wald führen, um mich dann auf grauenhafte Art und Weise zu ermorden.

Doch ich zuckte nur mit den Schultern, schloss die Haustür und trottete ihm dann hinterher. In meine Gedanken versunken sah ich auf meine Schuhe, damit ich kein zweites Mal stolperte. Nach zwei Minuten blickte ich dann auf und stellte fest, dass wir uns tatsächlich in einem Wald befanden. Sofort blieb ich stehen und sah ihn entgeistert an.

Als er merkte, dass ich ihm nicht mehr folgte, blieb er ebenfalls stehen und sah mich fragend an.

„Nichts für ungut, aber hast du vor mich umzubringen?“

Er drehte sich wieder um und lief weiter. Sollte ich einfach zurücklaufen? Ich drehte mich um, doch würde ich jetzt zurücklaufen, müsste ich den Weg hier raus alleine finden und jetzt wo es dunkel war, war mir dies zu unheimlich.

„Warte!", rief ich deshalb, als neben mir etwas knackste. Ich rannte auf Henry zu und stellte mich dicht neben ihn. Zwar hasste ich ihn über alle Maßen, doch ich war lieber mit Henry unterwegs als alleine.

Das Plätschern von Wasser ließ mich aufschauen und ich bemerkte jetzt erst, dass wir an einer Brücke angekommen waren unter der ein schmaler Bach entlangfloss.

Wir betraten die Brücke und ich hielt mich an dem Geländer fest. Dann beugte ich mich etwas vor und sah hinunter. Henry stand neben mir, doch aus den Augenwinkeln erkannte ich, dass er nicht den Bach ansah, sondern mich.

Es war ein schöner Ort, wenn man darüber nachdachte. Man sah den Himmel und sogar ein paar Sterne, es war, als wäre dies eine Trennwand zwischen zwei Wäldern. Die Brücke verlieh dem Ganzen etwas Romantisches, obwohl ich die Situation kaum als romantisch bezeichnen konnte. Dafür war mir hier zu viel Hass anwesend.

„Warum sind wir hier?", flüsterte ich, ohne den Blick vom Bach abzuwenden.

Es dauerte eine Weile, bis eine Antwort kam.

„Weil ich dir schon seit längerem etwas sagen möchte. Ich hab mich nur nicht getraut. Ich meine, ich wusste nicht. - also ich habe - ehm." Nun sah ich Henry verwirrt an. Warum fing er an zu stottern?

Ich atmete tief durch und drehte mich dann zu ihm.

„Henry, das weiß ich doch!"

HENRYS SICHT

Was?! Sie wusste was? Dass ich in sie verliebt war und mich nicht traute, es ihr zu sagen? Aber woher wusste sie das? Poppy! Poppy hatte es ihr erzählt.

Wie konnte sie nur? Sie war meine Schwester und hatte versprochen, es nicht zu erzählen. Und trotzdem hatte sie es getan. Sie hatte Nora erzählt, dass ich in jemanden verliebt war und Nora ahnte wahrscheinlich, dass es sie selber war. Sobald ich zurück war, würde ich ihr den Hals umdrehen. Wie peinlich war das denn?

„Du weißt es?", fragte ich und wurde rot, was sie aufgrund der Dunkelheit hoffentlich nicht bemerkte.

Sie nickte langsam und sah mir dann zum ersten Mal in die Augen. „Klar, weiß ich es. Man hat es dir doch die ganze Zeit angemerkt." Ich runzelte die Stirn. „Dann weißt du es also nicht von Poppy?"

Sie schüttelte den Kopf. „So schwer ist das nicht herauszubekommen und ich bezweifle, dass es deine Schwester weiß, sie ist doch heute erst gekommen. Ich habe es an deinem ganzen Verhalten gemerkt und ich denke, jetzt verstehe ich auch, warum du die ganze Zeit so gemein zu mir warst."

Ich schluckte. Sie hatte Recht, das war tatsächlich der Grund meines Verhaltens.

„Und - weißt du auch in wen - also in wen ich mich -", ich sprach nicht weiter und sah sie an, doch an ihrer Miene änderte sich nichts.

Eigentlich hätte ich mir ihre Reaktion anders vorgestellt. Vielleicht wusste sie es ja doch nicht.

„Also, was ist es, was mit mir ist?", fragte ich nur um sicherzugehen.

Sie drehte sich nun komplett um und lehnte sich gegen das Brückengeländer. „Du bist so schlecht drauf und hasst mich, weil unsere Eltern zusammen sind und wir jetzt auch noch zusammen in ein Haus ziehen und du willst nicht, dass ich so etwas wie deine Schwester werde, weil du mich nicht magst und bereits eine hast. Außerdem bist du eifersüchtig, weil du das Gefühl hast, dass ich dir alle deine Freunde wegnehme und sich dein Leben wegen uns ändern wird."

Ich sah sie mit offenem Mund an. Worüber redete sie denn jetzt schon wieder? Sie dachte doch nicht tatsächlich, dass dies der Grund war. Sie hatte wirklich von gar nichts eine Ahnung!

Auf ihrem Gesicht entstand ein Lächeln. „Aber ich finde es war eine sehr gute Idee darüber zu reden und das endlich mal auszudiskutieren und ich versichere dir auch, dass sich nichts für dich ändern wird und ich dir aus dem Weg gehen werde, obwohl ich immer noch finde, dass du dich bei mir entschuldigen solltest, denn deine ganzen Aktionen waren echt unverschämt. Aber ich verzeihe dir und werde es dir auch nicht mehr übelnehmen."

Immer noch stand ich mit offenem Mund da. War das ihr Ernst? Ich konnte nicht glauben, dass sie das gerade gesagt hatte. In mir baute sich wieder einmal Wut auf. Wieso? Wieso um alles in der Welt konnte ich jedes Mädchen haben und nur bei diesem hier schaffte ich es noch nicht einmal, ihr zu sagen, was ich für sie empfand. Sie machte mich wütend. Wütend mit ihrer Art und Weise so nett zu allen zu sein und alles falsch zu verstehen. Und ich war auch wütend auf mich selber. Warum konnte ich ihr nicht einfach sagen, dass ich sie liebte? Ich hasste mich in dem Moment.

„Henry?" Ihre Stimme riss mich aus meinen Gedanken zurück in die Wirklichkeit.

NORAS SICHT

Er sah mich wieder an, doch sein Blick hatte sich geändert. Es lag etwas Bedrohliches und Enttäuschtes in seinem Gesichtsausdruck.

Man konnte meinen er sei wütend, doch vielleicht lag es auch nur an der Dunkelheit.

„Das ist es doch was du mir sagen wolltest, oder?"

Er hob leicht die Augenbrauen und sah dann weg. „Ja", antwortete er knapp.

Doch bevor ich noch etwas sagen konnte, hatte er sich auch schon umgedreht und war schneller weg, als ich ‚warte' sagen konnte.

Verwirrt und kopfschüttelnd sah ich ihm hinterher. Der machte es sich aber auch echt schwerer, als es eigentlich war.

41. Kapitel

HENRYS SICHT

Ich wachte am nächsten Morgen etwas später auf als sonst. Ich hatte die ganze Nacht damit verbracht über meine Aktion gegenüber Nora nachzudenken und hatte schließlich eingesehen, dass das Ganze total lächerlich war. Woher wollte ich überhaupt wissen, dass ich mich in sie verliebt hatte? Es war andersherum, ich sollte sie eigentlich hassen, denn sie gab mir jeden Grund dazu. Erstens hatte sie mir Jack und die anderen weggenommen, mich in der Schule wie einen Loser aussehen lassen und verhielt sich so, als sei Poppy ihre Schwester. Mich hasste sie, das wusste ich nur zu gut. Warum war ich in letzter Zeit überhaupt so sensibel geworden? Ich war Henry Thompson und mein Leben war zu 99 Prozent perfekt gewesen, bevor sie hierhergezogen war.

‚Nein, jetzt fang bloß nicht an den Spieß umzudrehen!' warnte mich die kleine Stimme im hinteren Teil meines Gehirns, doch ich beschloss sie dieses Mal nicht zu beachten.

Ich musste mich wieder ändern und ich würde gleich damit anfangen.

Nachdem ich mir eine Jeans und ein T-Shirt angezogen hatte, lief ich die Stufen nach unten, nur um meine gefräßige Schwester am Esstisch aufzufinden. Sie konnte einen ganzen Supermarkt aufessen, wenn es darauf ankam, schien damit jedoch kein Problem zu haben.

„Guten Morgen, Bärchen!“, begrüßte sie mich fröhlich und öffnete die Arme. Ich zog die Augenbrauen hoch. „Hast du mich gerade ernsthaft Bärchen genannt?“, fragte ich sie und setzte mich ihr gegenüber, anstatt sie zu begrüßen.

Sie ließ die Arme senken und sah mich fragend an. „Hast du damit ein Problem, Pupsi?“

Ich verzog das Gesicht. „Natürlich habe ich damit ein Problem! Ich bin siebzehn und Jungs in dem Alter werden weder Bärchen, noch Pupsi, noch irgendwas von ihrer großen Schwester getauft, verstanden?“

Sie hob unschuldig die Hände, während ich eine neue Packung Cornflakes aufriss und etwas vom Inhalt in eine Schüssel kippte.

„Und, was hast du für diesen so schönen Sonntag geplant?“, fragte sie ironisch, denn draußen regnete es in Strömen. Ich zuckte mit den Schultern.

Sie fuhr fort: „Also ich habe beschlossen, gleich zur Videothek zu fahren und uns drei Filme auszuleihen. Eigentlich hatte ich an ein paar Horrorfilme gedacht, aber in deiner Situation denke ich, dass „Liebe braucht keine Ferien“, „P.S. Ich liebe dich“ und „Titanic“ eine bessere Wahl wären.“

Sie grinste und mein Gesicht versteinerte sich sofort. „Machst du dich über mich lustig?“, zischte ich, wobei ein bisschen Milch aus meinem Mund kam, die ich schnell wegwischte.

„Mich lustig machen?! Ich würde mich niemals über dich lustig machen!“ Ich stand auf und zog mir meine Jacke an.

„Ich werde mir ganz bestimmt nicht mit meiner Schwester Liebesfilme anschauen!“

Sie verschränkte die Arme vor der Brust und tat, als sei sie beleidigt. „Hast du einen besseren Vorschlag, was wir machen können?“, fragte sie und schlug die Beine übereinander. Ich krempelte den Kragen meiner Jacke nach oben und setzte mich auf das Sofa, um mir meine Schuhe anzuziehen.

„Poppy, ich habe keine Zeit, um etwas mit dir zu machen, weil ich jetzt zu Jack gehe."

Sie riss den Mund auf. „Was? Du verbringst den Tag lieber mit deinem besten Freund, den du jeden Tag siehst, als mit deiner Schwester, die morgen schon wieder fährt?" Sie schien wirklich beleidigt zu sein.

„Wir schauen heute Abend einen Film, okay?", fragte ich und atmete genervt aus. Sie drehte sich weg. „Dann ist es zu spät!", murmelte sie und ich stellte mich vor sie.

„Wieso zu spät?!" Sie drehte den Kopf weg. „Weil ich dann nicht mehr will!", erwiderte sie patzig und ich verdrehte die Augen. „Hör auf, dich wie eine Fünfjährige zu verhalten. Ich verbringe nicht den ganzen Tag da, also stell dich nicht so an!"

Sie hob den Kopf und stand auf. „Wie du meinst", meinte sie und lief in die Küche. „Aber wehe du wirst zu nass, dann wird Mama mir wieder die Schuld geben, verstanden?"

„Ja", entgegnete ich genervt und verließ dann das Haus, bevor meine Schwester mich noch weiterhin mit ihren Gegenargumenten zudröhnen konnte.

Es regnete immer noch und alles was ich hatte, um mich einigermaßen zu bedecken, war meine Jacke, die sich schon bald als überflüssig entpuppte.

Ich rannte die Straße hinunter, um auf die Hauptstraße zu gelangen. Von da aus würde ich den Bus nehmen, ansonsten würde ich klitschnass bei Jack ankommen.

Der Bus kam sofort, ich setzte mich in die letzte Reihe und starrte aus dem Fenster, an das dicke Regentropfen prasselten.

42. Kapitel

HENRYS SICHT

Natürlich kam ich nicht so trocken an wie erhofft. Meine Jeans klebte mir an den Beinen und mein T-Shirt war mittlerweile bestimmt durchsichtig, während sich in meinen Schuhen ein kleiner See gebildet hatte.

Ich stand nun vor dem großen Eingang und klingelte an der Haustür. Einen kurzen Moment später wurde die Tür geöffnet und Jane, Jacks kleine Schwester, stand vor mir.

Verwirrt runzelte sie die Stirn. „Henry? Was machst du hier?" Ich trat einen Schritt vor. „Kann ich reinkommen?", fragte ich, da ich immer noch im Regen stand. Sie zögerte kurz, trat dann jedoch zur Seite und ließ mich durch. Ich betrat das große Wohnzimmer der Hawkins und drehte mich zu Jane, die gerade dabei war, die Tür wieder zu schließen.

„Ist Jack da?" Ich versuchte mir nichts von meiner Unsicherheit anmerken zu lassen, doch es kam nicht so überzeugend rüber wie erhofft.

Sie nickte. „Er ist oben mit Jolene." Mit Jolene? Warum war ich dann überhaupt hierher gekommen? Natürlich wollte ich mich bei ihr entschuldigen, aber mit Jack musste ich erst einmal alleine sprechen und auch wenn er und Jo wieder zusammen waren, hieß das nicht, dass wir so etwas wie eine Dreiergruppe gründeten.

„Gut“, antwortete ich nur und lief dann die Treppen nach oben.

Ich dachte kurz darüber nach an der Tür zu klopfen, entschied mich jedoch dagegen und drückte einfach die Klinke runter.

Das erste, was ich beim Betreten des Zimmers sah, war Jolene, die sich irgendetwas an der Wand anschaute, vermutlich Fotos und Jack, der lässig auf seinem Schreibtischstuhl saß.

Sofort drehten beide ihre Köpfe und sahen mich erschrocken an.

„Schon mal was von anklopfen gehört?“, fragte Jack, sah jedoch auf den Boden. Wir hatten uns zwar nicht gestritten, doch ich wusste, dass es ihn verletzte, dass ich ihn so ignorierte, obwohl er doch mein bester Freund war.

Jolene sah von Jack zu mir und blickte dann unsicher auf ihre Nägel.

„Hab ich euch bei irgendetwas unterbrochen?“, fragte ich in einem Ton, der bereits sagte, wie egal es mir war, wenn ich sie unterbrochen hätte.

„Ja!“, sagte Jack. „Nein“, kam es von Jolene genau zur gleichen Zeit wie Jacks „Ja“.

Ich selber fand die Situation etwas seltsam, ließ mir aber nichts anmerken und lehnte mich gegen den Türrahmen.

„Ich denke, ich lass euch mal alleine“, kam es schließlich von Jolene, sie griff nach ihrer Tasche und ging an mir vorbei aus dem Zimmer, ohne mich eines Blickes zu würdigen.

Ich schloss die Tür vielleicht etwas zu laut und warf mich dann auf Jacks Bett.

„Du bist also wieder mit ihr zusammen?“, fragte ich und wackelte zum Spaß mit den Augenbrauen, doch an Jacks Miene änderte sich nichts.

„Hast du ein Problem damit?“, kam es stattdessen etwas trotzig zurück. Ich verschränkte die Hände hinter dem Kopf und lachte laut los.

„Zicke!“, rief ich und bemerkte daraufhin das Zucken von Jacks Mundwinkeln. Ich wusste, dass er auch jeden Moment anfangen würde, zu lachen.

„Jetzt sag, warum bist du da?“, folgte die nächste Frage und am Ton seiner Stimme wusste ich, dass er versuchte möglichst ernst zu wirken.

Allerdings wurde ich nun selber ernst. Schließlich war der Grund, warum ich hier war, dass ich mich bei ihm entschuldigen wollte.

Ich stand auf und vergrub die Hände in den Hosentaschen, die aber so nass waren, dass es kompliziert wurde.

„Hast du ein Shirt oder so was du mir leihen könntest?“ Bevor ich anfangen konnte irgendetwas zu erklären, musste ich mir erst einmal etwas anderes anziehen.

Jack griff auf den Boden, hob ein weißes Shirt hoch und warf es mir zu. Ich fing es auf und zog mir das nasse T-Shirt aus, dann das andere an.

„Warum bist du da?“ Der Ton seiner Stimme hatte sich erhöht, was kein gutes Zeichen war. „Hey, wusstest du, dass Drew Martin von der Schule geflogen ist?“, versuchte ich vom Thema abzulenken.

„Warum. Bist. Du. Hier?“

„Bei mir hat es geregnet und ich dachte, bei euch regnet es vielleicht nicht, was kompletter Schwachsinn ist, da du ja nur ein paar Straßen weiter wohnst.“

Jack stand auf und öffnete die Tür. „Okay, du kannst gehen.“

Ich trat einen Schritt zurück und trat dabei aus Versehen auf eine leere Wasserflasche, die daraufhin ein Knacksen von sich gab.

„Ist das eine Einladung?“, fragte ich etwas schockiert nach. Jack schüttelte den Kopf. „Nein, es ist eine Ausladung.“

Ich verdrehte die Augen und verschränkte stur die Arme vor der Brust. „Willst du wissen, warum ich hier bin?“

Jack winkte ab. „Nein, deshalb frage ich ja nicht die ganze Zeit!"

Ich überhörte seinen Kommentar und fuhr fort: „Poppy ist da und ich habe es mit ihr nicht ausgehalten, weshalb ich irgendwo hinmusste und da du mein bester Freund bist, dachte ich, warum nicht mal vorbeikommen und hallo sagen? Also hier bin ich -" Ich sah kurz auf den Boden. Ich musste es sagen, sonst war ich wirklich ein Feigling.

„- Außerdem wollte ich mich dafür entschuldigen, dass ich dich die letzten Tage so ignoriert habe. Und die anderen natürlich auch, aber ich dachte, ich sollte mich vor allem bei dir entschuldigen. Also, hier bin ich und jetzt weißt du es und es wäre nett von dir mir, mir zu -" Ich sprach nicht weiter und Jack hob fragend eine Augenbraue. „Meinst du, dir zu verzeihen?"

Ich verzog das Gesicht. „Wenn du es so sagen willst. Ich finde verzeihen klingt so old school."

Jack lachte, was für mich eine gewisse Erleichterung war. Ich grinste.

„Nicht, dass es mir nicht schon klar war, dass du hier bist, weil du dich eigentlich entschuldigen wolltest, aber noch mehr würde mich interessieren, warum du uns überhaupt alle so ignoriert hast. Ist es wegen Jolene?"

Ich sah ihn erstaunt an. „Was? Nein, natürlich nicht!" Um das ‚natürlich nicht' noch zu unterstützen, schüttelte ich wild mit dem Kopf. Doch Jack ließ nicht locker. „Warum dann?"

JACKS SICHT

Mir war schon irgendwie klar, dass Henry früher oder später hier auftauchen würde. Er hatte Recht, wir waren beste Freunde, doch mich interessierte einfach, warum er uns überhaupt so ignoriert hatte. Wir hatten uns weder gestritten, noch hatte sich irgendjemand bescheuert verhalten. Und mit Jolene schien es ja auch nicht zu tun haben, wie er selber meinte. Aber warum dann?

Ich wartete immer noch auf eine Antwort von ihm, aber er streckte die Unterlippe vor und schüttelte langsam den Kopf. „Ist nicht so wichtig."

Ist nicht so wichtig? Oder wollte er einfach nicht darüber reden? Was auch immer es war, ich würde es sowieso früher oder später erfahren.

Ich zuckte mit den Schultern. „In Ordnung, vergessen wir es einfach. Seit wann ist Poppy da?"

„Seit Freitag, sie ist da um -, du weißt schon."

Ich wusste, was er meinte. Dass Nora und Henry bald unter einem Dach leben würden, hatte ich von Jolene erfahren und der Gedanke war nicht sehr angenehm. Allein schon, dass Noras Vater mit Francis zusammen war, musste ein gewaltiger Schicksalsschlag für Henry gewesen sein und ich konnte voll und ganz nachvollziehen, wie er sich fühlen musste. Nicht, dass ich Nora nicht mochte, ganz im Gegenteil, in den letzten Tagen hatten wir uns sogar richtig gut angefreundet. Schließlich war sie Jolenes beste Freundin und nur weil Henry sie nicht mochte, hieß das ja nicht, dass ich sie nicht mögen durfte. Obwohl ich das früher anders gesehen hätte. Doch dadurch, dass er uns alle so ignoriert hatte, hatte ich gelernt mich nicht nach all dem zu richten, was er wollte. Er sollte mein bester Freund sein, nicht mein Chef.

„Wie verstehst du dich eigentlich mit Nora?" Die Frage sollte harmlos rüberkommen, doch Henrys Gesichtsausdruck sagte alles.

Seine Miene verdüsterte sich und er wirkte auf einmal etwas wütend.

„Themenwechsel", murmelte er und ich nickte. Dann nahm Henry sein nasses T-Shirt in die Hand und lief in Richtung Tür. „Ich geh dann mal. Ist es okay, wenn ich dir das Shirt morgen zurückgebe?"

„Klar. Du kommst morgen also?"

Er legte den Kopf schief und grinste. „Natürlich. Und ab morgen bin ich wieder der Alte!"

Ich verzog das Gesicht. „Was auch immer das bedeuten soll."

Er winkte kurz und lief dann aus dem Zimmer.

43. Kapitel

NORAS SICHT

Was war das nur für ein langweiliger Sonntag. Es regnete, war kalt und im Radio schien nichts anderes als alte Countrymusik zu laufen.

Ich stand in der Küche und versuchte, etwas zu backen. Nicht, dass ich nicht kochen konnte, nur backen konnte ich nicht wirklich.

Ich schaltete das Radio aus, sodass ich nur noch die Regentropfen hörte, die draußen gegen die Fensterscheibe prasselten. Warum noch mal wollte ich etwas backen? Ach ja, genau. Ich wollte einen kleinen Beitrag zu Jolenes und meinem Filmabend heute Abend beisteuern, da sie schon zum Supermarkt ging.

Mein Papa war für einen Tag aus beruflichen Gründen nach Oxford gefahren, wie er von seinem Chef kurzfristig mitgeteilt bekommen hatte, weshalb ich für einen Tag das ganze Haus in Anspruch nehmen durfte.

Nach zwanzig Minuten, öffnete ich den Ofen und stellte mein selbstgebackenes ‚Etwas' vor mich auf die Theke.

Was eigentlich ein Schokoladenkuchen sein sollte, war auf der einen Seite weich, auf der anderen steinhart und schwarz. Vielleicht brachte es ja etwas den Kuchen zur Hälfte durchzuschneiden?

Lieber nicht. Ich ließ ihn so wie er war stehen und öffnete das Fenster, um den ekelhaften Geruch aus der Küche zu vertreiben.

Dabei fiel mein Blick wie so oft auf das Thompson-Haus, wie ich es getauft hatte. Henry und Poppy mussten eigentlich auch alleine sein, da Francis heute arbeiten war und das, obwohl es Sonntag war.

Einen Moment dachte ich an letzte Nacht. Die Sache an der Brücke war eine der komischsten Unterhaltungen, die ich je mit Henry geführt hatte.

Aber was ich mich schon die ganze Zeit fragte, war, ob die Sache zwischen uns jetzt eigentlich geklärt war oder nicht. Er hatte so viel drumherum geredet. Na ja, eigentlich hatte ich ihn unterbrochen. Aber hätte er mir noch was sagen wollen, dann hätte er dies immer noch tun können.

Das Aufleuchten des Bildschirms von meinem Handy ließ mich aus meinen Gedanken schweifen.

Ich wischte die Hände kurz an der Schürze ab, die ich mir überflüssigerweise angezogen hatte und entsperrte dann den Bildschirm.

Von: Jimmy

‚Hey, was machst du so? ;)'

Ich lächelte. Seit der Party von Jack, die auch schon wieder ein Weilchen her war, schrieben wir uns immer wieder einmal und seit der Sache mit Ethan noch öfter. Es hatte ihm total Leid getan und er meinte, dass er so etwas von Ethan nie erwartet hätte, da er sonst nie so sei.

Sehen tat ich ihn hin und wieder einmal nach der Schule, wenn er sich mit Noah traf. Aber richtig alleine getroffen hatten wir uns eigentlich nie, denn bisher hatte sich keine passende Gelegenheit ergeben.

Ich nahm mein Handy in die Hand und schrieb zurück.

‚Ich habe gerade einen Kuchen gebacken, der ziemlich daneben gegangen ist und Jolene kommt gleich vorbei.'

Kaum hatte ich die Nachricht versendet, kündigte sich eine neue an. Dieses Mal von Jolene, wie ich feststellte.

‚Hab alles bekommen und bin in fünf Minuten bei dir!'

Ich legte das Handy weg und räumte schnell die ganze Küche auf. Dann überdeckte ich den Kuchen mit Puderzucker, damit man die verbrannte Stelle nicht sah und stellte ihn auf den Couchtisch.

Ich hatte gar nicht bemerkt, dass es schon 19.00 Uhr war.

Da Jolene den Rest mitbringen wollte, legte ich also nur noch alle Filme auf den Tisch und kuschelte mich in eine Decke aufs Sofa, wo ich dann wartete.

HENRYS SICHT

Kaum schloss ich die Haustür auf, kam mir schon eine aufgebrachte Poppy entgegengestürmt.

„Wo warst du? Und wag es ja nicht mich anzulügen, Thompson, du hast nicht den ganzen Tag bei Jack verbracht, also -?"

Ich sah sie genervt an und lief an ihr vorbei ins Wohnzimmer, wo ich mich auf das Sofa fallen ließ und den Fernseher anschaltete. Doch sie schien noch nicht fertig zu sein.

„Oh nein, wag es nicht mich zu ignorieren, Henry", rief sie und schaltete den Fernseher wieder aus. Dann stellte sie sich vor mich und stemmte die Hände in die Hüften. Ich rieb mir die Schläfe und schloss die Augen.

„Kannst du mich nicht einmal in Ruhe lassen?", stöhnte ich und drückte mir ein Kissen ins Gesicht.

„Was soll das heißen, kannst du mich nicht einmal in Ruhe lassen?! Ich bin erst seit Freitag wieder hier und muss morgen früh schon wieder fahren und trotzdem verbringst du deine Zeit lieber mit deinem besten Freund als mit mir."

Ich hob die Hände und warf das Kissen auf sie zu, doch als hätte sie es geahnt, wich sie aus und verschränkte die Arme vor der Brust.

„Hatten wir das nicht schon?", rief ich frustriert, stand auf und machte mich auf den Weg zum Kühlschrank.

Ich nahm mir eine Cola und schlug die Kühlschranktür zu, nur um wieder Poppy daneben vorzufinden.

Ich legte den Kopf in den Nacken, stöhnte erneut kurz und beschloss dann nachzugeben.

„Okay, was willst du? Sollen wir einen Film sehen? Etwas malen oder will Klein-Poppy lieber etwas basteln? Wir können auch Kekse backen." Ich grinste und kniff ihr in die Wange, doch sie schlug beleidigt meine Hand weg.

Ich öffnete die Coladose und nahm einen großen Schluck. Ein kleines Rülpsen entfloh meinem Mund und sie wedelte mit der Hand vor meinem Gesicht herum.

„Du bist widerlich, Henry", rief sie. „Das finden alle Frauen." Ich nahm wieder einen großen Schluck und musste dann feststellen, dass die Dose leer war.

„Und überhaupt, warum kannst du mir nicht einfach sagen, wer es ist?"

Ich senkte die Dose und sah sie mit gerunzelter Stirn an.

„Wovon redest du?"

Sie lief immer noch mit verschränkten Armen ins Wohnzimmer und da ich natürlich wissen wollte, was sie meinte, folgte ich ihr.

„Poppy?"

Sie setzte sich auf den Sessel und sah mich wütend an.

„Warum sagst du mir nicht, in wen du verliebt bist? Ich meine, sie scheint ja etwas Besonderes sein zu müssen, wenn du sie so vergötterst."

Ich knirschte mit den Zähnen und Wut stieg in mir auf. Mein Blick fiel auf das Bücherregal und ich hatte gerade wirklich den Drang etwas kaputtzumachen.

„Erstens vergötterte ich niemanden und zweitens hör auf, mir das jetzt ständig unter die Nase zu reiben. Nur weil du meine Schwester bist heißt das nicht, dass du mein ganzes Leben erfahren darfst."

Sie verdrehte die Augen und stand auf. Reflexartig griff ich nach ihrem Arm und hielt ihn so fest, dass sie nicht weiterlaufen konnte.

Erst sah sie mich erschrocken an, fing dann jedoch an zu zappeln.

„Hast du sie noch alle?", brüllte sie und ich ließ schnell ihren Arm los. Sie lief zwei Schritte zurück und sah mich mit großen Augen an.

Sofort bereute ich es, so grob zu meiner Schwester gewesen zu sein, doch diese Wut musste ich einfach irgendwie loswerden.

Ich senkte den Blick und kratzte mich im Nacken. „Tut mir leid -". Weiter kam ich nicht, da Poppy genervt an mir vorbei lief und die Treppe ansteuerte, während sie irgendetwas vor sich hinmurmelte.

Schnell lief ich ihr hinterher und verfolgte sie bis in ihr altes Zimmer.

Der Koffer lag bereits aufgeklappt auf ihrem Bett, während sie nun ein paar restliche Sachen reinstopfte.

Ich lehnte mich gegen den Türrahmen und sah ihr dabei zu. „Na schön. Es hat geregnet und da ich keine Lust hatte nass zu werden, bin ich eben in ein Café gegangen und hab den Rest des Tages dort verbracht", gab ich schließlich zu.

Nun wand sie sich mir zu, die Augen etwas zusammengekniffen.

„Du in einem Café?! Ich soll dir doch nicht wirklich glauben, dass du über sechs Stunden in einem Café verbracht hast, nur weil du nicht nass werden wolltest. Was hast du denn da bitte den ganzen Tag gemacht? Mit der Kellnerin geflirtet?"

Ich atmete tief aus, um nicht wieder wütend zu werden.

„Nein verdammt, weil ich dort meinen Text auswendig gelernt habe!"

Sie sah mich verwirrt an. „Deinen Text auswendig gelernt hast du also. Aha. Hast du vor eine Rede oder so was zu halten?"

Sie lachte und ich ballte die Fäuste, sah dann jedoch etwas schüchtern zu Boden.

„Man, ich spiele in einem Theaterstück", murmelte ich so schnell wie möglich. „Du tust was?", fragte sie nach.

„Ich spiele in so einem Theaterstück den Prinzen. Donnerstag ist die Premiere und ich kann meinen Text noch nicht auswendig. Und weil ich nie zum Lernen komme, dachte ich, dass ich mir einen Platz suche, wo man das kann. Dann war da halt dieses Café und da bin ich dann rein."

Sprachlos sah mich meine große Schwester an. Dann jedoch sah ich, dass sie sich ein Grinsen nicht verkneifen konnte.

„Ja, mach dich ruhig über mich lustig", murmelte ich und drehte mich zum Gehen um.

„Du spielst also einen Prinzen", sie versuchte den Satz normal rüberzubringen, doch ich merkte, wie sehr sie sich zusammenreißen musste.

„Und ich dachte, du triffst dich mit -", begann sie, doch als ich mich umdrehte und sie drohend ansah, kniff sie die Lippen aufeinander.

„Alles klar. Ich weiß jetzt, wie wir den Abend verbringen werden." Sie lachte und zog mich dann aus dem Zimmer.

„Und zwar mit Text üben."

Ich stöhnte. Es war schon schlimm genug, diese Woche jeden Tag wegen dem Stück länger in der Schule bleiben zu müssen. Schlimmer noch fand ich, dass Nora ihre Rolle weggenommen wurde. Würde sie Schneewittchen spielen, hätte das ein paar sehr intime Folgen. Stattdessen saß sie nun im Publikum, würde mir zugucken und könnte mich damit Jahre lang noch aufziehen.

„Ich habe keine Lust!", protestierte ich, doch Poppy ließ nicht locker und zog mich nach unten ins Wohnzimmer.

„Doch! Hätte ich gewusst, dass mein Bruder in einem Theaterstück den Prinzen spielt, wäre ich länger geblieben. Aber ich denke mal mit dir zu lernen wird genau so lustig."

Und so kam es, dass ich den Rest des Abends damit verbrachte von meiner Schwester gequält zu werden.

44. Kapitel

NORAS SICHT

„Und, kannst du deinen Text schon?“, fragte ich Jolene und steckte mir eine Hand voll Popcorn in den Mund. Wir lagen beide auf dem Sofa, jeder hatte die Beine auf dem Schoß des anderen. Wir sahen uns Pretty Woman an, doch waren viel zu sehr damit beschäftigt zu reden und zu essen, sodass der Film zur Nebensache wurde.

„Fast. Mir fehlt nur noch der Dialog mit dem Jäger – mit Jack meine ich natürlich.“ Sie wurde rot und grinste. „Warum lernt ihr nicht einfach zusammen?“, fragte ich und wackelte mit den Augenbrauen.

Sie stemmte sich etwas hoch und lächelte dann vor sich hin. „Tun wir ja, aber er ist nicht gerade gut, wenn es darum geht, sich zu konzentrieren.“

Ich nickte wissend und streckte ihr dann den Kuchen hin. „Willst du noch was von dieser Köstlichkeit?“ Sofort verzog sie den Mund und schüttelte den Kopf. Wir hatten beide den Kuchen probiert und ich schwor mir nie, nie wieder einen Kuchen zu backen. Auf jeden Fall nicht mehr in diesem Leben.

Jolene strich sich die Haare hinters Ohr.

„Du kannst so froh sein, nicht Schneewittchen spielen zu müssen.“ Ich sah auf meine weißen Strümpfe und nickte langsam.

„Dann müsste ich ja Henry küssen", überlegte ich laut und sofort sah sie mich an, weshalb ich etwas zurückschreckte. „Was?"

Schnell schüttelte ich den Kopf. „Nichts, es ist nur - muss der Prinz Schneewittchen nicht am Ende küssen?"

Sie nickte. „Was meinst du, warum Niki in letzter Zeit so aufgedreht ist?"

Niki Huntington war das neue Schneewittchen und darüber mehr als froh gewesen, nicht nur, weil sie nun doch die Hauptrolle spielte, sondern weil dies hieß, dass sie nun Henry küssen durfte, worum viele Mädchen sie beneideten.

Meiner Meinung nach war Niki nicht gerade die Hellste und es würde mich wirklich faszinieren, wenn sie am Donnerstag ihren ganzen Text auswendig konnte. Bis jetzt zweifelte Mrs Jackson nämlich noch an ihr.

„Kommst du morgen eigentlich zu den Proben? Wir studieren ja gerade die Tänze und die Lieder ein", fuhr Jolene fort. Ich überlegte, schüttelte dann jedoch den Kopf. „Mrs Jackson meinte, sie bräuchte mich nicht mehr. Aber Donnerstag werde ich natürlich bei den Kostümen und so helfen."

Jolene fing laut an zu lachen. „Du hättest mal Freitag die Gesichter von Noah, Dylan und Caleb sehen sollen, als Mrs Jackson ihnen drei Strumpfhosen unter die Nase gehalten hat."

Ich war gerade dabei was zu trinken, verschluckte mich jedoch vor Lachen und fing wie wild an zu husten. Ihr ging es nicht anders.

Als wir uns wieder ein wenig beruhigt hatten, stellte ich die Flasche wieder auf den Couchtisch.

„Caleb ist also wieder normal?", fragte ich langsam, bereute es dann jedoch. Ich hatte immer noch niemandem von der Drogensache erzählt. Innerlich hoffte ich einfach nur, dass er nicht weitergemacht hatte. Und was war eigentlich aus Blake geworden?

„Was meinst du mit ‚normal'?“ Jolene runzelte die Stirn und ich verschluckte mich zum zweiten Mal, dieses Mal jedoch an meiner eigenen Spucke.

„Ich meine nur -. Findest du nicht, dass er sich in letzter Zeit etwas abwesend verhält?“

Sie senkte den Blick und kniff die Augen zusammen. „Schon -?“

Ich strich mir eine verirrte Haarsträhne hinters Ohr und versuchte, nicht rot zu werden.

„Na ja, vielleicht hat er ja Familienprobleme oder so.“, versuchte ich mich schnell rauszureden. Jolene sah mich verwirrt an und lachte dann laut los.

„Caleb und Familienprobleme? Nora, Calebs Eltern wohnen in Detroit so weit ich weiß. Er hat seit Jahren keinen Kontakt mehr mit ihnen.“

Total geschockt blickte ich sie an und verstand in diesem Moment auch nicht, warum sie das so lustig fand. „Du willst mir doch nicht sagen, dass Caleb auf der Straße lebt oder?“

Sie musste meinen Blick wohl bemerkt haben, denn schnell wurde sie wieder ernst. „Was? Nein! Caleb lebt mit seiner großen Schwester und ihrem Freund in einer Wohnung. Der Freund von ihrer Schwester soll echt gefährlich sein. Ich weiß nur, dass er einmal Drogendealer war, ob er es immer noch ist, weiß ich nicht. Jedenfalls ist er nicht gut für Caleb, denn es scheint, als ob Blake Caleb mit in diese Drogengeschichte verwickeln möchte, damit er jemanden hat, auf den er die Schuld schieben kann.“

„Was?!“, platzte es mir heraus. Jolene erschreckte sich und sah mich an, als wäre ich geistesgestört und so sah ich wahrscheinlich auch in diesem Moment aus.

„Ihr wisst also von Blake? Und das mit den Drogen?!“, sprudelte ich weiter. Sie nickte langsam. „Wir alle wissen davon. Am Anfang hat Caleb seine Schwester noch selber überreden wollen den Typen rauszuwerfen, doch sie weigerte sich. In Nächten, in denen es dann gar nicht auszuhalten ist, flüchtet Caleb manchmal zu Dylan. Als die anderen dann erfahren haben, dass sich Caleb auf Drogen eingelassen hatte, was erst vor kurzem war, haben sie versucht ihn zu stoppen, doch er weigert sich. Seine Schwester hat letztendlich eingesehen, dass der Typ ein Arsch ist und hat ihn rausgeworfen. Aber ob Caleb immer noch Drogen nimmt, das weiß keiner. Na ja, wenn er sein Leben versauen will, bitte.", seufzte sie und steckte sich eine Hand voll Salzbrezeln in den Mund.

Ich verstand sie nicht ganz. „Das heißt, ihr wisst von all dem und tut gar nichts?" Als Antwort bekam ich nur ein Augen verdrehen.

Als ich jedoch nicht aufhörte sie fragend anzusehen, erklärte sie: „Caleb ist niemand, der lange an Dingen festhält. Vor zwei Jahren erst hatte er ein Alkoholproblem. Es hat ein wenig gedauert es ihm abzugewöhnen und nun trinkt er nicht mehr so viel wie früher. Außerdem glaube ich, dass das mit den Drogen mehr mit was anderem zu tun hat." Sie sprach nicht weiter und biss sich auf einmal auf die Unterlippe, bevor sie den Kopf senkte.

„Was meinst du?" Vielleicht ging mich das Ganze ja auch nichts an, doch meine Neugierde stellte sich blöderweise immer in den Vordergrund.

Als ob uns jemand hören könnte, rutschte sie näher an mich heran und senkte ihre Stimme.

„Also - da gab es so ein Mädchen. Sie war vor einem Jahr neu an diese Schule gekommen, genau wie du -" „Und?", unterbrach ich sie ungeduldig.

„Caleb hatte sich Hals über Kopf in sie verliebt, er war überhaupt nicht mehr der Gleiche. Ihm kam es so vor, als würde sie ihm Hoffnung machen - na ja und als sie nicht mehr da war, hat er eben damit angefangen."

„Was ist passiert?", fragte ich stirnrunzelnd. Jolene stützte ihr Kinn auf ihre Handfläche.

„Sie hat ihn belogen, denn sie hatte bereits einen Freund. Ihr Freund war ungefähr fünf Jahre älter und sie wusste, dass er sie schlagen würde, wenn er das mit Caleb herausbekommen würde. Deshalb hat sie begonnen, Lügen über Caleb zu verbreiten, von wegen er hätte sie nicht in Ruhe gelassen und so. Du kannst dir wahrscheinlich denken, dass ihr Freund es seit dem auf ihn abgesehen hatte, deshalb kam er kaum noch zur Schule. Dann zog sie, keine Ahnung warum, weg und ihr Freund mit ihr, was für uns alle eine Erleichterung gewesen war. Doch was wir nicht ahnen konnten, war, wie viel dieses Mädchen Caleb bedeutet hatte. Also fing er mit Drogen an und da er ja nur zu Blake gehen musste, tat er das."

„Dann hat Blake ihn also nicht dazu überredet, sondern er hat sich einfach darauf eingelassen? Und das Ganze nicht wegen seiner Familie, sondern wegen irgendeinem hinterhältigem Mädchen?!"

Ich war fassungslos. Doch dann kam mir eine andere Frage in den Kopf und sofort sah ich wieder zu Jolene.

„Sag mal, woher weißt du das alles eigentlich?"

Sie grinste. „Das meiste weiß ich von Jack."

Eine kurze Pause entstand, bis sie eine Frage stellte. „Und woher weißt du bitte von Blake? Hat dir Henry von ihm erzählt?"

Ich lachte. Der Gedanke, dass Henry mir irgendwann einmal etwas Vertrauliches erzählen würde, war unvorstellbar.

„Nein, Henry würde mir doch niemals so etwas erzählen!" Sie zuckte mit den Schultern und griff nach einer Hand voll Popcorn.

„Woher willst du das wissen? Schließlich seid ihr beiden bald so etwas wie Geschwister." Sie zuckte mit den Augenbrauen, während ich begann mit den Zähnen zu knirschen.

Bald so etwas wie Geschwister...

Auch wenn der Gedanke mit Henry unter einem Dach zu leben immer noch unvorstellbar war, musste ich mich wohl langsam daran gewöhnen. Aber wie stand es eigentlich momentan zwischen uns?

Innerlich fragte ich mich das schon die ganze Zeit. Er war einfach komisch und ich verstand nicht, was er wollte. Vielleicht wusste er selber noch nicht ganz, was er wollte. Doch wenigstens waren er und Jack wieder befreundet. Woher ich das wusste? Von Jolene, die heute Vormittag bei ihm war und es mir natürlich erzählt hatte.

„Was ist jetzt eigentlich -“, begann Jolene, wurde jedoch von dem Piepen meines Handys unterbrochen. Ich wollte gerade danach greifen, doch sie kam mir zuvor. Sie schnappte es sich und sprang vom Sofa.

Sofort sprang ich auf und lief ihr hinterher.

„Nein! Jolene, gib das her!“, rief ich hysterisch und versuchte danach zu greifen, doch sie war größer und hielt es in die Luft.

„Von wem ist die denn?“, fragte sie grinsend und ich fluchte.

Schließlich gab ich auf und versteckte mich unter der Decke.

Einen Moment lang war es ruhig, bis ich mich traute unter der Decke hervorzuschauen. Vor mir stand eine Jolene mit weit aufgerissenen Augen und dem Blick aufs Handy gerichtet.

Im nächsten Moment sah sie auf und sofort traf ihr Blick auf meinen. Sie wedelte mit dem Handy in der Luft herum und zog die Augenbrauen hoch.

„Kann es sein, dass du mir etwas verheimlichst?“

45. KAPITEL

JOLENES SICHT

Auch wenn ich überhaupt nicht ahnen konnte, wer Nora um diese Zeit eine Nachricht schickte, überraschte es mich schon sehr, als auf dem Bildschirm der Name ‚Jimmy' erschien.

Jimmy war Noahs bester Freund und meiner Meinung nach völlig in Ordnung. Kennengelernt hatte Nora ihn auf Jacks Party, wie sie mir später erzählt hatte und da wir Jimmy öfter nach der Schule sahen, schien das Verhältnis zwischen den beiden noch besser zu werden. Dass sie sich regelmäßig schrieben, hatte ich allerdings nicht ahnen können. Verheimlichte sie mir etwas? Oder war das alles nur rein freundschaftlich?

„Kann es sein, dass du mir etwas verheimlichst?", fragte ich sie und wartete auf ihre Reaktion.

„Was meinst du?" Sie runzelte die Stirn und warf einen kurzen Blick aufs Handy, das ich ihr nun gab.

„Du schreibst mit Jimmy? Habe ich etwas verpasst?" Ich lächelte, doch sie verdrehte nur die Augen und stand mit dem Handy in der Hand auf.

„Nur weil ich mit jemandem schreibe, heißt das nicht gleich, dass man - du weißt schon." Sie sah mich abwartend an, doch ich zeigte absichtlich keine Reaktion und zuckte mit den Schultern.

„Ich habe überhaupt keine Ahnung, was du meinst", sagte ich und grinste wie blöd. „Du bist blöd!"

Nora nahm eine der leeren Schüsseln und lief in die Küche, während ich ihr folgte.

„Wie auch immer, wollen wir jetzt einen anderen Film angucken?", fragte sie, nachdem sie die Schüssel mit neuem Popcorn gefüllt hatte.

Ich nickte und wir liefen zurück ins Wohnzimmer.

HENRYS SICHT

Frustriert warf ich den Kopf in den Nacken und schmiss mir die Hände vors Gesicht.

„Bitte, können wir jetzt aufhören! Ich kann nicht mehr und du treibst mich in den Wahnsinn!", rief ich Poppy zu, die wie eine Königin auf zwei Kissen auf dem Sessel saß, das Textbuch aufgeklappt auf ihrem Schoß liegen hatte und mich kopfschüttelnd ansah.

„So schon mal nicht, Thompson. Wir sind fast durch und ich sage, wann es genug ist", bestimmte sie und blätterte eine Seite weiter.

„Du bist doch krank", murmelte ich und stand auf. „Wo willst du hin?", rief sie mir hinterher, als ich in die Küche lief.

„Ich will was trinken!", brüllte ich, doch das war gar nicht nötig, da sie mir mal wieder gefolgt war. „Wir sind noch nicht fertig!", rief sie und sah mich vorwurfsvoll an.

„Doch sind wir!", entschied ich und entriss ihr das Textbuch. Gerade als sie etwas erwidern wollte, wurde die Haustür aufgeschlossen.

„Poppy, Henry?"

Mama war wieder da und natürlich hatten wir nicht, wie versprochen, den Tisch gedeckt.

„Nimm du die Teller, ich das Besteck!", zischte Poppy und in Sekundenschnelle stürmten wir mit den Sachen zum Esstisch.

„Aha." Wir sahen auf und blickten geradewegs in die enttäuschten und müden Augen von unserer Mama. „Warum hatte ich mir das nicht gleich denken können?"

Ich wollte gerade etwas erwidern, doch wie so oft kam mir meine große Schwester zuvor.

„Wir waren gerade dabei den Tisch zu decken, es ging nicht früher, da Henry und ich seinen Text zusammen gelernt haben, aber wenigstens wird er jetzt einen perfekten Prinzen spielen."

Sie kniff mir in die Wange und ich schlug genervt ihre Hand weg. Mama nickte langsam. „Ist das so?", fragte sie und wir nickten gleichzeitig.

„Gut. Dann koche ich jetzt und ihr deckt den Tisch zu Ende, außerdem muss ich gleich ein wichtiges Telefonat führen. Also seid bitte so lange etwas leiser."

Dieses Mal war es Poppy, die mit den Augen rollte. „Mama, wir sind keine fünf mehr." Nach dem Satz verschwand sie nach oben um zu packen, wie sie meinte. Ich wusste aber, dass es ihr in Wahrheit nur darum ging, den Tisch nicht decken zu müssen.

Seufzend sah Mama mich an und ich hob die Hände. „Ist ja gut, ich mach es." Ich nahm drei Gläser aus dem Küchenschrank und verteilte sie auf dem Esstisch.

Als ich fertig war, ließ ich mich auf einen Stuhl sinken und sah aus dem Fenster. Natürlich konnte ich es nicht vermeiden, auf das Haus gegenüber zu blicken. Im oberen Stockwerk waren die Vorhänge zugezogen, während man unten noch in die Räume gucken konnte, die erleuchtet waren.

Morgen war Montag und da dies natürlich ein Schultag war, hieß das, dass ich sie wiedersehen musste. War das etwas, worauf ich mich freuen sollte?

„Henry!", kam es von oben. Genervt erhob ich mich langsam und schlenderte die Stufen nach oben. Ich blieb im Türrahmen von Poppys altem Zimmer stehen und sah sie emotionslos an.

„Was ist?“ Sie drehte sich um und somit kam der Koffer zum Vorschein, der dieses Mal ganz voll war. „Ich kriege ihn nicht zu“, sagte sie, stemmte die Hände in die Hüften und nickte zum Koffer. „Du hast mich gerufen, weil dein Koffer nicht zugeht?“, fragte ich und schmiss mich auf ihr Bett.

Sie nickte und ich stand wieder auf, um ihr zu helfen den Reißverschluss zu schließen.

46. Kapitel

NORAS SICHT

„Noch eine Woche“, murmelte Jolene neben mir vor sich hin. Mir war klar, dass sie die Herbstferien meinte, doch warum sie dies in einer so traurigen Tonart sagte, war mir ein Rätsel.

„Freust du dich nicht auf die Ferien?“, fragte ich und hob den Kopf. Sie nickte und lächelte dann vor sich hin. „Und wie, ich hab sogar jetzt schon angefangen zu packen.“ Verwirrt sah ich sie an.

„Guck nicht so. Ich plane halt schon gerne im Voraus.“ Wir beschleunigten unser Tempo, denn ansonsten würde Mrs Jackson gleich wieder etwas zu meckern haben, da ihre Königin und erste Assistentin zu spät kamen.

Der Schulflur war leer, was daran lag, dass der Unterricht schon seit einer halben Stunde vorbei war. Das hieß, während andere Menschen in unserem Alter gerade zu Hause nichts taten, mussten wir zu den angesagten Theaterproben. Donnerstag war schon die Premiere und die Vorbereitungen liefen auf Hochtouren. Mittlerweile konnten fast alle ihren Text, das einzige Problem war, dass die Mädchen sich nicht mit den Kostümen abfinden konnten und die Jungs nicht mit den Tänzen, obwohl es eigentlich nur zwei waren.

Am schwersten hatten es die Zwerge, die noch immer streikten, was das Leggingstragen anging.

„Und, bist du aufgeregt?“, fragte ich Jolene und sah sie an. Sie drückte die schwere Glastür auf und wir traten aus dem Gebäude und machten uns über den Schulhof auf den Weg zur Aula.

„Und wie! Die ganzen Ferien lang verbringe ich nur mit Jacks Familie und ihm natürlich, wie könnte ich nicht aufgeregt sein? Es wird genau wie früher, nur besser!“

„Das ist echt schön und ich freue mich ja für dich, aber eigentlich meinte ich die Aufführung.“ Das Grinsen verschwand von ihrem Gesicht und ihre Augen funkelten nur noch halb so stark. „Ach so. Na ja ich denke schon irgendwie. Es ist peinlich eine Königin zu spielen und noch peinlicher wird es, wenn ich singen muss. Ich kann nicht singen, eigentlich singe ich so gut wie nie!“

Bei dem Gedanken Jolene singen zu sehen, musste ich lachen. Natürlich hatten die anderen das Singen schon längst geübt, doch ich war nie dabei gewesen.

„Ich mach mir Sorgen um Caleb. Kann er mittlerweile seinen Text?“, wandte ich mich wieder an sie. „Sagen wir mal so, nachdem Mrs Jackson kapiert hatte, dass er weder tanzen noch lange Texte sprechen wird, wurde sein Text gekürzt“, erklärte sie. Ich zog die Augenbrauen hoch.

„Aber singen wird er?“ „Singen wird er.“

Ich lachte. „Darauf freue ich mich schon.“

Mein Lachen verstummte und ich konzentrierte mich auf die Schritte, die wir bis zur großen Eingangstür noch vor uns hatten.

„Und wann wird das sein?“ Wir liefen die paar Treppen nach oben zur Tür und Jolene hielt sie mir auf.

„Ich denke mal schon bald, oder?“

Ich setzte mich unauffällig auf einen der Sitze in der ersten Reihe und holte eine Packung Kaugummi aus meiner Tasche. Jolene war bereits hinter der Bühne verschwunden um sich umzuziehen und momentan liefen nur Techniker herum. Man könnte meinen, die Aufführung sei heute.

Langsam entfaltete ich das Papier und wollte mir gerade das Kaugummi in den Mund stecken, als neben mir eine kreischende Stimme ertönte.

„Robinson, was tun sie da?!“

Vor Schreck ließ ich es fallen und es landete zwischen den beiden Sitzen auf dem Boden. Schnell stand ich auf und widmete mich Mrs Jackson.

„Ich hab nur gedacht -“, fing ich an, doch sie unterbrach mich, was mir eigentlich Recht war, da ich gar nichts gedacht hatte. „Sie sollen nicht denken, sondern handeln! Donnerstagabend ist die Premiere. Donnerstagabend, heute ist Montag, dass heißt, wie viele Tage bleiben uns noch?!“, brüllte sie frustriert auf mich ein.

„Zwei?“, fragte ich ängstlich. Hinter ihrer großen Brille mit den roten Rändern sah sie noch gruseliger aus als ohne.

„Zwei! Zwei Tage bleiben uns noch!“ Sie atmete tief aus und drückte mir dann einen Zettel in die Hand. „Da sie sowieso nur Fragen stellen, habe ich hier mal ihre Aufgaben notiert.“

Ich warf einen Blick auf den Zettel und nickte dann. „Danke.“ Wir sahen uns drei Sekunden still an, bis sie brüllte: „Worauf warten sie denn noch?“

Sie drehte sich mit einem Mal um, weshalb ich etwas nach hinten wich, um ihren Zopf nicht ins Gesicht gepeitscht zu bekommen.

„Welcher Volltrottel hat denn jetzt den Vorhang zugezogen? Wie oft habe ich schon gesagt, dass sie alle Anweisungen nur von MIR entgegennehmen sollen?!“, hörte ich sie rufen, bevor sie ebenfalls hinter der Bühne verschwand.

Ich warf wieder einen Blick auf den Zettel und begann, ihn durchzulesen.

Ich beschloss schließlich, mich zuerst um die Requisiten zu kümmern und lief die schmale Treppe auf die Bühne. Genau in dem Moment ging der Vorhang auf, sodass ich nicht nach dem Eingang suchen musste.

Ich begab mich auf die rechte Seite und begann für den ersten Akt den Stuhl, der als ‚Thron' umdekoriert wurde, auf die Bühne zu schieben, als mir plötzlich eine wütende Niki entgegenstampfte.

Ihr Make-Up war verschmiert, die Haare durcheinander und das weiße Kleid hing ihr locker um die Schultern, da es noch nicht zugemacht wurde.

„Was grinst du denn so schamlos?!“, rief sie mir entgegen und ich verschränkte die Arme vor der Brust. „Und was ist dein Problem?“, fragte ich genervt und verdrehte die Augen.

„Was mein Problem ist?! Ich habe seit drei Tagen nicht mehr richtig geschlafen oder gegessen. Ständig wird mein Text geändert und ich soll mir meine Haare schwarz färben!“, schrie sie wütend und sah mich giftig an. „Tja Niki, niemand hat gesagt, dass es einfach ist, Schneewittchen zu spielen.“

„Ich bitte dich, du bist ja nur eifersüchtig, dass ich die Rolle bekommen habe, die du nicht kriegen konntest.“ „Falls du es vergessen hattest, ich hatte die Rolle, nur ich wollte sie nicht. Du warst total unzufrieden, dass du nicht die Hauptrolle spielen durftest und jetzt darfst du sie spielen und bist immer noch unzufrieden. Jetzt will ich wissen, was dein Problem ist!“, schnitt ich ihr das Wort ab.

„ER ist mein Problem!“, brüllte sie und zeigte auf die andere Seite der Bühne, wo es zu den Umkleidekabinen ging.

„Wer ist dein Problem?“, fragte ich, da ich nicht verstand, wen sie meinte.

„Na er! Henry Thompson! Der Typ weigert sich ein Wort mit mir zu sprechen und er meint, er könnte mich unmöglich während der Aufführung küssen, weil er Herpes hat! Herpes!“

Ich wusste auch nicht, warum ich nach dem Satz kurz vorm Lachanfall war, doch irgendwie war es klar gewesen, dass Henry früher oder später der Grund eines Problems sein würde.

Ich hob den Kopf und versuchte, einen ernsten Gesichtsausdruck aufzusetzen. „Schön, ich rede mit ihm, aber dann hörst du endlich auf an allen und allem rumzumeckern, verstanden?"

Sie musterte mich gleichgültig. „Ich lass mir doch von dir nichts sagen. Ich habe es dir lediglich gesagt, weil du ja die so wichtige erste Assistentin bist und das deine Aufgabe ist. Sag ihm was du willst, nur bring ihn dazu, seine Rolle richtig zu übernehmen." Nach diesen Worten lief sie davon und ich strich mir übers Gesicht.

Das Mädchen konnte man ja keine zehn Sekunden aushalten.

Doch ich sollte ihm wahrscheinlich wirklich sagen, dass er sich zusammenreißen musste, ansonsten würde man auch für seine Rolle einen Ersatz finden.

„In zwei Minuten werden wir das Stück einmal ganz durchproben, deshalb stellt euch jetzt auf eure Plätze. Miss Robinson?"

„Ja?", fragte ich, drehte mich um und versuchte, durch die strahlenden Scheinwerfer ihr Gesicht zu erkennen. „Ich brauche sie hier unten."

Ich nickte und lief wieder die kleine Treppe nach unten. Der Vorhang wurde geschlossen und es wurde ruhig, damit angefangen werden konnte.

„Ich möchte, dass sie sich in die letzte Reihe setzen um zu überprüfen, ob man auch jedes Wort versteht", beauftragte sie mich und ich nickte, bevor ich durch den langen Gang lief und mich schließlich auf einen Platz in der letzten Reihe fallen ließ.

Mein Blick war nach vorne gerichtet und ich konzentrierte mich auf den Vorhang, der jeden Moment aufgehen würde, als mich plötzlich jemand von der Seite anstupste.

Ich sah auf und blickte geradewegs in Jimmys lächelndes Gesicht. „Jimmy!“, flüsterte ich erschrocken und rutschte einen Platz weiter, damit er sich neben mich setzten konnte.

„Was machst du hier?“

Er zog seine Jacke aus und lehnte sich dann im Stuhl zurück. „Das wollte ich mir doch nicht entgehen lassen.“ Er grinste und ich lächelte. „Dir ist aber schon klar, dass die Aufführung erst Donnerstagabend ist, oder?“ Er zuckte mit den Schultern.

„Na ja, ich mag es nicht, wenn die guten Plätze alle schon weg sind, deshalb dachte ich, dass ich einfach schon mal drei Tage vorher komme und mir den besten Platz reserviere.“

Ich grinste.

„Also, was machst du hier?“ Ich merkte gar nicht, dass es vorne schon längst losging und ich eigentlich auf die Lautstärke achten sollte.

„Noah hat mir gesagt, dass ihr diese Woche immer nachmittags Proben habt und als er meinte, dass er einen Zwerg spielt, habe ich ihm versprochen zu jeder Probe zu kommen. Ich meine, wer lässt sich schon die Chance entgehen seinen besten Freund als Zwerg zu sehen?“

„Ruhe dahinten!“, kam es von vorne und ich schlug die Beine übereinander.

„Wie geht‘s dir so?“, flüsterte er ohne den Blick von der Bühne zu wenden. „Gut und dir?“ „Auch, mal abgesehen davon, dass sich meine Eltern jetzt scheiden lassen.“

„Was?“, fragte ich vielleicht etwas zu laut und drehte mich in seine Richtung. „Warum denn das?“

Wieder zuckte er mit den Schultern, als sei ihm das Ganze gleichgültig, was es ihm bestimmt auch irgendwie war.

„Sie wollten sich schon die ganze Zeit scheiden lassen, haben es aber meiner kleinen Schwester zu Liebe nicht getan.“

Erstaunt beugte ich mich nach vorne, um mehr von seinem Gesicht sehen zu können. „Du hast eine kleine Schwester?" Er nickte. Wieder etwas Neues, was ich über ihn erfuhr.

„Sie ist gerade mal fünf Jahre alt, eigentlich wollten sie mit der Scheidung warten bis sie mindestens acht ist, aber meine Mama hat es einfach nicht mehr ausgehalten."

Ich wusste nicht ganz, was ich sagen sollte, weshalb ich begann, mit meinen Fingern zu spielen.

„Das tut mir wirklich sehr leid", murmelte ich schließlich. Nun wandte er sich wieder mir zu.

„Wieso tut es dir leid?" „Na ja, weil es doch schrecklich für dich sein muss."

„Es geht, ich kann nicht viel mit meinem Papa anfangen von daher. Wie ist es denn bei dir?"

Unauffällig versuchte ich mein Gesicht mit meinen Haaren zu verstecken, was mir nicht sonderlich gelang. „Ich weiß nicht, was du meinst."

„Ich meine, wie war das denn für dich? Findest du es schrecklich, dass sich deine Eltern getrennt haben?"

Ich überlegte und schüttelte dann den Kopf. „Es geht, man gewöhnt sich zumindest irgendwann dran. Am Anfang fand ich die ganze Sache mit dem Umzug eine blöde Idee, aber mittlerweile geht es. Ich hab mich sozusagen eingewöhnt. Und zu meiner Mama hab ich auch kein so gutes Verhältnis, das macht das ganze nicht so tragisch."

Aus den Augenwinkeln erkannte ich, wie er nickte. Warum redeten wir jetzt auf einmal über Scheidungen?

„Deine Mama und mein Papa also." „Ja", murmelte ich und hoffte, dass wir das Thema somit beenden würden.

„Ich hab gehört, dein Vater hat schon eine neue Freundin gefunden."

Oh Gott, ich wusste, worauf das hinauslaufen würde. „Dann hast du richtig gehört“, sagte ich, lehnte mich zurück und verschränkte die Arme vor der Brust.

„Und es handelt sich angeblich um Henrys Mutter. Scheint ja gut für dich zu laufen.“

Ich verdrehte die Augen. „Es scheint so.“ „Und ihr zieht jetzt wohl alle zusammen.“

Jetzt reichte es aber. „Sag mal, warum interessiert dich das alles überhaupt?“, rief ich wieder etwas zu laut.

„Was meinst du?“ Er tat so, als hätte er keine Ahnung, wovon ich redete.

„Du weißt genau, was ich meine. Wieso reden wir jetzt über die Scheidungen unserer Eltern?“

„Du redest darüber“, verteidigte er sich selber. „Nein du! Und mein Privatleben geht dich nichts an.“ Den letzten Satz hatte ich richtig gezischt.

„Sag mal, warum bist du auf einmal so schlecht drauf?“ „Ich bin nicht schlecht drauf!“ „Doch, bist du. Ich habe dir nur ein paar Fragen gestellt und du reagierst, als hätte ich dich gefragt, welche BH-Größe du trägst.“

Vorne drehten sich ein paar Gesichter zu uns um und ich klatschte ihm automatisch meine Hand auf den Mund. „Sei leise! Es ist ja in Ordnung, wenn du fragst, aber ich hab jetzt echt keine Lust über die Familie Thompson zu reden.“

„Na schön“, brummte er und ich sah ihn prüfend an. „Wirklich?“ „Ja, ich halt die Klappe, es bleibt mir ja nichts anderes übrig.“

Gleichzeitig lehnten wir uns zurück und verschränkten die Arme vor der Brust wie kleine Kinder. „Danke!“, zischte ich. „Bitte!“, kam es im gleichen Tonfall von ihm.

Aus den Augenwinkeln sah ich, wie er lächelte und mir ging es nicht anders.

„Und wie ist die Lautstärke?“, kam es plötzlich von vorne. Schnell setzte ich mich aufrecht hin.

„Perfekt“, rief ich und streckte einen Daumen in die Luft. Mal wieder hatte ich nichts mitbekommen, doch wessen Schuld war das?

Das Stück war fertig, weshalb ich mich aufrichtete. Jimmy stand ebenfalls auf und lief dann ohne ein weiteres Wort an mir vorbei auf Noah zu, der gerade auf uns zu rannte.

Ich lief an den beiden vorbei und kehrte zu meinem Platz zurück, um meine Tasche zu holen, während sich die anderen wieder umzogen.

„Darf ich gehen?“, bat ich Mrs Jackson und sie nickte. „Komm aber morgen pünktlich.“

Ich nickte und lief zum Ausgang.

Dann drückte ich die Tür auf und musste feststellen, dass es angefangen hatte, zu regnen. Wie passend! Der nächste Bus kam erst in zehn Minuten und bis ich an der Bushaltestelle angekommen war, würden meine Anziehsachen nur noch aus Wasser bestehen.

Ich zog mir die Jacke zu und bereitete mich darauf vor, loszusprinten.

„Soll ich dich mitnehmen?“, kam es auf einmal von hinten.

47. Kapitel

Verwirrt drehte ich mich um und sah geradewegs in Henrys dunkelgrüne Augen. Lächelte er?

Es war wohl eher ein unsicheres Lächeln, mehr ein „Meine-Mutter-hat-mich-gezwungen-dich-mitzunehmen-aber-du-würdest-mir-einen-großen-Gefallen-tun-wenn-du-nein-sagen-würdest"-Lächeln. Außerdem, warum sollte er mich anlächeln? Und warum dachte ich mal wieder über solch uninteressante Themen nach?

„Nicht nötig, ich laufe", sagte ich deshalb so locker wie möglich. Das schien wohl nicht die Antwort zu sein, die er erwartet hatte, denn er zog die Augenbrauen hoch.

„Aber es regnet." „Ich weiß." „Und wir haben den gleichen Weg." „Das weiß ich auch." „Und warum sagst du dann nicht einfach ja?"

Ich zuckte mit einer Schulter und sah in den Regen, der nun noch stärker geworden war.

„Weil ich es liebe im Regen zu laufen, vor allem, wenn man weder einen Schirm noch irgendeine andere Kopfbedeckung dabei hat. Und dann sollte der Rückweg am besten so lange wie möglich dauern, damit man auch richtig schön nass wird."

Verwirrt sah er mich an. „Und was hat das für Vorteile?"

„Na ja, man muss sich später nicht mehr duschen."

„Ist das dein Ernst?"

„Nein."

„Gut, kann ich dich dann mitnehmen?"

„Nein", wiederholte ich ein zweites Mal. Er seufzte und fuhr sich genervt durch die Haare. Würde ihn seine Mutter verprügeln, wenn er mich nicht mitnahm?

„Und warum nicht?" Nun war meine Aufmerksamkeit wieder auf ihn gerichtet. „Warum was nicht?", fragte ich, mal wieder nichts verstehend.

„Warum kommst du nicht einfach mit?"

„Und wehe, du wiederholst das mit dem Regen noch mal", fügte er hinzu, als ich gerade meinen Mund aufmachte. Das konnte man ja nicht mehr aushalten.

„Weißt du, du musst mich nicht mitnehmen. Ich werde einfach deiner Mama sagen, du hättest mich mitgenommen", sagte ich und verschränkte die Arme vor der Brust, da es nicht nur stärker anfing zu regnen, sondern auch noch kälter wurde.

„Wovon redest du?", rief Henry und sah mittlerweile ziemlich genervt aus. Es dauerte eine Sekunde bis er verstand, was ich meinte. Er verdrehte die Augen und holte die Autoschlüssel aus seiner Hosentasche. Ehrlich gesagt wusste ich gar nicht, dass er schon einen Führerschein hatte, obwohl mich das nicht sonderlich überraschte. Eigentlich war es schon ganz praktisch, er konnte jeden Tag zur Schule fahren und musste nicht stundenlang auf den Bus warten.

Doch dafür brauchte er erst einmal ein eigenes Auto und da es nur Francis' gab, konnte er dies nicht, weil sie natürlich selber zur Arbeit musste. Aber wie kam es, dass er heute mit dem Auto hier war?

„Kann ich dich nicht auch einfach so mitnehmen? Meine Mutter hat gar nichts dazu gesagt, ich wollte einfach nur mal nett sein, da du ja praktisch schon meine -." er hörte auf zu sprechen, bevor er den Satz überhaupt beenden konnte. Abwartend sah ich ihn an. „Deine was -?"

„Na ja, meine Schwester bist oder so etwas. Wie auch immer, ich gehe jetzt“, beendete er seinen Satz und drehte sich um.

Er rannte die Treppen runter, über den Kiesweg und durch das große Eingangstor unserer Schule. Ich sah ihm erstaunt nach. Es hätte nur noch ein paar Minuten gedauert mich zu überzeugen und stattdessen gab er nach? Na ja, er hatte es anscheinend nicht so mit der Geduld...

Doch jetzt im strömenden Regen zurückzulaufen, darauf hatte ich noch weniger Lust als ein paar Minuten neben Henry im Auto zu sitzen.

Ohne groß darüber nachzudenken rannte ich ebenfalls den Weg durchs Tor und die Straße entlang, bis ich Francis' schwarzen Range Rover erkannte, der sich gerade in Bewegung setzte.

Ich beschleunigte meinen Gang, da es so aussah, als ob er gleich wegfahren würde.

Ich lief auf die Straße und rannte geradewegs vors Auto, das nun in einer scharfen Bremsung zum Stehen kam.

Etwas überwältigt von dem Gedanken, dass ich gerade vor ein fahrendes Auto gelaufen war, rührte ich mich nicht und starrte nur mit offenem Mund ins Leere. Hatte ich sie eigentlich noch alle?

Ich merkte kaum, wie mein Herzschlag sich beschleunigte und ich ausatmete.

Die Fahrertür des Wagens wurde geöffnet und Henrys Beine kamen zum Vorschein bis sein ganzer Körper hinter der Tür hervortrat, doch das nahm ich gar nicht wahr, da der Regen mich mittlerweile so durchnässt hatte, dass ich mich tatsächlich wie frisch geduscht fühlte.

„Sag mal, spinnst du jetzt total?!“, brüllte eine Stimme direkt vor mir. Langsam hob ich den Kopf und sah geradewegs in seine Augen.

Seinen Gesichtsausdruck konnte ich nicht deuten, aber glücklich sah er jedenfalls nicht aus.

„Was?“, fragte ich und begann, in der Kälte leicht zu zittern.

„Du krankes Mädchen bist einfach so vors Auto gerannt! Man kann nicht einfach vor ein fahrendes Auto rennen!“ Ach, was du nicht sagst! Die Verkehrsregeln hatten wir schon in der dritten Klasse durch, doch anscheinend war in meinem Hirn noch immer nichts angekommen. Doch nur weil ich aus Versehen mal einen Fehler gemacht hatte, musste er mich ja nicht gleich so anschreien und als krank bezeichnen.

„Mir geht es gut!“, rief ich deshalb zurück. „Ja, weil ich gebremst habe!“ „Du hättest mich nicht im Regen stehen lassen sollen!“, verteidigte ich mich weiterhin.

Er trat näher, die Wut stand ihm nun eindeutig ins Gesicht geschrieben.

„Du wolltest nicht, dass ich dich mitnehme!“

„Aber nur, weil du es nicht wolltest!“

„Warum sollte ich dich fragen, ob ich dich mitnehmen soll, wenn ich dich gar nicht mitnehmen will? Wo ist da der Sinn?!“ Mein Gott! Die Tatsache, dass er größer und seine Stimme lauter war, schüchterte einen wirklich ein.

„Wo ist der Sinn darin, dass du einen Prinzen spielst?“

Wo ist der Sinn darin, dass du einen Prinzen spielst?! Was war das denn für ein Satz? Der armseligste, den ich seit langem gesagt hatte.

Henry schien es genau so zu sehen, denn er sah mich verständnislos an. „Was? Wovon um alles in der Welt redest du?“

Verzweifelt versuchte ich nun das Thema zu wechseln. „Wieso musst du auch gleich so losdüsen? Das hier ist eine sehr befahrene Straße!“

„Ja und zwar von Autos! Bist du ein Auto? Du kannst ja noch nicht einmal ordentliche Sätze herausbringen, zumindest keine, die Sinn ergeben!“

„Du hättest besser aufpassen sollen!“

„Den Satz gebe ich gerne zurück, schließlich bist du mir vors Auto gerannt!“

„Ja, weil du nicht auf mich gewartet hast!“ Seine Augen wurden immer kleiner, ich hatte Angst, dass er mich gleich schlagen würde, wenn ich so weitermachte. Natürlich sah ich irgendwie ein, dass das Ganze hier gerade ziemlich unnötig war, doch er regte mich auf, warum auch immer.

Doch anstatt mich weiter anzubrüllen, wurde er auf einmal ruhig und fuhr sich durch die Haare. Dann glitt sein Blick auf den Boden herunter. Der Regen war mittlerweile Nebensache geworden.

„Du machst es einem echt nicht leicht“, murmelte er vor sich hin. „Wie meinst du das?“, fragte ich und verschränkte die Arme.

„Ich meine, du machst es einem echt nicht leicht, dich zu mögen. Du machst was du willst, so wie es dir gerade passt!“ Ich verstand gar nichts mehr. „Wie darf ich das verstehen?“

Es herrschte eine kurze Pause, bevor er den Kopf hob und mich durchdringend ansah.

„Du bist nicht gekommen!“ „Wohin bin ich nicht gekommen?!“ „Zu den Proben! Es war deine Pflicht. Du musstest zu den Proben kommen, aber du bist nie gekommen und jetzt wurdest du vom Stück ausgeschlossen und spielst keine Rolle mehr!“

In dem Moment wünschte ich mir nichts sehnlicher als ein Diktiergerät, um diesen einmaligen Satz festzuhalten und mir dann wieder und wieder anzuhören. Eins musste man wirklich einsehen, es gab keinen Menschen auf diesem Planeten, der eine Person so gut kannte, dass er sie mit allem was sie sagte verstehen konnte.

Was meinte er? Pflicht? Rolle? Sollte er nicht froh darüber sein? Ich konnte mich noch genau an den Tag erinnern, an dem uns die Rollen zugeteilt wurden und wenn mich nicht alles täuschte, war er ganz und gar nicht zufrieden gewesen, als sich herausstellte, dass wir beide die Hauptrollen spielen würden.

„Also erstens wurde ich nicht ausgeschlossen, ich habe nur meine Rolle verloren und zweitens, - warum stört dich das so sehr?!" „Wer sagt, dass es mich stört?", fragte er patzig, doch die Unsicherheit in seiner Stimme war nicht zu überhören.

Ich atmete tief aus, um nicht die Kontrolle über mich selber zu verlieren und bereitete mich dann vor die Frage zu stellen, über die ich schon die ganze Zeit nachdachte.

„Sag mal, was ist mit dir los? Ständig änderst du deine Meinung, sagst Sätze, die einen mehr verwirren als der Logarithmus und hast die seltsamsten Stimmungsschwankungen. Als ich dir das erste Mal im Flur begegnet bin, sahst du ja noch einigermaßen nett aus, obwohl dieser Gedanke nur für eine Sekunde hielt, aber dann hast du alles getan, um dich bei mir unbeliebt zu machen. Als das mit unseren Eltern dann anfing, wirktest du erst, als ob du dies ausnutzen würdest, um mir auch nachmittags das Leben zur Hölle zu machen. Doch von heute auf morgen fängst du an, alle möglichen Menschen zu ignorieren und benimmst dich wie eine Katze, die man drei Tage lang in einem Hallenbad eingeschlossen hat, nein, viel schlimmer! Und dann der Abend auf der Brücke, du warst total verunsichert und seitdem bringst du keine klaren Sätze mehr heraus. Und jetzt würde ich gerne wissen, warum das alles so ist!"

Mit dem was als nächstes geschah, hatte ich nicht gerechnet. Daran würde ich mich bestimmt noch lange erinnern. Sehr lange. Dieser eine Tag nach der Schule im strömenden Regen...

Dieser eine Tag, an dem wir uns anbrüllten und die unterschiedlichsten Themen durchdiskutierten.

Dieser eine Moment, in dem er sich ganz plötzlich zu mir runterbeugte und ich noch nicht einmal die Gelegenheit hatte, etwas zu sagen oder zu reagieren. Der Moment, in dem er einfach meine Arme festhielt und auf einmal seine Augen schloss, während ich sprachlos beobachtete, wie sein Gesicht meinem immer näher kam.

Und schließlich der große und total unrealistische Moment, in dem seine Lippen auf meine trafen.

Es war ein kurzer Kuss, wahrscheinlich dauerte er nur vier Sekunden. Doch in diesen vier Sekunden schwirrten mir so viele Gedanken durch den Kopf, dass ich fürchtete, er würde platzen.

Außerdem drehte sich mein Magen auf einmal um. Mir wurde zwar nicht schlecht, doch es war ein sehr ungewohntes Gefühl und ich hoffte, es war nicht das, was ich dachte…

Und dann kam dieser Moment, in dem seine Lippen, sowie auch er, sich von mir entfernten und ich wie vom Blitz erstarrte beobachtete, wie das schwarze Auto immer kleiner wurde und schließlich im Regen verschwand.

48. Kapitel

JOLENES SICHT

Ich drehte den Kuli zwischen meinen Finger hin und her, mit dem ich nun seit einer geschlagenen Stunde versuchte einen Aufsatz über Zellbiologie zu schreiben. Mittlerweile hatte ich es geschafft eine halbe Seite vollzuschreiben, doch mehr wusste ich dann auch nicht. Außerdem wurde ich immer wieder vom Regen unterbrochen, der unablässig gegen mein Fenster trommelte.

Ein Klopfen an meiner Zimmertür ließ mich herumfahren und kurz darauf stand meine Mama im Zimmer.

„Schätzchen? Oh, habe ich dich bei deiner Arbeit gestört?", fragte sie, die Türklinke noch in ihrer Hand haltend. Ich schüttelte den Kopf. „Ich muss nur einen Aufsatz schreiben." „Welches Fach?" „Biologie." Sie nickte und fuhr sich dann durch die Haare. „Wie auch immer, ich wollte dir nur sagen, dass dein Vater und ich jetzt gehen werden. Wir sind so gegen elf zurück, ist das in Ordnung für dich?"

Ich nickte. Sie drehte sich um, blieb dann aber auf einmal stehen.

„Ach ja, Jack hat angerufen und das nicht nur einmal. Sag ihm doch bitte, er soll dich ausschließlich auf dem Handy anrufen." Ich grinste. „Sag ich ihm. Viel Spaß!" „Danke", sie lächelte und schloss dann die Tür hinter sich.

Ich drehte mich wieder um und legte den Block, auf dem ich den Aufsatz schrieb, beiseite. Dann stand ich auf und lief nach unten. Meine Eltern waren inzwischen weg und obwohl es erst sechs Uhr war, hatte ich Hunger, weshalb ich mir ein Sandwich machte und mich dann an den Küchentisch setzte. Mein Blick fiel auf das Textbuch, das mir gegenüber lag. Ich fragte mich, wie es da hingekommen war.

Wahrscheinlich hatte ich es gleich nach der Probe dort hingeworfen. Nun griff ich danach und schlug die Seite auf, von der ich den Text noch nicht so gut konnte. In Gedanken ging ich ihn durch und überprüfte immer wieder, ob ich richtig lag.

Ich war so in meinem Text versunken, dass ich gar nicht merkte, wie es mehrmals an der Haustür klingelte. Verwirrt stand ich auf und schlürfte zur Tür. Wer um alles in der Welt würde um diese Uhrzeit hier klingeln? Jack? Langsam öffnete ich die Tür und erstarrte, als ich Nora vor mir sah. Sie sah aus, als wäre sie in einen Teich gefallen. Ihre Haare und die Anziehsachen klebten an ihrer Haut und ihre Wimperntusche war komplett verlaufen. Außerdem zitterte sie am ganzen Körper.

„Was um alles in der Welt machst du hier in diesem Zustand?", fragte ich und zog sie sofort ins Haus. Schnell schloss ich die Tür hinter mir und schob sie sofort in das Gästebadezimmer, da meine Mama ziemlich empfindlich war, was das Holzparkett anging.

„Dir ist doch klar, dass du morgen zu hundert Prozent krank sein wirst, oder?" Sie antwortete nicht, weshalb ich nur die Augen verdrehte. „Okay, da hängen Handtücher, ich kann dir etwas leihen." Sie nickte und schloss die Badezimmertür um zu duschen.

Dann lief ich nach oben in mein Zimmer und wühlte in meiner Kommode nach Anziehsachen, die ich ihr leihen konnte.

Als ich ihr alles vor die Tür gelegt hatte, ging ich in die Küche und machte einen Tee, der schon mal gegen eine Erkältung helfen würde, die sie bestimmt demnächst bekommen würde.

Nachdem sie sich aufs Sofa gekauert hatte, stellte ich die Tasse auf den Couchtisch und ließ mich neben sie fallen. „Was ist passiert, dass du den ganzen Weg bis zu mir laufen musstest? Und dann auch noch im strömendem Regen!" Ich beobachtete, wie sie auf ihrer Unterlippe herumkaute und mich dann ansah.

„Wenn ich dir jetzt etwas erzähle, dann musst du mir versprechen es niemandem zu erzählen! Weder Jack noch sonst irgendjemandem", flüsterte sie, als wären noch hundert andere Leute im Raum. Ich nickte. „Versprochen." Was wollte sie mir bloß sagen?

Sie holte tief Luft und sprach dann den Satz aus, vor dem sie sich angeblich so fürchtete.

„Henry hat mich geküsst."

HENRYS SICHT

„WAS?!", rief Jack nun zum fünften Mal und es schien, als ob er gleich zwei Meter in die Luft springen würde. Ich dagegen saß auf seinem Bett, die Hände vors Gesicht geschlagen und versuchte, meine Gefühle vor ihm zu verstecken, was mir jedoch nicht wirklich zu gelingen schien.

„Moment mal. Stopp. Wir reden hier von Nora, dem Mädchen, das du über alles hasst!" Ich schüttelte langsam den Kopf. „Ich hasse sie nicht." Jack verschränkte die Arme vor der Brust und sah mich schief an.

„Doch. Noch vor ein paar Wochen hast du sie über alles gehasst. Soll ich dich mal an meine Party erinnern?!" Frustriert fuhr ich mir durch die Haare und stand auf. „Ich sag ja nicht, dass ich sie mag! Im Gegenteil." Das war natürlich gelogen, doch ich würde ihm bestimmt nicht sagen, dass ich mich in sie verliebt hatte. Auch wenn er mein bester Freund war. In meinem Kopf drehten sich lauter Bilder.

Ich hatte sie geküsst und das, obwohl ich ihr noch nicht einmal gesagt hatte, das ich sie „mochte“. Was dachte sie denn jetzt von mir? Und wo war sie wohl gerade?

„Also du magst sie, aber gleichzeitig auch nicht?“, fragte Jack und ich konnte das Grinsen auf seinem Gesicht erkennen. „Keine Ahnung, ich weiß es einfach nicht.“ Er nickte und ließ sich auf seinen Schreibtischstuhl fallen. „Versprich mir, dass du niemandem etwas davon erzählst, sonst bist du tot!“

Jack hob die Hände. „Ganz ruhig, ich werde es schon niemandem erzählen.“ „Auch nicht Jolene!“ Er lachte. „Glaub mir, sie weiß es schon längst“, antwortete er lässig und ich sah ihn erschrocken an. „Was?“

„Ich bitte dich, Henry. Nora ist wahrscheinlich genau in diesem Moment bei ihr und hat ihr schon längst alles erzählt.“ Ich verdrehte die Augen. „Na super!“ „Was soll das heißen?“, fragte Jack und seine Augen verzogen sich zu kleinen Schlitzen. „Das heißt, dass es bald die ganze Schule erfahren wird.“

„Hör auf so schlecht über meine Freundin zu denken. Jo würde so etwas niemals machen und wenn es umgekehrt wäre, hättest du es doch schon längst jedem erzählt.“ Da war natürlich etwas dran.

„Wie auch immer! Jetzt sag mir, was ich tun soll.“ Fragend sah mich Jack an. „Was?“ Ich zuckte mit den Schultern. „Du sollst mir sagen, was ich tun soll, schließlich hast du eine Freundin und kennst dich damit aus.“ Verwirrt zog er die Augenbrauen hoch und schüttelte dann den Kopf. „Im Gegenteil. Du solltest da wohl eher wissen, was zu tun ist, du hattest schon um die dreißig Beziehungen, hast eine große Schwester und eine Mutter.“

Das half mir nun wirklich nicht weiter, denn momentan war mein Kopf leer, auch wenn gerade noch tausende Gedanken drin herumgeschwirrt waren.

Jack musste wohl bemerkt haben, wie es mir ging, denn schließlich entschloss er sich, doch etwas dazu zu sagen. „Ich würde gar nichts machen, wenn ich du wäre." Verständnislos sah ich ihn an. „Gar nichts machen?" Er nickte. „Ja du weißt schon, einfach so tun, als wäre es nie passiert. Dann kann sie dir doch ziemlich egal sein, schließlich liebst du sie ja nicht. Zieh einfach deine übliche Henry-Nummer ab und ignoriere sie, so wie du es schon bei tausend anderen Mädchen vor ihr getan hast." Sprachlos blickte ich ihn weiterhin an.

„So denkst du also von mir?"

Jack entfuhr ein unsicheres Lachen.

„Henry, so bist du!"

49. Kapitel

NORAS SICHT

Der Weg nach Hause kam mir endlos lang vor, was größtenteils daran lag, dass ich ungewöhnlich langsam lief. Wenn ich draußen war, bekam ich den Kopf frei und genau dies war nun mein Ziel, doch stattdessen sammelten sich nur mehr Gedanken in mir. Der heutige Tag war einfach zu viel für mich gewesen, auch wenn es nur an einer gewissen Situation lag.

Wie sollte ich den Kopf frei kriegen, wenn mir immer wieder Bilder von heute Nachmittag vor den Augen schwebten? Wie ein Albtraum schienen sie mich zu verfolgen, was wirklich gruselig war. Dies war die Bestätigung dafür, dass ich nicht nur die ganze Zeit an diesen einen Kuss denken musste, sondern auch daran, dass er mich sehr beschäftigte. Es war wirklich nichts Ungewöhnliches, solche Szenen gab es doch immer irgendwann im Leben, und sicherlich in fast allen Filmen. Doch trotzdem war meine Situation anders.

Schließlich war es nicht Jimmy, der mich geküsst hatte und auch kein wildfremder Typ, der sich kurzer Hand Hals über Kopf in mich verliebt hatte. Nein, es war Henry gewesen. Henry Thompson. Der Nummer-Eins-Womanizer der Schule. Der Sohn der Freundin meines Vaters. Mein Nachbar. Der beste Freund des Freundes meiner besten Freundin und letzten Endes der Junge, der mich eigentlich über alles zu hassen schien. Hatte er seine Meinung geändert? Aber warum sollte er, es gab in den letzten Tagen keine besonderen Vorfälle, die der Grund dafür gewesen sein könnten.

Auf einmal dachte ich an den Abend zurück, an dem ich das schlimmste Date meines Lebens mit Ethan hatte und es nicht so glücklich endete wie erhofft.

Bei dem Gedanken daran, musste ich die Augen verdrehen.

Ich atmete tief die kühle Luft ein und aus und vergrub mein Gesicht im Kragen des Mantels von Jolene, den sie mir geliehen hatte.

Schließlich bog ich in meine Straße ein und zum ersten Mal fiel mir auf, wie schön sie eigentlich war. Lauter Bäume, die sich den Bürgersteig entlang aufreihten und deren gelborange Blätter langsam abfielen und die Straße bedeckten.

Was diese Straße besonders machte, waren jedoch nicht nur die Bäume und die ruhige Atmosphäre. Dass es nur drei Häuser auf jeder Seite gab, machte sie so besonders.

Als wir hierhergezogen waren, hatte ich die ganze Umgebung nicht so wirklich wahrgenommen, dafür war ich zu desinteressiert gewesen.

London war schon immer meine Heimat gewesen, schließlich war ich dort geboren und zur Schule gegangen. Zumindest bis vor ein paar Wochen noch.

Inzwischen hatte ich mich hier ziemlich eingewöhnt und das, ohne es zu wissen. Ich mochte meine Schule und die Leute, die darauf gingen - mal abgesehen von ein paar Ausnahmen.

Außerdem hatte ich eine neue, ziemlich gute Freundin gefunden, die immer für mich da war und mit der es nicht langweilig wurde.

Es war gut, dass Jolene in den Ferien nicht da war. Denn auch wenn ich sie Olivia gerne vorgestellt hätte, so war es vielleicht doch besser, wenn ich dies nicht tat. Was sich jedoch nicht vermeiden ließ, war, dass sie Henry kennenlernen würde.

Denn es waren nur noch genau sechs Tage, bis wir umziehen würden. In eine andere Straße, in ein größeres Haus und das mit der kompletten Familie Thompson, die ja eigentlich nur aus zwei Personen bestand, wenn man Poppy nicht mitzählte.

Bei dem Gedanken musste ich wieder schlucken und ich versuchte mich abzulenken, indem ich eine Kastanie, die direkt vor meinen Füßen lag, nach vorne kickte.

„Nora?"

Erschrocken sah ich auf und stand auf einmal einer freundlich lächelnden Francis gegenüber. Sie trug zwei große und volle Tüten in der Hand und war wohl auch gerade erst nach Hause gekommen.

„Hallo", begrüßte ich sie schüchtern und zwang mir ein Lächeln auf die Lippen. „Wo kommst du denn her?", fragte sie und warf einen Blick auf ihre Uhr. „Es ist doch schon relativ spät. Also nicht, dass du das falsch verstehst. Ich bin nur - neugierig."

Ich zuckte mit den Schultern. „Ich war noch bei einer Freundin", erklärte ich kurz und warf einen Blick auf ihre Einkaufstüten. Sie musste wohl gemerkt haben, wohin ich sah und stellte die Tüten auf dem Boden ab.

„Ich war gerade noch einkaufen. Leider ohne Auto, da mein Sohn sich dieses wohl einfach angeeignet zu haben scheint."

Ich nickte verständnisvoll und begann auf meinen Fersen auf und ab zu wippen. Francis kratzte sich kurz am Kopf und stemmte dann die Hände in die Hüften. „Hast du Henry eigentlich noch gesehen? Also ich weiß ja, dass ihr zusammen Probe hattet, aber die müsste bereits seit ein paar Stunden vorbei sein und er ist immer noch nicht aufgetaucht."

Er war noch nicht aufgetaucht?! Meine Augen weiteten sich bei ihren letzten Wörtern und ich schluckte. Vielleicht hatte

Jolene ja Recht gehabt, als sie vorhin meinte, dass sie glaube, er wäre bei Jack und würde ihm davon erzählen.

Ich atmete aus und lächelte dann. Ich wollte auf keinen Fall, dass Francis mitbekam was hier lief, doch eigentlich - lief ja nichts.

Und die Vorstellung, dass ihr Sohn die Tochter ihres Freundes (wie klang das denn?) geküsst hatte, würde sie sicherlich auch nicht sonderlich begeistern.

„Nein, ich hab ihn danach nicht mehr gesehen. Vielleicht ist er ja bei Jack." Sie nickte und hob dann die Tüten wieder hoch.

„Wahrscheinlich. Möchtest du reinkommen? Dein Vater meinte, er würde heute erst spät nach Hause kommen und ich dachte, dass du vielleicht mit uns essen möchtest.", sagte sie dann und ich musste schwer schlucken.

Oh Gott. Ein Essen? Mit „uns"? Sie musste meine Gedanken wohl erraten haben, denn sie fügte noch hinzu: „Höchstwahrscheinlich sind es sowieso nur wir zwei, also willst du?"

Um nicht unhöflich zu wirken, nickte ich und nahm ihr dann eine der Tüten aus der Hand.

„Stell sie einfach hier drauf", sagte Francis und verrückte eine Ananas, um mir Platz auf dem Küchentisch zu machen. Ich stellte die Tüte darauf und begann, den Inhalt auszuräumen. Sie drehte sich um und schob mich dann aus der Küche.

„Du musst mir wirklich nicht helfen. Ich koche schnell und du kannst es dir so lange gemütlich machen, Scha-", doch sie unterbrach sich selber und presste dann die Lippen aufeinander, bevor sie mir wieder den Rücken zudrehte und in die Küche zurückkehrte.

Hatte sie mich gerade Schatz nennen wollen?

Ich wusste zwar nicht warum, doch irgendwie brachte mich das zum Lächeln. Nicht, dass ich sie irgendwann einmal ‚Mama' nennen würde, doch für den Beginn war das irgendwie - süß.

Langsam streifte ich mir den Mantel ab und hängte ihn über die Sofalehne. Dann drehte ich mich einmal um mich selbst, um mir das Wohnzimmer einmal genauer anzuschauen.

Mein Blick blieb an dem hohen Holzregal hängen und ich stellte mich davor und schaute mir die CDs, die sich dort drin befanden, näher an.

Überwiegend Musik natürlich, doch bei einer auffallend blauen CD stoppte ich und zog sie vorsichtig heraus.

Es gab kein Titelbild, nur blaues Papier auf dem „Weihnachten 2000“ in einer ziemlich verschnörkelten Schrift stand. Dann war das also keine CD, sondern ein Film.

„Was hast du da?“

50. Kapitel

Schnell ließ ich die CD sinken und sah auf. Francis trug zwei Teller in der Hand und lächelte.

„Nichts. Also doch, ich habe mir gerade die CDs angeschaut und dabei bin ich auf diese gekommen“, sagte ich schnell und streckte ihr die CD hin. Sie stellte die Teller auf den Esstisch und warf dann einen Blick darauf.

Einen Moment lang runzelte sie die Stirn, nickte dann jedoch. „Daran kann ich mich bis heute noch erinnern. Das erste Weihnachten, an dem es durchgehend schneite und Poppy sich beim Schlittenfahren den Arm brach.“

Ich verzog das Gesicht und stellte die CD dann zurück ins Regal.

Den Rest der Zeit verbrachte ich damit, Francis beim Kochen zuzusehen. Jedenfalls kochte sie besser als ich und besser als meine Mama sowieso. Sie hatte eigentlich nie gekocht. Es war immer ich, die gekocht hatte, manchmal auch mein Papa, aber auch der hatte es nie wirklich gekonnt.

Vorsichtig machte ich einen Schritt auf den Herd zu. „Kann ich irgendwie helfen? Ich koche zwar generell nicht so oft, aber irgendwann muss man es ja mal lernen.“ Das war natürlich eine Lüge.

Sie lachte und überreichte mir dann die Schüssel mit dem Salat.

Ich trug sie auf den Esstisch und setzte mich dann ans andere Ende. Francis servierte noch die Nudeln und setzte sich dann ebenfalls hin.

„Und freust du dich, dass bald Ferien sind?“, fragte sie und sah mir in die Augen. Ich nickte mit vollem Mund. „Sehr sogar.“ „Und glaubst du, ihr werdet das Theaterstück heil überstehen?“, fragte sie weiter und zwinkerte mir von der anderen Seite zu.

Ich zuckte mit den Schultern. „Viel muss ich ja nicht machen. Die anderen tun mir mehr leid.“

Eine Minute schwieg sie, bis sie auf einmal aufhörte zu essen und mich mit schiefem Kopf ansah.

„Hör zu, Nora. Das wollte ich dir eigentlich schon die ganze Zeit sagen, aber irgendwie hatte sich nie die Gelegenheit dazu ergeben. Jedenfalls wollte ich dir nur sagen, dass ich hoffe, dass du damit einverstanden bist. Nicht nur mit dem Umzug, auch damit, dass ich und dein Vater - na ja du weißt schon.“

Ich verdrehte die Augen und sah auf meinen Teller, damit sie nicht sah wie rot ich wurde.

„Ich weiß, das mag für dich vielleicht kein angenehmes Thema sein, aber ich muss das wissen, um endlich wieder ein reines Gewissen zu bekommen.“

Erstaunt sah ich auf. „Beschäftigt dich das so sehr? Also ich meine, mein Einverständnis dazu, ob all das hier in Ordnung ist?“

Sie nickte mehrmals. „Sehr sogar. Beschäftigen wohl weniger, es ist mir aber sehr wichtig.“

Ich drehte meine Gabel in den Händen und hoffte, ein paar Nudeln aufspießen zu können, doch es gelang mir nicht.

„Ich dachte eigentlich, dass es keine Rolle spielt, was ich denke.“, murmelte ich mehr zu mir selbst und erschrak als sie auf einmal aufsprang, zu mir lief und mich in eine feste Umarmung zog. Ich ließ meine Gabel fallen und rang nach Luft.

„Aber natürlich spielt das eine Rolle. Eine sehr große sogar. Es würde sich viel für dich verändern und wir würden – na ja - irgendwie eine Familie sein. Aber ich verstehe, wenn du das nicht willst und ich erwarte auch überhaupt nicht, dass du mich als deine zweite Mama siehst. Trotzdem kannst du immer, wenn du irgendwelche Sorgen hast, die du loswerden möchtest, zu mir kommen. Und wenn es um Themen geht, mit denen ich weniger zu tun habe, dann ist Poppy auch immer für dich da. Und ich denke Henry auch irgendwie, allerdings weiß ich nicht wirklich -", ich unterbrach sie schnell. „Das weiß ich wirklich sehr zu schätzen, Francis. Und natürlich habe ich nichts gegen diese große Veränderung."

Erleichtert atmete sie aus und entschuldigte sich dann für die etwas zu feste Umarmung.

Aus dem schnellen Abendessen mit Francis wurde ein langer Abend. Bestimmt zwei Stunden lang saßen wir schon auf dem Sofa und unterhielten uns über die unterschiedlichsten Dinge. Ich erzählte ihr Sachen, die ich den wenigsten anvertraute und sie erzählte mir Sachen, von denen ich niemals gedacht hätte, dass sie ihr widerfahren wären.

Auch wenn dies sehr kitschig klingt, so war es doch so, als könne man vor Francis all seine Gedanken laut aussprechen.

Mal gab es belanglose Dinge, die ich ihr erzählte, wie zum Beispiel von London und meiner Kindheit. Doch bei ernsteren Themen, wie als ich ihr von dem Verhältnis zwischen mir und meiner Mutter erzählte, war sie sehr verständnisvoll, ging jedoch nicht weiter auf Dinge ein, von denen sie wusste, dass ich nicht so gut darauf anzusprechen war.

Inzwischen war es bereits elf Uhr geworden und höchste Zeit für mich wieder nach Hause zu gehen, da ja morgen Schule war.

„Ich denke, ich sollte jetzt mal besser gehen", sagte ich deshalb und erhob mich.

Francis nickte und stand ebenfalls auf.

„Es war wirklich ein sehr schöner Abend, danke für alles“, bedankte ich mich bei ihr und umarmte sie zum Abschluss. Sie lächelte und begleitete mich zur Tür.

Draußen war es inzwischen viel kälter geworden und ich zog schnell Jolenes roten Mantel wieder an. In dem Moment war ich wirklich froh, dass wir direkt gegenüber wohnten.

„Ich frage mich wirklich, wo Henry bleibt“, murmelte Francis und lehnte sich gegen den Türrahmen. Ich drehte mich um und starrte sie nur an. Ich wusste selber keine Antwort darauf.

„Und du weißt wirklich nicht, ob heute irgendetwas vorgefallen ist, was ihn dazu veranlassen könnte so lange wegzubleiben? Ich mache mir nämlich allmählich Sorgen.“ Sie zog etwas traurig die Augenbrauen zusammen und aus irgendeinem Grund fühlte ich mich schlecht sie anzulügen. Doch ich konnte ihr das nicht erzählen. Nicht solange ich nicht selber wusste, was das alles zu bedeuten hatte.

„Ich geh dann mal“, murmelte ich und schenkte ihr ein letztes aufmunterndes Lächeln, bevor ich über die Straße lief und unsere Haustür aufschloss.

Ich ließ alle Lichter aus und verschwand sofort in meinem Zimmer. Ich war einfach nur todmüde.

Nachdem ich es geschafft hatte, mich in mein Bett zu werfen, um endlich schlafen zu können, fiel mir auf einmal auf, dass ich meine Hausaufgaben gar nicht gemacht hatte.

„Scheiße!“, fluchte ich und verzog das Gesicht. Mit aller Kraft versuchte ich aus dem Bett zu steigen und das Licht anzuschalten, doch ich schaffte es einfach nicht.

Was soll‘s, dann würde ich eben versuchen, sie im Bus zu machen. Zumindest einen Teil davon.

Dies war mein letzter Gedanke, bevor ich mich auf die Seite rollte und die Augen schloss.

Meine Balkontür hatte ich aus Versehen offen gelassen und so kam es, dass mir ein kalter Wind übers Gesicht wehte und mich ins Land der Träume begleitete, in dem alles möglich war und in dem alles eine logische Erklärung hatte. Dieser eine Ort, an dem Dinge geschahen, die angeblich die Zukunft voraussagen sollten und einem die Kontrolle nahmen.

51. Kapitel

NORAS SICHT

Verzweifelt kniete ich mich auf den Boden und tastete mit meinen Händen unter dem Bett herum, in der Hoffnung mein Englischbuch zu finden.

„Auch schon wach?“, erklang die Stimme meines Vaters und ich drehte mich zu ihm um. Er stand im Türrahmen und trank gelassen seinen Kaffee. In der anderen Hand trug er eine Zeitung und auf der Nase eine Lesebrille, die ich noch nie zuvor gesehen hatte. Dienstags war sein freier Tag, weshalb er sich auch keine Sorgen machen musste irgendwohin zu spät zu kommen, ganz im Gegensatz zu mir.

Ich stellte mich wieder gerade hin und sah ihn vorwurfsvoll an.

„Vielen Dank auch!“, antwortete ich patzig und lief zu meinem Schreibtisch, um alle Hefte in meiner Tasche zu verstauen.

„Wofür?“, fragte er und nahm einen erneuten Schluck.

„Fürs Wecken!“ Er hob die Augenbrauen und warf einen Blick auf seine Uhr. „Ah ja, tatsächlich. Es sieht so aus, als würdest du zu spät kommen.“

Ich band mir so schnell wie möglich die Haare zusammen, allerdings gelang mir der Dutt überhaupt nicht und rutschte nach einer Minute runter, deshalb behielt ich sie offen.

„Ich hab gehört du und Francis hattet gestern ein langes Frauengespräch“, fuhr er fort und sah mich mit einem schiefen Grinsen an. Ich wurde rot. „Es war kein Frauengespräch! Ein einfaches Gespräch, so zum Kennenlernen eben.“

„Und wie war‘s so?“, fragte er dann und hob erneut die Augenbrauen. Ich hielt in der Bewegung inne und sah ihn fragend an. „Das Gespräch?“ Er nickte.

Ich zuckte mit den Schultern und griff dann nach meiner Tasche. „Gut war das Gespräch. Also ich hab wirklich keine Ahnung worauf du hinaus willst, aber ich muss jetzt in die Schule, die übrigens in fünf Minuten anfängt.“

Ich rannte die Stufen nach unten und machte vor der Haustür halt.

„Kannst du mich nicht einfach fahren?“, fragte ich und sah ihn flehend an. Er kam ebenfalls langsam die Stufen nach unten. „Der Wagen ist doch in der Werkstatt.“

Na toll, das hieß also ich würde zu hundertzehn Prozent zu spät kommen und meine Geschichtslehrerin würde darüber garantiert nicht erfreut sein.

„Dann bis später“, sagte ich, winkte schnell und rannte dann nach draußen.

Wie sich herausstellte, kam ich auf die Sekunde genau zwanzig Minuten zu spät.

Nach Luft schnappend gelangte ich endlich zum Raum, in dem ich gerade Geschichte hatte. Von innen hörte ich bereits von weitem die laute Stimme meiner Lehrerin Mrs Goldfield. Wenn das mal nicht gut für mich enden würde.

Ich klopfte zweimal und öffnete dann die Tür.

„Miss Robinson! Wie schön, dass sie uns mit ihrer Anwesenheit beglücken...“, sie warf einen Blick auf ihre Uhr, „...zwanzig Minuten nach dem Klingeln.“

Ich wurde rot und versuchte, mich nicht von den Blicken der anderen Schüler ablenken zu lassen. Irgendwie erinnerte mich dieser Moment an meinen ersten Schultag hier. Ich konnte mich noch genau an den Tag erinnern. Kein guter Start.

Ich entschied mich, lieber keine Antwort zu geben und setzte mich nach hinten neben Jolene, die mich schon von weitem besorgt ansah.

„Was ist?“, fragte ich, nachdem ich mich neben sie gesetzt habe. „Du bist so rot und - heiß.“ Ich grinste kurz. „Danke.“

Sie schüttelte den Kopf und legte eine Hand auf meine Stirn. „Nein, ich meine du glühst richtig.“ Ich zuckte mit den Schultern und stützte meinen Kopf auf meine Hand, da er sich momentan irgendwie schwerer anfühlte. „Und ich dachte schon du findest was an -“. Ich konnte nicht zu Ende sprechen, da ich von einem lauten Niesen unterbrochen wurde, das allerdings von mir kam.

Schon wieder sahen mich alle an und ich lehnte mich in meinem Stuhl zurück. „Ich glaube, du wirst krank“, sagte Jolene und drehte ihren Kuli zwischen den Fingern hin und her.

„Ich werde nicht krank“, antwortete ich mit einer ziemlich heiseren Stimme und musste kurz danach nach einem Taschentusch greifen.

„Doch, du hast Fieber“, sprach sie weiter und ich verdrehte die Augen, während Mrs Goldfield uns warnende Blicke zuwarf.

„Kein Wunder, nach allem was gestern passiert ist. Der Tag war einfach zu viel für dich. Außerdem hast du bestimmt über eine Stunde im Regen verbracht. Ich wusste doch, dass du krank werden würdest.“

Ich sah sie genervt an. Momentan kam sie mir vor wie eine Mutter, die ihr Kind nicht in Ruhe lassen wollte. „Du solltest nach Hause gehen.“ „Ich sollte nach Hause gehen“, wiederholte ich, was sie gerade gesagt hatte, nickte und schüttelte dann aber doch den Kopf.

„Ich kann nicht, übermorgen ist doch das Theaterstück." „Umso wichtiger, dass du jetzt nach Hause gehst, um dafür fit zu sein. Außerdem spielst du sowieso keine Rolle."

Ich seufzte. „Das passt mir jetzt wirklich nicht, gestern ging es mir noch gut."

Doch um ehrlich zu sein bemerkte ich selber, dass es mir nicht gut ging. Meine Stirn glühte tatsächlich und ich konnte mich nicht wirklich konzentrieren. Zudem bekam ich ziemlich heftige Halsschmerzen.

„In der Pause gehst du nach Hause, verstanden?", befahl sie und ich nickte, damit sie endlich den Mund hielt.

Einen Moment lang war es still, bis sie sich auf einmal zu mir beugte und mir ins Ohr flüsterte: „Übrigens hab ich Recht gehabt." „Mit was?", fragte ich verwirrt und runzelte die Stirn.

„Henry war tatsächlich gestern noch bei Jack, das hat er mir selber erzählt."

„Wer? Henry?!", fragte ich etwas zu laut und mehrere Schüler drehten sich zu uns um. Schon wieder wurde ich rot.

„Nein, Jack natürlich. Er hat mich gestern angerufen und es mir erzählt. Außerdem meinte er, dass Henry sich zum Schluss ziemlich merkwürdig verhalten hatte und dann ohne ein weiteres Wort zu ihm verschwunden war."

Ich biss mir auf die Lippen, während sich mein Herzschlag beschleunigte.

„Das ist aber nicht alles." Nicht? Was konnte denn jetzt noch kommen?

„Gestern hat jemand für dich angerufen."

Ich drehte mich nun vollständig zu ihr und warf ihr einen merkwürdigen Blick zu. „Jemand hat bei dir für mich angerufen?" Sie nickte. „Jemand, der dich wohl dringend sprechen wollte, dich aber nicht zu Hause erreichen konnte und auf dem Handy auch nicht."

Mein Herz schlug wieder schneller. Wer konnte das denn bitte gewesen sein? Blake? Wieso kam mir ausgerechnet sein Name als erstes in den Sinn?

„Nein, nicht Blake." Hatte ich das gerade laut gesagt?

„Wer dann?", fragte ich schnell, um sie endlich zum Weiterreden zu bringen. Ein breites Lächeln stahl sich auf ihre Lippen. „Jimmy."

„Achso." Erleichtert atmete ich aus und sie drückte mir ihren Ellbogen in die Seite. „Was soll denn der erleichterte Tonfall?" Ich schüttelte schnell den Kopf. „Warum hat er angerufen?"

Sie spitzte die Lippen. „Tja." Ich legte den Kopf schief und sah sie abwartend an. „Dein Ernst? Du wirst mir nicht sagen, warum er angerufen hat?"

Sie wollte gerade den Mund öffnen, doch da meldete sich Mrs Goldfield auf einmal zu Wort.

„Mir reicht es jetzt. Wenn ich noch ein einziges Wort von ihnen beiden höre, dann dürfen sie den Nachmittag mit Sonderaufgaben verbringen", schrillte ihre Stimme bis zu uns nach hinten.

Wir pressten beide schnell die Lippen aufeinander und sahen auf den Tisch, während sie mit dem Unterricht fortfuhr.

„Danke", bedankte ich mich bei der Sekretärin, die mir soeben die Krankenbescheinigung ausgefüllt hatte. Ich verließ das Sekretariat und fiel draußen Jolene in den Arm, da ich viel zu müde und schwach war, um noch gerade stehen zu können.

„Wenn du mich ansteckst - !", warnte sie und löste sich wieder von mir. Sie wollte mich gerade nach draußen begleiten, als es zur nächsten Stunde klingelte und die Pause somit zu Ende war.

Genervt verzog sie das Gesicht, doch ich winkte ab. „Ich schaffe es schon nach draußen ohne umzukippen." Sie nickte. „Wann kommt dein Papa?"

„Gar nicht, unser Auto ist in der Werkstatt. Ich nehme einfach den Bus." Prüfend sah sie mich an, schien dann jedoch mit meiner Entscheidung einverstanden zu sein.

„Na gut, ich schreibe dir heute Nachmittag." Sie umarmte mich kurz und lief dann den Flur entlang, um so schnell wie möglich zur nächsten Stunde zu erscheinen.

Ich drückte die schwere Doppeltür auf und lief dann auf das breite Schultor zu.

„Schwänzt du?"

Ich erschrak so sehr, dass ich einen Satz zur Seite machte und fast über meine eigenen Füße gestolpert wäre, hätte mich nicht jemand rechtzeitig am Arm festgehalten.

52. Kapitel

„Herrgott noch mal, Jimmy! Du bist wie ein Meteorit, nie weiß man, wann du auftauchst!“, rief ich und versuchte mit gleichmäßiger Atmung meinen Puls wieder runterzufahren.

Er nickte langsam. „Was für ein netter Vergleich! Bist du immer noch böse wegen gestern?“ Ich dachte einen Moment nach. War ich überhaupt je auf ihn wütend gewesen?

„Natürlich nicht“, antwortete ich deshalb schnell. „Mir geht's nur heute nicht so gut, weshalb ich jetzt auch nach Hause gehe, um deine Frage von eben zu beantworten.“

„Wirst du abgeholt?“ ich schüttelte den Kopf und er nickte verständnisvoll. Dann sah er zum Ausgang. „Ich fahr dich.“

Erstaunt hob ich die Augenbrauen. „Wirklich? Ist das nicht zu umständlich für dich?“ Er grinste und zog mich aus dem Tor auf sein Auto zu.

„Ich warte noch bestimmt vier Stunden auf Noah und da es nichts anderes zu tun gibt, spiele ich eben den Chauffeur.“

Er öffnete die Beifahrertür und hielt sie mir auf. Ich stieg ein und beobachtete, wie er auf die andere Seite lief und ebenfalls einstieg.

„Danke. Fürs Fahren meine ich.“ Er lächelte mich kurz an und konzentrierte sich dann wieder auf die Straße.

Die Fahrt über war es ziemlich still und die ganze Zeit schwebte mir eine Frage im Kopf herum, aber ich wusste nicht, ob ich sie stellen sollte.

„Wie - wie läuft's so bei deinen Eltern?", murmelte ich dann doch vor mich hin und hoffte, dass er nicht wütend darüber wurde, dass ich die Frage stellte.

Sein Lächeln verschwand und ich vernahm nur ein kurzes Zucken seiner Augenbrauen. „Es lief schon mal besser", antwortete er knapp und ich wollte mich gerade damit abfinden, dass dies das Einzige war, was ich zu diesem Thema zu hören bekam, als er sogar noch weitersprach.

„Sie haben meine Schwester zu meiner Tante gebracht, bis das ganze Scheidungszeug vorbei ist."

Ich kaute etwas nervös auf meiner Unterlippe herum. „Und was ist mit dir?"

„Was soll mit mir sein?", fragte er, ohne den Blick von der Straße abzuwenden. Schnell heftete ich meine Augen auf meine Fingernägel.

„Na ja, was machst du alles so?"

„Die meiste Zeit verbringe ich mit arbeiten." Verwundert sah ich ihn an. „Du gehst nicht mehr zur Schule?" Er schüttelte belustigt den Kopf. „Ich dachte, du wüsstest das. Ich habe mein Abitur versaut und keine Lust gehabt, es zu wiederholen, weshalb ich mir einen Job gesucht habe."

„Und als was arbeitest du?"

Er lachte, schien aber nicht auf meine noch offene Frage eingehen zu wollen. „Stellst du immer so viele Fragen?", fragte er und bog in die nächste Straße ein.

Ich sah aus dem Fenster und lehnte meinen immer noch glühenden Kopf gegen die Scheibe.

Vielleicht stellte ich wirklich zu viele Fragen. Oder er wollte mir einfach nur nicht sagen, was er machte.

War es illegal? Und wieso dachte ich schon wieder über so etwas nach? Konnte ich mich nicht einmal auf mein eigenes Leben konzentrieren, anstatt auf das anderer?

„Keine Sorge, es ist legal." Ich schluckte schwer. „Habe ich das gerade wieder laut gesagt?" „Wieder?" „Na ja, heute scheint es so, als würde ich meine ganzen Gedanken laut aussprechen."

Er schüttelte den Kopf und bog um eine Kurve.

„Nein, aber ich konnte es mir denken."

Auf wackeligen Beinen stieg ich aus dem Auto und klammerte mich an meiner Tasche fest, die mir selbstverständlich nur wenig Halt gab. „Brauchst du Hilfe?", hörte ich Jimmy hinter mir fragen. Ich drehte mich zu ihm um und schüttelte den Kopf. „Geht schon. Wie bereits gesagt, danke fürs Fahren." „Kein Problem. Wenn du etwas brauchst, ruf mich einfach an, vorher solltest du allerdings dein Handy einschalten." Er grinste und da fiel mir auch wieder ein, dass ich noch gar nicht wusste, warum er gestern angerufen hatte.

„Jolene meinte, du hättest gestern angerufen, weil du mich nicht erreichen konntest."

Er wurde leicht rot und sah auf seine Schuhe. „Ich wollte dich nur etwas fragen, aber das kann ich auch morgen noch machen."

Ich wollte gerade etwas erwidern, als auf einmal die Haustür aufging und Francis und mein Papa herauskamen.

„Nora? Warum bist du nicht in der Schule?" Er sah mich stirnrunzelnd an, bis sein Blick auf Jimmy fiel. „Und wer bist du? Hältst du meine Tochter davon ab in die Schule zu gehen?"

Ich konnte sehen, wie Francis versuchte sich ein Lachen zu verkneifen, doch mein Vater schien es ernst gemeint zu haben.

„Ich bin krank, Papa!" „Ja, das sehe ich! Die Schule zu schwänzen ist auch krank." Ich verdrehte die Augen und musste kurz darauf niesen. „Nein, ich meine ich bin wirklich krank, die Schule weiß Bescheid."

Beleidigt murmelte er etwas wie: „Die hätten mich ja auch anrufen können anstatt dich mit einem wildfremden Jungen mitgehen zu lassen."

„Er ist nicht wildfremd“, murmelte ich und verlagerte mein Gewicht auf mein rechtes Bein, um eine etwas bequemere Haltung einzunehmen, während wir dieses ‚Gespräch‘ führten.

„Und was ist er dann?“

Ich blickte zu Jimmy, der nun einen Schritt auf uns zu trat und meinem Vater die Hand schüttelte. „Ich bin Jimmy, Noahs bester Freund.“

Zögernd schüttelte er ihm die Hand und verschränkte dann die Arme vor der Brust. „Und wer ist Noah?“ Würde das etwa immer so weitergehen? Meinem Vater konnten viele Fragen einfallen, er wusste genau, wie er andere nerven konnte.

Doch anstatt ihm diese Frage zu beantworteten, meldete sich Francis nun zu Wort. „Ein ziemlich guter Freund von Henry.“

Ich wollte gerade zustimmend nicken, als ich ein verächtliches, jedoch leises Lachen neben mir hörte. Mochte Jimmy Henry nicht? Erstaunen würde es mich nicht, doch da Noah ja ziemlich zwischen den beiden stand, hatte ich eigentlich gedacht, sie wären auch irgendwie ‚befreundet‘.

Darauf würde ich ihn irgendwann sicherlich ansprechen.

„Na dann“, hörte ich meinen Papa sagen und versuchte mich wieder auf die sich vor mir abspielende Szene zu konzentrieren. „Danke, dass du Nora nach Hause gebracht hast.“

Er versuchte irgendwie zu lächeln, doch es glich eher einem Augenzucken.

Abwartend sah er mich an, während Francis schon wieder zurück ins Haus kehrte. „Kommst du dann?“ Ich nickte und winkte Jimmy noch einmal schnell zu, bevor ich vor ihm ins Haus lief.

„Ich glaube wirklich, dass du Fieber hast“, stellte Francis fest. Noch immer lag ihre Hand auf meiner Stirn, während mein Schal fast mein halbes Gesicht verdeckte.

Ich lag in meinem Bett und wurde von Sekunde zu Sekunde müder. Inzwischen hatten auch die üblichen ‚Erkältungskopfschmerzen' wie ich sie getauft hatte, eingesetzt. Essen wollte ich auch nichts. Ich wollte einfach nur einschlafen und gesund aufwachen.

Morgen war Mittwoch und es war natürlich selbstverständlich, dass ich nicht in die Schule gehen würde, doch bis Donnerstag musste ich einfach wieder fit sein, sonst würde ich ein einmaliges Erlebnis verpassen.

Außerdem war Freitag der letzte Schultag, am Abend Jacks Party und Samstag würden wir umziehen. Dienstag schon würde Olivia kommen und das bedeutete nicht nur viel Programm, sondern auch viel Arbeit.

„Bist du dir sicher, dass du nichts essen möchtest?", fragte Francis nun bestimmt schon zum hundertsten Mal und ein weiteres Mal schüttelte ich den Kopf. Sie nickte und stand dann auf. „Dann werde ich dich mal alleine lassen. Wir sind unten, wenn du etwas brauchst."

„Wir müssen noch mehrere Sachen wegen dem Umzug klären", fügte sie schnell noch hinzu und lächelte etwas schüchtern. Sie schien sich immer noch nicht so wohl zu fühlen, was mich anging. Nicht, dass sie mich nicht mochte, doch ich hatte das Gefühl, dass sie fürchtete, ich würde denken, sie wolle meine Mama ersetzen.

Ich griff nach meinem Handy und guckte, ob ich irgendwelche Nachrichten bekommen hatte. Tatsächlich wurden auf dem Bildschirm zwei neue Nachrichten angezeigt.

Ich öffnete die erste Nachricht und wusste jetzt schon, dass sie von Jolene sein würde.

‚Gute Besserung <3'

Ich antwortete schnell mit einem Danke und widmete mich dann der zweiten Nachricht.

Und zu meinem großen Erstaunen, war sie von Olivia.

‚Heeey! <3 Heute in einer Woche bin ich endlich daaa! Freue mich schon voll, die anderen sind ziemlich neidisch, Jenny wäre auch am liebsten mitgekommen. :P Übrigens macht es mir nichts aus, dass ihr im Umzugsstress sein werdet, ich bin seeeehr hilfsbereit wie du weißt, außerdem kannst du mir dann endlich ‚eure Nachbarn' vorstellen! ;) dfsfgufguw bd! O.'

Ich überlegte einen Moment, was ich antworten sollte. Sollte ich ihr von gestern erzählen? Aber warum sollte sie es wissen? Zwar war sie eine gute Freundin, doch was Geheimnisse anging, war ich mir bei ihr nicht so sicher.

Olivia und ich kannten uns zwar erst seit der Schule, doch wir waren seitdem immer gute Freundinnen gewesen. Allerdings hatte ich auch manchmal an unserer Freundschaft gezweifelt.

Als hätte ein Blitz in meinem Kopf eingeschlagen, erinnerte ich mich auf einmal wieder an etwas, was ich bis jetzt ziemlich gut weggesteckt hatte. Es war etwas, was mich Wochen, wenn nicht Monate danach noch ziemlich wütend gemacht hatte. Doch irgendwie hatte ich ihr das Ganze verziehen. Ich wusste auch nicht warum, aber ich denke mal, es lag daran, dass ich sie als Freundin nicht verlieren wollte. Es war der Anfang zwischen den Streitereien meiner Eltern gewesen und ich brauchte jede Freundin, die ich kriegen konnte, besonders Olivia, da sie mich wirklich kannte.

Wahrscheinlich hatte ich einfach versucht das Ganze irgendwie runterzuschlucken, damit mir nicht noch mehr zur Last fallen würde.

Ob das die richtige Entscheidung gewesen war, wusste ich nicht.

HENRYS SICHT

„Ist irgendwas?", fragte Jack und legte mir eine Hand auf die Schulter. Ich zuckte mit den Schultern. Nicht, weil ich selber nicht wusste, was los war, sondern um seine Hand abzuschütteln.

Ich schüttelte den Kopf und lief weiterhin neben ihm den Flur entlang, bis wir draußen ankamen.

„Hast du Caleb gesehen?“, fragte ich dann, um das Thema zu wechseln. Zwar hatte der Unterricht schon vor ein paar Stunden aufgehört, doch wie immer hatten wir noch Probe und da morgen schon die Generalprobe sein würde, wurde es besonders schrecklich.

Caleb jedoch war heute nicht in der Schule gewesen und bis jetzt hatten wir auch nichts von ihm gehört. Doch er war nicht der Einzige, der fehlte. Es gab noch eine Person, die in sämtlichen Fächern nicht da war. Jolene hatte alleine gesessen und auf irgendeine Weise, ob mit Zetteln oder dem Handy, die gesamte Zeit mit Jack kommuniziert, was mir ziemlich auf die Nerven ging, so wie jedes Pärchen, das mir neuerdings über den Weg lief. Trotzdem hatte ich immer versucht mitzubekommen, über was die beiden sprachen, da ich wissen wollte, warum Nora fehlte, doch sie wurde nicht erwähnt. Einen Moment lang hatte ich mich gefragt, ob ich vielleicht der Grund für ihr Fehlen war.

„Nope“, antwortete Jack. „Generell verstehe ich nicht, was mit den anderen dreien momentan los ist.“ Fragend hob ich den Kopf. „Was meinst du?“

Wir erreichten die Bushaltestelle und mit einem Blick auf die Anzeigetafel vergewisserte ich mich, dass der Bus auch pünktlich kam. „Ist dir nicht aufgefallen, dass Dylan so gut wie gar nicht mehr mit uns redet, geschweige denn überhaupt auftaucht? Und Caleb läuft rum, als hätte er die Krone der Queen gestohlen. Man könnte denken, er leidet unter Verfolgungswahn. Und Noah verbringt die meiste Zeit mit Jimmy.“

„Jimmy? Wer ist Jimmy?“. Jack grinste, „Sein bester Freund. Du kennst ihn doch.“ Ich schüttelte verständnislos den Kopf und er verdrehte die Augen. „Er war auf meiner Party. Weißt du nicht mehr, als du -". Ich unterbrach ihn, damit er nicht wiederholte, was ich ganz bestimmt nicht wissen wollte.

Der Bus kam, wir stiegen ein und setzten uns auf zwei freie Plätze. Nach drei Minuten Fahrt schien mein Gehirn dann wieder einzuschalten.

„Moment! Reden wir von dem Jimmy? Noahs bestem Freund?" Ich verzog angewidert das Gesicht. Jack sah aus, als würde er sich gleich auf mich draufstürzen. „Ist das dein Ernst?!"

Ich überhörte seinen genervten Unterton und sah aus dem Fenster. Ich hasste Jimmy und ich war mir zu hundert Prozent sicher, dass es ihm mit mir nicht anders ging.

Der Grund war ein Ereignis, was gar nicht mal so lange her war. Er ging damals noch auf die Schule und war eine Stufe über mir gewesen. Ein schadenfrohes Lächeln stahl sich auf meine Lippen, als ich daran dachte, dass er sein Abitur verhauen hatte.

„Ist das nicht der Typ, der sein Abitur versaut hat?", fragte ich Jack und er nickte als Antwort. Zufrieden verschränkte ich die Arme vor der Brust. Die Schadenfreude sollte jedoch nicht lange anhalten.

„Ich würde nicht sagen, dass er dumm ist. Und begehrenswert ist er sowieso." Verständnislos sah ich meinen besten Freund an und hob die Augenbrauen. „Begehrenswert? Jimmy?!" Ich lachte und klatschte einmal in die Hände. „Als ob, Jack! Der Typ ist ein Loser, wer soll denn bitte an ihm Gefallen finden?"

Er erwiderte nichts, doch als der Bus dann hielt und er aussteigen musste, drehte er sich noch einmal zu mir um und meinte: „Na ja, deine Fast-Stiefschwester scheint ihn zu mögen."

Er nickte mir kurz zu und verließ dann den Bus. Ich dagegen blieb sprachlos zurück.

Meine Fast-Stiefschwester?

Nora?!

53. Kapitel

HENRYS SICHT

„Da ist aber jemand früh dran", begrüßte mich meine Mama und ich schloss die Haustür hinter mir. „Ich finde es etwas übertrieben, wie lange ihr in der Schule bleiben müsst, auch wenn es um ein Theaterstück geht." Ich erwiderte nichts und ließ mich auf das Sofa sinken, den Kopf erschöpft in den Nacken gelehnt und die Augen geschlossen.

„Henry? Hörst du mir überhaupt zu?" Ich atmete langsam tief ein und versuchte zur Abwechslung mal einen klaren Gedanken zu fassen.

Nora und Jimmy. Jimmy und Nora. Nora und Jimmy. Jimmy und Nora.

Dies waren die einzigen Wörter, die mir momentan in den Sinn kamen. Wieder und wieder musste ich darüber nachdenken, was Jack mir vor ein paar Minuten erzählt hatte. Wie ein Organ schien der Gedanke in mir festzusitzen.

Warum? Was machte ich falsch? Warum war es bei ihr nicht so leicht wie bei anderen? Warum konnten wir uns nicht gegenüber stehen und wenigstens einmal ein richtiges Gespräch führen? Die Antwort wusste ich: Sie verstand nicht, worauf ich hinauswollte und würde es auch nie verstehen, es sei denn, ich würde endlich einmal den Mut fassen und es ihr sagen, doch was würde mir das bringen?

Wahrscheinlich einen verwirrten Blick und ein darauf folgendes Gelächter.

Vielleicht sollte das Ganze auch einfach nicht so sein, wie ich es am liebsten haben würde. Es sprach nichts dafür. Dagegen jedoch so einiges, wie zum Beispiel, dass sie praktisch meine Stiefschwester werden würde. Ich würde in Zukunft mit ihr unter einem Dach leben. Sie täglich, fast immer sehen und so gut wie alles mitbekommen, was sich auf ihrer Seite abspielte. Ich würde damit klarkommen können, dass sie mich hasste, obwohl ich mir gut vorstellen konnte, dass sich dies mittlerweile geändert hatte. Doch bis sie das Gleiche fühlte wie ich, würde es noch lange dauern und ich müsste mich ziemlich anstrengen. Doch ich würde warten. Ich würde gerade noch die Geduld dafür aufbringen können.

Aber dies würde mir alles nichts bringen, denn seit heute wurde mir mal wieder ein neuer Stein in den Weg gelegt. Dieser Stein hieß Jimmy und auch wenn Jack mir nicht irgendwelche Details erzählt hatte, sondern nur meinte, dass Nora ihn zu mögen schien, würde mich dies um hundert Jahre zurückstoßen.

Wahrscheinlich war dies nur wieder irgendein Gerücht, woher wollte Jack so etwas wissen? *Jolene...*

Frustriert zog ich mir etwas an den Haaren und knallte meinen Kopf immer wieder gegen die Sofalehne. Mein Frust war wirklich nicht zu übersehen.

„Was ist los mit dir?“ Die etwas aufgebrachte Stimme meiner Mama holte mich wieder aus meinen Gedanken und ich öffnete langsam die Augen. „Nichts“, stöhnte ich genervt und stand auf. Ich wollte zurück in mein Zimmer, doch sie schien andere Pläne mit mir zu haben und hielt mich am Arm fest. „Henry, ich sehe doch, dass irgendetwas nicht stimmt, du benimmst dich doch sonst nicht so.“ Die Anspannung in meinem Körper ließ etwas nach und ich versuchte ihr nicht in die Augen zu schauen, während ich sprach. „Meine Güte! Darf ich nicht einmal einen schlechten Tag haben?!“, rief ich etwas zu laut und bereute es etwas, da sie nun den Kopf senkte und wohl enttäuscht von mir war.

„Tut mir leid, ich bin einfach nur schlecht gelaunt, das ist alles“, murmelte ich. Sie nickte. „Kein Grund gleich so genervt zu reagieren. Ich will nur, dass du weißt, dass du jemanden hast, mit dem du darüber reden kannst -, wenn du willst natürlich nur.“ Ich nickte. „Ich weiß, Mama.“ Schließlich lächelte sie und stemmte die Hände in die Hüften. „Gut. Hast du Hunger?“ Ich schüttete den Kopf. Essen tat ich meistens in der Schule, zumindest wenn wir lange Unterricht hatten.

„Würdest du mir dann einen Gefallen tun?“ Ich versuchte mich zusammenzureißen, um nicht wieder genervt die Augen zu verdrehen. „Mama, ich muss gleich wieder gehen.“ „Was? Wohin musst du denn?“ Warum musste sie immer alles so genau wissen? „Ich treff mich mit Caleb.“ Das war noch nicht einmal gelogen. Als ich aus dem Bus ausgestiegen war, hatte ich eine Nachricht von ihm bekommen, in der stand, dass ich ihn im Park treffen sollte. Sie nickte und ich zog mir meine Jacke wieder über. „Schade, eigentlich wollte ich dich fragen, ob du eben rübergehen und Tom den Rest der Tomatensuppe in die Küche bringen könntest.“ Ich hielt in der Bewegung inne und sah sie stirnrunzelnd an. „Warum sollte ich das tun?“ „Nora ist krank und will nichts essen, aber ich finde, dann soll sie wenigstens heute Abend was bekommen.“

Mein Herz schlug schneller und ich griff nach der Türklinke. „Warum? Also ich meine, warum ist sie krank?“, fragte ich und versuchte dabei nicht rot zu werden. War ich der Grund? Diese Frage wiederholte mein Gehirn immer wieder, bis ich endlich eine Antwort bekam. „Sie ist nur erkältet und hat ein wenig Fieber, deshalb kam sie früher nach Hause.“ Ich nickte und öffnete langsam die Haustür. „Zum Glück hat dieser Junge sie nach Hause gebracht."

Augenblicklich drehte ich mich um und sah auf meine Mama runter. „Welcher Junge?" Sie zuckte mit den Schultern und sah aus dem Fenster. „Jimmy hieß er glaub ich. Er meinte, er wäre Noahs bester Freund, aber ich glaube da ist noch mehr, also zwischen Nora und ihm." Sie zwinkerte mir zu, während mir nun der Mund aufstand. „Was?", rief ich unfassbar und meine Augen weiteten sich.

„Ich habe doch gesagt, er ist Noahs bester Freund und -" „Ja ich hab's gehört!", brüllte ich zurück, während sich in mir mindestens tausend Kilogramm Wut aufstauten.

„Kein Grund gleich so zu schreien! Weißt du, vielleicht solltest du -", fing sie an, sprach ihren Satz jedoch nicht zu Ende, da ich mittlerweile nach draußen gelaufen war und die Tür fest hinter mir zugeknallt hatte.

NORAS SICHT

Es klopfte an meiner Tür, die kurz darauf aufging. „Darf ich reinkommen?", fragte Papa und ich lächelte. „Du bist doch schon drin." Er schloss die Tür hinter sich und setzte sich dann auf meine Bettkante. „Und wie fühlst du dich?", fragte er dann und legte eine Hand auf meine Stirn. Ich zuckte leicht mit einer Schulter. „Schon besser." Nachdem ich drei Stunden geschlafen hatte, ging es mir wirklich etwas besser und ich hatte das Gefühl, dass das Fieber auch etwas nachgelassen hatte.„Und du willst wirklich nichts essen? Francis hat gekocht und würde was rüberbringen." Ich schüttelte den Kopf. „Danke, aber nein danke." Es folgte ein kurzes Schweigen und er senkte den Blick auf meine weiße Bettdecke.

„Also.“, begann er und kratzte sich etwas unsicher am Hinterkopf. „Dieser Jimmy, ist er ein Freund, oder...dein Freund?“ Ich sah, wie er etwas rot wurde und hätte am liebsten laut losgelacht, doch davon würden meine Kopfschmerzen nur noch schlimmer werden. „Ich wusste, dass wir dieses Gespräch führen würden“ antwortete ich deshalb und er hob unschuldig die Hände. „Ich interessiere mich eben für dich.“ Ich verdrehte die Augen.

Vielleicht war es doch keine gute Idee gewesen, dass Jimmy mich nach Hause gefahren hatte. Außerdem wusste ich gar nicht, was ich darauf antworten sollte. Wir waren natürlich Freunde und das war eigentlich alles. Doch irgendwie schien da mehr zu sein, sonst hätte Jolene mir nicht diesen Blick zugeworfen, genau wie Francis und sonst würde ich jetzt nicht dieses Gespräch mit meinem Vater führen.

Konnte man heutzutage denn nicht einfach nur befreundet sein? Anscheinend nicht. Andererseits, wenn ich so darüber nachdachte, vielleicht hatte Jimmy tatsächlich etwas für mich übrig und vielleicht ging es mir nicht anders, nur dass ich so von Henrys immer seltsamer werdenden Handlungen abgelenkt wurde, dass ich es nicht merkte.

Henry. Schon wieder musste ich an gestern denken, gerade wegen ihm war ich ja nun krank. Wäre ich es nicht, dann hätte ich ihn heute in der Schule gesehen. Es war unvermeidlich ihn wiederzusehen und ich wünschte mir nichts sehnlicher, als endlich mal irgendeine Art von Begründung entgegennehmen zu dürfen, doch es kam immer viel zu spät zu solchen Dingen. Eins würde ich mir definitiv vornehmen. Ich würde ihn noch vor dem Umzug darauf ansprechen. Was dachte er sich eigentlich? Dass er machen konnte, was er wollte, ohne auf andere Rücksicht nehmen zu müssen?

„Nora?“ Ich zog die Decke bis zum Kinn, da ein kalter Wind durch mein Zimmer fegte und sich eine Gänsehaut auf meiner Haut ausbreitete.

„Er ist nur ein Freund, Papa. Ich verstehe nicht, warum du das von heute Vormittag gleich falsch interpretieren musst.“„Ich will nur nicht, dass du den gleichen Fehler machst wie mit diesem Ethan“, sagte er und stand auf. Empört riss ich die Augen auf. „Also erstens war das ja wohl kaum mein Fehler und zweitens sind nicht alle Jungs auf ein Gerichtsverfahren aus.“

„Ist ja in Ordnung, ich lass dich in Ruhe und werde in Zukunft auch keine Fragen mehr stellen“ antwortete er und lief in Richtung Tür. „Warte, kannst du die Balkontür bitte schließen?“ Er nickte.

„Ruf mich einfach, wenn du was willst, ich bin unten.“„Mach ich.“ Er wollte gerade rauslaufen, drehte sich dann jedoch noch einmal um.

„Hat Olivia nicht jetzt schon Ferien?“ Ich nickte. „Seit zwei Tagen, warum?“„Wieso kommt sie dann nicht schon früher?“

Ja, warum eigentlich nicht? „Ich weiß nicht, vielleicht weil ich erst Freitag Ferien habe.“ Er zuckte mit den Schultern. „Na und? Es würde ihr doch bestimmt gefallen, mal deine Schule und das Theaterstück zu sehen. Außerdem könntest du sie deinen Freunden vorstellen.“ Und ich könnte sie mit auf Jacks Party nehmen...

Augenblicklich hellte sich meine Miene auf. „Du hast Recht. Darüber hatte ich noch gar nicht nachgedacht.“ Er lächelte zufrieden. „Du kannst sie ja mal fragen.“ Nachdem er wieder gegangen war, zückte ich sofort mein Handy und schrieb ihr eine Antwort auf die Nachricht, wobei ich auch erwähnte, dass sie eigentlich schon früher kommen könnte. Danach legte ich das Handy weg und ließ mich zurück in mein Kissen fallen. Wie eine Blöde begann ich vor mich hinzulächeln, bis ich auf einmal ein lautes Knallen von draußen hörte. Klang wie das Zuschlagen einer Haustür. Doch um nachzusehen war ich viel zu faul – und viel zu krank.

HENRYS SICHT

„Siehst gut aus", sagte ich mürrisch und betrachtete Calebs Gesicht eine Weile lang. Sein Auge war blau, die Lippe leicht geschwollen und er sah im Ganzen ziemlich fertig aus.

„Scheinst ja auch super drauf zu sein", antwortete er nur und nahm einen weiteren Zug seiner Zigarette. Ich kickte einen kleinen Kieselstein mit meiner Fußspitze weg und lehnte mich dann gegen einen Baum.

Weiterhin beobachtete ich ihn, bis er den Stummel wegschnipste und dann die Hände in den Taschen seines schwarzen Mantels vergrub. „Warum warst du nicht in der Schule?", fragte ich dann und er lachte etwas heiser. „Glaubst du wirklich, ich gehe so in die Schule?" Er betonte besonders das ‚so' und meinte damit selbstverständlich sein demoliertes Gesicht. Ich verdrehte genervt die Augen.

„Sollte ich deshalb kommen? Wegen Blake?" Er schüttelte den Kopf und richtete seinen Blick dann auf den erdigen Boden. Ich warf einen prüfenden Blick um mich herum, nur um sicher zu gehen, dass es niemanden gab, der das Gespräch mitverfolgen konnte. Caleb war sehr empfindlich, was dies anging und er hatte die Sache mit Blake und seiner Schwester nur uns erzählt. Doch dies war nicht das Einzige. Auch das ganze Drogenthema hatten wir mitverfolgt und würde jemand anderes davon Wind bekommen, konnte es sein, dass er in große Schwierigkeiten gelangen würde.

„Wie geht es deiner Schwester?", fragte ich dann und hoffte zur Abwechslung mal eine positive Antwort zu bekommen. Er zuckte mit den Schultern und ich beschloss nicht weiter nachzufragen.

„Also, warum sollte ich kommen?"

Dieses Mal hob er den Kopf und kam ein Stück näher. „Ich glaube, ich steck in Schwierigkeiten." Wie ungewöhnlich…

„Was für Schwierigkeiten? Hat es was damit zu tun, was ich denke?" „Eigentlich nicht. Ich meine doch, eigentlich schon."

Abwartend sah ich ihn an und er schien kurz darüber nachzudenken, was er als nächstes sagen sollte.

„Es gibt jemanden, der das mitbekommen hat. Und ich denke, du kennst sie." „Sie?!", fragte ich erstaunt und kräuselte die Stirn. „Du meinst, du wurdest gesehen?" Er nickte. „Mit Blake." „Und wer ist ‚sie'?"

„Dieses eine Mädchen, das du nicht leiden kannst. Nora heißt sie, glaube ich."Im nächsten Moment klappte mir die Kinnlade auf, doch er musste dies wohl falsch interpretiert haben und begann sie zu beschreiben. „Nicht besonders groß, nervig, zickig, frech, mehr fällt mir nicht ein."

„N-Nora? Nora Robinson? Das Mädchen, mit dem ich bald in einem Haus wohnen werde?!" Caleb grinste. „Dann stimmt es also, was Noah erzählt hat. Dass sie deine Fast-Stiefschwester ist, macht es natürlich umso leichter." Ich beobachtete mit Graus, wie seine Augen dunkel wurden und sich zu kleinen Schlitzen verformten.

„Du guckst, als hätte ich einen Mord begangen", sagte er lachend und seine Gesichtszüge wurden wieder normal.

„Ich habe nur gerade gedacht, dass du glücklich sein kannst, dass es Nora war, die euch gesehen hat und kein anderer." Sein Lachen verschwand und er sah mich mit gerunzelter Stirn an. „Was meinst du?" „Dass du dir darum keine Gedanken machen musst. Sie wird es keinem sagen, das würde sie nicht machen. Sie ist genau wie Jolene, die beiden sind doch viel zu schüchtern, um so etwas irgendjemandem zu erzählen."

Caleb schien zu überlegen, stimmte mir jedoch nicht wirklich zu. „Wie auch immer, ich vertraue ihr nicht. Ich vertraue niemandem außer euch, aber ich verstehe, was du meinst." Ich verschränkte die Arme vor der Brust und lehnte mich weiter nach hinten. „Wenn du willst, kann ich ein Auge auf sie werfen."

Er grinste. „Solange du nicht beide auf sie wirfst."

„Was meinst du?", fragte ich verwirrt und wartete ungeduldig auf seine Antwort.

54. Kapitel

HENRYS SICHT

„Was glaubst du meine ich?", antwortete er schließlich und zog eine Augenbraue hoch. „Ich meine nur, wie kommst du darauf?" Die Situation war mir deutlich unangenehm. Vielleicht versteckte ich meine ‚Gefühle' doch nicht so gut wie gedacht.

„Ich bin doch nicht blöd. Sei ehrlich, du hast schon lange aufgehört, die Kleine zu hassen." Er grinste und zündete sich erneut eine Zigarette an, während ich mir nervös durch die Haare fuhr.

„Was - ich meine wie, also - wie kommst du darauf, dass ich aufgehört habe, sie zu hassen?" Vielleicht sollte ich mir erst überlegen, was ich antwortete und dann sprechen.

Caleb nahm einen Zug und blies langsam den Rauch aus. Ich wendete mein Gesicht etwas zur anderen Seite. Zwar hatte ich meiner Mama schon oft gesagt, dass ich nicht rauchte, doch jedes Mal wenn ich nach Hause kam und nach Rauch stank, wurde sie misstrauisch.

„Als ob man das nicht merkt. Außerdem hast du dich seitdem sie hier ist ziemlich verändert."

„Das stimmt doch überhaupt nicht!", rief ich etwas zu übertrieben laut zurück und Caleb sah mich erstaunt an. „Kein Grund, gleich so aggressiv zu werden, ich sag doch nur die Wahrheit."

Verzweifelt suchte ich nach einem Ausweg, obwohl ich wusste, dass Caleb wusste, dass er Recht hatte.

„Das liegt nur an unseren Eltern. Es macht keinen Sinn, sie zu hassen, wenn ich sowieso bald mit ihr zusammenleben muss", murmelte ich.

„Du hast mein Mitleid", kam es in einem ziemlich sarkastischen Ton zurück.

Er nahm einen letzten Zug, bevor er die Zigarette auf den Boden schnipste und mit seiner Fußspitze ausdrückte. „Ich muss jetzt gehen."

„Wohin?", fragte ich neugierig, erwartete jedoch keine wirkliche Antwort. „Etwas erledigen", sagte er, ohne mir in die Augen zu schauen.

Ich verdrehte die Augen. Die Frage ‚Was hast du zu erledigen?' konnte ich mir mehr als sparen.

Er lief an mir vorbei den Kiesweg entlang.

„Warte!", rief ich und er drehte sich wieder um.

„Bist du Donnerstagabend dabei?"

Er lächelte amüsiert. „Natürlich, ich kann es gar nicht erwarten, einen Zwerg zu spielen und mich damit vor der gesamten Schule zu blamieren."

Ich grinste und er nickte mir zu, bevor er hinter sämtlichen Bäumen verschwand.

Eigentlich wollte ich jetzt wieder nach Hause gehen, da es mittlerweile ziemlich spät geworden war, doch meine Füße führten mich zu einer Bank, auf die ich mich fallen ließ und kurz darauf hatte ich mein Handy rausgeholt und Noahs Nummer gewählt.

Es dauerte ein paar Sekunden und ich wollte gerade wieder auflegen, als sich eine ziemlich verschlafene Stimme am anderen Ende der Leitung meldete.

„Waas?", murmelte er leise und ich fragte mich eine Sekunde lang, ob er um diese Uhrzeit immer so antwortete, wenn ihn jemand anrief.

„Sag mir nicht, dass du geschlafen hast."

Am anderen Ende hörte ich es rascheln und ich verzog den Mund. „Noah?!"

„Ja, ich habe geschlafen und du bist schuld, dass ich wieder wach bin", antwortete er genervt mit vollem Mund.

„Es ist gerade mal acht Uhr", informierte ich ihn, war mir jedoch sicher, dass es ihm egal war.

„Mein Gott, jetzt sag mir halt, was du willst, ich bin immer noch fertig von dem Gespräch mit Dylan. Die ganze Nacht musste ich mir sein Geheule anhören und das heißt, ich habe seit fast 22 Stunden nicht mehr geschlafen, gibt es nicht irgendjemanden, der Mitleid mit mir hat?"

Ich achtete nicht wirklich auf die zweite Hälfte seiner kleinen Rede und runzelte stattdessen die Stirn. Wovon redete er?

„Was ist mit Dylan?"

Vielleicht erklärte dies, warum er seit zwei Tagen nicht mehr in der Schule war.

„Mary hat ihn verlassen", antwortete Noah mit einer Gelassenheit, als würde man ihn fragen, wie viel Uhr es war. Ich hatte alles Mögliche erwartet, doch dies wirklich nicht. „Mary Jones?!", fragte ich erstaunt. „Ja, genau die."

Ich hatte noch nie viel von ihr mitbekommen, aber ich wusste, dass die beiden schon ziemlich lange zusammen gewesen waren.

„Deshalb sollte man sich nie eine Freundin suchen, denn man wird von ihr abhängig und geht zu Grunde", versuchte er es möglichst überzeugend rüber zu bringen, doch sein kläglicher Versuch ‚Mean Girls' zu zitieren ging ziemlich daneben, denn es folgte ein kleines Rülpsen und augenblicklich entfernte ich das Handy von meinem Ohr.

„Upps", entschuldigte er sich und musste lachen. „Siehst du, das passiert, wenn ich nicht genügend Schlaf bekomme. Was willst du jetzt eigentlich?"

Ich versuchte mich zusammenzureißen, um ihm nicht sämtliche Beleidigungen aufgrund seiner nicht vorhandenen Manieren an den Kopf zu werfen und versuchte mich stattdessen daran zu erinnern, was ich ihn eigentlich fragen wollte.

„Henry?“, fragte Noah ungeduldig und ich beschloss mich zu beeilen.

„Ich habe eine Frage, was deinen besten Freund angeht.“

„Jimmy?“

„Ja ‚der!“

NORAS SICHT

Ein Lächeln bildete sich auf meinem Gesicht, als ich Olivias gerade geschickte Antwort auf meine Nachricht las.

Sie würde kommen können und zwar nicht erst nächsten Dienstag, sondern schon Donnerstagmorgen, was wiederum bedeutete, dass mein Papa sie vom Bahnhof abholen musste, da ich in der Schule sein würde. Innerlich hoffte ich bis dahin wieder gesund zu sein. Es war schlimm genug, dass ich morgen nicht zur Generalprobe kommen konnte und ich war mir sicher, dass Mrs Jackson mir am liebsten den Kopf abreißen würde, wenn sie dies erfuhr.

Ich legte mein Handy zurück auf den Nachttisch und drehte mich auf die Seite. Mein Blick fiel aus dem Fenster und ich starrte eine ganze Weile hinaus, wobei ich nur das Ende eines Baumes erkennen konnte und die unendlich vielen Sterne, die man um diese Uhrzeit schon sehen konnte. Es war Herbst und somit wurde es natürlich schneller dunkel, auch wenn es erst gegen acht Uhr war.

Müde war ich nicht, dafür hatte ich heute schon zu viel geschlafen. Fieber hatte ich immer noch, doch wenigstens waren die Kopfschmerzen besser geworden.

Ich versuchte irgendwie einzuschlafen, da ich keine Lust hatte, noch weiterhin wach zu bleiben. Alles, was ich wollte, war wieder gesund werden und das so schnell wie möglich. Vielleicht hatte ich ja doch irgendwie Glück.

Ich seufzte und hasste mich in dem Moment selbst dafür, gestern die meiste Zeit im Regen verbracht zu haben, doch andererseits - war es meine Schuld gewesen? Nein, es war seine gewesen und dadurch machte er sich nicht gerade beliebter bei mir, doch warum sollte er das auch tun, wenn er gar nichts von mir wollte? Wahrscheinlich war es für ihn schon schlimm genug, bald mit mir zusammenleben zu müssen. Wahrscheinlich störte es ihn, dass seine Mama und seine Schwester sich gut mit mir verstanden, während er...

Ja, was eigentlich? Hasste er mich? Mochte er mich? Tat er überhaupt eines von beidem?! In einem Moment demütigte er mich, im anderen küsste er mich. Hatte er einen Zwilling oder was lief bei ihm schief?

Im nächsten Moment saß ich kerzengerade in meinem Bett und spürte kaum, wie mein Kopf wieder zu klopfen anfing.

Vielleicht war es ja eine Wette gewesen...

Ich stöhnte und ließ erschöpft meinen Kopf in meine Hände sinken. Natürlich war es das. Oder etwas dergleichen, etwas anderes konnte ich mir bei Henry Thompson sowieso nicht vorstellen.

Eine Weile saß ich so dort, bis ich beschloss, mir doch noch etwas zu trinken zu holen. Ich schlug die Decke weg und stand langsam auf, wobei ich darauf achtete, dass mir nicht schwindelig wurde.

Für den Fall, dass mein Papa schon schlief, was sicher nicht der Fall sein würde, tapste ich so leise wie möglich zur Tür und öffnete sie vorsichtig.

Hier oben war das Licht jedenfalls aus und wie ich von der Treppe, an deren Geländer ich mich nun festhielt, aus feststellte, war das Wohnzimmer ebenfalls dunkel.

Ich wollte gerade runterlaufen, als ich Stimmen aus der Küche hörte, die jedoch laut genug waren, um sie zu verstehen. Einen Moment lang überlegte ich wieder zurückzugehen oder mir einfach aus dem Bad was zu trinken zu holen, doch ich entschied mich dagegen. Ich hockte mich auf die oberste Stufe, den Kopf ans Geländer gelehnt und begann, dem Gespräch zwischen meinem Papa und Francis zu lauschen.

55. Kapitel

NORAS SICHT

„Macht dir der Umzug zu schaffen?“

„Nein.“

„Bist du dir sicher? Wenn es zu viel ist, dann sag es, wir können die ganze Sache ruhig langsamer angehen.“

„Nein, das ist es nicht, Tom. Um den Umzug mache ich mich keine Sorgen, im Gegenteil. Es ist Henry, um den ich mir Sorgen mache.“

„Henry? Wieso, was ist mit ihm?“

„Das ist es eben, was ich mich frage. In letzter Zeit benimmt er sich ganz anders als sonst.“

„Inwiefern?“

„Ach, ich weiß es nicht. Ich habe einfach das Gefühl, als würde ihn etwas bedrücken, aber ich kann mir nicht ausmalen was.“

„Glaubst du, es hat was mit dieser ganzen Situation zu tun?“

„Ich bezweifle es, ansonsten hätte er mir das bestimmt gesagt. Es ist ja schließlich nicht so, als würden wir nie reden.“

„Vielleicht weiß Poppy was mit ihm los ist, ich dachte, die zwei haben eine ziemlich enge Beziehung.“

„Haben sie auch, obwohl ich bezweifle, dass er ihr mehr sagt als mir.“

„Trotzdem könntest du sie ja mal fragen.“

„Das wäre wohl das Beste, er würde mir sowieso keine Antwort geben.“

Stille.

„Vielleicht sollte ich noch mal nach Nora sehen, natürlich nur, wenn du nichts dagegen hast."

„Natürlich nicht."

Sobald ich meinen Namen hörte, sprang ich auf und versuchte, so schnell wie möglich und unauffällig zurück in mein Bett zu gelangen. Dabei achtete ich nicht sonderlich darauf, wo ich hinlief und knallte mit meinem Zeh an irgendeinen Gegenstand. Ich biss die Zähne zusammen, um kein Fluchen von mir zu geben.

Als ich letztendlich mein Ziel erreicht hatte, drehte ich mich Richtung Wand und kniff so fest die Augen zusammen, dass ich grelle Blitze sah.

Im nächsten Moment ging leise die Tür auf und sofort spürte ich die Anwesenheit einer Person in meinem Zimmer.

„Nora?", hörte ich Francis nun flüsternde Stimme. „Schläfst du schon?"

Ich antwortete nicht und hielt stattdessen die Luft an, obwohl dies nicht wirklich nötig war. Als die Tür sich dann irgendwann wieder schloss, atmete ich auf und blinzelte ein paar Mal, wobei mir auffiel, dass meine Lider sichtlich schwerer geworden waren.

HENRYS SICHT

Ich wusste nicht, wo ich war. Ich wusste nicht, wie ich hier hergekommen war, ich wusste gar nichts. Alles was ich wusste, war, dass ich mich beeilen musste, wenn ich es noch rechtzeitig schaffen wollte.

Es roch nach Tannenzweigen, die Luft war kühl und ein feuchter Wind peitschte mir ins Gesicht. War ich am Strand?

Die Frage war unnötig gewesen, da sie nur zwei Sekunden später verneint wurde. Vor mir tat sich ein großer, dunkler Wald auf und noch im selben Moment begann sich alles um mich herum zu drehen.

„Henry!", rief eine Stimme.

„Henry! Henry, Henry, Henry!"

Ich schluckte und versuchte die Stimme loszuwerden, indem ich mir die Ohren zuhielt, doch es ging nicht. Die Stimme wurde lauter, das Klatschen und Gegröle ebenfalls. Das Klatschen und Gegröle?

Ich fuhr herum und stolperte nach hinten. Vor mir bildete sich eine riesige Menschenmenge. Zweihundert, vielleicht auch dreihundert Menschen, die klatschten und mich alle so intensiv ansahen, als könnte jeder einzelne von ihnen durch mich hindurch sehen.

„Wir wissen es. Jeder weiß es. Du kannst es nicht verstecken." Wieder diese Stimme.

Verzweifelt atmete ich tief ein und aus und versuchte nun eine bessere Sicht zu bekommen, da mir der Scheinwerfer heiß ins Gesicht schien und meine Stirn zum Glühen brachte.

Doch dann sah ich sie in der ersten Reihe sitzen. Einen kurzen Moment beruhigte ich mich und lächelte, doch dies änderte sich schnell, als sie genervt aufstand und mich keines Blickes würdigte.

Sie ging und das mit Jimmy. Sie verschwanden beide, Hand in Hand, liefen in ein unbeschreiblich großes Licht, von dem ich keine Ahnung hatte, wo es herkam.

Zusammen verschmolzen sie zu einer Person, bis sie nur noch ein Klumpen waren, der immer, immer kleiner wurde.

Ich wollte schreien, ich wollte hinterherrennen, doch meine Füße waren am Boden angewachsen. Sie hielten mich zurück, genau wie mein Mund, der sich nicht zu öffnen wagte.

Ich konnte nichts tun. Ich konnte nichts tun, da es dafür schon zu spät war. Ich hatte sie bereits verloren.

Die Menschenmenge hörte auf zu jubeln, alles wurde still und die fröhlichen Gesichter verschwanden ebenfalls.

Ich hatte versagt.

Den Kopf nach unten geneigt, drehte ich mich um und lief zurück. Zurück in den Wald und an irgendeinen Ort, an dem mich niemand finden würde.

JOLENES SICHT

„Hat jemand Mr Thompson gesehen?", brüllte es von rechts in mein Ohr und ich trat erschrocken einen Schritt zurück. Mrs Jackson sah frustriert um sich.

„Das ist eine Generalprobe, alle sollten anwesend sein, erst recht die Hauptrollen! Sollte das Stück ein Desaster werden, dann liegt die Schuld nicht bei mir, haben Sie das verstanden?!"

Die anderen nickten und Jack, der neben mir stand, meldete sich zu Wort. „Ich kann ihn suchen gehen." Sie nickte und kurz darauf verschwand er hinter der Bühne.

Ich stützte meine Hände auf die Taille und musterte mein Kostüm. Das Kleid, welches ich heute zum ersten Mal trug, war mir um zwei Nummern zu groß, wog um die tausend Tonnen und war so lang, dass es gar nicht zu verhindern war, alle drei Sekunden darüber zu stolpern. Zudem war die Farbe so hässlich, dass einem davon übel werden könnte. Eine dunkle Mischung aus Grün, Braun und Beige mit unterschiedlichen Mustern drauf, die mit Gold verziert waren. Der Stoff fühlte sich an wie der einer Tischdecke und ich hoffte inständig, dass es noch irgendein Ersatzkleid gab, das ich stattdessen anziehen konnte.

„Nein, sie behalten das Kleid an, die Kostüm-AG hat sechs Wochen mit dem Anfertigen unserer Kostüme verbracht und für einen Wechsel ist es zu spät, es kann höchstens ausgebessert werden."

Ich wurde rot und nickte schnell. „Farell!", rief Mrs Jackson und eine kleine Blondine, ganz in schwarz gekleidet, kam auf uns zu. „Das Kleid von Miss Bale muss unbedingt noch ausgebessert werden. Versuchen sie es enger zu machen und etwas zu kürzen, dann müsste es eigentlich sitzen, ich will niemanden mehr auf der Bühne stolpern sehen." Das Mädchen nickte und wies mich dazu an, das Kleid wieder auszuziehen.

HENRYS SICHT

Ich nahm einen großen Schluck aus der vor mir liegenden Wasserflasche und versuchte somit die Röte aus meinem Gesicht zu treiben. Noch immer nicht hatte ich den Traum von heute Nacht richtig überwinden können. Auch wenn er noch so unrealistisch gewesen war, hatte er etwas sehr Lebendiges an sich.

„Du sahst schon mal besser aus."

Ich drehte mich um und musterte Jack, der einen grünen Anzug trug, eine braune Latzhose und einen Hut, der mir äußerst merkwürdig vorkam.

„Das musst du gerade sagen", murmelte ich genervt und stand auf. „Eigentlich meinte ich nicht dein Kostüm, obwohl das auch ein Grund wäre sich zu verstecken." Genervt verdrehte ich die Augen. „Ich verstecke mich nicht, ich meide nur die Öffentlichkeit und ein gewisses Mädchen, das mich noch dazu bringt, Selbstmord zu begehen."

Er nickte. „Keine Sorge, Niki wurde nach hinten geschickt, um ihr Kostüm ausbessern zu lassen. Findest du es so schlimm, dass sie die Hauptrolle spielt?"

„Schlimmer geht's gar nicht. Sie führt sich auf, als hätte sie im Schönheitswettbewerb den ersten Platz belegt." Jack grinste und nickte. „Immer noch besser als Nora, würde sie Schneewittchen spielen, dann würde das Stück bestimmt eine Sensation werden."

Ohne eine Antwort lief ich an ihm vorbei, an den ganzen Menschen vorbei, bis ich mich auf der Bühne wiederfand.

„Da sind sie ja. Wie gut, dass ich nicht die Luft angehalten habe. Setzen sie sich in die erste Reihe, ihren Auftritt haben sie verpasst, während sie den Zwergen nun zuschauen dürfen."

Wiederwillig gehorchte ich und ließ mich auf einen der roten Plätze fallen.

Meine Laune war definitiv nicht die beste. Nicht, dass ich mir von einem Traum den Tag versauen ließ, es lag viel mehr daran, dass mir so etwas die Augen öffnete.

Mürrisch sank ich tiefer in den Sitz und sah nach oben, wo sich gerade alle Zwerge aufstellten.

Als ich einen grinsenden Noah, einen emotionslosen Dylan und einen wütenden Caleb in Leggings erblickte, fingen noch nicht einmal meine Mundwinkel zu zucken an, während Jack schon fast von der Bühne fiel und alle anderen losprusteten.

Nichts hätte meine Laune noch verschlechtern können...

...dachte ich jedenfalls, bis sich hinten auf einmal die Tür öffnete und Jimmy in die Aula trat.

56. Kapitel

HENRYS SICHT

„Wer stört jetzt?“, rief Mrs Jackson wütend, da die Szene unterbrochen werden musste. Schwungvoll drehte sie sich um, doch sobald sie Jimmy erblickte, wurde ihr Gesichtsausdruck wieder normal.

„Da sind sie ja! Kommen sie nach vorne.“ Ich beobachtete griesgrämig, wie Jimmy auf die Bühne zu lief und vor Mrs Jackson stehen blieb. „Schüler! Es gibt gute Nachrichten, falls Miss Robinson morgen nicht erscheinen sollte, haben wir eine Ersatzperson, oder wohl besser gesagt einen Ersatzassistenten, Mr -“ „Jimmy.“ „Mr Jimmy!“ Alle lachten und ich verzog angewidert das Gesicht. Dass der Typ ein Schleimer war, hätte ich mir gleich denken können.

„Setzen sie sich doch neben Mr Thompson, der sowieso gerade Pause macht.“

Als ich meinen Namen hörte, sah ich entgeistert auf und sofort begegnete Jimmys Blick meinem. Mit hochgezogenen Augenbrauen und zuckenden Mundwinkeln musterte er mich und ich warf ihm einen herablassenden Blick zu, als er kam und sich neben mich setzte.

„Na schön. Jetzt begeben sich bitte alle wieder auf ihre Plätze, wir dürfen keine Zeit verlieren.“, rief Mrs Jackson und sofort gehorchten alle, während ich mich dazu zwingen musste, keinen Kommentar an den Jungen neben mir zu verlieren.

Die Erlösung kam, als ich wieder auf die Bühne musste und auch wenn mich die Tatsache, dass Jimmy mich die ganze Zeit grinsend beobachtete, von Sekunde zu Sekunde wütender machte, so zog ich meine Rolle trotzdem durch und war erleichtert als die Szene vorbei war.

„Dankeschön! Bitte ziehen sie sich nun um und gehen sie gut mit den Kostümen um. Sie hängen sie bitte alle sorgfältig an die Stange hinter der Bühne, Farell wird sich um sie kümmern. Bitte begeben sie sich danach wieder auf die Bühne, keiner verlässt jetzt schon das Schulgebäude.

Murmelnd verschwanden die anderen hinter der Bühne und ich tat es ihnen gleich, wobei ich immer noch wütend und genervt war.

JOLENES SICHT

Ich war eine der Ersten, die es geschafft hatte, sich aus ihrem Kostüm zu schälen und stand nun mit zwei anderen auf der Bühne. Mrs Jackson sprach mit Mr Dempsey und ich nutzte die Gelegenheit, um mein Handy rauszuholen, da ich Nora dringend eine Nachricht schreiben wollte, aber jetzt erst dazu kam.

‚Wie geht's dir? :)',

tippte ich und hoffte, dabei nicht erwischt zu werden. Ich hatte Glück, denn nur ein paar Sekunden später kam eine Antwort.

‚Viel besser, ich werde auf jeden Fall morgen kommen, kannst du Mrs Jackson Bescheid sagen? :) Ach ja und ich muss dir noch etwas erzählen!“

Ich lächelte und bemerkte dabei gar nicht, wie ruhig es um mich herum geworden war. Verwirrt sah ich auf und wurde auf der Stelle knallrot. Alle Blicke waren auf mich gerichtet, sogar die der Lehrer.

So unauffällig wie möglich, versuchte ich das Handy wieder in meiner Hosentasche verschwinden zu lassen, doch selbstverständlich hatten es schon alle gesehen und Mrs Jackson streckte nun ihre Hand aus.

„Worauf warten sie?"

Zögernd lief ich auf sie zu und gab ihr mein Handy, das sie sofort fest umklammerte.

„Sollte ich während des Stücks irgendein Handy klingeln hören, können sie sich auf etwas gefasst machen! Und was sie angeht Miss Bale, sie bekommen es morgen wieder."

Ich nickte und stellte mich wieder zu den anderen, wobei mir auffiel, dass Jack sich neben mich gestellt hatte und mich nun blöd angrinste.

„Guck nicht so!". flüsterte ich und rammte ihm leicht den Ellenbogen in den Bauch. Er wollte gerade antworten, als er Mrs Jacksons warnenden Blick vernahm.

„Sie haben heute alle gut mitgemacht und ich darf mit Stolz verkünden, dass sie alle ihren Text können. Die Aufführung ist um sechs Uhr und sie dürfen mit einer großen Menge Menschen rechnen. Außerdem will ich, dass sie alle bereits um Punkt 10.00 Uhr da sind, wir werden das ganze Stück noch zwei Mal durchgehen, danach ziehen sie sich um und werden dementsprechend geschminkt. Zusätzlich muss ich heute noch wissen, ob Miss Robinson morgen erscheinen wird."

Ich wollte gerade den Mund öffnen, als jemand ein paar Schritte von mir entfernt mir zuvor kam.

„Ich habe vorhin mit ihr geschrieben und sie meinte, dass sie morgen kommen wird", hörte ich Jimmy sagen und er trat einen Schritt nach vorne. Was dann geschah, damit hätte ich nicht gerechnet.

„Mrs Jackson, ich habe sie vorhin gesehen und da schien es ihr noch nicht so gut zu gehen."

Henry?

Mrs Jackson wollte gerade etwas sagen, doch Jimmy begann wieder zu reden, dieses Mal an Henry gerichtet.

„Was du siehst, ist eine Sache, aber wenn ich sage, dass ich mit ihr geschrieben habe und sie mir sogar sagt, dass sie morgen kommt, dann wird das doch wohl eher stimmen, oder?"

Es wurde totenstill und nun waren alle Blicke auf die beiden gerichtet. Erst jetzt fielen mir Henrys geballte Fäuste und Jimmys vernichtender Blick auf.

„Ich kenne sie aber besser als du und ich weiß doch, was ich gesehen habe, oder?!"

„Vielleicht solltest du die Leute ab und zu fragen, wie es ihnen geht und nicht selber bestimmen, was du über sie denkst. Dann wüsstest du nämlich jetzt, dass es ihr schon viel besser geht!"

„Was faselst du da?! Ich weiß nicht, ob du es schon wusstest, aber ab Dienstag wohnen wir zusammen."

„Ach und was genau hat das damit zu tun, dass es ihr besser geht?!"

„Das heißt, dass du dich verpissen kannst!"

„Hättest du wohl gerne, Thompson! Schon mal daran gedacht, dass das Leben sich nicht immer nur um dich dreht?"

„Sagt der arroganteste Typ überhaupt!"

„Leute, könntet ihr vielleicht -", versuchte Noah es, wurde jedoch von zwei tödlichen Blicken zum Schweigen gebracht.

„Wenn du meinst, dass du nach allem, was du getan hast, noch eine Chance bei ihr hast, dann viel Glück!"

„Keine Ahnung, wovon du sprichst."

„Ich spreche davon, dass du dich in ein Mädchen verliebt hast, das dich mehr hasst als jede andere und bei der du selbst in acht Jahren keine Chance haben wirst."

„Ich kann jeden haben, wenn ich will!"

„Jeden?! Was für eine unglückliche Wortwahl. Und ich weiß genau, dass nur weil du jemanden willst, es nicht gleich andersherum so ist. Erinnert mich ein bisschen an deinen Vater. Der wollte dich doch auch nicht oder warum hat er euch damals ver -". Das Ende des Satzes wurde nicht mehr über Jimmys Lippen gebracht, da er von einem heftigem Schlag mitten ins Gesicht - oder wohl eher Richtung Auge - unterbrochen wurde und sich kurz darauf auf dem Boden wiederfand.

Schockiert hielt ich mir die Hände vor den Mund, genau wie die anderen.

Ich konnte Henrys Gesicht nicht sehen, doch er war kurz davor weiterhin auf den immer noch am Boden liegenden Jimmy einzuschlagen, weshalb Jack und Noah nun versuchten, die beiden auseinander zu halten.

„Seid ihr total bescheuert?!", brüllte Jack, während ich immer noch nicht glauben konnte, was gerade passiert war und wie die anderen weiterhin diese nicht vorhersehbare Szene verfolgte.

Henrys Brust hob und senkte sich schnell und er schlug Jacks Arm weg, nur um kurz danach von der Bühne zu stürmen.

Noah half seinem besten Freund hoch und noch immer sprachlos, sagte keiner etwas.

„Raus!", rief Mrs Jackson streng und zeigte zum Ausgang. Jimmy fasste sich ans Auge, nahm dann seine Jacke und sprang von der Bühne, gefolgt von Noah.

Nebenbei entstand lautes Gemurmel, während ich immer noch das gerade passierte verdaute.

Jimmy hatte Henry gedemütigt.

Henry hatte Jimmy geschlagen.

Beide waren in Nora verliebt? Oder wie konnte man das deuten?

Ich trat nach draußen und wartete am Tor auf Jack, der kurz darauf neben mir auftauchte, sein Handy in der Hand.

„Er geht nicht dran." „Henry?" Er nickte.

Ein paar Schüler liefen an uns vorbei und ich zog ihn an seiner Jacke etwas weiter zur Seite.

„Wusstest du das?", flüsterte ich und machte große Augen. Jack überlegte und schüttelte den Kopf. „Aber ich hätte es ahnen können." „Wie meinst du das?"

„Weil er wegen dieser Sache vor ein paar Tagen bei mir war." „Welcher Sache?" Er verdrehte die Augen. „Du weißt, welche Sache ich meine. Jedenfalls hab ich gedacht, er hätte es aus Spaß gemacht und habe ihm dies auch irgendwie gesagt. Ich habe ja nicht wissen können, dass er sich in sie verliebt hat. Ehrlich gesagt glaube ich es immer noch nicht." „Und was ist dann passiert?" „Dann ist er ziemlich wütend verschwunden. Aber ich hätte es wissen müssen. Ist es dir nicht aufgefallen?"

Verwirrt zog ich die Augenbrauen zusammen. „Was soll mir aufgefallen sein?"

„Dass er sich total verändert hat. Noch vor ein paar Wochen war er so anders und jetzt..."

„Aber das hätte doch aus verschiedenen Gründen sein können. Außerdem hast du dich in den letzten Wochen auch ziemlich verändert." Ich zog die Augenbrauen hoch und er wurde leicht rot.

„Trotzdem. Glaubst du denn, dass da etwas dran sein könnte? Also an dem, was Jimmy gesagt hat?"

Ich zuckte mit den Schultern. Ehrlich gesagt hatte ich keine Ahnung. Dass er sie hasste, wusste ich, das wussten alle. Doch dass er sie hasste, weil er sie liebte, oder was auch immer, das hätte ich nicht erwartet.

Aber woher sollte Jimmy das eigentlich wissen? Und warum mochten die zwei sich eigentlich nicht? Vielleicht aus genau dem Grund...

Verwirrender ging's nicht mehr. Und was war mit Nora? Die wusste von gar nichts, glaubte, dass Henry sie nicht mochte und dass Jimmy begann, sich für sie zu interessieren. Sollte ich es ihr erzählen?

Doch andererseits ging es uns ja nichts an und wenn Henry sie so mochte, dann sollte er es ihr schon selber sagen und nicht einer von uns.

Als hätte er meine Gedanken gelesen, fragte Jack kurz darauf: „Sagst du es ihr?“

Ich schüttelte den Kopf. „Wer weiß, worum es da wirklich geht, außerdem geht es uns nichts an.“

Er nickte und wir begannen, zusammen zur Busstation zu laufen.

„Allerdings könnte es ein Problem geben“, sagte Jack, nachdem der Bus kam und wir eingestiegen waren. „Welches?“

„Dass Jimmy Noah gefragt hat, ob er Freitag Abend kommen darf.“ Abwartend sah ich ihn an. „Und was hast du gesagt?“ „Ich hab es natürlich erlaubt, aber da wusste ich ja auch noch von nichts.“

Ich zuckte mit den Schultern. „Wer weiß, ob er immer noch kommen wird und vielleicht passiert bis dahin ja noch irgendwas.“

Da wusste ich allerdings nicht, dass tatsächlich noch etwas passieren würde...

57. Kapitel

NORAS SICHT

„Solltest du nicht noch im Bett bleiben?"

Ich verdrehte die Augen und rutschte weiter in das Sofa rein. „Ich hab doch gesagt, dass es mir besser geht", verteidigte ich mich selber. „Macht es dir dann was aus, wenn ich für zwei Stunden verschwinde? Mein Chef meinte, es sei wichtig."

Ich schüttelte den Kopf und beobachtete, wie mein Papa sich seine Jacke anzog. „Geh nur, ich komme schon alleine klar. Außerdem ist Francis doch gegenüber."

Ehrlich gesagt war ich froh, dass er noch mal zur Arbeit musste, denn vorhin hatte ich einen Entschluss gefasst. Ich würde mit Henry reden, ob er wollte oder nicht und da Jolene komischerweise sowieso nicht an ihr Handy ging, würde sie heute sicher nicht mehr vorbeikommen.

Er verabschiedete sich von mir und kurz darauf hörte ich die Haustür zuschlagen.

Ich griff nach der Fernbedienung und klickte alle Sender durch, doch nirgends lief etwas, das nur annähernd gut sein könnte.

Schließlich blieb ich an irgendeinem Tierfilm hängen und beobachtete gelangweilt, wie ein Löwe sich auf ein Zebra stürzte.

Doch irgendwie schaffte ich es dann doch mich so auf den Film zu konzentrieren, dass ich zusammenzuckte, als es auf einmal an der Haustür klingelte.

War es Francis? Doch die hatte eigentlich selber einen Schlüssel.

Oder vielleicht war es doch Jolene, die, ohne sich vorher anzukündigen, hier auftauchte, um mir in meiner äußerst schlimmen Lage - bitte beachte die Ironie - Beistand zu leisten.

Jedenfalls hatte ich wirklich keine Lust mich zu bewegen, doch mir blieb nichts anderes übrig, weshalb ich mich aus der Decke rollte und dabei aus Versehen auf den Boden fiel. Genervt stöhnend stand ich auf und schlürfte zur Tür um aufzumachen.

Auch wenn Henry die letzte Person wäre, die ich hier erwarten würde (er kam so gut wie nie vorbei), hätte ich auch mit Jimmy nicht gerechnet.

Doch er war es, der jetzt den Kopf hob und somit ein blaues Auge zum Vorschein brachte.

„Was -", begann ich, wurde jedoch sofort unterbrochen. „Komm ich ungelegen? Oder darf ich reinkommen?"

Ich öffnete die Tür ganz und er trat ein. Auf Grund der Kälte schloss ich sie hinter ihm schnell wieder und lief ins Wohnzimmer voraus, um den Fernseher auszuschalten.

„Du siehst dir Tierfilme im Fernsehen an?" Ein kleines Grinsen war nicht zu übersehen, doch ich ignorierte seinen Kommentar und kam stattdessen auf sein Auge zurück.

„Bist du hingefallen? Hat dich jemand angegriffen?", platzte es aus mir heraus und er schüttelte den Kopf. „Nicht direkt." „Was ist passiert?"

Er nickte zum Sofa. „Darf ich mich hinsetzen?" „Klar."

Er setzte sich und ich begutachtete sein Auge. „Brauchst du irgendwas?" „Nein, es geht schon."

„Also, was ist passiert?"

Er sah zu mir auf und verschränkte die Arme vor der Brust. „Dein lieber Nachbar hat mir das vor ein paar Minuten zugefügt."

„Francis?" „Henry."

Wie dumm von mir.

„Henry hat dich geschlagen? Wofür? Ich meine, warum?"

Er lachte. „Das würde ich auch gerne wissen. Ich habe Mrs Jackson nur gesagt, dass es dir besser geht, was stimmt, wie es aussieht. Daraufhin ist er total ausgetickt."

Ungläubig schüttelte ich den Kopf. „Warum sollte er deswegen austicken?" Jimmy zuckte mit den Schultern. „Was weiß ich? Ich kenne ihn ja nicht mal wirklich..."

„Hat er etwas gegen dich?"

„Wahrscheinlich. Ich glaube, er war eifersüchtig, weil ich Mrs Jackson heute unterstützt habe, da du nicht da warst. Vielleicht liegt es auch daran, dass ich Noahs bester Freund bin, keine Ahnung. Jedenfalls scheint er etwas gegen mich zu haben, obwohl ich mich ihm gegenüber immer normal verhalten habe. Das heißt natürlich, wenn ich ihn gesehen habe."

Er sah auf den Boden und ich war mal wieder sichtlich verwirrt.

„Aber deswegen würde er doch nicht gleich so reagieren." Irgendwas sagte mir, dass ich Jimmy glauben sollte. Immerhin gab es keinen Grund, warum ich es nicht tun sollte, aber ich konnte nicht glauben, dass Henry so aggressiv handelte.

„Ich weiß nicht, was mit ihm los ist. Aber er hatte schon immer diese aggressive Seite an sich. Es gehen auch ein paar Gerüchte rum, dass es mit seiner Vergangenheit zu tun hat."

„Seiner Vergangenheit?"

„Gerüchte halt. Aber ich gebe dir einen Tipp. Versuch dich von ihm fernzuhalten, selbst wenn er sich dir gegenüber anders verhält."

Jetzt war ich eindeutig verwirrt. „Woher weißt du, dass er sich mir gegenüber anders verhält?“

„Na ja, eigentlich meine ich allen gegenüber. Zwar könnte man sagen, dass er sich verändert hat, aber erinnere dich mal an die Party zurück, als wir uns kennengelernt haben. Das ist doch eindeutig ein Beweis dafür, dass er Spaß daran hat, andere Leute in der Öffentlichkeit zu demütigen, so wie mich heute.“

Wo ich so darüber nachdachte, hatte Jimmy Recht...

„Dann tut er also gewisse Dinge nur, weil er Spaß daran hat?“

Verwundert sah Jimmy mich an. „Gewisse Dinge?“ Ich wurde rot und schüttelte schnell den Kopf. Ich wusste auch nicht, warum ich genau in diesem Moment an den Kuss denken musste.

Das war auch so eine Sache, die sich noch nicht aufgeklärt hatte.

„Nichts. Nur, dass er immer wieder Mädchen ausnutzt. Das ist mir vor allem am Anfang aufgefallen.“ Er grinste. „Das gehört auch dazu. Er macht das nur, um allen zu beweisen, dass er jede haben kann. Das hat er heute sogar selber gesagt.“

Dann hatte er ‚diese Sache‘ also nur als Beweis für sich selber gemacht? Oder als Wette?

Und ich hatte eben noch daran gezweifelt, ob er es aus irgendeinem anderen Grund getan hatte.

Bei dem Gedanken daran stieg Wut in mir auf und ganz plötzlich war der Hass, den ich anfangs noch so stark für ihn verspürte, wieder da.

„Ich hasse solche Menschen“, hörte ich mich auf einmal selber murmeln und Jimmy stand auf.

„Mach dir nichts draus, irgendwann wird er vielleicht sehen, was ihm das Ganze gebracht hat.“ Ich nickte und folgte ihm zurück zur Haustür.

„Danke, dass du mir das gesagt hast.“ „Keine Ursache. Warum ist das so wichtig?“ Ich nickte. „Das ändert noch mal alles.“ Ein kleines Lächeln entstand auf seinen Lippen und ich erwiderte es zögernd, dann öffnete ich die Tür.

„Eine Sache noch“, sagte er und sah mir direkt in die Augen. Abwartend sah ich ihn an.

„Würdest du mit mir am Freitag auf Jacks Party gehen?“

Erstaunt öffnete sich mein Mund, um etwas zu sagen, doch es kam nichts heraus. Dafür fing ich jedoch an schnell zu nicken. „Ich - ja klar. Gerne sogar.“

Ich begann breit zu grinsen und hoffte innerlich, dass es nicht zu dämlich aussah. „Gut. Dann hol ich dich so gegen halb acht ab?“ Ich nickte so stark, dass mein Kopf drohte abzufallen.

„Ich werde schon um sieben fertig sein!“ Wie peinlich! Am liebsten hätte ich mich für diesen lächerlichen Satz selber geschlagen.

Ich wurde rot und presste die Lippen aufeinander. „Ich meine natürlich, halb acht klingt gut, du musst einfach nur....ehm... klingeln.“ Peinlich berührt hielt ich mir die Hand vors Gesicht und hörte ihn lachen.

„Okay, bis dann.“ „Bis dann.“

Nachdem ich die Haustür hinter ihm geschlossen hatte, führte ich einen kleinen Freudentanz auf und stieß dabei eine Lampe um.

Als ich mich wieder abgeregt hatte, lief ich nach oben in mein Zimmer, um mir etwas Richtiges anzuziehen.

Zwar war meine Freude groß, wenn ich an Jimmy dachte, doch sie wurde von Wut überragt, wenn ich durch das Fenster auf das Haus gegenüber blickte.

Dreimal hatte ich nun geklingelt, doch keiner machte auf. Wahrscheinlich war Francis in die Stadt gefahren, denn ihr Auto war nicht da, doch ich war mir sicher, dass Henry da war. Ich klingelte noch mal und noch mal und noch mal.

Ich wollte gerade anfangen zu klopfen, als ich einen ziemlich genervten Laut und kurz darauf etwas knallen hörte. Ich zuckte etwas zusammen, gab jedoch nicht auf und wartete, bis die Tür schließlich doch noch aufgemacht wurde.

Es war tatsächlich Henry, der dort stand, allerdings nicht so, wie ich ihn kannte. Seine Haare standen zu allen Seiten ab, sein Körper schien ziemlich verkrampft und seinem Gesicht nach zu urteilen hatte er...geweint?

Ich wollte was sagen, es kam jedoch kein Wort aus meinem Mund.

„WAS IST?"

Erschrocken trat ich einen Schritt zurück und war zum ersten Mal seit langer Zeit ziemlich eingeschüchtert.

„I-ich-", begann ich zu stottern, konnte jedoch nicht weiterreden.

„Meine Mama ist nicht da, du kannst dich also wieder verpissen!", rief er etwas leiser.

„Eigentlich wollte ich mit dir reden", kam es kleinlaut aus meinem Mund.

„Brauchst du nicht mehr, hat sich sowieso erledigt. Ich hab es jetzt oft genug gehört und ich habe keine Lust, so weiter zu machen. Wenn du es mir noch mal sagen willst, dann mach es entweder jetzt oder geh, ich habe keine Lust mehr auf dieses Gerede, das sowieso nie zu etwas führt."

Sprachlos blickte ich ihn an, jedoch wurde mir drei Sekunden später die Tür vor der Nase zugeschlagen.

Wieso war in letzter Zeit alles so verwirrend? Ich hatte das Gefühl, dass hinter meinem Rücken Dinge geschahen, die ich nicht mitbekam.

Wovon redete er? Was hatte er in letzter Zeit schon so oft gehört?

Ich drehte mich um, stapfte über die Straße zurück ins Haus und verkroch mich wieder auf dem Sofa.

Henry war wirklich niemand, über den ich mir jetzt Gedanken machen sollte. Es war viel zu viel los.

Morgen kam Olivia, morgen war die Aufführung, Freitag war der letzte Schultag, Freitag war Jacks Party, zu der ich mit Jimmy gehen würde. Danach waren Ferien und wir würden umziehen.

Das waren alles Dinge, auf die ich mich freuen und konzentrieren sollte, doch so sehr ich auch wollte, er ging mir nicht mehr aus dem Kopf.

Mit ‚er' meinte ich nicht Jimmy und zum ersten Mal verspürte ich für Henry eine Art Mitleid, obwohl ich noch nicht einmal wusste, was mit ihm los war oder woher dieses gewisse Mitleid auf einmal kam.

58. Kapitel

NORAS SICHT

„Also, viel Spaß bei der letzten Probe“, sagte Papa und zog sich seine Jacke an. „Hast du auch an alles gedacht? Oder soll ich es dir noch mal aufschreiben?“, fragte ich und sah ihn prüfend an, während Jolene neben mir anfing zu lachen.

Er seufzte und begann alles, was ich ihm vorhin gesagt hatte, laut aufzusagen.

„Um 10.00 Uhr beginnt eure Probe, Francis bringt euch in die Schule. Um 10.10 Uhr muss ich Olivia vom Bahnhof abholen, soll sie aber nicht zur Schule fahren, sondern hierhin bringen, wo sie sich dann erst einmal in deinem Zimmer einrichten soll. Um 18.00 Uhr beginnt das Stück, was heißt, dass wir schon um halb sechs da sein sollen.“

„Du hast es verstanden und nichts vergessen!“, rief ich erstaunt und er nickte stolz. Plötzlich ging die Tür auf und Francis trat ein.

„Also, können wir?“

Ich nickte und griff wie Jolene nach meiner Tasche, in der sich das schwarze Kleid und andere Schuhe befanden, die ich heute Abend anziehen würde, immerhin hatte ich kein Kostüm. „Wo ist eigentlich Henry?“, fragte Papa und nahm einen Schluck von seinem Kaffee.

Genau in dem Moment, wo er seinen Namen erwähnte, stolperte ich und fiel auf den Boden. Auch wenn es nicht allzu schlimm war, wurde ich rot und ließ mich von Jolene hochziehen.

„Alles okay bei dir?“, flüsterte sie und ich nickte schnell. Sie grinste. „Stell dir mal vor, das würde dir heute auf der Bühne passieren.“ „Ich steh noch nicht mal richtig auf der Bühne, außerdem bin ich nicht diejenige, die ein langes Kleid tragen muss.“

„Er ist zusammen mit Jack mit dem Bus gefahren“, hörte ich Francis sagen. „Wieso? Er hätte doch auch mit dir fahren können.“ Sie zuckte die Schultern und verdrehte die Augen. „Ich weiß auch nicht, gestern Abend hat er kein Wort mit mir gesprochen und heute nicht viel mehr als drei Sätze.“

Ich presste die Lippen aufeinander und beobachtete aus den Augenwinkeln, wie Jolene das Gleiche tat.

Sie war heute extra früh gekommen, nachdem sie mich um elf Uhr abends angerufen hatte um mir zu sagen, dass Mrs Jackson ihr Handy beschlagnahmt hatte.

Ich hatte mir schon gedacht, dass so etwas in der Art passiert war.

Die Fahrt verlief relativ ruhig, wobei mir auffiel, dass Jolene nervös mit ihren Ringen spielte und es immer wieder so aussah, als wollte sie mir etwas sagen, doch letztendlich den Mund hielt.

„Ist alles in Ordnung?“, fragte ich stirnrunzelnd und sie wurde rot. „Klar, wieso fragst du?“

„Weil du so nervös aussiehst.“ Sie nickte schnell. „Ja, ich habe Angst davor meinen Text zu vergessen.“

Das verstand ich natürlich. Wäre ich an ihrer Stelle, wäre ich wahrscheinlich auch total nervös. „Wenn du willst, gehe ich später noch mal deinen Text mit dir durch.“ Sie lächelte dankbar und ich wendete meinen Blick wieder aus dem Fenster.

Heute war es relativ regnerisch und ich war froh, dass Francis uns fuhr. Ansonsten hätten wir im Regen auf den Bus warten müssen.

„Und, seid ihr nervös?“, fragte Francis und sah uns im Rückspiegel kurz an. Ich zuckte mit den Schultern. „Selbst wenn ich keine Rolle spiele, allein bei dem Gedanken vor der ganzen Schule inklusive Lehrer, Familien und anderen Leuten auf einer Bühne zu stehen, fangen meine Hände an zu zittern."

Mittlerweile war ich sogar froh, dass ich keine Rolle mehr spielte und alle, die es taten, taten mir leid. Schauspielen war einfach nicht mein Ding und das letzte Mal, dass ich auf einer Bühne stand, war in der fünften Klasse in London, als wir ein Konzert gaben und da ich damals im Chor war, musste ich mitmachen. Doch auch wenn ich nur singen musste und das mit lauter anderen Kindern, schwor ich mir danach eigentlich nicht mehr als irgendetwas auf einer Bühne aufzutreten.

Es war erstaunlich, wie sehr sich mein Leben geändert hatte. Meine Mama und mein Papa waren getrennt, ich war umgezogen, musste meine ganzen Freunde zurücklassen und auf eine Schule gehen, die mir anfangs noch überhaupt nicht gefallen hatte.

Und nun, wo ich mich einigermaßen eingelebt hatte, musste ich wieder umziehen, auch wenn ich in der gleichen Stadt blieb.

Ich würde ab nächster Woche mit zwei neuen Personen leben, von denen ich die eine eigentlich sehr mochte und die zweite mir ein Rätsel war.

Es würde nicht immer leicht werden mit Henry unter einem Dach zu leben, das wusste ich. Auch wenn ich ihn meistens nur in der Schule sah, konnte ich mir vorstellen, dass er sich zu Hause nicht anders verhielt.

Wenigstens hatte ich für den Anfang Olivia, die eine gute Freundin sein konnte. Wir hatten uns erst später angefreundet. In der fünften und sechsten Klasse hatte ich das Gefühl gehabt, dass sie mich überhaupt nicht mochte, doch von heute auf morgen hatte sich diese Freundschaft dann irgendwie doch entwickelt. Seitdem kamen wir eigentlich ziemlich gut zurecht, mal abgesehen von einer Sache, die aber schon lange her war.

„Wir sind da!“, rief Francis und ich fuhr aus meinen Gedanken hoch. „Danke fürs Mitnehmen.“

Sie lächelte. „Bis heute Abend dann.“ Wir nickten, griffen nach unseren Taschen und stiegen aus dem Auto.

Nachdem wir das Schulgelände betreten hatten, machten wir uns auf den Weg zur Aula, mussten aber durch den Hintereingang, da dort auch die Umkleiden waren.

„Heute kommt doch deine Freundin aus London, oder?“, fragte Jolene, als wir die steinigen Treppen nach oben liefen und die schwere, weiße Tür öffneten.

„Woher weißt du das?“, fragte ich erstaunt und betrat den großen Bereich hinter der Bühne, wobei mir auffiel, dass noch gar nicht viele Leute hier waren.

„Du hast es mir doch selber gestern geschrieben. Oder war es vorgestern? Außerdem hat dein Papa es vorhin erwähnt“, antwortete sie und ließ ihre Tasche auf den Boden fallen. Ich wollte gerade etwas antworten, als sich auf einmal eine Person vor uns aufbaute und die Hände in die Hüften stemmte.

Es war eine in schwarz bekleidete Frau, die nicht nur gestresst wirkte, sondern auch noch wütend aussah.

59. Kapitel

„Ist das Ihr Kostüm?“, fragte sie skeptisch an Jolene gewandt und zeigte auf ihre Tasche. Sie nickte und die Frau presste ihre schmalen Lippen zusammen.

„Gehen Sie besser mit Ihrem Kostüm um, wir können heute nichts mehr ändern, da fehlt die Zeit für! Gehen Sie jetzt und hängen Sie es in Ihrer Garderobe auf.“

„Ich habe eine eigene Garderobe?“, fragte Jolene erstaunt und zog die Augenbrauen hoch, wofür sie einen ‚Sag mal bist du blöd - Blick‘ von der Frau erntete.

„Nein, Sie teilen sich die Garderobe mit den anderen Mädchen. Dies ist kein High-School-Musical-Film, deshalb sollten Sie weniger Ansprüche stellen und sich vielleicht etwas beeilen, bevor sich Ihre Lehrerin aufregt.“

Sie zeigte auf eine Tür und Jolene gehorchte sofort, griff nach ihrer Tasche und wollte mich eigentlich mit sich ziehen, doch die Frau schüttelte den Kopf.

„Nora Robinson?“, fragte sie, dieses Mal an mich gewandt. Ich nickte. „Sie werden vor der Bühne erwartet, geben Sie mir Ihre Tasche, ich werde sie ebenfalls in die Garderobe stellen.“

Ich reichte ihr meine Tasche, die sie mir praktisch aus den Händen riss und dann mit schnellen Schritten auf die Garderobe zusteuerte, Jolene im Schlepptau.

Ich atmete erleichtert auf und war froh, dass die Frau mich nicht bei lebendigem Leibe aufgefressen hatte.

Nachdem ich merkte, dass die Zeit doch schneller als erwartet verging, setzte ich mich in Bewegung und stolperte auf den hinteren Vorhang zu.

Um auf die Bühne zu gelangen, musste ich erst einmal einen Durchweg finden. Nach einer erfolglosen Ewigkeit gab ich das Suchen auf und beschloss einfach an der Seite der Bühne entlangzugehen und den Eingang zu benutzen, den die Schauspieler später auch benutzen würden.

Ich sah auf den Boden und versuchte den ganzen verstreuten Kabeln auf dem Boden auszuweichen.

„Achtung", war, was mich aufblicken ließ. Erschrocken blickte ich in zwei blaue Augen, die irgendwie verändert aussahen.

„Ups, tut mir leid", entschuldigte ich mich bei Noah und musterte ihn schnell. Er grinste stolz. „Wenigstens bekomme ich von Leggings keinen Ausschlag wie Caleb, der sich weigert, sein Kostüm anzuziehen", meinte er und ich schüttelte verwirrt den Kopf, lachte dann jedoch. „Da kann man mal sehen, du gehst eben als gutes Beispiel voran." Er nickte, immer noch breit grinsend.

„Bist du nervös?", fragte ich interessiert, obwohl ich mich vielleicht lieber auf die Bühne bewegen sollte.

„Nicht, wenn ich vorher nicht noch was esse. Meine Mama hat mir ein Sandwich eingepackt." Dieses Mal unterdrückte ich das Lachen. „Dann guten Appetit würde ich sagen." „Nicht nötig, ich habe es schon aufgegessen." Er klopfte sich auf den Magen und ich nickte nur wieder etwas verwirrt.

„Wie auch immer, ich geh jetzt, sonst wird die Schminktante noch aggressiver als sowieso schon. Falls du Jimmy suchst, er ist bei Mrs Jackson."

Erstaunt sah ich Noah an. „Wieso sollte ich ihn suchen?“, fragte ich vielleicht etwas zu schnell und versuchte mich nicht mit meiner Stimme zu überschlagen.

„Weil er vorhin nach dir gefragt hatte.“

Ich wusste nicht, was ich darauf antworten sollte, weshalb ich nur kurz winkte - wenn man die ziemlich misslungene Geste so nennen konnte - und dann an ihm vorbeilief.

„Sie können jetzt nicht auf die Bühne“, wurde ich von hinten angesprochen und wirbelte herum. Es war wieder eine dieser Personen, die für Sachen hinter der Bühne zuständig waren.

„Hier gehen Sie diesen Weg.“ Er zeigte auf eine hintere Treppe, die in die Aula führte. Ich bedankte mich und machte mich dann schnell auf den Weg.

„Ich will mehr Bewegungen sehen und wenn Sie sprechen, dann doch bitte so, dass man Sie auch verstehen kann. Jetzt ist die letzte Gelegenheit sich zu verbessern, also geben Sie sich Mühe. Wo ist Miss Robinson?“, rief Mrs Jackson durch die gesamte Halle und ich lief schnell an ihre Seite. „Hier.“

Sie drehte sich zu mir um und musterte mich kritisch. „Sind Sie noch krank?“ „Nein.“ „Sind Sie erkältet?“ „Auch nicht.“ „Dann werden Sie heute zu hundert Prozent einsatzfähig sein?“ „Ich denke mal -“.

„Gut! Sollte nämlich eine der Rollen ausfallen, dann müssen Sie diese übernehmen, verstanden?“

Erschrocken riss ich die Augen auf. „Was?! Aber davon weiß ich doch gar nichts. Es hat mir niemand gesagt, dass ich auch die zweite Besetzung von allen bin, ich kann die Texte doch gar nicht!“

Mrs Jackson verdrehte die Augen und knallte ihr Klemmbrett auf den Tisch, weshalb die Personen, die hinter ihr standen, zusammenzuckten.

„Das ist nicht mein Problem, jetzt erst recht nicht! Und wenn Sie nicht vorbereitet sind, dann sollten Sie vielleicht hoffen, dass heute alle anwesend sind, was glücklicherweise auch der Fall ist.“

Erleichtert atmete ich auf und konzentrierte mich dann wieder aufs Wesentliche. „Kann ich irgendetwas tun?"

„Sie können beide etwas tun", forderte sie und erst jetzt merkte ich, dass hinter mir noch eine Person aufgetaucht war, die keine andere als Jimmy war.

Aus unerklärlichem Grunde wurde ich rot und lächelte ihm kurz zu, was er erwiderte.

„Ich möchte, dass Sie, Miss Robinson, darauf achten, dass alle rechtzeitig fertig sind. Gehen Sie mit den Hauptrollen noch mal ihren gesamten Text durch und sorgen Sie dafür, dass die Kostüme, wie auch Frisuren und Make-Up sitzen. Ich will ein fehlerfreies Stück."

„M-mit den Hauptrollen?"

Sie nickte. „Sie brauchen die Zwerge nicht durchzugehen, aber die Rollen der bösen Königin, des Prinzen, des Jägers und selbstverständlich Schneewittchen, die sind am wichtigsten."

Henry.

Er war der Erste, der mir bei dem, was Mrs Jackson gesagt hatte, einfiel und ein kalter Schauer fuhr über meinen Rücken, als ich an gestern denken musste.

Er hatte geweint, irgendetwas Unverständliches vor sich hingemurmelt und mir dann die Tür vor der Nase zugeknallt. Doch ich war nicht wütend gewesen, auch wenn ich es nach allem, was Jimmy mir erzählt hatte, eigentlich sein sollte. Vielleicht lag es daran, dass ich von nun an sowieso mit ihm klarkommen musste, jedenfalls hatte ich Mitleid mit ihm gehabt.

„Haben Sie verstanden?"

Ich nickte schnell und versuchte mir nicht anmerken zu lassen, dass ich nicht wirklich zugehört hatte.

Nachdem sich Mrs Jackson wieder von uns abgewendet hatte, drehte ich mich zu Jimmy um und lächelte schüchtern. „Also...ist ja viel los heute", murmelte ich und wurde rot. Er lachte amüsiert und schaute sich dann um. Sein Blick blieb an der Bühne hängen, weshalb ich ebenfalls den Kopf drehte und zur Bühne sah.

Sofort fiel mein Blick auf Henry, der uns beobachtete, sich jedoch sofort wegdrehte als er sah, dass wir zurückstarrten.

Ich verzog leicht das Gesicht. Er wirkte irgendwie traurig. Und das, obwohl ich noch nicht einmal mit ihm gesprochen hatte. Da konnte man mal sehen, dass ein Blick mehr sagt als tausend Worte.

Der Blick, den uns Henry zugeworfen hatte, wirkte gequält, traurig und auch irgendwie beängstigend. Vielleicht war es nicht meine Aufgabe mir um ihn Gedanken zu machen oder Mitleid zu haben. Doch allein die Aktion gestern, zeigte doch, was für ein verschlossener Mensch er war und ich war mir sicher, dass er auch seinen Freunden nicht sagen würde, was ihn bedrückte.

Doch auf der anderen Seite war ich auch der festen Überzeugung, dass er sich bei Jimmy entschuldigen sollte. Schließlich hatte der ihm nichts getan und würde Henry beginnen jeden Menschen als Feind zu betrachten, wäre das nicht gerade sinnvoll für seine Zukunft. Er kannte ihn ja noch nicht mal und wie hieß es doch so schön? Man sollte jedem Menschen eine Chance geben und keine Vorurteile haben.

60. Kapitel

„Idiot!“, hörte ich Jimmy murmeln und drehte mich wieder zu ihm. Kritisch betrachtete ich sein Auge, wobei ich zugeben musste, dass es sich nicht sehr von gestern unterschied. Es war immer noch blau und geschwollen.

„Geht‘s dir besser?“, fragte ich, in der Hoffnung, ein ‚Ja‘ als Antwort zu bekommen. Jimmy zuckte mit den Schultern und sah mich dann wieder an.

„Ich denke, ich werde es überleben.“ Er grinste und neigte den Kopf etwas zur Seite.

Aus den Augenwinkeln bemerkte ich, dass wir wieder beobachtet wurden.

„In Ordnung, wir wären jetzt so weit! Alle Schauspieler ohne Kostüm auf ihre Plätze stellen, wir gehen jetzt das gesamte Stück einmal durch und zwar ohne Unterbrechung.“

Sofort wurde es still und ich beschloss, nun selber lieber wieder hinter die Bühne zu gehen. Jimmy dagegen musste sich, wie ich damals, nach hinten setzen und die Lautstärke überprüfen.

Ich lächelte ihm schnell zu, bevor ich die Treppen wieder rauflief und auf dem Weg zur Garderobe an den Schauspielern vorbeiging.

Ich drückte die Tür auf und schloss sie hinter mir wieder.

Es war das erste Mal, dass ich diese Umkleiden sah. Es waren keine Sportumkleiden, sondern sie glichen mehr einem Badezimmer.

Lauter Tische waren in zwei Reihen aneinander geschoben, doch jeder besaß eine Art Trennwand. Jeder Tisch hatte einen eigenen Spiegel, der beleuchtet war.

Auf der anderen Seite des Raumes befanden sich Ständer mit den Kostümen und für einen Moment bewunderte ich die Leistungen der Kostüm-AG, denn jedes einzelne war gelungen und sah, bis auf das eine matschfarbene Kleid von Jolene, wunderschön aus.

Ich lief an den Tischen vorbei, bis ich an Jolenes stehen blieb, den ich daran erkannte, dass ihre Tasche daneben stand und ihre Sachen auf dem Tisch verstreut lagen. Meine Tasche befand sich daneben, auf einem zweiten Stuhl.

Ich ließ mich darauf sinken und packte meine Sachen aus. Das schwarze Kleid war zum Glück nicht zerknittert worden und die Strumpfhose hatte keine Laufmaschen.

Nachdem ich die Anziehsachen auf Jolenes Tisch deponiert hatte, zog ich mein Handy aus der Hosentasche, um die Uhrzeit zu überprüfen.

Der Bildschirm zeigte 11.10 Uhr an, außerdem eine neue Nachricht, die von meinem Vater stammte. Ich öffnete sie und begann zu lesen.

‚Bin jetzt am Bahnhof. Habe es rechtzeitig geschafft! p:‘

Ich musste lachen und das nicht nur, weil er den Smiley falsch gesetzt hatte. Die Nachricht wurde vor einer Stunde gesendet, weshalb Olivia mittlerweile angekommen sein musste, das hieß, wenn alles gut gegangen war.

Ich steckte das Handy zurück in meine Hosentasche und stand auf, um mir die Kostüme noch mal genauer anzusehen. Da ich sowieso nichts zu tun hatte, war dies keine schlechte Idee.

An jedem Kleid hing ein Blatt mit dem Namen der Person, die es tragen würde. Jolene trug insgesamt drei Kleider. Das erste war das schlammige, welches wir beide nicht leiden konnten. Ansonsten gab es noch das, das sie tragen würde, wenn sie Schneewittchen bei den sieben Zwergen besuchen würde und deshalb als alte Frau verkleidet war. Das dritte war das eleganteste. Es war schwarz, ging bis zu den Füßen und glitzerte an allen Seiten. Auf den ersten Blick sah es so aus, als sei es unglaublich teuer gewesen. Doch bei genauerem Hinsehen wirkte der Stoff nicht gerade sehr kostbar und man konnte die Naht an den Seiten genau erkennen.

Am meisten interessierten mich jedoch die zwei Kleider, die Schneewittchen tragen würde. Das erste war ein Ballkleid und würde erst zum Schluss getragen würden. Es war rot und gold und betonte besonders die schwarze Perücke, die zu dem Kostüm gehörte.

Doch hauptsächlich würde Niki das weiße Kleid anhaben, das einem Nachthemd glich. Es war schlicht und so leicht, dass man es einfach zerknüllen und in eine Tasche stopfen konnte.

Ich griff nach dem Bügel und betrachtete das Kleid genauer, indem ich mich vor den großen Wandspiegel stellte und es mir anhielt.

Es war tatsächlich wunderschön und für einen Moment bereute ich es, die Rolle nicht mehr zu haben, denn ich hätte es gerne getragen. Doch auf der anderen Seite musste ich keine ewig langen Texte auswendig lernen, worüber ich sehr froh war. Einmal hatte ich Niki als Schneewittchen richtig wahrgenommen und da hatte sie ziemlich viel gesprochen, weshalb es doch sehr viel Text zu sein schien.

„Was tust du da?!"

Ich erschrak so sehr, dass ich das Kleid fallen ließ und mich schnell zur Tür umdrehte. Eine wütende Niki kam auf mich zu, griff sofort nach ihrem Kleid und betrachtete es von allen Seiten. Als sie fertig mit dem Analysieren war, sah sie mich mit zu Schlitzen verzogenen Augen an.

„Sag mal, was fällt dir eigentlich ein, mein Kostüm einfach zu nehmen und zu ruinieren?!“, brüllte sie und ich verdrehte die Augen.

„Ich habe es nicht ruiniert, ich wollte es mir nur mal anschauen“, verteidigte ich mich und verschränkte die Arme vor der Brust.

Niki lachte, doch es war ein sarkastisches Lachen und es tat in den Ohren weh. „Finde dich endlich damit ab, dass du nicht die Hauptrolle spielen wirst, sondern ich.“ „Ich will die Rolle gar nicht, sonst hätte ich sie doch nicht abgegeben!“ „Sie wurde dir weggenommen, nur um das mal klar zu stellen.“

„Wie auch immer. Musst du nicht proben, oder so?“

Sie antwortete mir nicht, hängte stattdessen das Kleid zurück und begab sich zu ihrem Tisch. Ich ließ mich wieder auf den Stuhl vor Jolenes Tisch fallen und seufzte.

Vielleicht hatte ich ja Glück und der Apfel, in den Niki später beißen musste, war tatsächlich vergiftet.

5 STUNDEN SPÄTER

„Du kannst ihn doch!“, rief ich begeistert und grinste Jolene an, doch die wirkte nicht so glücklich. „Ich habe mich dreimal versprochen“, murmelte sie enttäuscht und ich zuckte mit den Schultern. „Das ist nur die Nervosität.“

„Ach und du meinst, die wird auf der Bühne nicht da sein? Ich war noch nie so nervös, meine Hände zittern und ich bekomm schon regelrecht keine Luft mehr.“

„Das ist doch ganz normal“, versuchte ich sie zu beruhigen, doch wäre ich an ihrer Stelle, würde es mir bestimmt nicht anders gehen. Zum Glück war ich nicht an ihrer Stelle, doch trotzdem musste ich dafür sorgen, dass sie ihren Text gut beherrschte, was sie tat.

„Glaub mir, du schaffst das! Außerdem ist die Aufführung in zwei Stunden, bis dahin hast du dich beruhigt. Du kannst den Text, mehr Sorgen würde ich mir da lieber um Jack machen, der wirkt nämlich nicht gerade so, als wäre er bei der Sache.“

Jolene lachte. „Kann er seinen Text nicht?“ Ich schüttelte den Kopf. „Daran liegt es nicht, er hört nur nicht auf zu lachen.“ Sie verdrehte die Augen und grinste dann wieder.

Jack war der erste, zu dem ich gegangen war und es war ganz schön schwierig ihn dazu zu bringen, sich auf das Stück zu konzentrieren und nicht auf irgendetwas anderes. Doch man konnte von Glück reden, dass Jacks Verhalten die anderen nicht ansteckte, sonst würde das Stück sicher in Chaos ausbrechen.

„Soll ich dir bei deinem Kleid helfen?“, fragte ich und Jolene nickte. Während sie sich umzog, öffnete ich meine Frisur, um sie noch mal zu machen. Umgezogen hatte ich mich bereits vor zwei Stunden, da es sonst nichts anderes zu tun gab und es gefährlich war, sich in Mrs Jacksons Nähe aufzuhalten.

„Kannst du den Reißverschluss zumachen?“

Ich nickte und zog ihn hoch, bis sie das Kleid richtig anhatte. Sie drehte sich um und ich musterte sie. „Sieht es so schlimm aus?“ Ich schüttelte den Kopf. „Wenn ich es so genau betrachte, ist es nur halb so hässlich wie ich dachte und es steht dir heute auch viel besser.“

61. Kapitel

Verwirrt sah sie mich an und setzte sich dann hin.

„Vielleicht sollte ich dann schon einmal mit dem Schminken anfangen." Ich nickte. „Ich muss jetzt sowieso Niki abfragen." Ich verdrehte die Augen, um Jolene zu zeigen, dass es wirklich das Letzte war, worauf ich Lust hatte. Ich lief zu ihrem Tisch, nur um festzustellen, dass sie nicht da war und auch nicht gerade viel von ihren Sachen. Das weiße Kleid trug sie bereits, zumindest noch vor ein paar Minuten, doch nun schien sie wie vom Erdboden verschluckt zu sein.

„Hat jemand Niki gesehen?", rief ich einmal durch die ganze Umkleide, doch die Hälfte der Mädchen hörte mir nicht zu, während die andere nur mit den Schultern zuckte oder den Kopf schüttelte. Ich seufzte und beschloss, sie zu suchen, schließlich konnte sie ja nicht einfach weg sein.

Zwanzig Minuten verbrachte ich damit sie in den Waschräumen, auf der Bühne, hinter der Bühne und sogar draußen zu suchen, doch ich konnte sie einfach nicht finden und war mittlerweile ziemlich genervt, da ich wie eine Blöde herumrannte, nur weil ein Mädchen nicht auftauchte. Zu dumm nur, dass gerade dieses Mädchen die Hauptrolle spielte.

Auch die umherlaufenden Menschen konnten mir nicht sagen, wo ich Niki Huntington finden konnte. Doch ich traute mich nicht Mrs Jackson anzusprechen, denn wenn sie mitbekam, dass die Hauptrolle fehlte, würde sie bestimmt ausrasten. Mal davon abgesehen, dass sie alle dazu verdonnert hatte, bis zum Auftritt in den Garderoben zu bleiben.

„Oh Mann!“, stöhnte ich und ließ mich erschöpft auf einen freien Stuhl fallen.

Ich war umgeben von Vorhängen, das Ganze konnte man schon fast als Labyrinth bezeichnen. Wenn Niki nicht mehr auftauchen würde, hieße das, dass ich Schneewittchen spielen müsste. Ich! Ich, die keine einzige ihrer Zeilen konnte. Na gut, vielleicht die eine oder andere, doch längst nicht ihren ganzen Text.

Dieses Mal war ich es, die zitterte. Allein bei dem Gedanken wurde mir schlecht. „Beruhig dich“, murmelte ich mir selber zu und atmete tief ein und aus.

„Du findest sie, sie wird schon hier irgendwo sein.“ Ich stand auf und wollte gerade ein zweites Mal loslaufen, als ich ein Geräusch aus der Ecke hörte. Es hörte sich an wie eine Mischung aus Schluchzen und Niesen.

Sofort lief ich in die Ecke und versuchte eine große Lautsprecherbox und den schweren, dunkelroten Vorhang zur Seite zu schieben, was mir sogar gelang.

Und dort saß sie.

Niki in ihrem weißen Kleid zusammengekauert auf dem Boden, die Knie angezogen und ihr Gesicht in ihren Händen vergraben. Sprachlos sah ich auf sie hinunter.

„Niki?“, fragte ich vorsichtig und beobachtete, wie sie langsam den Kopf hob und mich mit Tränen gefüllten Augen ansah. „Was willst du?“, rief sie, doch es kam mehr wie ein Flüstern rüber.

„Geht es dir gut? Alle suchen nach dir, außerdem musst du noch geschminkt werden und ich soll deinen Text noch mal mit dir durchgehen.“ Ich hatte nicht wirklich Lust sie zu trösten, nicht nachdem sie mich noch vor ein paar Stunden angezickt hatte.

„Lass mich in Ruhe, ich mache nicht mit“, murmelte sie und schluchzte einmal laut auf.

Bitte, bitte nicht...

Das war es, was ich in dem Moment dachte. Wieso tat sie das? Wieso wollte sie auf einmal nicht mitmachen? Sie musste, denn ich würde mich nicht auf diese Bühne stellen, nicht als Schneewittchen und auch nicht als Komparse! Was blieb mir übrig?

Sich aufzuregen würde sicherlich nichts bringen, weshalb ich mich für die zweite Variante entschied. Ich lief auf sie zu und setzte mich vorsichtig neben sie.

„Was auch immer es ist“, begann ich und schloss kurz die Augen, um nicht den Faden zu verlieren. Sie konnte sich wirklich glücklich schätzen, dass ich das hier tat.

„Es kann doch nicht so schlimm sein, dass du deine Rolle als Schneewittchen aufgeben willst. Die Hauptrolle! Das ist eine super Rolle und du kannst allen beweisen, wie gut du schauspielern kannst.“

Ich versuchte, nicht zu lachen und wartete stattdessen auf ihre Reaktion.

Sie hob den Kopf und sah mich mit hochgezogenen Augenbrauen an.

„Ich bitte dich, Nora! Als ob du das ernst meinst. Du hast doch nur Angst, dass du jetzt als Zweitbesetzung einspringen musst!“ „Komisch, noch vor ein paar Stunden hast du indirekt das Gegenteil behauptet, aber wie auch immer. Bitte mach mit, wo liegt denn das Problem?“

Ich hörte einen kleinen Seufzer und hoffte auf eine Antwort, damit ich sie so schnell wie möglich überreden konnte.

„Meine Eltern sind das Problem“, nuschelte sie schließlich so leise, dass ich Mühe hatte, sie zu verstehen. Ihre Eltern waren das Problem?

„Was meinst du?“, fragte ich, dieses Mal in einem etwas freundlicheren Ton.

„Sie kommen heute nicht“, flüsterte sie und sah auf ihre Hände. „Gerade habe ich erfahren, dass ihr Flug gestrichen wurde. Sie werden es also nicht mehr schaffen.“

„Oh.“ Das war das Einzige, was ich in dem Moment herausbrachte. Aber was sollte man denn darauf auch antworten? Sie tat mir leid, denn es sah so aus, als würde es sie sehr treffen, dass ihre Eltern heute Abend nicht zuschauen würden.

Selbstverständlich konnte ich das nachvollziehen, schließlich spielte sie die Hauptrolle, das war nichts alltägliches. Wäre mein Papa nicht gekommen, wäre ich auch enttäuscht gewesen, doch deshalb würde ich meine Rolle nicht einfach so aufgeben.

„Tut mir leid. Wirklich. Ich kann verstehen, wie du dich fühlst, aber meinst du nicht, dass du deswegen trotzdem auftreten solltest?“ Sie wischte sich die Tränen aus den Augen, schüttelte dann jedoch den Kopf.

„Ich werde bestimmt meinen Text vergessen und eine Blamage vor der gesamten Schule ist wirklich das Letzte, was ich jetzt gebrauchen könnte.“ „Ich verspreche dir, dass du den Text können wirst und wenn nicht, dann sag ich ihn dir vor. Und ich werde auch meinetwegen mit dir bis dahin üben. Zumindest ein wenig.“

Verwundert sah sie auf. „Wirklich?“ Ich nickte hoffnungsvoll.

Es dauerte eine Weile und ein paar Sprüche bis sie einwilligte, doch immerhin tat sie es. Wir liefen zurück zur Garderobe, wo ich die gesamte letzte Stunde damit verbrachte, mit ihr den Text durchzugehen und war stolz auf mich, dass ich es geschafft hatte, sie zu überreden. Mal abgesehen davon, konnte sie den Text perfekt und machte auch keine Fehler, doch wenn es ihr Sicherheit gab, ihn noch mal durchzugehen, dann würde ich ihr diese Sicherheit geben.

62. Kapitel

Ich strich mein Kleid glatt und atmete ein letztes Mal tief durch. Meine Beine zitterten und ich hatte Angst umzuknicken, weil ich aus Nervosität nicht mehr richtig gehen konnte.

„Ist alles In Ordnung bei dir?“, hörte ich Jolenes besorgte Stimme sagen. Ich nickte schnell und drückte ihre Hand.

„Viel Glück“, flüsterte ich und sie lächelte.

Wir standen an der einen Seite der Bühne, auf der anderen Seite standen die anderen Schauspieler. Die gesamte Aula war voll, sie schien schon fast zu voll zu sein, so viele waren gekommen. Es hatte eine Weile gedauert bis alle saßen und es war hoffnungslos gewesen, durch den kleinen Spalt im Vorhang meinen Vater, Olivia und Francis zu finden.

Schließlich wurden die Lichter gedämmt und jegliches Gemurmel verstummte.

Die Scheinwerfer strahlten auf die Bühne und im nächsten Moment fingen alle an zu klatschen.

Mrs Jackson sah mich auffordernd an. „Und los“, sagte sie und wir betraten die Bühne, woraufhin das Geklatsche nur noch stärker wurde.

Ich war froh über den mich blendenden Scheinwerfer, denn somit konnte ich das Publikum nicht erkennen, was mich lockerer machte.

Wir liefen auf das Mikrofon zu und ich biss mir so fest auf die Lippen, dass es richtig wehtat.

In meinem Kopf ging ich immer wieder die Sätze durch, die ich in einigen Sekunden vor der gesamten Menge vortragen musste.

Ich bemerkte gar nicht, wie Mrs Jackson anfing zu reden, die Menge schweigend zuhörte und das Klopfen meines Herzens pro Sekunde, die verging, lauter und schneller wurde.

„...Nora Robinson!"

Mein Name wurde aufgerufen, weshalb ich wohl dran zu sein schien.

‚Du schafft das' dachte ich, als ich vor das Mikrofon trat.

„Danke, dass Sie alle so zahlreich erschienen sind. Dieses Jahr präsentiert die Theater-AG das Stück Schneewittchen und wir dürfen mit Freude verkünden, dass durch die Einnahmen der Eintrittskarten, eine große Menge Geld zusammengekommen ist, das unsere Schule den hilfsbedürftigen Kindern im Sudan spenden wird."

Eine Pause entstand, in der das Publikum jubelte. Die Gelegenheit nutzte ich, um wieder Luft zu holen.

„Bitte lassen Sie ihre Handys ausgeschaltet und verhalten Sie sich ruhig. Es wird auch eine Pause geben, in der Sie gerne rausgehen dürfen. Nun wünschen wir Ihnen viel Spaß mit unserem Stück."

Wie von selbst verbeugte ich mich und lief dann so schnell wie möglich von der Bühne. Im selben Moment wurde der Vorhang aufgezogen und die Musik setzte ein.

Als ich realisierte, dass ich meinen kleinen Part heil überstanden hatte, lächelte ich und stellte mich an einen der Eingänge auf die Bühne. Von hier aus konnte ich das Stück mit ansehen und wurde gleichzeitig nicht gesehen.

Nachdem die Musik verklungen war, begann das Stück.

Die erste Szene war die mit der guten Königin, ich konnte allerdings doch nicht zusehen, da ich von einem Mann weggeschickt wurde, der gemeint hatte, dass ich im Weg stehen würde. Es war der Gleiche, der mir vorhin auch die Treppe gezeigt hatte.

Da mir nichts anderes übrig blieb, entschloss ich wieder hinter die Bühne zurückzukehren und dort auf die, die gerade nicht dran waren, zu warten.

Durch den Vorhang hörte ich die Sätze der Darsteller und versuchte mir das Ganze bildlich vorzustellen, als ich hinter mir eine Tür aufgehen hörte.

Ich drehte mich um und stand niemand anderem als Henry gegenüber, den ich bis jetzt vollkommen ignoriert hatte. Seinen Text hatte ich ihn auch nicht abfragen können, da Niki meine gesamte Zeit beansprucht hatte.

Doch nun, wo wir uns gegenüber standen, waren wir praktisch dazu gezwungen, etwas zu sagen.

„Also…", begann ich und beobachtete seine Reaktion. Er starrte nur auf den Boden und fummelte an seiner Jacke rum.

„Ich wollte dir nur viel Glück wünschen", murmelte ich und wollte an ihm vorbeigehen, doch er hielt mich davon ab, indem er mich zurück rief.

„Nora?"

Ich drehte mich um und sah ihn erwartungsvoll an.

Dieses Mal sah er mir in die Augen und öffnete den Mund, um etwas zu sagen.

„Ich wollte nur sagen - na ja, eigentlich wollte ich mich für gestern entschuldigen - mit der Tür das meine ich, ich hätte dich aussprechen lassen sollen."

Erstaunt sah ich ihn an und wurde etwas rot.

„Schon in Ordnung, nach der Sache mit Jimmy konnte ich verstehen, dass du so reagiert hast", platzte es aus mir heraus.

„Wann hast du davon gehört?", fragte er und trat einen Schritt auf mich zu.

„Ich...meine...also Jimmy hat es mir gestern erzählt, er ist zu mir gekommen."

„Was hat er dir erzählt?", fragte Henry so schnell, dass ich etwas zurückwich. „Na ja, dass du ihn geschlagen hast." „Mehr nicht?"

„Mehr nicht", antwortete ich und sah wie er erleichtert ausatmete. Dann sah er mich wieder an und presste die Lippen aufeinander.

„Gehst du auf Jacks Party?"

Dies war eine Frage, mit der ich überhaupt nicht gerechnet hätte.

Eindringlich sah er mich an und ich nickte langsam. Er nickte ebenfalls und begann dann wieder nervös an seinen Fingern herumzufummeln.

„Also - ich meine, wenn du willst -", begann er und wurde etwas rötlich im Gesicht. „Wenn du willst, könnte ich dich fahren. Du weißt schon. Weil ich auch hingehe und ich dachte mir, da du ja gegenüber wohnst, müsstest du nicht mit dem Bus fahren...oder so."

Worauf wollte er hinaus?

Doch es ging nicht, schließlich hatte ich schon was vor.

„Tut mir leid, aber das geht nicht, auch wenn ich dein Angebot sehr zu schätzen weiß. Jimmy hat mich gefragt, ob wir zusammen hingehen und ich hab ja gesagt, also weiß ich, wie ich hinkomme. Weil er mich abholt, meine ich."

Seine Reaktion war ungewohnt für ihn. Er fuhr sich etwas frustriert durch die Haare und spannte seinen Kiefer an, zudem hatte er den Blick abgewendet, während seine Augen ziemlich zornig aussahen.

Als er mich schließlich wieder ansah, sah er aus wie damals am ersten Schultag, als ich in ihn gelaufen war. Auch wenn es komisch klingt, so sagen Gesichtsausdrücke doch so viel über einen aus. Das fiel mir zumindest bei Henry auf.

„Du machst einen großen Fehler!“, rief er und ich trat wieder einen Schritt zurück.

„Ich mache einen Fehler, indem ich mit Jimmy auf Jacks Party gehe?!“ Ich wollte eigentlich lachen, doch sein Gesicht war so versteinert, dass ich es mich nicht traute.

„Du kennst ihn nicht! Er ist ein Vollidiot und niemand, auf den du dich verlassen kannst!“

„Woher willst du das wissen, du kennst ihn doch gar nicht! Hör auf, die Menschen so zu verurteilen, wie es dir gerade passt. Er ist kein Vollidiot und auf wen ich mich verlasse ist ja wohl meine Sache!“

„Ich sage es dir nicht noch einmal, aber du machst einen großen Fehler. Ich kenne Typen wie ihn, ich kenne Jimmy besser, als du denkst!“

„Typen wie ihn?! Findest du etwa Typen wie du sind besser?“

„Ehrlich gesagt ja! Mich kann man ja wohl kaum mit einer Person wie Jimmy vergleichen!“

„Wenigstens ist er niemand, der den ganzen Tag damit verbringt, wortlos herumzulaufen, alle zu nerven und aufzuregen, die einem wichtig sind und jedem ein schlechtes Gewissen einzureden. Wenigstens ist er jemand, der nicht ein Mädchen nach dem anderen ausnutzt, es erst wie Dreck behandelt und dann küsst, das ist krank Henry und -“

„Du glaubst, ich hätte dich ausgenutzt? Ich hab dich nie ausgenutzt, ich hab mich für mein Verhalten damals entschuldigt und vor ein paar Tagen hab ich dich geküsst, weil ich - weil ich -“

„Spar‘s dir, Henry! Jimmy hat mich sowieso schon über dich aufgeklärt! Ab nächster Woche leben wir zusammen. Das heißt, ich muss dich ertragen, du mich und ich will, dass das funktioniert! Das heißt entweder wir werden uns für den Rest unseres Lebens meiden, oder du springst jetzt über deinen großen Schatten und schließt Frieden mit dieser Welt, denn so kann ich dich nicht mehr aushalten und ich denke nicht, dass das irgendjemand anderes kann!“

Meine Stimme war am Ende und alles, was übrig blieb, war mein schnelles Atmen und sein fassungsloser, leerer Blick, der mich durchbohrte und mir ein Gefühl verlieh, von dem ich nicht wusste, ob es ein gutes oder ein schlechtes sein konnte.

Warum musste es immer so enden zwischen uns? Als könnten wir nicht drei Minuten im gleichen Raum verbringen, ohne uns gleich gegenseitig umzubringen.

„Um meinen Satz vorher zu beenden, ich glaube - nein ich weiß - dass ich dich mag.“

„Was?“

„Ich mag dich.“

63. Kapitel

NORAS SICHT

„Was hast du gerade gesagt?“, fragte ich nun schon zum zweiten Mal. Dieses Mal antwortete er jedoch nicht und sah mich einfach nur an.

Stirnrunzelnd sah ich zurück.

„I-In Ordnung. Ich mag dich auch, nehme ich mal an…also irgendwie. Na ja, ehrlich gesagt versuche ich noch, dich irgendwie in mein Leben einzusortieren, aber jetzt wo du es sagst, finde ich, dass du Recht hast. Wir sollten uns vielleicht langsam mal akzeptieren. Also…danke.“

Ich lächelte unsicher, doch er warf mir einen Blick zu, als würde er gleich nach einer Pfanne greifen und sie mir gegen den Kopf knallen.

„Was –“, begann er, konnte allerdings nicht zu Ende sprechen, da jemand hinter uns auftauchte und ihn am Arm griff.

„Da bist du ja!“, zischte die Frau von vorher und sah mich und ihn wütend an. „Du bist gleich dran, also stell dich jetzt auf deinen Platz!“

Henry warf mir einen ziemlich enttäuschten Blick zu, bevor er mit ihr los lief, während ich den beiden hinterher sah.

Er mochte mich…

Hieß das, dass er mich akzeptierte? Ich hoffte es, ansonsten wusste ich auch nicht mehr, was zu tun war.

Ich fuhr aus meinen Gedanken, als lautes Geklatsche hinter dem Vorhang ertönte. Der erste Akt war zu Ende und nun war Jolene mit ihrem Auftritt dran.

Dann auf einmal liefen die Schauspieler, die gerade dran waren, an mir vorbei und in die Garderoben um sich umzuziehen. Ich folgte ihnen und setzte mich wieder zurück an den Tisch um zu überprüfen, wie ich aussah, auch wenn es keine besondere Rolle spielte.

„Ich habe meine Perücke vergessen!“, hörte ich ein Mädchen hinter dem Tisch mir gegenüber rufen. Ein anderes Mädchen antwortete ihr irgendetwas und begann sich dann umzuziehen.

Ich holte mein Handy raus, um etwas zu haben, womit ich mir die Zeit vertreiben konnte.

Noch eine Stunde, dann würde ich Olivia wiedersehen. Noch eine Stunde.

Jeder Applaus geht einmal zu Ende, auch wenn ich das Gefühl hatte, dass der Abend nie enden würde. Doch das tat er schneller als gedacht und während Mrs Jackson nun unter ziemlich aufgesetzten Tränen ihren Blumenstrauß entgegennahm, blickte ich einfach nur in die tobende Menge und war sprachlos.

Jolene stand neben mir, immer noch im Kostüm der bösen Königin. Ihre Schminke war durch die Hitze, die sich in der Aula angestaut hatte, etwas verwischt, doch sie strahlte ein breites Lächeln aus und sah ebenfalls mit funkelnden Augen in die Menge. Ich konnte schon fast spüren, wie erleichtert sie darüber war, dass es endlich zu Ende war.

Ich war ebenfalls erleichtert, auch wenn ich eher mitgefiebert hatte und nicht mitgewirkt. Doch ich gehörte dazu, weshalb ich den Applaus auch entgegennahm.

Einen Moment lang geriet ich in Gedanken. Jimmy hatte sich überraschenderweise nicht hinter der Bühne aufgehalten, sondern sich ins Publikum gesetzt. Auf Grund der Scheinwerfer, konnte man nur die Personen in der ersten Reihe erkennen. Er saß direkt vor mir, klatschte und grinste mich dabei an. Ich lächelte zurück, in der Hoffnung nicht wieder rot zu werden.

Gleichzeitig fiel mein Blick auf die linke Seite der Bühne, wo Henry neben Jack stand, den Kopf gesenkt und so tat, als gäbe es die ganzen Menschen vor uns nicht, als würde es ihn nicht interessieren, als müsse er über etwas Wichtigeres nachdenken. Seine braunen Haare fielen ihm in die Stirn und verdeckten seine wunderschönen, dunkelgrünen Augen. Manchmal fragte ich mich, woher er seine Augen hatte. Von seiner Mutter jedenfalls nicht.

Seine wunderschönen, dunkelgrünen Augen?!

Seit wann -

„Ich kann das alles nicht glauben!“, rief mir Jolene fröhlich ins Ohr und ich sah erschrocken auf. Plötzlich veränderte sich ihre Miene und sie sah mich stirnrunzelnd an.

„Geht es dir nicht gut? Du bist so blass, nicht, dass du noch krank wirst. Nicht schon wieder.“

Ich schluckte und schüttelte schnell den Kopf, in der Hoffnung meine letzten Gedanken zu zerstören.

„Mir geht es gut.“

Hoffentlich.

„Du warst umwerfend!“, rief Jack durch die ganze Garderobe, nicht darauf Rücksicht nehmend, dass dies die Mädchenumkleide war. Zwar zogen sich noch ein paar um, doch er ignorierte sie, da er sowieso nur Augen für Jolene hatte, sie nun hochhob und einmal herumwirbelte. Ich stand nur daneben, sah zu und hängte mir dann meine Tasche um.

„Du warst auch nicht schlecht“, gab sie zu und er grinste stolz. „Im Gegensatz zu Caleb, der acht mal seinen Text vergessen hat.“

Ich musste grinsen. Caleb musste man tatsächlich acht Mal seinen Text reinrufen und manchmal hatte es so ausgesehen, als würde Mrs Jackson jeden Moment auf die Bühne stürmen, um ihn eigenhändig zu erwürgen.

„Was ich nicht gedacht hätte, war, dass Henry seinen Text können würde", gab Jack zu und ich sah auf.

Fast gleichzeitig wurden sie still und sahen mich an.

„Was ist? Habe ich etwas im Gesicht?", fragte ich unsicher und fuhr mir schnell einmal mit der Handfläche übers Gesicht.

„Nein, hast du nicht", antwortete Jolene und Jack vergrub seine Hände in den Hosentaschen.

„HAWKINS!" Erschrocken drehten wir uns um, nur um einer wütenden Mrs Jackson gegenüber zu stehen. „Sie haben hier nichts verloren. Warten sie draußen auf die beiden, aber nicht hier!", rief sie empört und zeigte auf die Tür. Wenn Blicke töten könnten!

Jack grinste. „Ich warte draußen."

Wir nickten und packten noch die restlichen Sachen zusammen, bevor wir uns bei den anderen verabschiedeten und dann rausliefen.

Jack stand mit dem Rücken zu uns und sprach mit Noah, Caleb, Dylan und Henry. Jolene lief sofort zu den fünfen, während ich zögernd an der Seite stehen blieb. Ich wusste auch nicht, warum. Mit Noah kam ich ganz gut zurecht, mit Jack sowieso und mit Henry...das wusste ich selber nicht.

Dylan war all die Wochen ziemlich zurückhaltend gewesen, weshalb ich nie wirklich mit ihm sprach. Seine Freundin hatte ich damals sehr nett gefunden, auch wenn Jolene meinte, dass die beiden sich getrennt hatten, was wahrscheinlich der Grund für sein ständiges, zurückhaltendes Schweigen war.

Was Caleb anging, war ich völlig unsicher. Ich hatte nichts mit ihm zu tun und wollte es auch nicht, nicht nach allem was ich über ihn gehört und selber mitbekommen hatte. Ob er tatsächlich ein Drogenproblem hatte, das wusste ich nicht, genau so wenig was aus Blake geworden war. Damals, als die beiden mich erwischt hatten, wie ich sie erwischt hatte, hatte ich noch gedacht, dass sie mich dafür irgendwie irgendwann zur Schnecke machen würden, doch bis jetzt hatte Caleb sich von mir ferngehalten und ich hoffte, dass er es auch weiterhin tun würde.

Doch Caleb war nicht mein Problem. Ich wollte einfach nicht hingehen, weil sie als ‚Gruppe' eine andere Wirkung auf mich hatten und ich nicht wirklich zu ihnen gehörte, auch wenn wir uns einigermaßen verstanden.

Meine Vermutung wurde mir sogar bestätigt, als ein paar Mädchen aus der neunten Klasse auf die fünf zugingen und begannen, sie über Verschiedenes auszufragen. Alle waren ziemlich aufgetakelt und für ihr Alter fand ich, dass sie sich etwas zu übertrieben geschminkt hatten, doch den Jungs schien das nichts auszumachen.

Ich presste die Lippen aufeinander, lehnte mich gegen die mit einem Vorhang bezogene Wand und verschränkte die Arme vor der Brust. Das würde sicher eine halbe Ewigkeit dauern, bis die soweit waren.

„Nora!"

Ich wirbelte herum und sah Jimmy, der auf mich zukam und mich angrinste. Im nächsten Moment umarmte er mich, wobei ich fast zerdrückt wurde. „Du warst toll", sagte er und ich wurde wie so üblich rot. „Ich habe doch gar nicht mitgespielt." „Ich weiß, aber du hast zu Anfang etwas gesagt und ich finde, das hast du toll gemacht."

„Dann...dankeschön", erwiderte ich und stellte mich wieder gerade hin. „Auf wen wartest du?", fragte er neugierig und ich nickte zu der kleinen Gruppe, nur ein paar Meter von mir entfernt. Jimmy folgte meinem Blick und runzelte die Stirn. „Auf alle zehn?" Ich schüttelte den Kopf. „Auf Jolene und wahrscheinlich auch Jack." „Jedenfalls wollte ich noch eben tschüss sagen. Noah und ich verschwinden jetzt, aber wir sehen uns ja morgen."

Ich versuchte, nicht schon wieder rot zu werden und nickte stattdessen.

Er gab mir einen Kuss auf die Wange, der mich lächeln ließ und drehte sich dann um um zu gehen. Ich sah ihm hinterher und bemerkte nicht, dass ich immer noch vor mich hinlächelte, was bestimmt eigenartig aussah.

Langsam drehte ich mich wieder zu der Gruppe um und hörte sofort auf zu lächeln.

Wenn Blicke töten könnten, dann würden die zwei dunkelgrünen Augen, die mich funkelnd anstarrten, es schon längst tun. Aus irgendeinem Grund erhöhte sich mein Herzschlag und ich sah schnell weg. Hatte ich Angst? Vor Henry? War es das, was mir mein Unterbewusstsein die ganze Zeit sagen wollte? Oder war es etwas anderes?

„Gehen wir? Ich will, dass du sie mir endlich vorstellst!" Ich sah auf und blickte zu Jolene, die mich strahlend ansah.

„Wen soll ich dir vorstellen?"

„Olivia? Geht es dir gut?" „Wie oft willst du mich das heute noch fragen, ja mir geht es gut!", rief ich und bemerkte erst hinterher, dass dies etwas zickig rüber gekommen war.

Jolene zuckte mit den Schultern und griff dann nach meiner Hand, um mich mit sich zu ziehen.

„Nora!"

Ich ließ Jolenes Hand los und wirbelte herum. Direkt hinter mir stand Olivia und breitete die Arme aus. Ich sprang schon fast auf sie und zerdrückte sie hinterher, was sie etwas aufglucksen ließ.

„Ich hab dich so vermisst! Aber jetzt bin ich hier und du auch und du siehst gut aus und ich bin total am Ende!", rief sie. Ich lachte und trat wieder einen Schritt zurück.

Sie hatte sich tatsächlich verändert.

„Olivia, das ist Jolene!“, sagte ich schließlich und zog sie vor mich. Ich beobachtete, wie die beiden sich einen Moment anstarrten und Jolene sie auf eine komische Art und Weise begrüßte.

Olivia zog einen Mundwinkel nach oben, wodurch nur ein halbes Lächeln entstand.

„Du bist also mein Ersatz!“, sagte sie dann und lachte, doch Jolene runzelte nur die Stirn und auch ich stand nur unsicher daneben.

Einen Moment lang war es still, was mir sehr unangenehm war, doch zum Glück rettete Jolene die Situation.

„Ich mag deine Schuhe.“

„Danke, ich deine Haare“, erwiderte Olivia und lächelte dieses Mal richtig, was mich erleichtert ausatmen ließ.

„Wo sind Papa und Francis eigentlich?“, fragte ich dann und sie deutete zur Tür. „Die reden draußen mit zwei anderen Leuten.“

„In Ordnung, wollen wir dann gehen?“

„Moment!“, rief sie und packte mich am Arm.

„Was ist?“, fragte ich und sie sah mich aufgeregt an.

„Du musst mir noch den berühmten Henry Thompson vorstellen!“

64. Kapitel

HENRYS SICHT

„Was machst du heute noch so?", fragte Jack und ich zuckte zur Antwort mit den Schultern. „Wahrscheinlich etwas mit meiner Mama."

Er nickte und wir gingen schweigend nebeneinander durch die Aula. Immer noch waren Leute dabei, nach ihren Sachen zu greifen und sich mühevoll nach draußen zu schlängeln.

„Du?", fragte ich an Jack gerichtet und er hob den Kopf. „Nach Hause gehen und schlafen. Die letzten Tage haben mich umgebracht."

Ich nickte langsam, nicht wirklich zuhörend.

„War ja viel los in letzter Zeit", fügte er noch hinzu und ich bemerkte aus den Augenwinkeln, dass er mich nachdenklich ansah.

„Was?!", rief ich, ohne mich zu ihm zu drehen. Ich war eindeutig genervt, allerdings nicht von ihm.

Heute war der Tag gewesen, an dem ich mich endlich zusammengerissen hatte, um Nora zu sagen, was ich für sie empfand und was tat sie?!

„I-In Ordnung. Ich mag dich auch...nehme ich mal an. Na ja, ehrlich gesagt versuche ich noch dich irgendwie in mein Leben einzubauen, aber jetzt wo du es sagst, finde ich, dass du Recht hast. Wir sollten uns vielleicht langsam mal akzeptieren. Also...danke."

Wir sollten uns vielleicht langsam mal akzeptieren...

Wenn dies ihr erster Schritt war, dann war er weit entfernt von dem, den ich eigentlich gehen wollte. Wieso verstand sie es nicht? Wie schwer konnte dies zu begreifen sein? Vielleicht sah sie mich ja schon längst als Bruder oder so etwas in der Art an. Oder es sollte einfach nicht sein.

Doch selbst wenn es nicht sein konnte, dann würde ich nicht zulassen, dass sie mit Jimmy zusammen war. Was hatte der Idiot, was ich nicht hatte? Offensichtlich wusste sie rein gar nichts über den Typen. Machte die Tatsache, dass er Noahs bester Freund war, ihn vertrauter?

Jimmy war ein Hindernis und zwar das größte, was ich bis jetzt zu überwinden hatte. Man konnte sich das Ganze auch einfach als Spiel vorstellen. Er war eine Figur und ich war eine Figur. Aus welchem Grund auch immer würfelte er nur Sechsen, weshalb er schneller am Ziel war als ich und somit schon bald das Spiel gewonnen hatte.

Doch das würde ich nicht zulassen und wenn ich dafür die Wahrheit sagen müsste!

Wie gewann man ein solches Spiel? Glück hatte ich ja wie es aussah keines, weshalb ich einen anderen Weg finden musste.

Und dieser Weg hieß schummeln. Schummeln um zu erreichen, was ich wollte.

Wie ich schummeln würde?

Diese Antwort bekam ich, als Jack und ich nach draußen traten und die kühle Luft uns umhüllte. Der Schulhof war voller Leute, die durcheinander redeten.

Schon bald erkannte ich eine kleine, vertraute Gruppe.

Sie bestand aus meiner Mama, Tom, Jolenes Eltern und Jacks Eltern mit seiner Schwester. Daneben standen Nora und Jolene und unterhielten sich mit einem dritten Mädchen, das ich noch nie gesehen hatte,von der ich jedoch wusste, wer sie war.

Und da ganz plötzlich wusste ich, wie ich schummeln würde. Es war ganz einfach.

NORAS SICHT

„Du weißt gar nicht, wie glücklich ich bin, dich endlich wiederzusehen", sagte ich und Olivia setzte ein strahlendes Lächeln auf, bei dem man fast all ihre weißen Zähne sehen konnte. „Und ich erst! Wir müssen die Ferien richtig ausnutzen, auch wenn ich nicht die ganzen zwei Wochen bleiben kann."

Ich nickte zustimmend und wollte gerade antworten, als die Erwachsenen verstummten und Francis sich zu uns wandte.

„Wir haben gerade beschlossen, dass wir alle Essen gehen, da Olivia doch gekommen ist und wir auch euer Theaterstück irgendwie feiern müssen." Olivia lächelte Francis zu, während mein Blick auf die anderen fiel. „Wir alle?" Sie schüttelte den Kopf. „Ich fürchte, dass deine Eltern selber etwas geplant haben", wandte sie sich nun an Jolene, die nur nickte.

„Also sind wir nur zu fünft?" „Ist doch nicht schlimm", meldete sich nun auch Olivia zu Wort und warf einen kurzen Blick auf Jolene, die schüchtern lächelte. Ich presste die Lippen aufeinander und sah ebenfalls zu ihr. „Jacks Familie hat uns alle eingeladen", sagte sie und kam einen Schritt auf mich zu, um mich zu umarmen. „Dann viel Spaß!", rief Olivia gut gelaunt und ich lächelte etwas gequält.

„Wir sehen uns ja morgen Abend", murmelte sie und winkte dann noch kurz zum Abschied, bevor sie mit ihrer und Jacks Familie auf das Schultor zulief, allerdings ohne Jack.

Ich drehte mich wieder zu Olivia und atmete aus. „Na dann. Hast du überhaupt Hunger?" Sie antwortete nicht und starrte stattdessen auf jemanden hinter mir. „Was ist?"

„Ist er das?“, flüsterte sie auf einmal aufgeregt und ich sah sie verwirrt an. „Ist wer was?“

Doch sie kam nicht dazu mir eine Antwort zu geben, stattdessen spürte ich auf einmal die Anwesenheit einer Person neben mir und fuhr herum, nur um einem großen Jungen gegenüber zu stehen, der einen Schatten auf mich warf, mich jedoch nicht fixierte, sondern die Person hinter mir.

„Du musst Olivia sein“, sagte Henry, machte eine kurze, einladende Bewegung und lächelte dabei breit.

Auf einmal wurde mir unglaublich heiß, nur damit ich mich kurz danach wie ein Eisklotz fühlte. Ich schluckte schwer, während in meinen Ohren die Worte: „Ja die bin ich.“ rauschten und mein Herz schneller zum Schlagen brachten.

„Alles in Ordnung?“, hörte ich auf einmal eine Stimme neben mir und sah schnell auf. „Was?“ Erst jetzt bemerkte ich, dass es mein Papa war, der neben mir stand und mich besorgt ansah. „Du sahst gerade ein wenig blass um die Nase aus.“

Ich lächelte schnell. „Alles in Ordnung.“

Nichts war in Ordnung...

...doch was stimmte nicht?

Ich sah um mich herum. Francis stand neben meinem Papa, während Henry und Olivia nun etwas abseits standen. Hatte ich mich von ihnen entfernt oder war es andersherum gewesen? Jedenfalls hatte ich es nicht bemerkt.

„Ich hab nur geträumt“, murmelte ich schnell. „Gehen wir?“

Mit großen Augen starrte ich auf meinen Teller, der immer noch randvoll und unberührt war. Unter dem Tisch bohrte ich meine Fingernägel in die Haut bis sie einen Abdruck hinterließen. Meine Ohren rauschten und ich war kurz davor durchzudrehen.

Neben mir saß Olivia, die Ellenbogen auf den Tisch, ihren Kopf auf ihre Hände gestützt, während sie mit funkelnden Augen dem Jungen gegenüber zuhörte.

Sie redeten - und wie sie das taten. Seit etwa einer Stunde hörte ich den beiden bei ihrem Gespräch zu und pro Sekunde wurde mir schlechter. Ich wusste nicht, woran es lag, doch ich spürte die Wut, die sich in mir aufbaute. Warum war ich wütend? War es so schlimm, dass die beiden sich unterhielten, während ich hier schweigend saß und wie Luft wirkte? Nein, war es nicht, im Gegenteil. Ich sollte froh sein, dass sie sich so gut verstanden.

Das einzige Problem war nur, dass ich Olivia kannte und zwar nur zu gut und wenn ich ganz ehrlich war, dann gefiel es mir nicht. Ich hatte nichts dagegen, dass sie sich unterhielten, doch schon nach den ersten Minuten wurde mir bewusst, wie sehr sie sich an ihn heranschmiss. Und er war ungewöhnlich lieb, aufmerksam und das Gegenteil von langweilig. Noch nie hatte ich ihn so viel am Stück reden hören.

Ich erwischte mich eine Zeit lang sogar selber dabei, wie ich ihn ungefähr zwei Minuten lang anstarrte und nur seine Bewegungen verfolgte, ohne auf das Gespräch zu achten.

Die braunen Haare, die dunkelgrünen, klaren Augen, die so freundlich wirkten und jedes Mal, wenn Olivia etwas ‚Interessantes' sagte, aufleuchteten. Diese pinken Lippen, die zuckten und die breiten Schultern, die sich schüttelten, wenn er lachen musste. Finger, die zu seiner Wange fuhren, um sich kurz zu kratzen, oder eine verirrte Haarsträhne aus dem Weg zu schieben.

Noch nie war mir aufgefallen, wie hübsch Henry doch eigentlich war. Eigentlich? Nein, er war wunderschön. Natürlich war mir das schon oft aufgefallen, doch noch nie hatte ich ihn so intensiv beobachtet.

Irgendwann dann sah ich weg, da ich Angst hatte, er würde mich beim Starren erwischen. Obwohl er mich, seit er aus der Aula kam, ignoriert hatte und zwar mit Blicken wie auch mit

Wörtern. Und seit Olivia angefangen hatte, sich so angeregt mit ihm zu unterhalten, wurde ich auch für sie Luft. Vielleicht war es das, was mir nicht gefiel.

Sie war meine Freundin und ich hatte sie seit Wochen nicht mehr gesehen. Jetzt war sie endlich hier, schien sich jedoch nicht für mich zu interessieren.

Sie war meine beste oder besser gesagt ziemlich gute Freundin und ich doch ihre? Doch Jungs gingen bei ihr vor.

Wie immer!

FLASHBACK

London, 13. Juni, 9. Klasse

„Ich bin ja so aufgeregt! Noch drei Tage! Drei! Wir müssen unbedingt shoppen gehen!"

Ich beobachtete mit großen Augen wie Olivia vor mir hin und her hüpfte, sich dann drei Kaugummis in den Mund stopfte und sich schließlich wieder neben mich auf die Mauer setzte. Ich wartete, bis sie sich wieder abgeregt hatte und atmete dann aus.

„Ich kann nicht mit dir shoppen gehen", murmelte ich und sah auf meine roten Converse, die unter mir an meinen Füßen in der Luft baumelten.

„Was soll das heißen, du kannst nicht mit mir shoppen gehen? Sag nicht, deine Eltern haben dir verboten, auf die Party zu gehen!", rief sie aufgeregt und meiner Meinung nach viel zu laut in mein Ohr.

Ich schüttelte traurig den Kopf und schluckte. „Nein, daran liegt es nicht. Meine Mama hat sogar vorgeschlagen, dass ich hingehe und wollte mir sogar ein Kleid kaufen, aber -" „Aber was?"

„Man, du weißt doch, was das Problem ist!"

Verwirrt schüttelte sie den Kopf. „Zufällig weiß ich nicht, was das Problem ist, vielleicht solltest du es mir einfach sagen!"

Ich wurde etwas rot, denn mir war das Ganze schon irgendwie peinlich.

„Ich hab niemanden, mit dem ich da hingehen kann, weißt du doch."

Eine Zeit lang war es ruhig und ich glaubte schon fast, dass Olivia aufgegeben hatte, als sie sich zu Wort meldete.

„Ich dachte, du wolltest Eric fragen."

Wieder musste ich schlucken. Es war mir einfach zu unangenehm. „Ich traue mich aber nicht", flüsterte ich leise. „Außerdem sollte er mich fragen und das wird er niemals machen." Olivia runzelte die Stirn, sprang im nächsten Moment jedoch von der Mauer und sah mich grinsend an. „Du fragst ihn jetzt, ich bin mir sicher, dass er ja sagen wird."

Wild schüttelte ich mit dem Kopf und entlockte Olivia somit ein genervtes Seufzen.

„Los jetzt!", rief sie und schubste mich etwas nach vorne. Ich sah geradeaus und erblickte ihn bei den Fahrradständern, wo er mit seinen Freunden redete. Peinlicher konnte es nicht mehr werden.

„Ich frag ihn nach der Schule!", sagte ich schnell und drehte mich wieder um.

„Die Schule ist schon längst vorbei, du Schnellmerkerin!"

„Du hast ja jemanden, der mit dir da hingeht. Stell dir einfach mal vor, du wärst ich!", antwortete ich etwas zu laut und andere Schüler begannen sich zu uns umzudrehen.

Olivia lächelte. „Jetzt hast du seine Aufmerksamkeit."

Ich drehte mich verwirrt um und mein Blick traf auf Eric, der geradewegs zu uns sah. Ich schluckte ein letztes Mal stark und begann dann in seine Richtung zu laufen.

FLASHBACK PAUSE

Mein Herz begann schneller zu schlagen und in mir stieg wieder die Traurigkeit und Enttäuschung auf, die ich damals verspürt hatte. Doch es war nicht nur das. Damals hatte sich ein Gefühl in mir breit gemacht, das ich zuvor nicht so oft empfunden hatte. Es war der Hass und er war geradewegs an die Person neben mir gerichtet.

Immer noch redeten die zwei und zwar ohne Unterbrechung. Ich blickte von einer Person zur anderen. Sie waren in ihrem Element, das sah man und es sah so aus, als würden beide gerade versuchen, sich mit aufregenden Gesprächen zu übertrumpfen.

Ich wendete meinen Blick wieder auf die immer noch unangetasteten Nudeln auf meinem Teller. Ich konnte meine Gedanken nicht mehr auf etwas anderes lenken.

Stattdessen musste ich mich wieder an das eine Ereignis damals in London erinnern, das ich wahrscheinlich nie mehr vergessen würde.

FLASHBACK FORTSETZUNG

London, 9.Klasse, 16. Juni

Mein Herz schlug mir bis zur Brust. Noch nie hatte ich solche Freude empfunden wie heute. Heute war es soweit. Heute war die Party und ich naives Mädchen, wie ich es nun einmal war, hatte doch tatsächlich geglaubt, dass ich alleine hingehen müsste. Doch so war es nicht!

Es war das erste Mal, dass ein Junge mich abholen würde, auch wenn ich ihn gefragt hatte. Er hatte nicht nein gesagt, das musste doch etwas bedeuten? Vielleicht nicht gerade, dass Eric in mich verliebt war, doch es war ein guter Start.

Ich grinste vor mich hin, während ich auf der Schulhofsmauer auf Olivia wartete, die sich komischerweise etwas verspätet hatte.

Gerade wollte ich mein Handy herausholen um sie anzurufen, als sie plötzlich wie aus dem Nichts auftauchte und auf mich zu lief.

„Wo warst du?“, fragte ich aufgeregt und sprang von der Mauer. „Ich muss dir etwas sagen“, murmelte sie und sah mich nicht wirklich dabei an. Mein Lächeln verschwand, als ich ihren ernsten Gesichtsausdruck sah.

„Okay. Geht es um heute Abend?"

Sie nickte und öffnete dann den Mund.

„Josh geht mit einem anderen Mädchen auf die Party."

Das hatte ich nun wirklich nicht erwartet und augenblicklich empfand ich Mitgefühl für sie.

Gerade wollte ich etwas erwidern, als sie weiter sprach.

„Er hat mir das so ziemlich vor allen gesagt. Im Schulflur. Eric stand auf der anderen Seite und hat ebenfalls alles mitbekommen. Als Josh dann ging, kam er auf mich zu und hat mich gefragt – na ja - ob ich mit ihm zur Party möchte. Er meinte, du hättest bestimmt nichts dagegen und der Meinung war ich auch, also - hab ich ja gesagt. Wir gehen heute zusammen zur Party, aber ich hab gehört Drake sucht noch nach einem Date, du kannst doch ihn fragen."

Sie lächelte schüchtern und legte mir eine Hand auf den Arm, doch ich zuckte zurück, während sich alle meine Glieder versteiften und meine Augen zu brennen anfingen.

„Du musst das verstehen, ich kann da nicht alleine hin. Jeder kennt mich, ich möchte mich als Schülersprecherin bewerben, dafür müssen die anderen mich mögen und keiner wählt Loser. Du bist meine beste Freundin, du kannst das doch bestimmt verstehen, oder?"

Es war, als hätte ich einen Stein im Hals sitzen.

Langsam griff ich nach meiner Tasche und versuchte, ein tapferes Lächeln aufzusetzen.

„Du hast Recht. Das wäre heute auch nur zu schön gewesen. Kein Freiwilliger würde mit Losern wie mir zu einer Party gehen."

Ich schluckte schwer und lief dann auf wackeligen Beinen so schnell wie möglich an ihr vorbei.

FLASHBACK ENDE

Sie hatte sich nicht verändert, doch warum sollte sie auch? Jeder ging vor. Josh, Eric und nun auch Henry. Ich war nur die Person, die hinterher zum Ausheulen diente.

Doch warum empfand ich das auf einmal? Es sollte mich doch eigentlich nicht stören.

Olivia war Olivia und Henry war Henry und ich war jemand, der nicht einmal in hundert Jahren zu deren Liga gehören würde.

Warum nur empfand ich auf einmal solche Selbstzweifel? Was war los mit mir?

„Nora? Nora!“

„Ja?“

„Du hast dein Essen noch gar nicht angerührt.“

Ich sah von meinem Papa zu meinem Essen und empfand auf einmal eine schreckliche Übelkeit.

„Mir geht‘s heute nicht so gut.“

„Das merke ich. Du wirst doch nicht wieder krank oder bist es noch, oder?“

Ich schüttelte den Kopf und stand dann langsam auf. „Ich glaube, ich brauche nur kurz etwas frische Luft.“

Ich begann, mich an ihm vorbei zu zwängen und so schnell wie möglich nach draußen zu laufen.

Ich bin nicht eifersüchtig, ich bin nicht eifersüchtig!

Doch mein Unterbewusstsein wusste es mal wieder besser...

65. Kapitel

NORAS SICHT

Langsam ließ ich mich auf eine Stufe des Gebäudes gegenüber vom Restaurant fallen und sah auf mein Handy. Mein Kopf war kurz davor zu platzen, so viel schwirrte dort herum. Doch das Schlimmste war, ich wusste nicht, was ich tun oder wirklich denken sollte.

Ich wusste noch nicht einmal, was auf einmal mit mir los war. Vielleicht brauchte ich einfach jemanden, mit dem ich reden konnte, doch wen?

Olivia saß dort drinnen und redete sich mit Henry den Mund fusselig, mein Papa und Francis waren in ihren eigenen Gedanken versunken und Jolene und Jack verbrachten wahrscheinlich gerade selber einen tollen Abend mit ihrer Familie.

Die Einzige, die mal wieder unzufrieden war, war ich selber. Vielleicht sollte ich die Sachen einfach so akzeptieren wie sie waren.

War dies der Tiefpunkt, den jeder in seinem Leben einmal erlebte und von dem alle sprachen oder hatte ich einfach nur einen schlechten Tag?

Die zweite Möglichkeit erschien mir realistischer, schließlich war ich gerade einmal siebzehn und mein Leben fing somit gerade erst an. Dies stimmte nicht ganz, denn in nur ein paar

Wochen wurde ich achtzehn Jahre alt und war somit kein Kind mehr, doch was hieß das schon, wenn man sich sowieso nicht mehr wie eins fühlte.

Müde starrte ich auf die beleuchtete Straße, die das Restaurant von dem Gebäude, auf dessen Stufen ich saß, trennte. Autos flitzten vorbei, während auf den Gehwegen ein paar Menschen entlangliefen. Mittlerweile war es schon dunkel geworden und mit der Abenddämmerung kam auch die Kälte.

Ich öffnete den Mund und atmete tief die kalte Luft ein und aus, in der Hoffnung, dass die Übelkeit dadurch verschwinden würde.

„Misss saben sie vlleicht n bisschen Geld fur misch?"

Ich erschrak und sah auf, wo ein Mann mit dreckigen Anziehsachen, rotem Gesicht und einer halb vollen Bierflasche stand und durch seine wackeligen Bewegungen und der Stimme ziemlich betrunken wirkte.

Schnell stand ich auf und versuchte ein nettes Lächeln aufzusetzen, bei solchen Leuten wusste man ja nie...

„Tut mir leid, aber nein."

„Bitte", forderte er und nahm einen Schluck von seiner Bierflasche. Angewidert lief ich an ihm vorbei und sprang schnell die letzten Stufen herunter, um dann über die gerade noch grüne Ampel zu rennen und so schnell wie möglich zurück ins Restaurant zu gelangen.

„Nora!", rief Francis, als sie mich erblickte und ich lief langsam auf unseren Tisch zu, wobei ich versuchte Olivia und Henry, die mir nun zum ersten Mal Aufmerksamkeit schenkten, zu ignorieren.

„Geht es dir besser?" Ich nickte und lächelte. „Gut, können wir dann gehen?", fragte Henry und sah kurz zu Olivia, die ein Kichern von sich gab, das ich von ihr noch nie gehört hatte. Als ich mich dabei erwischte, wie ich die beiden wieder beobachtete, griff ich schnell nach meiner Jacke, zog sie an und bückte mich dann etwas, um auch an meine Tasche zu kommen.

Die anderen standen nun ebenfalls auf und ich lief bereits auf die Tür zu, als jemand von hinten auf einmal angerannt kam und sich bei mir einhakte.

Erschrocken sah ich Olivia an, die mich mit leuchtenden, großen Augen ansah. „Oh mein Gott!", zischte sie in mein Ohr und drückte meinen Arm fest. Ich hob eine Augenbraue, nicht wirklich interessiert an dem, was sie mir zu sagen hatte.

„Nora, du hast so untertrieben!"

Ich befreite mich aus ihrem Griff und verließ das warme Restaurant zum zweiten Mal, die anderen im Schlepptau. „Warte!", hörte ich Olivia hinter mir rufen, doch ich war viel zu beleidigt, um ihr irgendeinen Gefallen zu tun. „Nora!"

Ich tat, als würde ich sie nicht hören und öffnete stattdessen die Autotür des schwarzen Range Rovers, den Francis aufgeschlossen hatte und nun die Beifahrertür öffnete, um selbst einzusteigen. Manchmal hatte ich das Gefühl, dass Erwachsene nur ihre eigenen Probleme verfolgten und deswegen nie bemerkten, was mit ihren Kindern los war, doch vielleicht wollten sie sich auch einfach nicht einmischen.

Ich rückte über die Bank auf die linke Fensterseite und verschränkte die Arme vor der Brust. Wenig später stiegen auch die anderen drei ein. Olivia rutschte neben mich und ich sah aus den Augenwinkeln, wie sie die Stirn runzelte, doch ich sagte nichts und sie tat es mir gleich.

Die Fahrt verlief ruhig, niemand sagte etwas und es herrschte eine angespannte Stimmung, für die ich höchstwahrscheinlich der Auslöser gewesen war.

Ich war nur froh, als wir endlich ankamen und aussteigen konnten. Anstatt einfach ins Haus zu laufen, blieb ich noch eine

Weile, um mich bei Henry und Francis - das hieß, eigentlich nur Francis - zu verabschieden. Ich wollte schließlich nicht unhöflich wirken und mir auch nicht jede kleine Stimmungsschwankung anmerken lassen.

Doch sobald Papa die Tür aufschloss und das Licht im Wohnzimmer angeschaltet hatte, rannte ich quer durch den Raum und lief die paar Stufen der Treppe nach oben, durch den Flur und auf mein Zimmer zu.

Ich hörte noch jemanden meinen Namen rufen, ignorierte es jedoch und ließ mich auf mein Bett fallen, wobei ich fast über die neuerdings daneben stehende Matratze gestolpert wäre. Ich stöhnte genervt auf und griff nach der Lektüre, die auf meinem Nachttisch stand und die wir über die Ferien lesen sollten, auch wenn morgen der letzte Schultag war, auf den ich mehr als nur keine Lust hatte.

Ich schlug die erste Seite auf und betrachtete verwirrt die klein gedruckten Buchstaben. Schon nach dem ersten Satz gab ich die Lektüre auf und warf sie auf den Boden.

Genau in dem Moment ging die Tür auf und Olivia stand im Türrahmen, die Klinke in der Hand. Ausdruckslos sah sie mich an und schüttelte dann den Kopf, bevor sie eintrat und die Tür wieder hinter sich schloss.

„Was sollte das? Seit wann ignorierst du mich?“, rief sie mit einem beleidigten Gesichtsausdruck und ich setzte mich auf.

„Du wunderst dich, dass ich dich ignoriere? Dann weißt du jetzt wenigstens, wie sich das anfühlt“, murmelte ich und beobachtete kritisch, wie sie sich im Schneidersitz auf ihrer Matratze niederließ.

„Wovon redest du überhaupt? Wann habe ich dich ignoriert? Ich bin gerade einmal ein paar Stunden da.“

Ungewollt begann ich zu lachen, hörte jedoch kurze Zeit später auf, als ich ihren ernsten Gesichtsausdruck bemerkte.

„Die ganzen drei Stunden, die wir im Restaurant verbracht haben, hast du nicht einen Satz zu mir gesagt. Ich hatte das Gefühl, dass du mich noch nicht einmal richtig wahrgenommen hast. Du warst viel zu beschäftigt damit, dich an Henry ranzumachen!“

Fassungslos sah sie mich an. „Das stimmt doch überhaupt nicht! Na gut, ich gebe zu, vielleicht haben wir nicht viel geredet, aber ich habe mich nicht an ihn rangemacht, ich wollte ihn lediglich kennenlernen. Das wirst du mir doch nicht verübeln!“

Ich schnaubte verächtlich. „Komm schon Olivia, natürlich hast du geflirtet. Wie immer und dann auch noch mit ihm!“

Sie sah mich an, sagte jedoch nichts, was dazu führte, dass eine unangenehme Stille herrschte. Dann legte sie auf einmal den Kopf schief und grinste frech, was noch unangenehmer war, da ich diesen Blick nur zu gut kannte.

„Magst du ihn?“, fragte sie und hob erwartungsvoll die Augenbrauen.

„Was?!“

„Magst du ihn? Ist doch nur eine Frage“, wiederholte sie unschuldig und als würde sie sich nichts dabei denken. Ihre Frage machte mich wütend. Ich wusste nicht, woran es lag, doch sie machte mich wütend. Wahrscheinlich lag es daran, dass ich solche Fragen nicht ausstehen konnte, da sie dafür sorgten, dass ich rot anlief und wie eine Hirntote zu stottern anfing, was in Bezug auf Henry höchstwahrscheinlich nicht der Fall sein würde.

Falsch gedacht. Scheiße.

„Du magst ihn, sonst würdest du jetzt nicht so rot werden!“ Da war es wieder, dieses miese Grinsen von ihr, welches ich ebenfalls nicht ausstehen konnte.

Ich holte tief Luft und sah in ihre braunen Augen, die so klar waren, dass ich mich selber darin hätte widerspiegeln können.

„Olivia“, begann ich und sprach extra langsam, als würde ich einem kleinem Kind beibringen, dass Kleber nicht zum Essen da war. „Henry und ich konnten uns noch nie wirklich leiden, im Gegenteil. Und ich war auch davon ausgegangen, dass es so bleiben würde, wäre es nicht mit unseren Eltern so gekommen, wie es jetzt ist. Wir ziehen bald zusammen und es wäre kindisch sich die ganze Zeit aus dem Weg zu gehen, weshalb wir gelernt haben, uns zu akzeptieren, dass hat er mir heute sogar gesagt. Henry ist Henry und ich bin ich und ich werde bestimmt nie mehr für ihn sein, als ich es jetzt schon bin."

Olivia sah so aus, als wollte sie mir widersprechen, weshalb ich noch schnell hinzufügte: „Außerdem gibt es da schon jemand anderen."

Ich presste die Lippen aufeinander und starrte auf meine Hände, während sie nun aufsprang und sich neben mich setzte.

„Wie bitte, wie war das?! Es gibt jemanden, von dem du mir nicht erzählt hast?", rief sie aufgeregt und strahlte mich fasziniert an.

Natürlich habe ich dir nicht von ihm erzählt, schließlich will ich nicht, dass du mir noch jemanden wegnimmst.

Wild schüttelte ich mit dem Kopf, um den Gedanken zu verdrängen.

„War das nur ein Scherz oder warum schüttelst du den Kopf?", fragte Olivia verwundert und ich drehte mich zu ihr. Langsam begannen meine Wangen zu glühen und ich war auf eine lange Nacht gefasst.

„Das erzähle ich dir morgen, ich bin zu müde", versuchte ich nach einer Ausrede zu greifen und sie sah mich ungeduldig an.

„Na schön, aber dann musst du mir noch etwas sagen."

Fragend sah ich zurück. „Was willst du wissen?"

„Nur ob du es sehr schlimm finden würdest, wenn ich mit Henry morgen zu der Party gehe. Ich glaube, er mag mich."

Ihr Satz ließ mich einen Moment lang sprachlos sein.

„Moment. Und was ist mit Eric?", fragte ich fassungslos, hatte jedoch das Gefühl, als würde sie nicht verstehen, was ich meinte, bis sie auf einmal anfing zu lachen.

„Eric?", fragte sie, nachdem sie sich wieder abgeregt hatte.

„Dass du dich an den noch erinnerst!"

„Ehm..er ist dein Freund, natürlich erinnere ich mich an ihn."

Auf einmal wurde ihre Miene ernst. „Hab ich es dir nicht erzählt?"

„Mir was erzählt?"

„Oh man, das habe ich in meiner Aufregung ganz vergessen. Eric und ich sind nicht mehr zusammen, ehrlich gesagt schon seit einer ganzen Weile nicht mehr."

„Warte, aber -"

„Ja, ich weiß, was du jetzt denkst, aber er war nun mal sterbenslangweilig."

Mit hängender Kinnlade sah ich sie an. War das ihr Ernst?

Meine Fassungslosigkeit verwandelte sich in ein Lachen und ich schüttelte ungläubig den Kopf. Nun war es Olivia, die fragend schaute. „Was ist?"

„Nichts ich...ich finde das Ganze nur etwas...lustig."

Sie zuckte mit den Schultern. „Wenn du das lustig findest. Wie auch immer, hast du etwas dagegen?"

„Wogegen?"

Genervt verdrehte sie die Augen. „Wenn ich mit Henry gehe, hörst du mir gar nicht zu?"

„Ihr kennt euch seit noch nicht einmal vier Stunden, Olivia."

Sie grinste. „Ich weiß, manchmal geht es eben schneller, manchmal langsamer."

Ziemlich sarkastisch gemeint, stimmte ich ihr zu.

„Es ist nur -", begann ich, beendete meinen Satz jedoch nicht, da sie mir auf einmal um den Hals fiel. „Das wird alles so toll! Morgen müssen wir unbedingt zu viert zu diesem Jack gehen."

„Zu viert?“, fragte ich völlig in Trance und sie nickte.

„Du, ich, Henry und dein neuer Freund!“

„Er ist nicht mein Freund...“

„Dann wird sich das eben noch ändern, jedenfalls wird das bestimmt mega cool!“

„Bestimmt...mega cool.“

66. Kapitel

NORAS SICHT

Langsam wälzte ich mich in meinem Bett herum, in der Hoffnung, dass die Sonne aufhören würde in mein Gesicht zu scheinen, doch vergeblich. Mürrisch begann ich mit meinen Füßen zu strampeln, was dazu führte, dass meine Decke abrutschte und auf den Boden fiel.

Wütend fluchte ich und öffnete die Augen. Ich musste etwas blinzeln und strich mir eine verirrte Haarsträhne hinters Ohr. Jetzt schon fürchtete ich mich davor in den Spiegel zu sehen.

Ich setzte mich im Bett auf und sah mich in meinem Zimmer um. Schon bald wurden meine Augen vor Entsetzen groß. Überall lagen leere Chipstüten, Flaschen, verstreutes Haribo, Krümel, ein Koffer voller Anziehsachen und mitten im Zimmer lag Olivia auf ihrer Matratze und schlief so fest, dass ich sie schnarchen hören konnte.

Was hatten wir gestern noch alles gemacht? Ich schmiss mich zurück nach hinten und drückte das Kissen aufs Gesicht, während ich noch daran dachte, was gestern alles passiert war.

Ein schrilles Geräusch ließ mich aufschrecken und ich griff schnell nach meinem Wecker um ihn auszuschalten, bevor Olivia aufwachen würde.

So leise ich konnte, stand ich auf und lief vorsichtig durch den Raum, suchte mir meine Anziehsachen heraus und verschwand im Bad.

„Wieso hast du sie nicht aufgeweckt?“, fragte Papa, während ich damit beschäftigt war, meine Haare zu einem Dutt zu drehen.

„Weil sie noch geschlafen hat“, antwortete ich nur und griff nach meiner Tasche. Sichtlich verwirrt schüttelte er den Kopf und reichte mir dann eine Wasserflasche.

„Francis und ich fahren heute zu unserem neuem Haus um zu gucken, ob der Umzug gut läuft, sollen wir Olivia mitnehmen?“

Ich überlegte eine Weile, schüttelte dann jedoch den Kopf. „Sie wollte sowieso heute Vormittag in die Stadt gehen und sich ein Kleid für heute Abend aussuchen.“

„Was ist denn heute Abend?“, fragte er verwundert und ich sah ihn erstaunt an. „Hast du es etwa vergessen? Jack macht eine Party, da heute der letzte Schultag ist, das habe ich dir gestern erst erzählt.“

Er schien eine Weile lang zu überlegen, nickte dann aber. „Stimmt ja. Ich bin so vergesslich geworden. Gut, dass du da bist.“

Ich schüttelte grinsend den Kopf und öffnete dann die Haustür. „Dann bis später.“

Während Jolene ihre Bücher aus dem Spind holte, stand ich neben ihr und erzählte ihr von gestern Abend. Sie hörte schweigend zu, schien jedoch ganz woanders zu sein.

„Ist alles in Ordnung bei dir?“, fragte ich unsicher und sie schloss die schmale Tür. „Na ja ich -“, begann sie, schüttelte dann jedoch nur den Kopf und lächelte. „Klar, warum sollte etwas nicht in Ordnung sein?“

JOLENES SICHT

„Weil du nicht so aussiehst und mal abgesehen davon, hast du heute kaum etwas gesagt“, antwortete Nora und wir begannen den Flur runterzulaufen.

Ich seufzte. Seit dem Vorfall mit Henry und Jimmy hatte ich ein schlechtes Gewissen, da ich ihr die Wahrheit verschwieg. Vielleicht war dies gar nicht mal so schlimm, doch sie musste es einfach wissen. Keiner von uns, noch nicht einmal Jack, hätte gedacht, dass Henry sich verlieben könnte. Doch wie es aussah war dies der Fall. Hätte Jack es mir nicht verboten, hätte ich es Nora vielleicht schon gesagt, doch andererseits hatte er Recht. Es war Henrys Aufgabe ihr zu sagen, was er fühlte und wenn er dies nicht auf die Reihe bekam, dann war das sein Problem.

Dass Olivia nun da war, änderte natürlich alles. Ich wusste nicht viel über sie, außer dass sie früher oder immer noch Noras ziemlich gute Freundin war, doch sie hatte sie nie erwähnt. Auf mich wirkte sie ein wenig zu sehr von sich selber eingenommen.

Vielleicht war sie einfach nicht mein Typ und ihrem Blick nach zu urteilen, war ich auch nicht gerade ihrer. Trotzdem wollte ich keine Vorurteile haben, schließlich kannte ich sie nicht.

„Glaub mir, es ist wirklich nichts. Weißt du schon, was du heute Abend anziehen wirst?“, fragte ich, um das Thema zu wechseln. „Es gibt da ein Problem“, murmelte sie und ich sah sie fragend an. „Ein Problem?“ Sie nickte. „Olivia geht mit Henry zu Jack und will, dass wir zu viert zu ihm fahren. Weißt du, was das heißt?“

Wie angewurzelt blieb ich stehen und sah sie geschockt an. „Olivia geht mit Henry da hin? Die beiden kennen sich doch gar nicht!“

Nora verdrehte die Augen. „Du hättest die beiden gestern Abend mal sehen sollen, ich wurde wie Luft behandelt, aber um deine Frage zu beantworten: Ja, Henry hat sie gestern gefragt – das meinte sie zumindest.“

Was war denn nur los mit ihm?

„Stört es dich?“, fragte ich und hoffte auf eine ehrliche Antwort.

Sie überlegte sich ihre Antwort, schüttelte dann jedoch den Kopf und lächelte mich an. „Nein, warum sollte es?"

Etwas sagte mir, dass sie log.

Gerade als ich etwas erwidern wollte, sah sie auf die Uhr, die gegenüber von uns hing und drehte sich zu mir um.

„Ich hab jetzt Spanisch. Sehen wir uns nach der Schule?"

„Ich kann nicht, da Jack wollte, dass ich ihm bei den Vorbereitungen helfe und -" „Schon verstanden, dann sehen wir uns eben heute Abend", sagte sie und lächelte. Ich umarmte sie kurz, bevor sie losrannte, um noch rechtzeitig zur nächsten Stunde zu gelangen.

HENRYS SICHT

Konzentriert starrte ich auf das Arbeitsblatt, das uns eben ausgeteilt wurde, doch meine Gedanken waren ganz woanders. Es kostete mich einiges mich nicht umzudrehen und zu dem Mädchen, das nur drei Reihen hinter mir saß, zu schauen.

Seit gestern hatte ich sie ignoriert. Zwar redeten wir sowieso nicht gerade viel, doch auch wenn sie es höchstwahrscheinlich nie mitbekommen hatte, sah ich sie sonst immer alle zwei Sekunden an. Gestern hatte sich das geändert und es fühlte sich zwar irgendwie falsch an, doch ich war fest entschlossen meinen Plan durchzuziehen.

Heute Abend war Jacks Party, zu der fast die gesamte Stufe gehen würde. Was hatte ich mir erhofft? Es war klar, dass Jimmy und Nora da sein würden, weshalb ich glücklich darüber sein konnte, dass da noch diese Olivia war.

Sie war der perfekte Ersatz: Anhänglich, auffällig und wirklich nicht gerade hässlich. Doch das Beste war, dass sie Noras beste Freundin war. Natürlich hätte ich sie in meinen Plan auch einweihen können, doch ich war mir nicht so sicher, ob ich ihr vertrauen konnte.

Zwei ganze Stunden lang hatte ich mich gestern mit ihr unterhalten und mich später gefragt, wie ich sie hatte aushalten können. Sie gehörte zu der Sorte Mädchen, die versuchten alles zu bekommen, was sie sich wünschen und wahrscheinlich so einiges dafür riskieren würden. Dass Olivia Noras beste Freundin war, hätte ich nie gedacht, die beiden konnten nicht unterschiedlicher sein.

„Mr Thompson?"

Ich zuckte etwas zusammen und sah von dem Blatt auf. „Ja?", antwortete ich und sah meiner Spanischlehrerin Mrs Hutson in die Augen.

„Machen sie auch ihre Aufgaben? Es sieht so aus, als wären sie mit ihren Gedanken ganz woanders."

Ich wurde rot, allerdings nicht wegen Mrs Hutson, sondern weil ich aus den Augenwinkeln sah, wie jemand den Kopf hob und zu mir herüber sah. „Nichts", antwortete ich schnell, erntete dafür allerdings nur einen verwirrten Blick. „Nichts?"

„Ich meine", korrigierte ich mich schnell „Dass ich noch beim Lesen bin."

Sie nickte und lief dann wieder zurück nach vorne.

„Arbeiten sie bitte etwas schneller, da es in drei Minuten klingeln wird und sie doch bestimmt keine Hausaufgaben über die Ferien aufbekommen wollen", ermahnte sie uns und ein Gemurmel ging durch den Raum.

Ich stützte meinen Kopf auf meiner Hand auf und versuchte nun zum dritten Mal den Text zu lesen und dieses Mal hoffentlich auch zu verstehen.

NORAS SICHT

Nervös spielte ich mit dem Stift zwischen meinen Fingern und versuchte, nicht die ganze Zeit zu Henry zu sehen. Seit Olivia da war, was gerade mal ein Tag war, hatte sich irgendetwas geändert. Vielleicht hätte sie doch erst Dienstag kommen sollen, denn kaum war sie da, schien sie schon wieder alles auf den Kopf zu stellen. Natürlich war dies etwas übertrieben, doch ihre Art machte mich neuerdings etwas wütend.

Allerdings hatte ich momentan ganz andere Sorgen, die sich auf heute Abend bezogen. Jimmy wollte mich abholen und Henry würde mit Olivia dort hin gehen.

Jimmy.

Henry.

Olivia.

Wenn ich Jimmy glauben sollte, was ich selbstverständlich tat, dann schienen er und Henry sich echt nicht zu verstehen, auch wenn der Grund bisher unklar blieb. Heute Abend würden sie sich so oder so sehen, doch dass wir zusammen dort hinfahren sollten, musste irgendwie verhindert werden und es blieb keine andere Möglichkeit, als dass ich es verhinderte.

Die Schulklingel holte mich aus meinen Gedanken und ich sah auf. Glückliches Geschrei ging durch den Klassenraum und ich hielt mir die Ohren zu, konnte es jedoch nachvollziehen, dass sich alle auf die Ferien freuten. Ich dagegen hatte gemischte Gefühle, da ich nicht wusste, wie sie werden würden.

Ich stellte meine Tasche auf den Tisch und begann, meine Sachen einzupacken. Als ich fertig war, war der Klassenraum bereits leer und ich folgte den anderen in einem langsameren Tempo auf den Flur.

Nachdem ich es geschafft hatte, mich durch das ganze Gedrängel und Geschubse hindurch zu kämpfen, gelangte ich endlich nach draußen und stolperte auf die Bushaltestelle zu.

Fünf Minuten später kam dann der Bus und ich verschwendete keine Zeit einzusteigen und mir einen noch freien Sitzplatz zu suchen.

Auf einmal begann mein Bauch komische Geräusche von sich zu geben und bestätigte mir somit, dass ich ziemlichen Hunger hatte. Ich lehnte den Kopf gegen die kalte Scheibe und versuchte, meine Kopfhörer auseinander zu knoten. Insgeheim hoffte ich nur, nicht nach Hause zu kommen und mein Zimmer noch verwüsteter, als es sowieso schon war, vorzufinden. Allerdings bezweifelte ich, dass es nicht so sein würde, denn wenn Olivia tatsächlich shoppen gewesen war, dann würde das Ergebnis kein anderes sein als das, das ich befürchtete vorzufinden.

67. Kapitel

NORAS SICHT

Mit einem starken Ruck, der mich etwas nach vorne kippen ließ, hielt der Bus und die Türen öffneten sich. Schnell stand ich auf und quetschte mich an den Menschen vorbei, um nach draußen zu gelangen.

Nachdem mir dies gelungen war, lief ich die Straße entlang, bis ich nach links in unsere einbiegen musste. Es war ungewöhnlich ruhig heute, fast schon unheimlich. Blätter in den unterschiedlichsten Farben lagen überall auf dem Gehweg und sorgten für Geräusche beim Laufen.

Ich zog die Kopfhörer aus den Ohren und den Hausschlüssel aus der Tasche, als ich unser Haus erblickte. Hoffentlich hatte Papa Olivia einen Hausschlüssel gegeben, nicht dass sie den gesamten Vormittag nicht mehr ins oder aus dem Haus gekommen war.

Ich schloss die Haustür auf und knallte sie hinter mir zu, nachdem ich eingetreten war.

„Olivia?“, rief ich durchs Wohnzimmer und streifte mir die Jacke und die Schuhe ab. Als keine Antwort kam, ließ ich meine Tasche auf den Boden fallen und lief die Treppe nach oben.

„Bist du -“, begann ich, sprach jedoch nicht zu Ende, als ich sie in meinem Zimmer erblickte.

Dort stand sie. Barfuss, mit unordentlich hochgesteckten Haaren und einem mir nur allzu bekannten Kleid an.

Auf einmal zog sich eine Gänsehaut über meinen ganzen Körper und ich kniff die Augen zusammen, um die Ereignisse von jenem Abend zu verdrängen.

„Nora!", rief sie und zog überrascht die Augenbrauen hoch. „Ich dachte, du hättest erst später Schule aus."

Ich atmete aus und musterte sie. Das Kleid sah durch ihre Größe noch kürzer aus und passte sich perfekt ihrer Figur an.

Sie folgte meinem Blick und sah an sich herunter. Nervös strich sie über den schwarzen Stoff und blickte mich unsicher lächelnd an.

„Das habe ich in deinem Kleiderschrank gefunden, ich… dachte, du willst es vielleicht nicht mehr."

Ich schluckte die sich in mir aufstauende Wut herunter und sah sie an. „Wie kommst du darauf, dass ich es nicht mehr will?", fragte ich scharf und wartete auf ihre Antwort. Sie machte den Mund auf, brauchte jedoch etwas Zeit, bevor sie antworten konnte.

„Na ja, es lag ganz unten in deinem Schrank und zwar nicht gerade ordentlich gefaltet, eher versteckt, als wolltest du es nicht mehr tragen oder sehen."

„Und das hatte auch einen Grund, Olivia", warf ich ein und sie verstummte. Doch da war noch eine andere Frage, die mich beschäftigte. „Sag mal, wieso gehst du überhaupt durch meinen Schrank und nimmst dir, was du willst, ohne mich vorher zu fragen?"

Sie begann etwas beschämt mit ihren Fingern zu spielen. „Tut mir leid, ich mach es nicht noch mal. Ich fand es nur so schön und wollte es unbedingt heute Abend anziehen", murmelte sie und ich runzelte die Stirn. „Du wolltest es heute Abend anziehen?"

Sie nickte und sah mich unsicher an. „Wolltest du dir nicht heute eins kaufen gehen?", versuchte ich sie weiterhin von dem Kleid abzubringen. Warum hatte ich es nicht einfach Francis zurückgegeben?

„Ich war ja auch in der Stadt, aber dort gibt es nun mal keinen einzigen vernünftigen Laden mit schönen Kleidern, nur Rentnerzeugs“, verteidigte sie sich. Ich verdrehte die Augen, da ihre Aussage nicht gerade korrekt war. Im Stadtzentrum gab es eine ganze Mall, in der ich bereits mit Jolene gewesen war.

„Wolltest du es etwa heute Abend anziehen?“, fragte sie und gab vor es auszuziehen, doch ich schüttelte den Kopf. „Ich will das Kleid nie wieder anziehen“, murmelte ich und lehnte mich gegen den Türrahmen.

„Wieso nicht?“

Wieso musst du immer so viele Fragen stellen?

Ich seufzte und verschränkte die Arme vor der Brust. „Ich verbinde nicht so viele schöne Erinnerungen mit dem Kleid und wollte es Francis eigentlich zurückgeben -“ „Es ist Francis Kleid?“, warf Olivia überrascht ein und zog eine Augenbraue hoch.

„Nicht wirklich, es gehört Henrys Schwester. Francis hat es mir vor ein paar Wochen geliehen.“

„Aber wenn du es sowieso zurückgegeben hättest und es nicht dir gehört, warum kann ich es dann nicht anziehen?“

Ich presste die Lippen aufeinander und versuchte nicht wortwörtlich auszurasten.

„Mach doch, was du willst. Wenn du es unbedingt anziehen möchtest, dann tu es eben“, murmelte ich und drehte mich um.

Ich lief aus meinem Zimmer und zurück nach unten in die Küche, um mir ein Sandwich zu machen. Kurze Zeit später wurde die Haustür auf einmal aufgeschlossen und Papa trat ins Wohnzimmer. Er lief in die Küche und sagte etwas, was ich nicht verstand.

„Nora!“, rief er und wedelte mit der Hand vor meinem Gesicht herum. Ich ließ genervt das Messer fallen und sah ihn an. „Was?“, rief ich patzig und er zuckte etwas zurück.

„Ich wollte nur fragen, wie viel Mayonnaise du dir noch aufs Brot schmieren möchtest“, antwortete er gelassen und mein Blick glitt auf das vor mir liegende Brot. Vielleicht hatte ich es ‚etwas‘ übertrieben.

Ich antwortete nicht und machte stattdessen weiter. „Ist etwas mit dir?“, fragte er schließlich und ich schluckte.

„Olivia möchte heute Abend Poppys Kleid anziehen“, murmelte ich und hatte das Gefühl, als würde er erst nicht verstehen, was ich meinte, nickte dann jedoch langsam.

„Ich verstehe.“ „Nein, du verstehst überhaupt nichts“, rief ich empört. „Ich hab es beim Date mit Ethan getragen. Dieses Kleid bringt Unglück. Poppy hat es damals auch Unglück gebracht und nachdem ich aus dem Krankenhaus gekommen war, hab ich es extra tief unten im Schrank versteckt, damit ich es nicht mehr sehen muss. Jetzt komm ich von der Schule und sehe Olivia darin, die es heute Abend anziehen will. Weißt du, was das bei mir auslöst?!“

OLIVIAS SICHT

Die Augen weit aufgerissen, den Mund aufgeklappt saß ich auf der obersten Treppenstufe und hörte Nora bei ihrem Gespräch mit ihrem Papa zu.

Ich konnte nicht glauben, was ich hörte.

Doch was ich noch weniger glauben konnte, war, dass sie mir davon nichts erzählt hatte! Und genau jetzt fragte ich mich, was sie noch alles vor mir verheimlichte...

NORAS SICHT

Während ich auf dem Boden kniete und eine Jeans nach der anderen betrachtete, saß Olivia auf meinem Bett und spielte mit ihrem Handy. Letztendlich hatte ich ihr dann doch erlaubt, das Kleid anzuziehen, woraufhin sie nur genickt und es wieder ausgezogen hatte. Generell sagte sie nichts mehr zu dem Thema, wofür ich ihr relativ dankbar war.

„Du willst eine Jeans anziehen?“, fragte sie auf einmal, ohne von ihrem Handy aufzusehen. Ich betrachtete die dunkelblaue Jeans in meiner Hand und nickte.

„Warum nicht?“ Sie zuckte mit den Schultern. „Ich frage mich nur, warum du kein Kleid anziehst.“

Ich packte mir den Stapel mit den restlichen Hosen und warf ihn unordentlich zurück in den Schrank. „Ganz einfach, weil ich kaum Kleider besitze und die, die ich habe, passen nicht zu heute Abend.“

„Warst du schon einmal auf so einer Party? Also von diesem Jack?“

Ich blickte auf und nickte nach einer Weile. „Ja“, antwortete ich knapp und warf die Jeans über die Lehne meines Schreibtischstuhls.

„Und wie war die so?“

„Es war eine ganz normale Party, ich hab Jimmy dort kennengelernt“, erklärte ich und wusste nicht, ob das etwas Positives oder Negatives war. Schließlich hatte ich mich damals wegen Henry versteckt, nachdem ich ziemlich gedemütigt wurde und Jimmy war es, der mich gefunden und nach Hause gebracht hatte.

Bei dem Gedanken an Jimmy fiel mir auf einmal noch etwas anderes ein. Ich griff nach meinem Handy, sagte: „Ich bin gleich wieder da“ und lief aus meinem Zimmer ins Gästezimmer nebenan und schloss vorsichtshalber die Tür ab.

Dann setzte ich mich auf die Bettkante des Doppelbetts und wählte Jimmys Handynummer.

Es dauerte eine Weile bis am anderen Ende der Leitung auf einmal ein „Hallo?“ ertönte.

„Jimmy, ich bin's Nora", antwortete ich und räusperte mich kurz. „Hey! Und wie geht's so?"

„Ganz gut, aber ich hab eine Frage wegen heute Abend."

„Okay und die wäre?"

Ich hörte etwas Besorgnis in seiner Stimme und musste lächeln.

„Ich wollte fragen, ob wir uns vielleicht erst auf der Party treffen könnten und nicht schon vorher."

Eine Weile lang war es ruhig und in mir stieg die Nervosität.

„Wieso?", fragte er schließlich und ich versuchte, schnell nach einer Ausrede zu suchen.

„Weil ich denke, dass es so besser wäre."

Das war ja wohl die dümmste Ausrede, die es gab!

„In Ordnung, wenn du das willst."

„Bist du jetzt böse?"

Ich hörte, wie er lachen musste. „Nein, warum sollte ich böse sein? Ich warte einfach am Tor auf dich."

Der Satz entlockte mir ein Lächeln. „Gut. Dann bis später."

„Bis später, Nora."

Er legte auf und ich ließ das Handy in meinen Schoß sinken. Nach einer Weile stand ich auf und lief aus dem Zimmer zurück in meins.

„Was hast du gemacht?", fragte Olivia, die nun im Schneidersitz auf dem Boden saß und mich mit großen Augen ansah. „Nur kurz mit Jolene telefoniert", log ich und bekam sofort ein schlechtes Gewissen.

Olivia nickte nur und zog mich dann neben sich. „Guck mal, was Henry mir geschrieben hat", sagte sie und hielt mir ihr Handy unter die Nase. Augenblicklich verschwand meine gute Laune und ich betrachtete den kleingedruckten Text auf dem Bildschirm

‚Passt dir sieben Uhr? H.'

Ich schluckte und tat so, als wäre ich überrascht. „Und?", fragte Olivia mit funkelnden Augen, doch ich verstand nicht. „Was und?"

„Ist sieben in Ordnung? Wann wollte Jimmy denn kommen?"

„Ehm...er muss noch etwas erledigen, deshalb kommt er erst um acht, aber geht ihr ruhig um sieben, ich komme dann nach."

Wieder eine Lüge.

„Aber ich kenne da doch keinen", jammerte sie und ich verdrehte die Augen. „Natürlich tust du das. Ich hab dir Jolene vorgestellt und schließlich hast du Henry, oder?"

Sie nickte. „Du hast Recht. Und was sollen wir bis dahin machen?"

Ich überlegte kurz und stand dann auf.

„Einen Film gucken?"

63. Kapitel

NORAS SICHT

„Hast du das gehört?“, fragte Olivia und sah mich mit weit aufgerissenen Augen an. „Was?“, fragte ich, ohne den Blick vom Bildschirm abzuwenden. Sie setzte sich aufrecht hin und drehte sich zur Tür.

„Da hat jemand geklingelt“, flüsterte sie und sah wieder zu mir. Ich runzelte die Stirn. „Wieso flüsterst du?“ Sie wurde rot und strich sich eine Haarsträhne hinters Ohr. „Tu ich gar nicht“, murmelte sie und mein Bauch begann, etwas zu grummeln. War Henry der Grund? Warum sollte sie sonst so aufgeregt sein? Langsam begann es mich zu nerven und ich erwischte mich immer wieder selber beim Augen verdrehen.

Olivia und Henry, Henry und Olivia. Es passte einfach nicht. Sie passten einfach nicht.

„Möchte vielleicht jemand die Tür aufmachen?“, erklang die Stimme meines Papas auf einmal hinter uns und augenblicklich war Olivia auf ihren Füßen und strich ihr Kleid glatt. Schnell wendete ich meinen Blick ab und griff nach dem Roman auf dem Couchtisch, damit ich wenigstens ‚etwas‘ hatte um mich zu verstecken.

Ich hörte ihre Schritte und wie sie die Haustür öffnete. Ohne es zu bemerken, begann ich an meinen Nägeln zu kauen und über den Rand des Buches zur Tür hinüber zu linsen.

„Hi", hörte ich Olivia piepsen und die Antwort folgte kurz darauf. Mein Herz schlug schneller, als ich versuchte an ihr vorbei zu schauen, doch das Einzige, was ich erblickte, war eine Hand, die in der Hosentasche einer schwarzen Jeans steckte.

Enttäuscht biss ich mir auf die Unterlippe und reckte den Hals etwas, was dazu führte, dass meine Hand nachließ und mir das Buch auf die Nase knallte.

„Au!", murmelte ich und rieb schnell mit der Handfläche darüber. Ich benahm mich so lächerlich!

Neben mir spürte ich die Anwesenheit einer Person und sah auf. Kritisch beobachtete Papa mich und blickte dann zur Tür.

„Bis dann, Nora!", rief Olivia und ich antwortete mit einer Geste, die eigentlich ein Winken darstellen sollte, jedoch mehr wie ein Schütteln rüberkam.

Die Tür wurde von außen geschlossen und ich warf das Buch neben mich.

Peinlich berührt atmete ich aus und drückte beide Daumen gegen die Schläfe. Einen Moment lang schloss ich die Augen, öffnete sie jedoch wieder, als es unangenehm still im Raum wurde.

„Was ist?!", fragte ich genervt und setzte mich auf. Papa antwortete nicht und ließ sich neben mir auf dem Sofa nieder.

„Sag mal, was war das denn?", fragte er auf einmal und sah mich schräg an. „Was war was?", antwortete ich unsicher und spürte, wie meine Oberlippe zu kribbeln begann. Er sah mich nur eine Weile an, bevor er antwortete: „Ich bin vielleicht nicht der Aufmerksamste, doch Offensichtliches bemerke ich sofort!"

„Wovon redest du?"

Er schüttelte nur den Kopf und räusperte sich dann. „Ich muss dir was sagen, jetzt wo Olivia weg ist. Deine Mutter hat angerufen."

Ich wusste nicht, was ich sagen sollte.

„Mama hat angerufen?“, flüsterte ich leise und sah auf irgendeinen Gegenstand hinter ihm, ganz versunken in meinen eigenen Gedanken.

Er nickte. „Gestern Abend, sie wollte dich unbedingt sprechen. Ich habe ihr gesagt, dass Olivia da ist und es daher ein ungünstiger Augenblick ist. Ich hoffe, du bist jetzt nicht gekränkt.“

Ich schluckte schwer und verschränkte die Arme vor der Brust, während sich meine Miene langsam verfinsterte.

„Nach all den Wochen hat sie es also endlich geschafft Platz in ihrem Terminkalender zu schaffen, um ihre einzige Tochter anzurufen“, murmelte ich wütend und starrte stur geradeaus.

Neben mir hörte ich ein Seufzen. „Sie ist deine Mama, Nora, und sie liebt dich sehr.“

„Ach ja?“, erwiderte ich patzig. „Und warum hat sie es dann nicht geschafft einmal anzurufen?!“

„Weil sie erst gar nicht zu Hause war und sich dann nicht sicher war, ob unsere neue Telefonnummer stimmt.“

„Nimm sie bloß nicht in Schutz.“

„Das tu ich nicht, ich wollte es dir nur sagen.“

Ich verstummte und betrachtete den Fußboden. Ferien und eine falsche Telefonnummer waren wohl kaum ein überzeugendes Argument, um der eigenen Tochter klarzumachen, warum man sich seit mehreren Wochen nicht gemeldet hatte. Nicht, dass ich sie vermissen würde, nicht nach allem, was sie mir und meinem Papa angetan hatte.

Na ja, vielleicht ein bisschen. Doch das änderte nichts an meiner Einstellung ihr gegenüber.

„Und was wollte sie?“, fragte ich schließlich.

„Sie wollte wissen, warum du auf ihre Briefe nicht geantwortet hast.“

Ich versuchte mich an die Briefe zurückzuerinnern, wahrscheinlich lagen sie irgendwo vergraben auf meinem

Schreibtisch, gelesen hatte ich jedoch noch keinen davon, dafür war ich zu wütend auf sie gewesen.

„Ich hab eben meine Gründe“, murmelte ich. „War das alles?“

Was dann kam, überraschte mich sehr.

„Nein, ehrlich gesagt wollte sie etwas ganz anderes fragen.“

„Und zwar?“

„Ob du sie in London besuchen willst“, kam es als Antwort und ich drehte mich zu ihm. „Was?“, fragte ich überrascht. „Mama will, dass ich sie besuchen komme? In den Ferien? Auf keinen Fall!“, protestierte ich und sprang auf. Papa erhob sich ebenfalls. „Du kannst es dir ja überlegen, ich hab dir ihre Nummer an den Kühlschrank geklebt.“

Ich antwortete nicht, nicht wissend, wie man darauf antworten sollte.

„Ich überlege es mir“, erwiderte ich dann doch knapp, war mir allerdings sicher, dass ich dies nicht tun würde. Das kam überhaupt nicht in Frage!

„In Ordnung. Ziehst du das eigentlich heute Abend an?“

Ich sah an mir herunter. Mein Outfit war vielleicht nicht gerade das eleganteste, doch meiner Meinung nach ziemlich praktisch.

Man war auf jeden Fall auf der sicheren Seite, schließlich gingen Jeans und T-Shirt immer.

„Ja, warum fragst du?“ „Nur so. Allerdings hat sich Olivia im Vergleich zu dir ja mächtig ins Zeug gelegt, um heute Abend zu glänzen.“

„Olivia wird immer besser aussehen!“, rief ich wütend und er zuckte etwas zusammen. „Schatz, so meinte ich das natürlich nicht -“ „Nur, weil sie sich für die Schule anzieht als würde sie auf eine Party gehen und für eine Party als würde sie den roten Teppich besuchen, heißt das nicht, dass ich das Gleiche machen muss.“

Unschuldig hob Papa die Hände und sah mich etwas überrascht an. Auch ich war zugegebenermaßen etwas von mir selber überrascht.

„Ich werde dann besser mal nichts sagen", murmelte er und trat langsam drei Schritte zurück. „Besser ist es", murmelte ich und griff nach meiner Tasche.

„Gehst du jetzt?"

„Sieht so aus."

„Und warum bist du nicht mit Henry und Olivia gegangen?"

Sonst noch was?

„Schon so spät", rief ich schnell und sah auf meine imaginäre Uhr. „Bis später!"

Ich lief nach draußen und bekam sobald ich an die frische Luft gelangte eine Gänsehaut. Schnell zog ich meine Jacke über und beschleunigte meinen Gang zur Bushaltestelle.

In mir begann sich auf einmal eine Stimme aufzuregen und mich fertig zu machen.

Warum holte mich niemand ab?

Warum hatte ich Jimmy unbedingt anrufen müssen? Jetzt würde ich auf dieser blöden Party, auf die ich immer weniger Lust hatte, alleine aufkreuzen und wie der letzte Volldepp aussehen.

Das ist alles meine eigene Schuld! Und warum bitte hatte ich mir kein Kleid angezogen, wenn auch nicht das Schwarze, in dem Olivia mehr auffallen würde als die anderen. Warum überließ ich ihr überhaupt immer die Vorteile? Und warum war ich, seit sie hier war, wieder so eifersüchtig?

Mal wieder tief in meinen Gedanken versunken, merkte ich gar nicht, dass der Bus hielt, ich einstieg und mich an einen leeren Fensterplatz setzte.

Olivia gehörte zu diesen Personen, die immer bekamen, was sie wollten. Ihre Eltern waren zwar nicht die reichsten, doch die Tatsache, dass sie ein Einzelkind war, gab ihr den Bonus reichlich verwöhnt zu werden. Ich selber war auch ein Einzelkind, doch meine Ansprüche waren nie so hoch gewesen wie die von ihr.

Diese Eigenschaft, die sie nun mal besaß, fand ich schrecklich, hatte jedoch nicht bemerkt, dass ich ebenfalls eine dieser Personen war, die ihr immer ihre Wünsche erfüllten.

Nachdem ich mit meinem Papa umgezogen war, hatte sich viel für mich geändert und in gewisser Weise hatte ich mich auch selber verändert, zumindest musste es so sein, da Olivia sich nicht verändert hatte, auf keine Art und Weise und das obwohl sie bereits achtzehn Jahre alt war. Vielleicht hatte ich einfach nicht richtig hingeguckt, doch für mich war sie noch die gleiche Fünfzehnjährige wie früher. Ich dagegen war der Ansicht meinem Alter gewachsen zu sein.

„Miss?"

Ich schreckte hoch und sah einem fremden Mann ins Gesicht. „Ihre Fahrkarte bitte", sagte er und streckte verlangend die Hand aus. Ich griff in meine Tasche und holte mein Schülerticket heraus. Er betrachtete es genau, gab es mir wieder zurück und ging weiter.

Ich lehnte mich wieder in meinem Sitz zurück und verschränkte die Arme vor der Brust, während ich darüber nachdachte, was heute auf der Party alles passieren würde. Ob Mary da sein würde? Sie war mir bei Jacks letzter Party und dem Treffen in der Stadt sehr sympathisch vorgekommen.

Auf einmal begann mein Handy zu vibrieren und ich starrte auf den Bildschirm. Die Nachricht war von Jolene.

‚Wo bist du?'

Ich wollte gerade antworten, als eine zweite Nachricht angezeigt wurde.

‚Sag nicht, dass du heute nicht kommst, du darfst mich nicht alleine lassen.'

Auch jetzt kam ich nicht zum Antworten, da der Bus hielt und ich aussteigen musste.

Draußen erwartete mich ein leichter Nieselregen und ich hoffte insgeheim, dass er nicht noch stärker werden würde.

69. Kapitel

NORAS SICHT

Schon von weitem erkannte ich die große weiße Villa der Hawkins und begann schnellen Schrittes loszulaufen. Erleichtert stellte ich fest, dass es diesmal keinen angsteinflößenden Mann am Tor gab, da wir diesmal gar keine ‚schriftliche' Einladung bekommen hatten.

Mit etwas langsameren Schritten lief ich durch das Tor und den Steinweg zur Haustür entlang. Anscheinend fand die Party drinnen statt, schließlich war es inzwischen viel zu kalt für eine Poolparty geworden.

Vor der Tür machte ich Halt und legte meinen Zeigefinger unsicher auf die Klingel. Von innen hörte man die laute Musik und inzwischen wurde mir doch etwas mulmig mit der Wahl meines Outfits. Hoffentlich hörte mich überhaupt jemand.

Kurz darauf wurde die Tür geöffnet und ich stand einem ungefähr 13-jährigen Mädchen gegenüber, das mir ein wenig bekannt vorkam.

„Nora nicht?!", fragte sie und lächelte breit. Ich nickte und fragte mich, woher sie meinen Namen kannte. „Ich bin Jane, Jacks Schwester", verkündete sie stolz. Natürlich war sie das, wie hatte ich das auch vergessen können?

„Hi", murmelte ich und sie trat zur Seite. „Komm rein."

Ich trat ein und sah mich um. Überall standen Leute und amüsierten sich auf ihre Art und Weise. Fast alle Mädchen trugen kurze Kleider und hohe Schuhe. Ein paar von ihnen drehten sich zu mir um und musterten mich abschätzend. Ich wurde rot und drehte mich wieder zu Jane, die jedoch verschwunden war.

Na toll, dann war ich eben auf mich allein gestellt.

Wen sollte ich suchen? Jolene? Olivia? Oder Jimmy? Ich entschied mich für Jolene, da sie wahrscheinlich damit rechnete, dass ich nicht kommen würde.

Es war gar nicht so einfach sich durch den Raum zu boxen und immer wieder sahen mich ein paar Personen genervt an. Gingen die etwa alle auf unsere Schule?

„Nora!"

Augenblicklich wirbelte ich herum, fand jedoch niemanden, der mich rufen könnte. „Hier drüben!"

Ich sah wieder nach oben und reckte den Hals, nur um Jolene am Ende des Raumes auf der Lehne eines Sofas sitzen zu sehen. Wie eine Verrückte winkte sie mich heran und ich begann mich erneut in ihre Richtung durch die Masse zu drängen.

„Da bist du ja, ich hab mich schon gewundert, warum du nicht zurückgeschrieben hast", rief sie und zerquetschte fast meine Hand. Ich lächelte leicht, bemerkte dann aber ihren Blick, den sie über mein Outfit gleiten ließ. „Jetzt sag du nicht auch noch was!", murmelte ich und ließ mich neben sie fallen. Sie zuckte mit den Schultern. „Ich hatte nur etwas anderes erwartet, zum Beispiel ein Kleid wie das, das Olivia trägt", sagte sie und ich schloss einen Moment die Augen. „Bitte rede nicht davon."

Kurz darauf wurde ich auf einmal hochgezogen und mitgerissen. Total überwältigt stolperte ich Jolene hinterher, bis ich mich in einem kleinen Bad wiederfand. Sie schloss die Tür hinter sich und drehte sich dann zu mir um.

„Was sollte das?", fragte sie wütend und ich rieb meinen Arm. „Das sollte ich eigentlich fragen", knurrte ich.

„Was macht Olivia hier? Und noch viel schlimmer, was macht sie hier mit Henry Thompson?" Überrascht hob ich den Kopf, veränderte allerdings nicht meine Miene. „Wundert es dich? Hättest du wirklich nicht damit gerechnet, dass sie auch ihn übernehmen kann?" Ich setzte mich auf den Badewannenrand, während sie mich verwirrt ansah.

„Was meinst du?"

„Das sie immer bekommt, was sie will! Immer und ich halte das langsam nicht mehr aus", rief ich so laut, dass sie sich kurz umdrehte.

JOLENES SICHT

Ich hätte mit allem gerechnet, doch nicht damit, dass sie sich auf einmal über ihre Freundin beschwerte. Vorsichtig glitt ich neben sie und beugte mich etwas vor. „Weinst du?", flüsterte ich, aber sie ging nicht auf meine Frage ein.

„Erst Eric, dann mein Kleid und jetzt auch noch Henry", schluchzte sie. Ich war viel zu überwältigt um zu verstehen, was sie meinte. Wer war Eric? Und was war mit dem Kleid? Nur die Sache mit Henry leuchtete mir ein.

„Was ist mit Henry?", flüsterte ich und fuhr ihr langsam durch die Haare. Sie schüttelte nur den Kopf, stand auf und versetzte dem Waschbecken einen kräftigen Tritt.

„Aggressionsbewältigung?", fragte ich prüfend und sie nickte. „Schließlich kann ich es an keinem anderen auslassen."

„Das stimmt allerdings. Soll ich jemanden holen?"

Sie drehte sich zu mir um und lachte. „Ach ja und wen?" Ich lächelte. „Jemanden wie Jimmy vielleicht?" Sie verstummte und sah auf den Boden.

„Darf ich dich mal etwas fragen?" Sie nickte, doch ehrlich gesagt kostete es mich etwas Überwindung die Frage zu stellen, ich wollte nicht, dass sie mich letztendlich falsch verstand.

„Flipp aber nicht gleich aus", warnte ich sie vor. „Jetzt sag schon."

„Kann es sein, dass du gar nicht in Jimmy verliebt bist?" Sie überlegte einen Moment und sah mich dann stirnrunzelnd an. „Ich habe nie gesagt, dass ich mich in Jimmy verliebt habe, wie kommst du überhaupt darauf?"

Ich spielte nervös mit meinen Fingern. Ihr die Wahrheit zu sagen war mein gutes Recht, allerdings hatte ich etwas Angst vor den Konsequenzen.

„Es gibt da etwas, was du wissen solltest", murmelte ich und sie trat etwas näher. „In Ordnung."

Ich schluckte und machte dann den Mund auf: „Henry hat -" „Sag mal, was soll das?!"

Sowohl Nora als auch ich erschraken und drehten uns zur Tür um, die nun aufgestoßen wurde. Ein mir unbekannter Typ stand vor uns und wedelte wild mit seiner Hand rum. „Raus jetzt, ich warte schon seit einer halben Ewigkeit!" Wir verdrehten die Augen und liefen schnell aus dem Bad zurück in den Flur, durch den weiterhin laute Musik schallte.

„Wurde die etwa lauter gedreht?", rief ich Nora zu, in der Hoffnung, dass sie mich hörte. Sie drückte die Handflächen auf die Ohren und zuckte mit den Schultern. Zusammen liefen wir zurück ins Wohnzimmer. Ich griff nach ihrer Hand und wollte sie weiterführen, als jemand mich zum Stehenbleiben brachte. Etwas weiter hinten stand Jimmy mit Noah und noch jemanden, den ich nicht kannte. Er war gerade dabei etwas zu sagen, als er uns erblickte und zu lächeln begann.

NORAS SICHT

Vorsichtig sah ich in die Menge. Aus irgendeinem Grund machte es mich nervös, weder Olivia noch Henry anzutreffen.

Gerade als ich mich auf die Suche machen wollte, stupste mir Jolene mit dem Ellenbogen in die Seite und ich drehte mich fragend zu ihr. Sie zeigte nach vorne. Ich folgte ihrem Blick und erkannte etwas weiter hinten einen winkenden Jimmy. Ich warf ihm ein kurzes Lächeln zu und wandte mich dann Jolene wieder zu, doch die hatte andere Pläne und schubste mich etwas nach vorne.

Schüchtern lief ich weiter, bis ich vor drei Personen stand. Jimmy und Noah grinsten mich an, während der dritte Typ, den ich noch nie gesehen hatte, desinteressiert an mir vorbeisah und dann auch weglief.

„Hey", brüllte mir Jimmy über die laute Musik hinweg zu. Noah nickte nur kurz und nahm dann einen Schluck von seiner Flasche Bier. Wieder rief Jimmy etwas, doch ich konnte ihn nicht verstehen, was er wohl zu merken schien. Im nächsten Moment hatte er mich an die Hand genommen und in den Nebenraum gezogen, der sich als Küche entpuppte.

„Hier kann man sich wenigstens verstehen", sagte er und ich nickte. „Seit wann bist du schon hier?", fragte ich interessiert und lehnte mich gegen die weiße Wand.

Er zuckte zur Antwort mit den Schultern. „Schon seit einer Weile, ich glaub ich war eine der Ersten, da ich mit Noah gekommen bin..."

„...du wolltest ja nicht, dass ich dich abhole", fügte er hinzu und ich wurde rot. „Das kann ich nicht wirklich erklären", versuchte ich nach einer Ausrede zu suchen, die er mir aber nicht abnahm. „Na klar!" Er grinste und ich lächelte schüchtern zurück.

Diese Gespräche verliefen doch immer gleich. Ein paar kurze Sätze, ein Lächeln und wieder Schweigen.

„Hast du Olivia irgendwo gesehen?", fragte ich dann, ohne ihn anzusehen. „Olivia?"

„Sie ist eine Freundin aus London. Du hast sie gestern doch gesehen." Er überlegte, nickte dann jedoch. „Eine Freundin? Irgendjemand meinte, dass sie deine beste Freundin wäre."

Nervös schluckte ich. War sie das? War sie es je gewesen?

„Freundin, beste Freundin, wo ist denn da der Unterschied?", lachte ich, allerdings war die Unsicherheit in meiner Stimme nicht zu überhören. Jimmy trat etwas näher und sah mich ernst an. „Ist alles in Ordnung?" „Klar, warum sollte es das nicht sein?" Schräg grinsend sah er mich an. „Keine Ahnung, sag du's mir."

Schnell schüttelte ich mit dem Kopf und stieß mich von der Wand ab. „Da gibt es nichts zu sagen. Ich frage mich nur, wo sie ist."

„Keine Sorge, sie ist in guten Händen."

„In guten Händen?", antwortete ich schockiert und er lachte. „Sie ist doch mit Henry gekommen, oder?"

Überrascht zog ich die Augenbrauen hoch. „Ach du hast sie schon gesehen?" Er nickte. „Vorhin waren sie noch an der Bar, seitdem habe ich sie nicht gesehen."

Meine Hände wurden schwitzig, was nicht gerade besser wurde, als Jimmy nach ihnen griff und sie leicht drückte. „Wenn du mich fragst, dann geben die zwei ein gutes Paar ab", flüsterte er und kam immer näher.

In mir verwandelte sich die Beunruhigung in Wut und ich entzog mich seinem Griff. „Ich hab dich aber nicht gefragt", zischte ich und schob mich an ihm vorbei, um so schnell wie möglich aus diesem Raum zu gelangen.

70. Kapitel

NORAS SICHT

Es war selten, dass mir so schlecht war. Das Gefühl der Übelkeit wuchs und wuchs und schien gar nicht mehr aufzuhören. Ich hatte weder etwas getrunken noch mir wie wild auf der Tanzfläche meine Zeit vertrieben und es waren gerade mal ein paar Minuten, die ich bei Jack verbracht hatte.

Vielleicht lag es an seinem Haus, es musste verflucht oder so etwas in der Art sein, denn immer wenn ich hier war - was gerade mal zwei Mal gewesen war -, schien das Unglück mein bester Freund zu werden. Warum musste immer so viel schief gehen? Warum gerade bei mir? Ich hatte nun wirklich nicht gerade das perfekte Leben, im Gegenteil, es schien sogar bergab zu gehen.

Die Musik, die schlechte Luft und die unzähligen Leute taten mir nicht gut. Zudem befürchtete ich, dass Jimmy nach mir suchen und eine Erklärung verlangen würde, wenn ich mir nicht schnellstens einen Ort zum Verstecken suchte. Das Gästezimmer im ersten Stock war der perfekte Ort. Erstaunlicherweise war es nicht besetzt. Ich betrat es, schloss die Tür hinter mir und lehnte mich dagegen. Meine Augen schlossen sich wie von selbst, während ich versuchte ruhig zu atmen. Nur ungern wäre ich der Grund für ein stinkendes Haus. Allein die Vorstellung ließ meine Knie zittern.

„Wie blöd muss man sein?“, fragte ich mich selbst und presste die Handfläche gegen meine Stirn. Meine Aktion würde wieder für lauter Fragen von Jimmy und Jolene sorgen, auffälliger konnte man sich gar nicht verhalten. Warum war ich vor Jimmy weggelaufen? Die Antwort wusste ich: Ich hatte Angst, dass er mir zeigen würde, dass er etwas für mich empfand. Denn das tat er.

In dem Moment, in dem ich die Augen öffnete, geschah mehr als mir lieb war.

Zuallererst wurde ich mir zweier Dinge bewusst.

Erstens, Jimmy empfand etwas für mich und ich nicht für ihn und zweitens, ich war gerade dabei mich in den beliebtesten, bescheuertsten und gutaussehendsten Jungen der Schule zu verlieben, der nicht nur eine Stufe mit mir teilte, sondern schon bald ein ganzes Haus. Zufälligerweise war er außerdem mein Nachbar, Fast-Stiefbruder und schon bald der Freund meiner Freundin, ob beste oder nicht.

Und ich? Hatte mich in meinem ganzen Leben noch nie schlimmer gefühlt.

Sich eine Lüge einzureden war doch um einiges leichter als die Wahrheit. Die Wahrheit verwirrte einen nur und sorgte dafür mein ganzes Leben auf den Kopf zu stellen, was momentan der Fall war.

Ungewollt begann eine Träne meine Wange herunterzurollen, wahrscheinlich lag es daran, dass mir alles einfach zu viel wurde. Vielleicht sollte ich tatsächlich nach London gehen, wenn auch nur für zwei Wochen. Das Elverton-Leben hinter mir lassen und das alte London-Leben wieder aufnehmen war zu dem Zeitpunkt mein größter Traum.

„Ich muss hier wieder weg“, murmelte ich und wollte gerade nach der Türklinke greifen, als von außen eine bekannte Stimme ertönte und immer näher kam.

Olivia.

Von Panik gefasst sah ich mich im Zimmer um. „Olivia?"

Und Henry war bei ihr.

Warum hätte ich mir das nicht gleich denken können? Doch da es nicht gerade der richtige Zeitpunkt war um sich aufzuregen, wischte ich nur über meine Wange und stolperte so schnell wie möglich auf den dunkelbraunen Schrank gegenüber zu.

In Sekundenschnelle hatte ich die Türen geöffnet und erst einen, dann den anderen Fuß auf den dünnen Boden gesetzt, der drohte jeden Moment einzubrechen. Würde man mich erwischen, würde ich mir das vermutlich nie verzeihen.

Ich war nur froh darüber, dass der Schrank so gut wie leer war und ich mich neben einen verstaubten Mantel hocken konnte, bevor ich die linke Tür von innen wieder schloss. Die rechte ließ ich einen Zentimeter weit offen, um den Überblick vom gesamten Zimmer zu behalten.

Kurz darauf wurde die Zimmertür geöffnet.

Ich hielt die Luft an.

„Olivia? Was machen wir hier?" Meine Hände verkrampften sich, als ich realisierte, wer da bei ihr war. Natürlich war es keine große Überraschung, dass es Henry war, doch was machten sie hier?

So leise wie möglich atmete ich wieder aus und drehte den Kopf etwas, um besser sehen zu können. Das Einzige, was mir ins Auge stach, war Poppys schwarzes Kleid. Kurz darauf war die ganze Olivia zu sehen, wenn auch nur von der Seite.

„Ich wollte dir etwas sagen", antwortete sie mit ihrer zuckersüßen Stimme und streckte ihre Hand aus. Einen Moment später erkannte ich auch Henry, der nun nahe bei ihr stand. Viel zu nah.

Langsam stieg die Hitze im Schrank und ich versuchte durch den kleinen Spalt zu atmen, ohne dass es auffallen würde. Wenn die beiden mich sahen...daran wollte ich gar nicht denken.

„Du wolltest mir was sagen?“, antwortete Henry mit einer gewissen Unsicherheit in seiner Stimme. Warum sollte er unsicher sein? Er konnte sich glücklich schätzen ein Mädchen wie Olivia zu haben, denn sie würde schon dafür sorgen ihm mit der Zeit gewaltig den Kopf zu verdrehen. Andererseits sollte man Henry vielleicht nicht unterschätzen, denn er war alles andere als ein anhänglicher und schüchterner Junge.

Er war...

„Perfekt“, seufzte ich und realisierte erst im nächsten Moment, was ich getan hatte. Automatisch presste ich die Hand auf den Mund und riss die Augen auf. Mein Puls war auf 180, erst recht als die beiden sich auf einmal in meine Richtung drehten und aufhörten zu sprechen.

Scheiße, scheiße, scheiße! Ich wollte nur noch sterben. Das war, was ich dachte, als Henry auf einmal einen Schritt nach vorne wagte.

„Hast du das gehört?“, fragte er mit gerunzelter Stirn. Noch nie in meinem Leben hatte ich mich so versteift und gehofft, nicht gesehen zu werden.

Ich konnte mich mehr als nur glücklich schätzen, dass Olivia nicht darauf einging und ihn stattdessen neben sich aufs Bett drückte.

„Ja es ist sehr wichtig. Weißt du, wir kennen uns zwar erst seit ungefähr zwei Tagen, aber...“

HENRYS SICHT

Sofort wendete ich meinen Blick vom Schrank ab und sah sie geschockt an. Wenn sie mir nun sagen würde, was ich dachte, dass sie mir sagen würde, dann...

...hatte ich ein ziemlich großes Problem.

Bitte nicht!, flehte ich in Gedanken, doch als sie dann noch nach meiner Hand griff und näher rückte, wurde mir langsam der Ernst der Lage bewusst.

"...ich hab es von Anfang an gewusst, dass -" Anstatt sie ausreden zu lassen, sprang ich auf und lief auf die Tür zu. „Weißt du, warum gehen wir nicht nach unten?", versuchte ich sie panisch auf andere Gedanken zu bringen, wohlwissend, dass sie andere Pläne hatte.

Dies wurde mir erneut bestätigt, als sie auf mich zuschritt und mich gegen die Tür drückte. „Ich weiß, was du denkst, aber glaub mir, sie wird kein Problem damit haben", flüsterte sie.

„Sie?", fragte ich verwirrt. „Nora natürlich, ich habe sie sogar gefragt", antwortete sie und fuhr mit ihrem Zeigefinger über meine Schulter. Ich griff nach ihren Händen und hielt sie fest in meinen.

„Du hast was?!" „Nora gefragt, ob sie etwas dagegen hätte, wenn du und ich zusammenkommen würden."

„Sie hat ja gesagt?" Olivia nickte, was mir den Rest gab. Ich schubste sie etwas von mir weg, lief durch den Raum und fuhr mir dabei frustriert durch die Haare.

„Was ist denn los?", wollte Olivia wissen und kam wieder auf mich zu. „Duhastesversaut", murmelte ich in meine Handflächen, die nun über mein Gesicht strichen.

„Was?"

„Ich hab gesagt, dass du alles versaut hast!", rief ich und sah sie genervt an. Warum hatte ich mir überhaupt eingeredet, dass Eifersucht der perfekte Plan wäre, Nora für mich zu gewinnen? Warum hatte ich ihr nicht einfach ins Gesicht sagen können, was ich für sie empfand? So schwer war das nicht! Doch mit jedem Tag wurde es schwerer.

Ich ließ mich auf das Bett fallen und sah auf meine Knie. „Du musst gehen", entschied ich, ohne Olivia anzusehen. „Wie bitte?", fragte die nur belustigt und stand im nächsten Moment direkt vor mir.

„Ich gehe nirgendwo hin ohne mir vorher mitzunehmen, was mir gehört“, flüsterte sie in mein rechtes Ohr, schlang die Arme um meinen Hals und bevor ich irgendwie reagieren konnte, lagen ihre Lippen schon auf meinen.

Erst nach einigen Sekunden realisierte ich, was hier vor sich ging. Augenblicklich öffnete ich wieder die Augen, welche ich komischerweise geschlossen hatte und drückte sie so fest nach hinten, dass sie einige Zentimeter stolperte.

„Um das klarzustellen“, rief ich und stand auf. „Gehöre ich dir nicht und werde es auch nie. Ich suche einen ganz besonderen Menschen, der mir wirklich etwas bedeutet und in den ich mich auf den ersten Blick verliebt habe, auch wenn es etwas gedauert hat, bis ich es mir selber eingestehen konnte“, erklärte ich, woraufhin sie lächelte.

„Ach, ist das so?“, fragte sie und kam wieder näher.

Ich nickte, ebenfalls lächelnd.

„So ist es. Nur bist das nicht du. Und jetzt entschuldige mich bitte.“

71. Kapitel

NORA SICHT

Sprachlos sah ich zu, wie Henry Olivia anschrie und schließlich aus dem Zimmer stürmte, sie alleine zurücklassend. Ich wusste nicht, was ich denken sollte. Es war ein Triumph und merkwürdig zugleich.

Henry war verliebt...allerdings nicht in Olivia.

Ein XXL-Lächeln breitete sich auf meinem Gesicht aus, während ein mir unbekanntes Gefühl durch meinen Bauch fuhr.

In die Realität kehrte ich erst zurück, als ein spitzer Schrei durchs Zimmer schallte und mein Herz zum Stehenbleiben brachte. Schockiert sah ich auf und erkannte eine schwer atmende und frustrierte Olivia, die kurz darauf aus dem Zimmer trat und die Tür fest zuschlug, so dass ich zusammenzuckte.

Nach einer weiteren Minute wagte ich es, die Türen wieder aufzuschieben und mich aus dem viel zu engen Schrank zu befreien.

Vorsichtig schloss ich die Türen wieder hinter mir und lief auf die Zimmertür zu, wobei ich auf einmal über etwas stolperte.

Das gewisse ‚Etwas' stellte sich als ein Handy heraus. Verwirrt hockte ich mich auf den Boden und hob es auf. Es war ein weißes iPhone, das nur einer Person gehören konnte, da es vorher noch nicht dort gelegen hatte. Hoffentlich war Olivia noch da, obwohl ich mehr als nur keine Lust darauf hatte, sie zu sehen oder mit ihr sprechen zu müssen. Noch immer saß der Schock von der sich gerade abspielenden Szene in meinen Gliedern und sorgte für Kälte.

Erneut erschrak ich, als das Handy auf einmal begann zu vibrieren. Der Bildschirm leuchtete auf und zeigte mir die gerade geschickte Nachricht an, die erneut dafür sorgte, meinen ganzen Kopf zu verdrehen und die gespeicherte Wut in meinem Körper auflodern zu lassen.

‚Hey! Sag mir noch mal, wann du wieder in London bist, ich vermisse dich :(Love you <3 E.‘

HENRYS SICHT

Was tat ich nur? Mir wurden die leichtesten Wege angeboten und ich wählte den schwersten und kompliziertesten. Genervt schob ich mich durch die Menge, bis ich die Sofaecke erreicht hatte, in der sich zufälligerweise Jack und Jolene befanden, womöglich die einzigen zwei Menschen, die mir momentan am meisten helfen konnten.

„Henry“, rief Jack und ich ließ mich neben ihm nieder. „Wo warst du verdammt noch mal?“

„Ich musste etwas klären“, murmelte ich und sah grimmig nach vorne. Aus den Augenwinkeln erkannte ich, wie er und Jolene verwunderte Blicke tauschten. Schließlich räusperte Jack sich. „Hast du -“, begann er, wurde jedoch von ihr unterbrochen. „Dich gut mit Olivia amüsiert?“

Verwirrt sah ich die beiden an. Sie warf Jack einen warnenden Blick zu und er nickte kurz. Irgendetwas führten die beiden im Schilde und sie waren die schlechtesten, wenn es darum ging, jemandem etwas zu verheimlichen.

„Was ist los?“, fragte ich deshalb. „Nichts“, log Jack und grinste unsicher. „Doch, ihr verheimlicht mir was“, antwortete ich mit gerunzelter Stirn. Jolene nahm abwesend einen Schluck aus einem der roten Plastikbecher und sah in die entgegengesetzte Richtung.

„Jetzt sagt schon!“, drängte ich erneut.

„Na ja“, begann Jolene schließlich. „Wir haben uns nur gefragt, warum du mit Olivia gekommen bist, wenn du doch eigentlich -“ Sie sprach nicht zu Ende, während ich pro Sekunde ungeduldiger wurde.

„Wenn ich was?“

Frustriert fuhr Jack sich durch die Haare. „Jetzt sag‘s ihm halt, ich halte das nicht mehr länger aus.“ Sie nickte einverstanden und wandte sich wieder mir zu.

„Wir wissen es, Henry“, begann sie erneut und ich seufzte. „Wenn ihr so weiter macht, schlage ich euch gegenseitig die Köpfe ein“, drohte ich mit ernster Stimme.

„Wir wissen, dass du in Nora verliebt bist“, rückte Jack dann endlich heraus und verursachte damit, dass ich ihn sprachlos ansah.

„Ihr wisst -“, begann ich zu stottern, sprach allerdings nicht zu Ende, da ich von einer Hand unterbrochen wurde, die flach auf meiner Wange landete, ein lautes Klatschen verursachte und meinen Kopf zur Seite schleuderte.

NORAS SICHT

Mit wackeligen Beinen lief ich die Treppe herunter. Mein Herz hämmerte mir fast durch die Brust. Wäre die Musik aus, so hätte man es bestimmt hören können.

Noch immer hielt ich das iPhone fest umschlungen in meiner Hand und ich wollte gerade auf die Küche zusteuern, als jemand meine Aufmerksamkeit weckte.

Es war Olivia, die sich wie eine Verrückte durch die Menge drängte und kurz darauf ihre Hand hob, um jemandem eine kräftige Ohrfeige zu verpassen. Wie angewurzelt stand ich da, hob die Hand zum Mund und sah aus nur ein paar Metern Entfernung der eskalierenden Situation zu.

Mein Entsetzen wurde noch größer, als ich sah, wem sie die Ohrfeige gab. Ein paar Leute schienen meine Reaktion bemerkt zu haben und folgten meinem Blick. Schon bald schlossen sich ein paar andere an, bis auf einmal jemand rief:

„Macht mal die Musik aus!"

Und das wurde sie.

JOLENES SICHT

Erschrocken sah ich Olivia an, deren Gesicht so rot war, dass man Angst vor ihr hätte bekommen können.

Jacks Reaktion war nicht anders, als er zwischen dem sprachlosen Henry und der wutentflammten Olivia hin und her sah.

„Wie kannst du es wagen?!", brüllte sie dann los und hob erneut ihre Hand, doch dieses Mal schaffte Henry es rechtzeitig aufzustehen und sie aufzuhalten.

„Beruhige dich", rief er, doch sie dachte nicht im Traum daran sich zu beruhigen.

„Ich wusste es! Ich wusste, dass du mit ihr unter einer Decke steckst! Ich wusste es! Ihr beiden seid das letzte!", schrie sie und schubste ihn ein Stück zurück.

„Wovon redest du?", versuchte Henry sie weiterhin zu beruhigen.

Angespannt blickte ich umher und musste feststellen, dass alle Blicke auf die beiden gerichtet waren. Alle waren still, sogar die Musik war ausgeschaltet worden.

„Tu doch nicht so unschuldig!", rief sie weiter und schnaubte fast vor Wut.

„Olivia", kam es dann auf einmal von rechts und ich drehte meinen Kopf, nur um Nora zu sehen, die wie aus dem Nichts auf einmal aufgetaucht war. Auch Henry und Olivia hatten sie gehört und drehten sich ebenfalls in ihre Richtung.

„Du Bitch!", rief Olivia und stampfte nun auf sie zu.

„Du nennst mich nicht Bitch!", zischte sie und trat ebenfalls einen Schritt vor. „Wie konnte ich mich nur so in dir täuschen? Du bist das allerletzte, Olivia und ich bereue es, dich jemals als Freundin angesehen zu haben!"

Einen Moment lang herrschte Stille, bis Olivia laut loslachte. „Ich bitte dich Nora, wie naiv bist du?! Wir waren nie Freundinnen, die Vorstellung mit mir befreundet zu sein, war für dich doch immer schon ein Traum! Die Tatsache, dass du immer wieder auf die leichtesten Sachen reingefallen bist, zeigt schon, wie dumm du eigentlich bist!"

„Lieber bin ich naiv und dumm, als eine hinterhältige Schlange, die eines Tages aufwachen wird und feststellen muss, dass sie alleine ist, ohne Freunde oder sonst jemanden, der für sie da sein könnte. Denn genau das ist es, was eines Tages mit dir geschehen wird."

Ein überraschtes Gemurmel ging durch die Menge und auch ich sah Nora überrascht an. Mit so einem Satz aus ihrem Mund hätte ich nie gerechnet.

NORAS SICHT

Mein Herz klopfte schnell, als ich mich umsah und nun zum ersten Mal die ganzen Menschen um uns herum wahrnahm. Das würde noch ein Nachspiel geben, davon war ich überzeugt.

Ich wusste nicht, was über mich gekommen war. Der Drang, meinen Gedanken endlich freien Lauf zu lassen, war mittlerweile so groß, dass ich mich nicht hatte zurückhalten können.

Mit dem was als nächstes geschah, hätte ich in hundert Jahren nicht gerechnet. Vor mir wimmerte jemand und als ich realisierte, dass es Olivia war, sah ich sie erschrocken an. Sie weinte? SIE weinte?!

„Ich -“, begann sie zu schluchzen, sprach jedoch nicht zu Ende. Noch immer sahen uns alle an. Ich hatte das Gefühl, dass sie alle gar nicht mehr aufhören würden zu starren.

„Komm“, flüsterte ich und nahm Olivia an die Hand, bevor ich mit ihr nach rechts an den Menschen vorbeilief und sie in den Flur zog.

„Weinst du?“, fragte ich ruhig und sie hob den Kopf. „Wonach sieht‘s denn aus?“, zischte sie, unterbrach sich dann aber wieder mit einem Schluchzen.

„Wegen dem, was ich gesagt habe?“ Langsam begann das schlechte Gewissen anzuklopfen.

„Nein, wegen allem“, antwortete Olivia so leise, dass selbst ich es kaum verstehen konnte. „Tut mir leid“, murmelte ich schließlich und lehnte mich gegen die Wand. Sie hob den Kopf und sah mich mit roten Augen an. Dann schüttelte sie langsam den Kopf. „Nein, es tut mir leid.“

„Dir?“, fragte ich ungläubig. Es kam nicht gerade oft vor, dass sie sich entschuldigte.

„Meine Aktion gestern im Restaurant war nicht gerade freundlich dir gegenüber und das mit dem Kleid hätte ich auch lassen sollen.“

Ich wartete geduldig darauf, dass sie fortfuhr ihre Fehler aufzuzählen, doch das tat sie nicht.

„Ist das alles? Das ist alles, was dir leid tut?“ Automatisch wurde ich lauter und somit wieder wütender.

Fragend sah sie mich an. „Ich wüsste nicht, was mir sonst noch leid tun sollte“, antwortete sie knapp und rümpfte die Nase.

Erstaunt hob ich die Augenbrauen. Warum hatte ich nur für einen Augenblick denken können, dass sie tatsächlich etwas bereuen würde.

„Und du entschuldigst dich nicht dafür, dass du mich die ganze Zeit angelogen hast?", fragte ich fassungslos und wartete auf ihre Reaktion.

„Wovon redest du?"

Ich streckte die Hand aus und hielt ihr ihr Handy unter die Nase. „Davon, dass du mir die ganze Zeit etwas vorgemacht hast. Bestell Eric einen schönen Gruß, wenn du wieder in London bist", sagte ich knapp, drückte ihr das Handy in die Hand und drehte mich zum Gehen um, wurde jedoch am Arm zurückgehalten.

„Du warst an meinem Handy?!", rief Olivia und sah mich vorwurfsvoll an. Lächelnd schüttelte ich den Kopf. „Du bist wirklich unglaublich, weißt du das? Es lag auf dem Boden im Gästezimmer oben. Du hast es da vergessen", platzte ich heraus, ohne zu realisieren, dass ich mich gerade selber verriet. Wenn sie mich nun darauf ansprach, woher ich das wusste, dann hatte ich wirklich ein Problem.

„Ach und das soll ich dir glauben?"

Anscheinend war sie dann doch nicht die Klügste....

„Und selbst wenn es so ist, na und? Du hast mir auch einiges verheimlicht!" „Wann habe ich dir denn je etwas verheimlicht?!", rief ich, nicht ahnend, worauf sie hinauswollte.

„Zum Beispiel, dass du missbraucht wurdest!"

Erstarrt sah ich sie an. Dass ich was? Wie kam sie darauf, dass ich je....und woher wusste sie das?

„Tut mir leid, an dem Tag muss ich geschlafen haben, denn ich habe keine Ahnung, wovon du sprichst."

„Jetzt tu doch nicht so unschuldig, du weißt genau, wovon ich spreche, das ist doch der Grund, warum ich dieses Kleid nicht anziehen durfte! Außerdem habe ich gehört, wie du mit deinem Vater gesprochen hast!“

„Du hast gehört, wie ich mit meinem Papa gesprochen habe, was bin ich nur für ein schlimmes Mädchen! Außerdem was fällt dir ein uns zu belauschen?!“

Sie rümpfte nur erneut die Nase und sah an mir vorbei.

„Nur um das klar zu stellen, ich wurde nie missbraucht und ich habe dir nie etwas verheimlicht!“, rief ich und begann loszulaufen, bremste mich dann aber selber und drehte mich erneut um.

„Obwohl, das war gelogen. Es gibt etwas, das ich dir verheimlicht habe und zwar wie sehr ich es bereue, dich eingeladen zu haben und wie sehr du mich ankotzt!“

„Schön, dann geh doch!“, patzte sie mit immer noch verschränkten Armen. „Ich soll gehen? Du bist diejenige, die sich heute noch einen Zug zurück nach London nehmen wird, um endlich aus meinem Leben zu verschwinden!“

„Ich will dich nie wieder sehen!“

Einen Moment lang sah ich sie überrascht an, zuckte dann jedoch mit den Schultern.

„Alles klar, dann sind wir uns ja einig.“

72. Kapitel

NORAS SICHT

Mit schnellen Schritten verließ ich die Villa der Hawkins, stürmte durch das Tor und wurde selbst auf dem Bürgersteig nicht langsamer. Ich hasste es, im Mittelpunkt zu stehen. Ich hasste es, von allen angeguckt zu werden und noch mehr hasste ich Olivia, diese falsche Schlange.

Freundinnen? Beste Freundinnen? Wie blöd war ich eigentlich? Auf einer Skala von 1-10 würde ich mir eine glatte 80 geben. Auf Olivia reinzufallen war nicht nur peinlich, sondern auch eine Bestätigung meiner Naivität.

Draußen war es kalt. Zwar nahm ich die Kälte kaum wahr, dafür aber die kleinen Tränen, die mir die Wange herunter liefen. Ich war blöd, so blöd!

Schnell verschränkte ich die Arme vor der Brust und beschleunigte meinen Gang ein weiteres Mal. Das heißt, bis eine Stimme mich zum Stehenbleiben brachte.

„Nora! Warte!"

Ich sah über meine Schulter hinweg und nahm drei Personen wahr, die mir alle hinterhersahen, sich jedoch nicht bewegten. Bei der ersten handelte es sich um Jolene. Daneben stand Jack und ungefähr ein Meter von den beiden entfernt stand Jimmy. In dem Moment bekam ich ein so schlechtes Gewissen, dass mein Kopf daran hätte platzen können. Warum musste ich jedem Menschen, dem ich begegnete, das Leben durcheinanderbringen?

Ich beschloss, die drei nicht zu beachten und weiterzulaufen, was ich dann auch tat. Ich lief auf die Bushaltestelle zu und kam zwei Minuten später an.

Sie war leer, genau wie die nicht befahrene Straße. Wie viel Uhr war es überhaupt?

Um mich abzulenken sah ich auf mein Handy. Neun Uhr war erstaunlich früh, doch ich hatte auch nicht damit gerechnet, die Party so früh schon zu verlassen.

Ein Knacksen brachte mich zurück in die Gegenwart und ich sah mich erschrocken in alle Richtungen um. Natürlich war es irgendwie gruselig, wenn man abends alleine an einer Bushaltestelle stand und um einen herum komische Geräusche zu hören waren.

Hoffentlich würde der Bus bald kommen. Ich drehte mich zu den Tabellen um, auf denen stand, wann der nächste Bus fuhr.

Zehn Minuten. Na super!

Ich atmete aus und drehte mich wieder um.

Im nächsten Moment erschrak ich so sehr, dass ich die Kontrolle über mich selbst verlor und zurückstolperte, bis mein Rücken gegen die Tabellen knallte.

Ängstlich sah ich der Person vor mir ins Gesicht, die nun den Kopf hob und mich lächelnd ansah.

„Schön dich wiederzusehen, Nora“, sagte Blake und trat einen weiteren Schritt vor.

JOLENES SICHT

„In Ordnung, ihr dürft jetzt alle gehen, bye!“, rief Jack, der sich auf den Esstisch gestellt hatte, um beachtet zu werden.

Augenblicklich wurde er mit „BUH's“ und leeren Bechern konfrontiert, doch er ließ sich nicht unterkriegen.

„Raus!“, rief er wiederholt und machte mit beiden Händen eine scheuchende Handbewegung. Ich stand daneben und beobachtete, wie das Haus immer leerer wurde, bis keiner mehr zu sehen war.

Dylan zog seine Jacke an und öffnete die Haustür, während Jack nun vom Tisch sprang und vor ihn lief, bevor er auch nur einen Schritt gehen konnte.

„Wo willst du hin?“, fragte er und zog die Augenbrauen fragend zusammen.

„Nach Hause“, murmelte der nur und lief an Jack vorbei. „Wieso?“, rief Jack und sah ihm hinterher. Dylan drehte sich um und hob die Hände.

„Die Party ist zu Ende, oder?“

„Aber das heißt doch nicht, dass du gehen musst“, erklärte Jack in einem gekränkten Ton.

„Lass ihn doch“, sagte ich und legte ihm eine Hand auf die Schulter, doch er sah nur enttäuscht zu, wie Dylan aus dem Tor lief und um die Ecke verschwand. Schließlich zuckte er mit den Schultern und knallte die Tür wieder zu.

Kaum hatte er sich wieder umgedreht, wurden seine Augen groß.

„Was für ein Chaos!“, murmelte er fassungslos. „Keine Sorge, ich werde dir helfen, aber erst einmal -“ Das Ende des Satzes ließ ich weg und deutete stattdessen mit dem Kopf auf Henry, der leblos auf dem Sofa saß und sich nicht bewegte.

Jack nickte einverstanden, sah sich dann jedoch noch ein weiteres Mal um.

„Und wieso schläft Noah auf der Küchentheke?“ Ich schüttelte genervt den Kopf und schob ihn weiter zum Sofa. „Hör auf abzulenken und sprich mit ihm“, zischte ich in sein Ohr und er nickte geschlagen, bevor er sich neben Henry fallen ließ.

Ich setzte mich vorsichtig auf den Sessel gegenüber und beobachtete die beiden.

„Also -", begann Jack, wurde jedoch von Henry unterbrochen.

„Ist euch mal aufgefallen, dass Caleb nicht da war?"

Ich wechselte einen Blick mit Jack, der ihm nun antwortete. „Caleb war da, aber er ist irgendwann gegangen, schien ja heute nicht gerade alles nach Plan zu laufen."

Ich nickte ihm leicht zu und wendete mich dann selber an Henry.

„Jack und ich haben beschlossen, dass du es Nora sagen solltest."

Einen Moment lang sah er uns stirnrunzelnd an und lachte dann. „Wisst ihr eigentlich, wie oft ich das versucht habe? Nie war der richtige Augenblick und immer kam etwas dazwischen und mittlerweile glaube ich, dass es unnötig wäre, ihr das zu sagen."

„Wieso wäre es unnötig?"

Er seufzte und stand dann auf, doch Jack drückte ihn zurück aufs Sofa. „Du sagst uns jetzt was los ist, ansonsten -", begann er, während Henry ihn ansah als wäre er geisteskrank.

„Ansonsten was?!"

„Ansonsten", sprach ich weiter „Werden wir es Nora sagen." Ich schluckte und wartete seine Reaktion ab.

Langsam schüttelte er den Kopf. „Das würdet ihr nicht wagen", flüsterte er und sah mich mit zusammengekniffenen Augen an. Ich hob die Augenbrauen, während ich mein Handy hervorzog, ohne den Blickkontakt abzubrechen.

Ich wählte Noras Nummer und ließ meinen Daumen über dem grünen ‚Anrufen'-Zeichen schweben.

Mit zusammengepressten Lippen sah mich Henry an, bevor er aufstöhnte und geschlagen die Hände hob.

„Ja, in Ordnung!"

Jack nickte mir zu und ich ließ das Handy wieder in meiner Tasche verschwinden.

„Ihr versteht das nicht!“, rief Henry und sprang auf.

„Was verstehen wir nicht?“

„Wenn sie erfährt, was ich alles getan habe, dann wird sie mich für immer hassen! Außerdem ist sie überhaupt nicht in mich verliebt! Sie ist in Jimmy, diesen Vollidioten, verliebt! Sie liebt jemanden, von dem sie gar nicht weiß, wer er wirklich ist!“

Ich dachte eine Zeit nach und stand dann ebenfalls auf. „Na schön. Wir helfen dir!“

„Helfen?!“, fragten Henry und Jack wie aus einem Munde. Ich nickte.

„Jimmy war im Gegensatz zu dir schlauer und hat von Anfang an seine freundliche Seite gezeigt. Du dagegen hast alles Mögliche getan, um von Nora gehasst zu werden, was dir letztendlich auch gelungen ist. Alles was ich weiß ist, dass sie nicht glücklich ist und du der Einzige bist, der ihr einiges erklären könnte. Versuch es wenigstens.“

„Sie wird nicht mit mir reden wollen“, murmelte er und sah auf den Boden.

„Glaub mir, das wird sie.“

13. Kapitel

NORAS SICHT

Schon fast ängstlich beobachtete ich, wie Blake sich seelenruhig eine Zigarette anzündete und mir den kurz darauf entstehenden Rauch ins Gesicht blies. Ich hielt die Luft an um nicht husten zu müssen und drehte meinen Kopf nach links.

„Also“, begann er und nahm einen erneuten Zug. „Was machst du hier so spät?“

Ich versuchte, mir die Angst nicht anmerken zu lassen, mittlerweile war es mir sowieso egal, was noch geschah. Ich war viel zu wütend und verletzt, um auf Blakes Spielchen reinzufallen.

„Erstens ist es gerade einmal gegen neun Uhr und zweitens, um deine Frage zu beantworten, warte ich auf den Bus. Wie jeder normale Mensch auch sehen würde“, erwiderte ich genervt und verschränkte die Arme vor der Brust. Vielleicht hätte ich mir eine dickere Jacke mitnehmen sollen.

„Warst du nicht auf dieser einen Party? Von diesem...Jack Hawkins?“

Stirnrunzelnd sah ich ihn an. Worauf wollte er hinaus?

Langsam nickte ich und er lachte. „Was ist daran so komisch?“, fragte ich kleinlaut.

„Du sieht nicht gerade so aus, als wärst du auf einer Party gewesen“, antwortete er und musterte mich kurz. Ich versuchte, ihn zu ignorieren und hoffte stattdessen inständig, dass dieser verdammte Bus endlich mal kommen würde. Es war nicht gerade mein Ding mich mit einem Drogendealer zu unterhalten, der höchstwahrscheinlich nichts Gutes vorhatte. Außerdem war ich müde und einfach schlecht drauf.

„Caleb war auch da, oder?“, fragte er dann etwas leiser und ich trat einen kleinen Schritt zurück. Langsam bekam ich tatsächlich Angst vor ihm.

„Ich weiß nicht“, murmelte ich und sah auf den Boden.

„Weißt du, was ich zutiefst verletzend finde?“ Er trat wieder näher, doch dieses Mal lief ich nicht zurück, da ich mich nicht von jemandem wie ihm einschüchtern ließ.

Er sah mich mit zusammengekniffenen Augen wütend an, als würde er darauf warten, dass ich nachfragte. Das tat ich schließlich auch, da ich nicht wusste, zu was er im Stande war und auch kein Risiko eingehen wollte.

„Und was?“, fragte ich deshalb.

Bevor er antwortete, nahm er einen letzten Zug und schnippte die Zigarette dann weg.

„Dass ich nicht eingeladen war“, knurrte er und mir lief es kalt den Rücken herunter.

Was konnte ich dafür, dass er nicht eingeladen war? Es war nicht so, als hätte er viel verpasst, doch ihm schien es tatsächlich etwas auszumachen.

„Ich -“, begann ich, wurde jedoch von ihm unterbrochen. „Ich weiß, was du jetzt sagen wirst. Es war nicht meine Schuld und was willst du überhaupt von mir, oder? Das ist in der Tat eine berechtigte Frage. Was will ich eigentlich von dir...“

Abwartend sah ich ihn an.

„Eigentlich bin ich ja nicht so für Erpressung, aber mir bleibt in dem Fall gar nichts anderes übrig, musst du verstehen. Schließlich hast du Caleb und mich damals erwischt und ich muss zugeben, das hat mir nicht gerade gefallen. Außerdem könntest du es ja jemandem verraten“, fuhr er drohend vor.

Wild schüttelte ich mit dem Kopf. „Ich habe nicht vor, es irgendjemandem zu sagen. Es ist mir egal, was ihr macht“, versuchte ich ihn zu beruhigen, doch er schüttelte nur lächelnd den Kopf.

„So sehr ich dich auch mag, kann ich dir leider nicht vertrauen. Nicht, wenn es um so etwas geht.“

„Das heißt?“, fragte ich ängstlich.

„Das heißt, dass du ab jetzt die Klappe halten wirst“, rief er und ich trat erschrocken zurück, schüttelte dann aber verwirrt den Kopf. „Das habe ich doch schon längst versprochen“, murmelte ich und er nickte langsam.

„Besser ist es, denn wenn irgendjemand etwas davon herausfinden sollte, verrate ich jedem die Geheimnisse deiner beiden Freunde.“

Mein Kopf drehte sich, als ich versuchte zu verstehen, wovon er sprach.

„Die Geheimnisse meiner Freunde?“, fragte ich verständnislos und er verdrehte die Augen.

„Ich rede von Caleb und Jimmy.“

Bitte was?!

„Ich habe keine Ahnung, wovon du redest“, antwortete ich langsam, während mein Gehirn auf Hochtouren arbeitete.

„Ach, du weißt es nicht?“, fragte Blake lächelnd und kam näher. „Dann sollte ich dir vielleicht ein bisschen was über die beiden erzählen.“

Und dann verriet er mir etwas, was erneut mein gesamtes Leben auf den Kopf stellte.

„Jimmy war derjenige, der mich nach Elverton gebracht hatte. Nachdem ich in Bath nicht mehr wirklich sicher war, hat er mir vorgeschlagen, hierherzuziehen. Eine kleine Stadt, in der nichts los ist und die etwas Abwechslung braucht, meinte er und ich willigte ein, nicht wissend, wo ich wohnen sollte. Doch dann hab ich Calebs Schwester kennengelernt und da ihre Eltern in Detroit wohnen, waren die beiden die perfekte Quelle. Caleb war einer dieser typischen Jungs, die sich auf alles einlassen, weshalb er schon bald Kunde wurde. Seine Schwester dagegen hat mich irgendwann rausgeworfen, doch er blieb Kunde. Jimmy hat es nicht gefallen, dass Caleb nun sozusagen abhängig von mir war, denn das hieß, dass er gelegentlich auch jemanden sehen musste, den er hasst. Irgendeinen Henry glaub ich. Ich wollte selbstverständlich wissen was zwischen den beiden los ist, da es immer gut ist die Leute dazu zu bringen dir zu vertrauen. So schafft man es viel über sie herauszufinden, das kann einem später einmal ziemlich nützlich sein. Das Problem war nur, dass Jimmy es mir nicht sagen wollte. Alles was er meinte, war, dass es etwas mit der Schwester von diesem Henry zu tun hatte. Was auch immer es ist, es scheint als wäre es mehr als nur Hass, beide scheinen regelrecht einen Wettstreit daraus zu machen. Na ja, was soll ich sagen? Meine Arbeit hier ist erledigt, weshalb ich noch heute diese jämmerliche Kleinstadt voller penetranter und naiver Menschen verlassen werde und mir ein neues Ziel suche. Was dich angeht, ich hoffe, ich habe deinen kleinen, hübschen Kopf nicht all zu sehr belastet und deinem Gesichtsausdruck nach zu urteilen, bist du gerade etwas mit der dir bevorstehenden Situation überfordert, weshalb ich dich jetzt alleine lassen werde. Ich weiß, es ist immer schlimm von Leuten, die man vorher als Freunde angesehen hat, verarscht zu werden. Genau das ist auch der Grund, warum ich mir gar nicht erst welche suche, du kannst nämlich heutzutage keiner Menschenseele mehr vertrauen. Vielleicht sehen wir uns ja irgendwann einmal wieder...Nora."

74. Kapitel

NORAS SICHT

Ich schubste die Haustür auf, trat ein, knallte sie hinter mir zu und schniefte so laut, dass es durchs ganze Haus zu hören war.

„Nora?!“

Mit zitternder Unterlippe drehte ich mich zu meinem Papa um, der vom Sofa aufgestanden war. Seine Lesebrille ruhte noch immer auf seiner Nase, während er die Zeitung nun auf das Sofa warf.

„Ich glaube, du hast etwas zu erklären, junge Dame“, sagte er streng. Anscheinend bemerkte er gar nicht, dass ich weinte und momentan kaum in der Lage war etwas zu erklären.

Ich schüttelte nur den Kopf und wollte einfach nur ins Bett, doch er stellte sich mir in den Weg.

„Du gehst erst nach oben, wenn du mir erklärt hast, was passiert ist! Ich sitze hier und esse mit Francis zu Abend, als auf einmal eine wutentbrannte Olivia reingestürmt kommt, nach oben läuft und mit Koffer und Tasche wieder auftaucht, mir unverständliche Schimpfwörter bezüglich dir an den Kopf wirft und verlangt auf der Stelle zum Bahnhof gefahren zu werden. Wie kann es sein, dass sie nach noch nicht einmal zwei Tagen wieder abreisen will, Nora? Was ist heute passiert?“

„I-ich“, schluchzte ich, konnte jedoch nicht weitersprechen. „Ich kann dir das jetzt nicht erklären, Papa!“

„Wieso nicht? Ich habe das Recht zu wissen, warum meine Tochter weint und ihre beste Freundin mich ohne Grund beleidigt."

Wütend wischte ich mir die Tränen mit dem Handrücken weg und atmete tief durch, bevor ich ihn wieder ansah. „Weißt du was? Es war ein Fehler hier hinzuziehen! Ich hasse Elverton! Ich hasse alle, die hier wohnen, alles steckt voller Lügen u-und ich b-bin...ich bin einfach nicht glücklich hier! Ich kann nicht mehr, ich brauche eine Pause!"

„Du willst zurück nach London?", fragte Papa fassungslos und sah mich kopfschüttelnd an. „Nora, London war nicht besser! Deine Mama und ich haben uns jeden Tag gestritten. Ich hätte sogar meinen Job verloren, wenn wir nicht hierher gezogen wären."

„Ja schön!", rief ich und versuchte ihn durch die Tränen anzusehen. „Aber das betrifft alles nur dich! DU hast Mama geheiratet und es ist DEIN Job gewesen! Ich bin ein Einzelkind, habe das Gefühl, dass sich keiner um mich kümmert und sich hinter meinem Rücken alle über meine Naivität lustig machen! Du hast Francis kennengelernt und jetzt ziehen wir schon wieder um! Das ist alles zu viel für mich!"

Ganz außer Atem ließ ich mich auf den Stuhl gegenüber vom Sofa fallen und drückte mit dem Zeigefinger gegen meine Schläfe, um die sich aufbauenden Kopfschmerzen zu vertreiben.

„Ist ein Junge im Spiel?", hörte ich ihn plötzlich sagen und blickte erstaunt auf. „Was?", fragte ich sprachlos und er zuckte leicht mit den Schultern.

„Woher soll ich wissen, was du vor mir verheimlichst. Also, liegt es daran?"

„Ich werde mit dir nicht darüber reden!", presste ich zwischen zusammengepressten Zähnen hervor und stand auf.

„Ich möchte nach London, wenigstens über die Ferien", murmelte ich und sah aus den Augenwinkeln, wie er schließlich nickte und seufzte.

„Wenn du das willst. Soll ich deine Mama anrufen oder willst du es selber machen?"

Ich schluckte. „Mach du. Aber ich möchte schon morgen früh fahren." Er nickte kurz und ließ mich dann an ihm vorbei.

Ich lief die Treppen nach oben, stoppte jedoch auf der letzten Stufe, als es auf einmal an der Haustür klingelte. Ich duckte mich und beobachtete unter dem Geländer, wie Papa auf die Tür zu lief und sie öffnete.

„Tut uns leid, dass wir so spät abends noch stören, Mr Robinson", hörte ich Jolenes Stimme und ich wich schnell zurück.

Wir?

„Ist Nora da?"

Dies war definitiv nichts Jolenes Stimme. War das Jack?

„Könnt ihr mir mal bitte mal erklären, was hier los ist? Erst kommt Olivia, um kurz darauf wieder abzureisen und dann will meine Tochter mir nicht einmal verraten, warum sie hier aufgelöst ankommt und nur noch am Weinen ist!"

Mein Herz klopfte schneller, als ich das Gespräch mitverfolgte.

„Sie weint?", erklang Jolenes besorgte Stimme.

„Das ist alles meine Schuld."

Erschrocken weiteten sich meine Augen. Was um alles in der Welt machte Henry hier? Was machten sie überhaupt hier? Ich wollte jetzt mit keinem sprechen.

Und was meinte er mit ‚Das ist meine Schuld'?

„Darf ich bitte mit ihr sprechen? Es ist wichtig."

Ich biss auf meinen Ärmel und versuchte meine Tränen zurückzuhalten, um bloß nicht gehört zu werden.

„Sie schläft bereits und wird morgen nach London fahren, um die Ferien bei ihrer Mama zu verbringen."

„Nach London?!", rief Jolene entsetzt. „Vielleicht solltet ihr jetzt besser gehen. Sie wirkt nicht so, als wollte sie jetzt mit jemandem reden wollen."

„Hat sie irgendetwas gesagt?“, fragte Jack ängstlich, während ich stirnrunzelnd die Augen zusammen kniff.

„Nein.“

Eine kleine Stille trat ein, bis Jolene fortfuhr. „In Ordnung, vielleicht wäre es tatsächlich besser, wenn wir jetzt gehen.“

„Kannst du Nora das bitte geben?“

„Mach ich.“

Das Geräusch einer schließenden Haustür versicherte mir, dass sie wieder weg waren.

Schnell stand ich auf, lief auf mein Zimmer zu, legte mich ins Bett und zog die Decke über meinen Körper. Als ich Schritte auf dem Flur hörte, schloss ich die Augen und wartete auf das, was als nächstes geschah. Vorsichtig ging meine Zimmertür auf und warf einen Lichtstrahl durchs Zimmer.

„Nora?“, flüsterte Papa und ich öffnete langsam die Augen.

„Ja?“

„Das sollte ich dir noch geben. Gute Nacht, Schatz.“

Ich beobachtete, wie er etwas auf meine Kommode legte und kurz darauf wieder die Tür schloss.

Langsam stand ich auf und griff nach dem gefalteten, weißen Blatt Papier auf der Kommode. Mit starkem Herzklopfen faltete ich es auseinander und hielt es unter meine Nachttischlampe.

‚Es tut mir leid‘

Was tat ihm leid? Was wurde noch alles vor mir verheimlicht?

Ohne zu überlegen, zog ich mir wieder Schuhe und Jacke an und öffnete meine Balkontür. Kaum betrat ich ihn, fegte mir schon ein kalter Wind durchs Haar. Doch das war mir in dem Moment ziemlich egal.

Ich beugte mich etwas über das Geländer und ließ meinen Blick die Straße runtergleiten. Schon fast um die Ecke erkannte ich sie. Jack und Jolene, die kurz darauf aus meiner Sicht verschwanden.

Und Henry? Er war nicht ins Haus zurückgekehrt, das hätte ich gehört. Verzweifelt suchte ich weiter mit den Augen ab, doch ich erkannte ihn nirgendwo.

Ich lief zurück ins Zimmer und schloss die Balkontür hinter mir.

Es wäre sowieso zu spät gewesen.

75. Kapitel

NORAS SICHT

Ohne mich zu rühren, sah ich zu, wie Papa meinen Koffer im Auto verstaute und dann zurück zum Haus lief, um die Haustür abzuschließen.

„Alles okay?", fragte er, doch ich nickte nur stumm und kletterte dann auf den Beifahrersitz. Kurz nachdem ich mich angeschnallt hatte, vibrierte mein Handy auf einmal. Ich warf einen flüchtigen Blick auf den Bildschirm.

‚Wir müssen reden!'

Die Nachricht war von Jimmy. Fassungslos schüttelte ich den Kopf und löschte sie, ohne ihm vorher zu antworten.

Ich ließ das Handy zurück in meine Tasche fallen und lehnte meinen Kopf gegen die kühle Fensterscheibe. Warum musste das Leben bloß immer so verdammt kompliziert sein?

Ich schloss die Augen und bemerkte kaum, wie wir losfuhren. Meine Gedanken schweiften zurück zu gestern Abend.

Wie konnte ich mir zu hundert Prozent sicher sein, dass das, was Blake mir erzählt hatte, auch wirklich der Wahrheit entsprach? Jimmy und Drogen?! Das passte einfach nicht. Jimmy passte nicht zu Caleb und erst recht nicht zu Blake. Außerdem war Noah doch sein bester Freund. Warum war er sein bester Freund, wenn Henry ihn so hasste? Und warum hassten die beiden sich überhaupt so? Angeblich wegen irgendeinem Vorfall in den

Poppy einbezogen war, doch was war passiert? Und warum um alles in der Welt hatte mir nie jemand davon erzählt?

Keiner hatte mir über Jimmy Bescheid gesagt, noch nicht einmal Jolene. Ich war mir sicher, dass sie alle Bescheid wussten, schließlich wusste Caleb ja von allem und ich war mir sicher, dass es sich herumgesprochen hatte.

Wut stieg in mir hoch, als ich realisierte, dass alle um mich herum mehr über mich wussten als ich über sie. Und ich war mir sicher, dass sich insgeheim alle hinter meinem Rücken über mich lustig machten.

Ich sah weiterhin nach draußen und beobachtete, wie wir an lauter Bäumen vorbeizogen, die sich im Wind leicht hin und her bewegten.

Wenn ich doch nur wenigstens einmal die komplette Wahrheit hören dürfte, würde mir das schon genügen, dann könnte ich nämlich vielleicht einmal damit anfangen, mein Leben in die richtigen Schubladen einzuordnen.

„Dein Zug sollte jeden Moment kommen. Bitte erinnere deine Mama daran, dass wir die Rückfahrt noch nicht gebucht haben und sie das deswegen machen muss."

„Falls ich zurückkomme", murmelte ich und sah auf. Papa sah mich mit schmerzendem Gesichtsausdruck an und ich zwang mir ein Lächeln auf die Lippen.

„War doch nur ein Scherz. Ich sage es ihr."

Einen Moment lang herrschte Stille, bis er fortfuhr: „Weißt du, ich kann verstehen, dass du es als Einzelkind nicht leicht hast, aber-" „Darum geht es doch gar nicht", versicherte ich ihm und sah auf meinen Koffer. „Ich brauche nur mindestens zwei Wochen Abstand von dieser Stadt. Außerdem vermisse ich London schon irgendwie und denke, dass es auch mal ganz gut wäre, mit Mama alleine zu sein."

„Olivia war doch -“, begann er, doch ich unterbrach ihn schnell, bevor er den Satz zu Ende sprechen konnte. „Lass uns darüber bitte nicht mehr sprechen.“

Er nickte einverstanden und umarmte mich dann. „Pass gut auf dich auf und hab...na ja, hab Spaß. Was den Umzug angeht, ich werde dir ein schönes Zimmer reservieren.“

Er zwinkerte mir zu und ich begann zu lachen, obwohl tief in meinem Inneren etwas schmerzte. Der Umzug war auch noch so eine bevorstehende Sache...

Das laute Geräusch des bremsenden Zuges ließ mich etwas zurücktreten.

„Bis dann, Papa“, rief ich und winkte ihm zu, bis er außer Sichtweite war. Ich hängte mir meine Tasche um und griff nach meinem Koffer. Viele Menschen warteten darauf in den Zug einzusteigen und ich wollte mich gerade dazu stellen, als ich auf einmal an der Schulter umgedreht wurde.

Erschrocken sah ich die Person vor mir an, während mein Herz begann wieder schneller zu schlagen.

„Jimmy“, entfuhr es mir erschrocken und ich trat gleich einen Schritt weiter nach hinten.

„Was willst du hier?“, fragte ich dann ungefähr drei Takte unhöflicher. Er schien ziemlich außer Atem zu sein, doch das war mir in dem Moment mehr als egal.

„Was ich hier will?!“, fragte er vorwurfsvoll. „Ich habe mir Sorgen gemacht, nachdem du gestern so von der Party geflüchtet bist. Außerdem hast du nicht auf meine Nachricht geantwortet! Nur durch Jolene hab ich erfahren, dass du hier bist, um zurück nach London zu fahren.“

„Durch Jolene?“, rief ich und sah ihn wütend an. Er nickte und ließ seine Hände in den Hosentaschen seiner dunkelblauen Jeans verschwinden. „Du hättest es mir wenigstens sagen sollen.“

„Vor allem, weil du mir ja so viel erzählst", gab ich zurück und verschränkte die Arme vor der Brust.

„Wovon redest du?", fragte er und zog die Augenbrauen zusammen.

„Mach dir darüber keine Gedanken, Blake hat mich bereits bestens aufgeklärt", murmelte ich und drehte mich zum Gehen um, doch er hatte andere Pläne und hielt mich am Arm zurück.

„Was?!", rief er fassungslos, mit einem Hauch Angst in seiner Stimme.

„Was hat er dir erzählt, wann hast du mit ihm gesprochen?" Ich sah die Panik in seinen Augen und wurde misstrauisch. „Alles, was ich wissen sollte", antwortete ich schließlich und riss mich los.

„Ich muss jetzt gehen, tu mir einen Gefallen und lass mich in Ruhe."

„Das ist alles?!", brüllte er und ich sah ihn mit großen Augen an. Auch die Leute um uns herum begannen uns komisch anzusehen oder liefen schnell an uns vorbei.

„Nach allem, was ich für dich getan habe? Ich habe das alles getan, damit du mich verdammt noch mal lieber magst als ihn. Für dich habe ich mich zum Affen gemacht und jetzt gehst du einfach, entschieden IHN gewinnen zu lassen?"

Sprachlos sah ich ihn an. „Warte", begann ich und versuchte zu verdauen, was er mir gerade zugeschrien hatte.

„D-das heißt, du hast das alles nur als Wettkampf gesehen? U-um-" „Um Henry eins auszuwischen, wow, du hast es endlich geschnallt!"

Ich schluckte schwer, während meine Wangen zu glühen begannen. Jimmy begann schließlich zu lächeln und langsam den Kopf zu schütteln.

„Es ging nur darum, Henry eifersüchtig zu machen. Sag mal kriegst du eigentlich überhaupt irgendetwas mit? Er stand doch seit dem ersten Tag auf dich und ich war schlau genug, das als Einziger zu bemerken! Und da er noch eine ziemlich große Rechnung bei mir offen hatte, hab ich beschlossen dich als Druckmittel zu benutzen, was dann mir letztendlich gelungen ist. Henry hat verloren und ich habe gewonnen, das dachte ich jedenfalls. Bis gestern Abend, wo mir außerdem klar wurde, dass du überhaupt nichts an mir findest! Und anstatt dich dafür abgrundtief zu hassen, habe ich versucht, das wieder zu ändern und jetzt...was soll ich sagen?! Muss ich feststellen, dass du dich wieder verpisst und einen gebrochenen Henry Thompson zurücklässt. Das heißt, wenn man es so betrachtet, habe ich doch gewonnen und das war mir das ganze wert!"

Tränen schossen mir in die Augen, als ich versuchte zu verstehen, was mir gerade gesagt wurde. Was er mir gerade sagte.

„Jetzt heul doch nicht! Nur weil du naiv genug warst zu denken, dass Henry der Böse und ich der Gute war. Nicht in sieben Millionen Jahren würde ich was mit einem Mädchen wie dir anfangen. Es sei denn, es ist, um Henry Thompson eins auszuwischen!"

Die Tränen versperrten mir die Sicht und langsam begann Jimmy vor mir zu verschwimmen, bis sich seine Farben auf einmal entfernten.

Ich wischte mir schnell mit meinem Ärmel über die Augen und atmete tief durch. Als ich wieder normal sehen konnte, stellte ich fest, dass Jimmy nicht mehr da war und sich auch die Hälfte der Menschen auf dem Bahnsteig aufgelöst hatten.

Schnell drehte ich mich um und sah gerade noch, wie die letzte Tür geschlossen wurde. Dann, nur ungefähr eine Minute später, setzte sich der Zug in Gang. Der Zug nach London, in dem ich eigentlich sitzen sollte.

Ein kühler Wind ließ meine Haare aufwirbeln, während ich mit roten Augen dem immer kleiner werdenden Zug hinterhersah.

Dort stand ich also. Mit einer Tasche, einem Koffer, verheultem Gesicht und einem Herzen, das so schwer war, dass ich darunter hätte einknicken können.

Doch ich tat das Gegenteil. Es war komisch, mein Kopf sagte mir, ich sollte an den Ticketschalter gehen und nach dem nächsten Zug fragen, doch mein Herz und das aufsteigende Kribbeln in meinen Händen sagte mir etwas anderes. Und bevor ich es mir hätte anders überlegen können, rannte ich los.

Ich lief die Treppen vom Bahnsteig hinunter, bis ich auf den Bürgersteig gelangte. Sofort rannte ich los, meinen Koffer zurücklassend.

76. Kapitel

NORAS SICHT

„Nora?!“

Nur knapp schaffte ich es, auf der Stelle stehen zu bleiben und mich umzudrehen. Direkt gegenüber stand mein Papa an seinem Auto, mit einem Handy in der Hand, das er nun jedoch sinken ließ.

Wie eine Gestörte rannte ich über die Straße auf ihn zu und zog ihn an seinem Ärmel in das Auto.

„Steig ein! Fahr los!“

„Was um -“

„FAHR!“, rief ich und knallte, sobald ich auf dem Beifahrersitz saß, die Tür zu.

HENRYS SICHT

„Henry, sag mir doch bitte was los ist“, flehte meine Mama und sah mich vom anderen Ende des Esstisches besorgt an.

„Das kann ich dir nicht sagen“, murmelte ich und starrte müde auf mein unangerührtes Stück Toast. „Ist es wegen des Umzugs?“

Ich schüttelte den Kopf und lehnte mich schwach auf dem Stuhl zurück. Die ganze Nacht hatte ich kein Auge zutun können.

Sie wollte nach London und sie saß gerade in dieser Minute schon im Zug. Von meinem Fenster aus hatte ich sie und ihren Papa beobachtet, wie sie wegfuhren. Ihren Gesichtsausdruck hatte ich nicht sehen können, doch nach gestern war mir klar, dass es ihr schrecklich gehen musste und das alles nur wegen mir.

Ich würde nie die Chance bekommen, mich bei ihr zu entschuldigen.

Ich würde nie die Chance bekommen, ihr die ganze Wahrheit zu erzählen.

Und ich würde ihr niemals sagen können, was ich für sie fühlte und vor allem wie belastend es sich einfach nur noch anfühlte.

Allein der Gedanke daran ließ mich durchdrehen.

Ich wollte einfach nur weg. Weg von allen, die mich darauf ansprechen könnten, ich wollte einfach meine Ruhe haben. Es gab nur einen Ort, der mir diese Ruhe und Einsamkeit bot.

„Wo gehst du hin?“, fragte meine Mama, als ich aufgestanden war und mir meine Jacke anzog. „In den Wald“, murmelte ich und presste die Lippen aufeinander.

„In den Wald?!“ Ich antwortete nicht, weshalb sie schließlich verwirrt nickte, während ich mich auf den Weg zur Haustür machte.

NORAS SICHT

„Halt an, Papa!“, rief ich, bevor er überhaupt die Gelegenheit hatte, das Auto in unserer Einfahrt zu parken.

„Sag mal Nora, kannst du mir vielleicht mal sagen -“ „HALT AN!“, schrie ich erneut und öffnete einfach während des Fahrens die Autotür. Augenblicklich trat er auf die Bremse und das Auto blieb somit stehen.

Kaum betraten meine Füße die Erde, sprintete ich schon wieder los, allerdings nicht auf unser Haus, sondern auf das von Francis zu.

Atemlos kam ich an, als ich hinter mir die Autotür zuknallen hörte und meinen Papa hinter mir herlaufen sah. Ich drückte auf die Klingel und nahm ein paar tiefe Atemzüge. Auf einmal ging die Tür auf und eine ziemlich verwirrte Francis stand im Türrahmen.

„Nora? Solltest du nicht -" „Ist Henry da?", unterbrach ich sie nach Luft ringend.

„Nein, er ist gerade in den Wald gelaufen. Ihm geht's glaub ich nicht so gut."

Stirnrunzelnd sah ich sie an. „In den Wald?" Doch im nächsten Moment dämmerte es mir und ich drehte mich wieder um um loszulaufen, stoppte mich jedoch vorher und drehte mich wieder zu Francis und meinem Papa, der nun ebenfalls mit rotem Gesicht angekommen war.

„Bevor ich gehe, muss ich dir noch was sagen", sagte ich an Francis gerichtet. Abwartend hob sie die Augenbrauen.

„Ich habe mich in Henry verliebt. Ich weiß, wir sind so etwas wie Stiefgeschwister, aber auch nur, weil ihr eben schneller wart als wir. Ich wollte das nur eben sagen, da..."

Noch nie in meinem Leben hatte ich so schnell geredet. Tief holte ich Luft um weiterzusprechen.

„...da ich es für sehr wichtig halte. Und jetzt entschuldigt mich bitte."

Ich sah noch von einem sprachlosen Gesicht ins andere und rannte dann los, am Haus vorbei, bis ich den Weg erreichte, der in den Wald führte und an den Platz, zu dem ich wollte.

Ich hatte nur noch vage Erinnerungen, wie ich da hinkam, wo ich hinwollte. Allerdings konnte ich mich gut daran erinnern, dass ich ‚damals' ziemliche Angst hatte, aber da war es auch dunkel gewesen und jetzt war es gerade mal elf Uhr morgens.

Meine Schritte waren sicher und ich dachte gar nicht daran umzudrehen, auch nicht als seltsame Geräusche um mich herum ertönten und auch nicht, als ich fast hingefallen wäre, da einfach zu viel herumlag.

Je näher ich meinem Ziel gekommen war, desto lauter schlug mein Herz gegen meine Brust. Auf der einen Seite hoffte ich, dass er da war. Es musste einfach sein. Doch auf der anderen Seite war ich ein ziemlicher Feigling, allerdings hatte Henry es verdient, die Wahrheit zu hören und wenn nicht jetzt, dann nie.

Schließlich erreichte ich mein Ziel.

Vor mir lag die Brücke. Unter ihr war der plätschernde Bach zu hören und es war der einzige Ort, der nicht von Bäumen umgeben war, weshalb man wenigstens einen Teil des Himmels sehen konnte.

Doch all dies interessierte mich in dem Augenblick nicht.

Das Einzige, für das ich Augen hatte, war die Person, die auf der Brücke saß. Seine Beine baumelten hin und her, während er sich mit seinen Fingern beschäftigte und aus dem Grund auch auf seine Hände starrte.

Er hatte mich noch nicht bemerkt. Ich atmete tief ein und aus, in der Hoffnung wieder anständig Luft zu bekommen.

Langsam setzte ich einen Fuß auf die Brücke und näherte mich der Person.

Hab den Mut!

„Henry."

Blitzartig drehte er sich um, riss erschrocken die Augen auf und sah mich sprachlos an.

„Nora?!", kam es ziemlich überwältigt von ihm, bevor er aufstand. Ich trat näher, bis ich direkt vor ihm stand.

„I-ich dachte, du bist in London. Wieso sitzt du nicht im Zug, wieso -"

Er kam nicht dazu zu Ende zu sprechen, da ich ihn stoppte, indem ich einfach meine Lippen auf seine presste.

77. Kapitel

NORAS SICHT

Eine kleine Ewigkeit standen wir so dort. Meine Augen waren geschlossen, während meine Hand nun automatisch nach oben wanderte und sich in seinen Haaren wiederfand. Erst dachte ich, er wäre zu überwältigt, um auf den Kuss zu reagieren. Doch das war er nicht, denn kurz darauf spürte ich seine Hand auf meinem Rücken.

Langsam öffnete ich wieder die Augen und trat einen kleinen Schritt zurück. Auf Grund seines Gesichtsausdruckes wurde ich rot und sah verlegen irgendwo hin außer zu ihm. Was ich nicht wusste, war, dass es ihm nicht anders ging. Während ich nun mit meinen Fingern spielte, kratzte er sich nervös im Nacken und wendete kurz den Blick ab.

„Tut mir leid, ich wollte dich nicht so...überrumpeln", sagte ich schnell und sah ihn abwartend an.

„Nein...nein, mir tut...tut es leid", antwortete er etwas zögerlich und ich musste lächeln, was ihn dazu brachte das Gleiche zu tun.

Eine Stille trat ein, die für uns beide ziemlich unangenehm war.

Zu meiner Verwunderung begann er dann auf einmal zu sprechen.

„Also...ich bin ziemlich schlecht darin, die passenden Worte zu finden, aber...es tut mir leid. Das wollte ich dir schon die ganze Zeit sagen." Er sah mich abwartend an, während ich nur verwirrt zurückstarren konnte.

„Dir tut es leid? Nein, mir tut es leid. Wegen mir ist doch alles so gekommen, wie es jetzt ist und ich hab dich nie aussprechen lassen oder dir wenigstens eine Chance gegeben, mir alles zu erklären!"

Anstatt auf das, was ich gesagt hatte, einzugehen, fragte er stattdessen: „Wieso? Wieso jetzt? Warum bist du hier?"

Ich wendete meinen Blick auf meine Füße, während ich antwortete:

„Weil mir klar geworden ist, dass du nicht der bist, für den ich dich hielt. Und weil ich dich insgeheim mag. Sehr sogar. Ich mag dich. Nicht als Bruder oder Nachbar, noch nicht einmal als normalen Freund." Zum Ende hin war meine Stimme fast weggebrochen und trotzdem hatte ich das Gefühl ihn zum Lächeln gebracht zu haben.

„Kannst du mir das vielleicht auch sagen, während du mir in die Augen siehst", hörte ich ihn sagen und spürte kurz darauf, wie er mein Kinn anhob und mich dazu brachte, ihn anzusehen.

Seine grünen Augen funkelten beunruhigend und er starrte geradewegs in meine.

„Ich liebe dich."

„Was?!", fragte ich verwirrt und zog die Augenbrauen zusammen.

„Ich liebe dich", wiederholte er und griff nach meiner Hand. Mit der anderen fuhr er auf einmal mein Gesicht rauf und strich mir eine verirrte Haarsträhne aus dem Gesicht.

„D-du liebst mich?", begann ich zu stottern und er nickte lächelnd.

Er liebte mich. ER liebte MICH und ich war mir zu hunderteins Prozent sicher, dass er es ernst meinte.

„Das wollte ich dir schon die ganze Zeit sagen, doch es kam einfach nicht dazu. Dass ich nicht den Mut hatte es dir zu sagen, war eigentlich noch schlimmer, als ich dich mit Jimmy gesehen habe."

„Henry -", begann ich, wurde dieses Mal jedoch von ihm unterbrochen, indem er den Kopf schüttelte.

„Du solltest dir vielleicht mal die Wahrheit anhören", murmelte er.

„Das ist es ja! Ich kenne sie bereits - das heißt - fast. Das Problem ist nur, dass es viel zu viel auf einmal war. Ich habe keine Ahnung, was ich glauben soll."

„Was meinst du?", fragte er verwirrt.

„Dass Blake mir da so einiges erzählt hat", antwortete ich mit gesenkter Stimme, während er nun große Augen machte.

„Blake? DER Blake?!"

Ich nickte und biss mir leicht auf die Unterlippe. „Aber bevor du irgendetwas anderes sagst, möchte ich deine Version der Geschichte hören und zwar von Anfang an."

Er sah mich einen Moment lang an, nickte dann jedoch und setzte sich wieder auf die Brücke. Ich setzte mich vorsichtig neben ihn und ließ meine Beine über dem Wasser baumeln.

„Von Anfang an? Da gibt es eigentlich keinen Anfang."

„Versuch's."

Er seufzte und begann dann wieder mit seinen Händen zu spielen.

„Am Anfang schuf Gott die Erde. Allerdings weiß ich gar nicht, ob es wirklich so war. Du musst verstehen, ich war nicht dabei."

Ich lachte und stupste ihm dann mit dem Ellenbogen in die Seite. „Ich meine es ernst."

Er sah mich von der Seite mit seinen leuchtenden Augen an. Ich beschloss, mich davon nicht aufhalten zu lassen und sah ihn abwartend an.

„Sagen wir, es fängt bei dir an. Du bist mit deinem Papa hierher gezogen und ehrlich gesagt, hast du mich am Anfang ziemlich genervt. Du warst mir einfach im Weg und zwar nicht wortwörtlich gemeint. Ich bekam dich einfach nicht mehr aus meinem Kopf raus. Wie du dich verhalten hast, hat mir nicht gefallen. Du warst nicht wie die anderen Mädchen. Du hast dich selbstbewusst verhalten und nicht viel auf die Meinungen anderer gesetzt. Du hast dich mit Jolene angefreundet und dich mir somit komplett in den Weg gestellt. Ich hab mich gefragt, warum dieses bescheuerte Mädchen auf einmal auftauchen musste, nur um mir das Leben schwer zu machen. Doch irgendwann hab ich die Dinge anders gesehen. Du warst eine Art Herausforderung für mich. Ich wollte sehen, wie weit du gehen würdest, weshalb ich dich auch so gemein behandelt habe. Das tut mir übrigens leid, was ich damals bei Jacks Party abgezogen hab, ich bereue es - sehr. Und zwar nicht nur, weil es dich verletzt hat, sondern auch, weil du dadurch Jimmy kennengelernt hast. Ich war so unglaublich wütend, dass ich mich komplett zurückgezogen habe. Natürlich war mir irgendwie bewusst, dass ich etwas für dich empfinde. Ich wusste nicht, ob ich dir je davon erzählen sollte. Schließlich passiert so etwas ja immer mal, hört jedoch nach einer Zeit auf. Das Problem war, dass es bei dir nicht so war. Allerdings konnte ich dir nie etwas davon erzählen, nicht, nachdem Jimmy im Bild aufgetaucht war. Wie du wahrscheinlich weißt, hassen er und ich uns. Willst du wissen wieso?“

Ich nickte.

„Wie du weißt, geht Jimmy nicht mehr zur Schule. Damals hatte er die Ferien mit seiner Familie in Bath verbracht, wo er dann auch Blake kennengelernt hatte, der ihn dazu gebracht hat, Drogen zu nehmen. Dann irgendwann tauchte dieser Blake auch hier auf, wahrscheinlich weil er in Bath Probleme bekommen hatte oder so. Jedenfalls hat er Calebs Schwester kennengelernt und konnte somit bei ihr bleiben, was Caleb sehr gestört hat, da er nicht wirklich mit ihm zurechtkam. Irgendwann ist uns an Caleb etwas anderes aufgefallen. Er kam kaum noch zur Schule, hat sich anders verhalten und sah auch dementsprechend aus. Warum weißt du ja mittlerweile selber. Ich hab auch nie verstanden, wie es passieren konnte, dass er da mit reinrutscht, aber wir konnten nicht viel unternehmen, um ihn davon abzuhalten."

Verständnislos sah ich Henry an. „Aber was hat das Ganze mit Jimmy zu tun? Wieso hasst ihr euch, wenn es Blakes Schuld war?"

Er sah in die Ferne und begann leicht mit den Füßen zu wippen. „Du musst mir versprechen, es niemandem zu erzählen", murmelte er und ich nickte schnell.

„Irgendwann ist Jimmy selber zum Drogendealer geworden. Wahrscheinlich weil seine Familie ihm zur Last wurde und er befürchtete, rausgeworfen zu werden und ab dann selber Miete bezahlen zu müssen. Allerdings ist es nie dazu gekommen...

...wie auch immer. Da war so ein Typ, er war bereits älter, vielleicht um die dreißig. Er wurde Kunde bei Jimmy und sorgte dafür regelmäßig zu bekommen, was er wollte. Eines Tages wurde er tot in seiner Wohnung aufgefunden, gestorben an einer Überdosis Heroin. Da Elverton nicht gerade London ist, sprach sich das Ganze schnell herum. Natürlich wusste niemand, wer dafür verantwortlich war oder ob es überhaupt jemanden gab, außer den Mann selbst. Doch Caleb hat uns erzählt, wer dahinter steckte..."

„Jimmy", flüsterte ich mit offenem Mund. Er nickte.

„Jimmy. Selbstverständlich weiß ich, dass es nicht seine Absicht war, trotzdem liegt die Schuld bei ihm. Jedenfalls haben wir alle seitdem einen großen Bogen um ihn gemacht und erwartet, dass er aufhören würde, doch so war es nicht. Und dann eines Tages habe ich ihn vor unserem Haus entdeckt. Bevor ich überhaupt realisieren konnte, was er bei uns wollte, war er schon wieder in sein Auto eingestiegen und weggefahren - mit Poppy."

„Was?!“, rief ich fassungslos, doch er sah nur weiterhin geradeaus.

„Jimmy ist älter als wir und war damals nur eine Stufe unter Poppy. Ich hatte keine Ahnung, wie die beiden sich getroffen hatten und ich bereute es, ihr nie etwas über ihn erzählt zu haben. In der Stunde, in der sie weg waren, bin ich komplett ausgerastet und habe fast jeden von Poppys Freunden angerufen um zu erfahren, wo die beiden sein konnten. Doch das Einzige, was ich herausbekam, war, dass es sich um ein Date handelte. Dann irgendwann kam sie wieder, allerdings ohne ihn und mit verheulten Augen. Sofort wollte ich wissen, was passiert war. Ich musste es wissen, doch sie erzählte es mir erst am nächsten Tag.“

„Und was ist passiert?“

„Er hat versucht, ihr Drogen anzudrehen. Ich schwöre dir, ich war in meinem ganzen Leben noch nie so wütend gewesen. Ich hätte ihn umbringen können, gerade weil ich wusste, was damals passiert war. Poppy und ich beschlossen unsere Mama anzulügen, weshalb sie ihr erzählte, dass während dem Date ‚seine noch bestehende‘ Freundin aufgetaucht wäre und ihn fast zusammengeschlagen hatte.“

„Warte! Das Date, bei dem Poppy das schwarze Kleid trug, war mit Jimmy?“

Verwirrt sah Henry mich an, während es in meinem Kopf auf einmal Klick machte. Dann war es tatsächlich ein Unglückskleid...

...vielleicht sollte man es einfach verbrennen.

„Was ist dann passiert?“, fragte ich interessiert um zu erfahren, wie es weiterging.

„Ich bekam einen Riesenhass auf ihn und wahrscheinlich hätte ich ihn auch umgebracht, wäre Noah nicht dazwischen gekommen. Jimmy und er kennen sich schon ewig, weshalb er auch nicht einfach so deren Freundschaft in den Dreck ziehen konnte. Ihm zuliebe ließ ich Jimmy in Ruhe, allerdings musste er mir vorher schwören, dass er sich in Zukunft von uns allen fernhalten würde und zu meiner Verwunderung tat er es tatsächlich. Wahrscheinlich hatte er Angst, dass ich zur Polizei - oder noch schlimmer - seinen Eltern gehen würde. Trotzdem wusste ich, dass es ihm schwer fallen würde und ich behielt Recht. Seit dem Tag sah ich ihn nie wieder, obwohl ich mir ziemlich sicher war, dass er mich dafür hasste. Mir ging es nicht anders. Was mir heute noch ein Rätsel ist, ist, was er auf Jacks Party verloren hatte, aber ich bin mir sicher, da steckte Noah dahinter. Und dann kamst du..."

„Und Jimmy hatte endlich etwas gefunden, mit dem er dich ärgern konnte", beendete ich seinen Satz. „Ärgern? So etwas in der Art. Ich weiß, dass du dachtest, er wäre anders und es tut mir leid, dass du es so erfahren musstest."

„Habe ich nicht", sagte ich seufzend und schilderte dann in knappen Sätzen, was mir eben am Bahnhof passiert war.

Als ich fertig war, machte Henry große Augen.

„Dieses Arschloch", knurrte er und ballte die Fäuste. Ich zuckte die Schultern und wendete mich dann wieder ihm zu. „Die Hauptsache ist, dass ich jetzt die Wahrheit weiß."

Er nickte langsam und verzog das Gesicht. „Bist du sehr wütend auf mich?", murmelte er unsicher.

„Wegen was genau sollte ich wütend sein?"

„Wegen Olivia."

Noch so ein ungeklärtes Thema...

Ich zog die Beine an und stützte meinen Kopf auf die Knie. „Lass uns einfach nicht mehr über sie reden."

„Es ist nur...ich will nicht, dass du denkst, dass mir wirklich etwas an ihr lag - im Gegenteil. Jedes zweite Wort aus ihrem Mund war ‚ich'."

Ich lachte, da dies tatsächlich der Wahrheit entsprach.

„Um ehrlich zu sein, wollte ich dich nur eifersüchtig machen."

„Herzlichen Glückwunsch, das hast du geschafft."

Augenblicklich drehte er sein Gesicht in meine Richtung und zog überrascht die Augenbrauen hoch.

„Wirklich?"

Ich überlegte einen Moment, bevor ich erwiderte: „Ehrlich gesagt - ja hast du. Am meisten auf der Party. Da gibt es übrigens noch etwas, was ich dir sagen muss."

„Okay?"

„Ich habe gehört, worüber du und Olivia geredet habt...da im Gästezimmer."

„D-du hast uns zugehört?"

„Ich saß im Schrank."

Dieses Mal schaute ich unsicher, jedoch entspannten sich meine Gesichtszüge sofort, als ich sein Grinsen bemerkte. „Was sagt man dazu."

„Und wenn ich ehrlich bin, hat es mich wahnsinnig gefreut zu sehen, wie Olivia eine Abfuhr erteilt bekommen hat. Am liebsten hätte ich ihren Gesichtsausdruck gesehen."

„Dafür habe ich eine Ohrfeige bekommen."

Da hatte er natürlich Recht.

„Und was machen wir jetzt?", flüsterte ich schließlich und sah hinunter aufs Wasser. Dieser Ort hatte etwas anziehendes, irgendwie war er besonders.

Henry stand auf und streckte mir die Hand entgegen. Ich ließ mich hochziehen und stand ihm nun direkt gegenüber.

„Jetzt liegt es an dir", sagte er lächelnd und verschränkte unsere Hände miteinander.

„Ach und was?", antwortete ich frech und hoffte, dass er aussprechen würde, was ich dachte.

„Ob du meine Freundin sein willst."

Augenblicklich begann mein ganzer Körper zu kribbeln und ich hätte vor Freude in den Bach springen können, beschloss allerdings lieber, ihn etwas auf die Folter zu spannen.

Nachdenklich legte ich mir einen Finger ans Kinn und tat so, als müsste ich eine schwere Entscheidung treffen, die ich jedoch insgeheim schon längst getroffen hatte.

„Also...nach allem, was passiert ist...und nach allem, was ich jetzt weiß..." ich atmete gespielt gestresst aus.

„Puh, das ist eine schwere Entscheidung, die ich hier fällen muss."

Er kniff mir in die Seite, was mich erneut zum Lachen brachte.

„Eigentlich ist die Frage überflüssig, wir werden doch eh zusammenleben."

Ungeduldig und mit einem gekränkten Gesichtsausdruck ließ er mich los. Vielleicht musste ich in Zukunft wirklich lernen netter zu sein.

„Das war doch nur Spaß. Natürlich will ich deine Freundin sein!", rief ich und sprang ihm im nächsten Moment so ruckartig in die Arme, dass er nach hinten stolperte und fast auf den Boden gefallen wäre.

„Du weißt nicht, wie erleichtert ich darüber bin."

Seine Augen leuchteten auf wie die eines kleinen Kindes an Weihnachten. „Jetzt gibt es nur noch ein Problem, das wir zusammen überwinden müssen."

Ein Problem?

„Was für ein Problem sollte das sein?"

„Wir müssen es unseren Eltern sagen."

Augenblicklich begann ich rot zu werden und wendete peinlich berührt meinen Blick ab.

„Das sollte kein Problem mehr sein, denn das habe ich bereits geklärt."

Ich wusste, dass kurz darauf ein Sturm von Fragen über mich herziehen würde, weshalb ich schnell schilderte, was geschehen war, bevor ich ihn getroffen hatte.

„Und wie haben sie reagiert?", fragte Henry, nachdem ich fertig mit meinem Bericht war. Ich zuckte mit den Schultern.

„Ehrlich gesagt habe ich keine Ahnung. Vielleicht hätte ich das vorher doch noch besser planen sollen."

„Ich denke, sie werden es verstehen", murmelte er schließlich und nahm meine Hand. Wir liefen über die Brücke zurück auf den Weg und machten uns auf den Weg aus dem Wald.

Gerade als wir das Ende erreicht hatten, blieb ich auf einmal stehen und verzog erschrocken das Gesicht. Henry bemerkte das natürlich und stoppte ebenfalls.

„Was ist los?"

„Nichts, nur -"

Ich schluckte.

„- mir fällt gerade ein, dass ich meinen Koffer am Bahnhof vergessen habe."

Was als nächstes geschah, war, dass er einen Lachanfall bekam und es um die fünf Minuten dauerte, bis er sich wieder abgeregt hatte.

„Na ja, du musst auch das Gute darin sehen. Jetzt freut sich irgendein Obdachloser darüber, wieder neue Sachen zu haben."

78. Kapitel

Zwei Wochen später...

NORAS SICHT

„Ich kann nicht glauben, dass wir uns erst jetzt sprechen“, rief ich durch den Hörer und stolperte ungewollt einen Schritt nach vorne. Noch immer trug ich meinen Pyjama, hatte es jedoch fertig gebracht, mir wenigstens die Haare hochzustecken.

Müde und aufgebracht zugleich ließ ich mich auf mein Bett fallen und schlug das eine Bein übers andere.

„Ich auch nicht!“, antwortete Jolene aufgeregt und ich hörte es im Hintergrund rascheln.

„Und wie ist Brighton so?“, erkundigte ich mich und hob meine Bettdecke an, um meine Füße wieder warm werden zu lassen.

„Schön, aber ich wäre jetzt viel lieber bei dir. Es tut mir so leid, dass ich an deinem Geburtstag nicht da sein kann.“

„Nicht schlimm.“

„Also, du bist dann doch nicht nach London gefahren?“

Ich hörte die Neugier in ihrer Stimme und auf einmal entstand ein lautes Geräusch am anderen Ende, das mich zum Zusammenzucken brachte.

„Oh nein“, rief sie und ich runzelte die Stirn. ‚Was ist?‘ wollte ich eigentlich fragen, doch sie war schneller.

„Nora, es tut mir wirklich leid, aber ich muss auflegen, bye."

„Nein, warte!", rief ich, doch es war zu spät. Ein Tuten ertönte an meinem rechten Ohr und ich ließ das Handy auf mein Bett fallen.

Was war das denn?

Etwas enttäuscht knirschte ich mit den Zähnen und blickte durch mein Zimmer.

Wir lebten nun seit fast zwei Wochen in dem neuen Haus und ich konnte mich immer noch nicht an mein Zimmer gewöhnen. Es war groß, mit einer hohen Decke und einem knarrenden Holzboden. Immer noch konnte man die frische, weiße Wandfarbe riechen. Alles war so neu und fremd.

Doch es gefiel mir. Und die erste Woche im neuen Haus war ohne Zweifel seit langem die beste.

Nur zu gut konnte ich mich noch an jenen Abend erinnern, an dem Henry und ich aus dem Wald kamen und ins Haus gingen, um uns dort einem Verhör zu unterziehen. Francis und mein Papa waren ziemlich aufgedreht gewesen, redeten durcheinander und begannen Regeln aufzustellen, doch am Ende waren sie einverstanden und erlaubten uns sogar, beide ein Zimmer auf der gleichen Etage zu haben.

Poppy war letzte Woche gekommen, half uns bei den letzten Sachen, die den Umzug betrafen und lachte Henry und mich ständig aus.

Da Jolene mit Jacks Familie über die Ferien in Brighton war, hatten wir kaum Kontakt. Mal abgesehen von ein paar verschickten Nachrichten, in denen ich ihr geschildert hatte, wie alles lief und wie das neue Haus war. Nur das mit Henry und mir hatte ich ihr verschwiegen und wollte es ihr auch erst sagen, wenn ich sie wiedersehen würde.

Bald startete die Schule wieder und somit auch ein ganz neuer Alltag. Natürlich würde sich viel verändern, doch keineswegs zum Negativen. Es würde einfach nur alles...anders sein.

„HAPPY BIRTHDAY!"

Ich erschrak so sehr, dass ich einen kleinen Satz nach oben machte, bevor ich meinen Blick auf die nun geöffnete Zimmertür warf.

Und im Türrahmen stand...

„Jolene?!", rief ich mit großen Augen und sie klatschte laut in die Hände, bevor sie auf mich zugerannt kam und vor mir aufs Bett sprang.

Im nächsten Moment wurde ich in eine feste Umarmung gezogen und erst eine Minute später wieder freigelassen.

„Ich dachte, du wärst in Brighton!"

Sie grinste. „War ich auch, allerdings nur bis gestern. Ich würde niemals zulassen, an deinem Geburtstag nicht da zu sein! Außerdem!"

Den letzten Teil rief sie so laut, dass ich mir kurz die Hände auf die Ohren hielt.

„Hast du mir da so einiges verschwiegen", quietschte sie und zerdrückte meine Hand.

„Ihr seid jetzt zusammen?!"

Ich nickte mit glühenden Wangen.

„Ja! Na ja, wir sind so eine kranke, abgefahrene Mischung aus Geschwistern, Klassenkameraden, Ex-Nachbarn und Paar, woran sich unsere Eltern noch gewöhnen müssen."

Jolene grinste breit. Mir dagegen schwirrte noch eine Frage im Kopf.

„Woher weißt du das eigentlich?"

Sie verdrehte die Augen. „Von Jack. Der Idiot hat es mir erst gestern erzählt. Wieso hast du es mir nicht geschrieben?"

„Ich wollte es dir persönlich sagen und -" „Schon verstanden. Du musst mir später alle Details verraten, aber vorher", begann sie und zog mich mit Schwung vom Bett.

„Musst du mit mir mitkommen!"

„Kann ich mich vorher anziehen?"

Sie nickte und ließ sich zurück auf mein Bett fallen, während ich nun auf meinen neuen Schrank zulief.

Sobald ich fertig war, stand sie wieder auf und hielt mir die Tür auf. Ich lief auf den Flur zu und wollte mich gerade auf den Weg zur Treppe machen, als sie mich festhielt und „Stopp", sagte.

„Die musst du dir umbinden."

Sie überreichte mir eine rote Augenbinde, die ich mir ohne zu zögern umband. Irgendwann dann spürte ich ihre Hand, die mich vorsichtig nach vorne zog.

„Wenn ich wegen dir die Treppe herunterfalle und mir das Genick breche, verklage ich dich", warnte ich. Ich erhielt keine Antwort und spürte stattdessen, wie es runterging.

Langsam setzte ich einen Fuß vor den anderen, bis Jolene auf einmal losließ und ich deshalb stehen blieb.

„In Ordnung, du kannst sie abnehmen."

Meine Hände wanderten nach oben und schoben die Augenbinde über meine Stirn.

Kaum hatte ich die Augen geöffnet, schallte schon zum zweiten Mal ein lautes „Happy Birthday!" durch das ganze Haus.

Sprachlos blickte ich auf die Personen vor mir. Dort standen Poppy, Francis, mein Papa, Jack, Henry und nun auch Jolene und alle lächelten mich breit an.

„Wow", war alles, was meinen Lippen entwich. „Ist der etwa für mich?" Ich sah mit glänzenden Augen auf den Esstisch, auf dem eine große Torte mit einer fetten 18 darauf lag. An den Stühlen waren pinke Luftballons angebunden, jeder von ihnen ebenfalls mit einer goldenen 18 drauf und hinter der Torte lagen ein paar Geschenke. Ich fühlte mich wie ein kleines Mädchen an ihrem siebten Geburtstag.

Wie in Zeitlupe lief ich die letzten paar Stufen herunter, wo ich von allen umarmt wurde und von Henry sogar einen kleinen Kuss bekam, als unsere Eltern gerade nicht hinsahen.

„Wer hat das alles gemacht?“

„Wir!“, rief Henry. „Das heißt, meine Mama hat die Torte gebacken und Poppy war auf die Luftballons gekommen, aber ich habe aufgepasst, dass auch alles perfekt aussieht.“

Schnell verdrehte ich die Augen und grinste. „Na klar.“

So schnell wie mein Geburtstag gekommen war, ging er auch schon wieder zu Ende. Nachdem Henry, Jolene, Jack und ich nachmittags noch ins Kino gegangen waren, feierten wir den Rest des Abends zu viert in einem kleinen Restaurant irgendwo im nirgendwo, da keiner wirklich Lust auf Party hatte.

Gegen Mitternacht liefen Henry und ich dann wieder nach Hause, wobei es etwas dauerte, da wir uns bei dem Weg nicht ganz sicher waren.

„Ich muss dir noch etwas geben“, meinte er auf einmal und blieb stehen.

„Mir was geben?“

Er nickte lächelnd und griff dann in seine Jackentasche. „Dein Geburtstagsgeschenk oder hast du etwa gedacht, du bekommst keins?“ Er zwinkerte mir zu und legte dann ein kleines Kästchen in meine Handfläche.

Überrascht sah ich ihn an, bevor ich die Schleife löste und den Deckel öffnete.

Es war eine Kette, die ich nun herauszog und mir genauer ansah. Sie war silber und in der Mitte war ein kleiner Anhänger befestigt. Auf den ersten Blick sah es aus wie ein Herz, doch wenn man genauer hinsah, erkannte man einen kleinen, silbernen Vogel, der aussah, als sei er kurz davor davonzufliegen.

„Die ist wunderschön“, flüsterte ich, ohne den Blick vom Vogel abzuwenden. „Woher hast du sie?“

Ich blickte auf und war seinem Gesicht auf einmal so nahe, dass ich seinen Atem hätte spüren können.

„Die habe ich von meinem Papa", murmelte er schließlich und warf einen Blick auf die Kette.

Mein Lächeln verschwand, als ich seinen unglücklichen Gesichtsausdruck sah. „Von deinem Papa?", fragte ich überrascht. Er nickte und nahm sie mir aus der Hand. „Die hat er mir hinterlassen, nachdem er uns -" Er sah auf den Boden und schluckte. „Nachdem er uns verlassen hat. Ich weiß auch nicht, irgendwie hatte ich immer das Bedürfnis sie wegzuwerfen, aber dafür hat sie mir zu viel bedeutet."

„Was bedeutet sie dir?"

Er sah auf und sah mich mit weniger traurigen Augen an.

„Du wirst lachen, aber komischerweise hat sie mir immer Glück gebracht, wenn ich sie getragen habe. Außerdem stammt sie von meiner Granny und ich bin nur froh, dass er sie mir gegeben hat, anstatt sie zu verkaufen."

Ich lächelte. „Und jetzt schenkst du sie mir?"

Er nickte und trat dann hinter mich, um sie mir um den Hals zu binden. Ich hob den kleinen Vogel an und schielte auf die Rückseite, auf der etwas eingraviert stand.

‚*Thompson*' stand dort.

Henry trat wieder vor mich und griff nach meiner Hand, nachdem ich das Kästchen in meine Jackentasche gesteckt hatte.

„Danke", sagte ich und stellte mich etwas auf die Zehenspitzen, um ungefähr seine Höhe zu erreichen. Dann küsste ich ihn, wobei ich vergaß, wie kalt mir eigentlich war und dass ich immer müder wurde.

Auch nach dem Kuss sah ich ihn noch an. In seine zwei dunkelgrünen, glücklich aussehenden Augen.

„Danke. Nicht nur für die Kette, sondern auch dafür, dass du mir die Wahrheit gesagt hast. Alles, was in den letzten Wochen geschehen ist, war so unglaublich unnötig. Es hätte alles so viel leichter sein können."

Er sah mich einen Moment überlegend an, schüttelte dann jedoch den Kopf.

„Manchmal muss das Leben eben kompliziert verlaufen. Vielleicht müssen wir uns unsere Wünsche und Ziele erst einmal verdienen, bevor wir sie umsonst bekommen. Alles was zählt, ist das, was am Ende übrig bleibt. Wenn es das ist, was wir uns gewünscht haben, kann einem die Vergangenheit doch eigentlich egal sein."

Er hatte Recht und er behielt auch Recht. Die Vergangenheit zählte nicht mehr. Ich war mir sicher, dass Menschen wie Olivia und Jimmy auch gute Seiten hatten, denn jeder hatte etwas Gutes und etwas Schlechtes an sich, es kam nur darauf an, wovon man mehr preisgab.

Bestimmt hatten beide ihre eigene Geschichte. Doch in meiner Geschichte spielten sie keine Rolle mehr.

Denn die einzigen Menschen, die eine Rolle spielten, waren meine Freunde und meine Familie. Ich hatte meinen Papa, Francis, Poppy, Jolene und noch so manch andere.

Doch am Wichtigsten war, dass ich Henry hatte. Und auch wenn es lange gedauert hatte, so waren wir trotzdem am Ende zusammengekommen.

Ich war mir sicher, dass noch viele Dinge auf mich zukommen würden. Dinge, die mein Leben vielleicht sogar verändern würden.

Allerdings war dies ein neues Kapitel, das für mich erst einmal verschlossen bleiben sollte.

28273721R00270

Printed in Poland
by Amazon Fulfillment
Poland Sp. z o.o., Wrocław